W0020236

Peter Schwindt

Morland

Die Rückkehr der Eskatay

Peter Schwindt

Die Rückkehr der Eskatay

Teil 1 von 3

Ravensburger Buchverlag

Bibliografische Information der Deutschen Nationalbibliothek:

Die Deutsche Nationalbibliothek verzeichnet diese Publikation
in der Deutschen Nationalbibliografie.
Detaillierte bibliografische Daten sind im Internet
über **http://dnb.d-nb.de** abrufbar.

1 2 3 4 12 11 10 09

Umschlagillustration: Christopher Gibbs
Redaktion: Ulrike Metzger

ISBN 978-3-473-35302-6

Printed in Germany

www.ravensburger.de

Juri blinzelte durch das von Eisblumen umrahmte Fenster in die tief stehende Mittagssonne. Ihr Licht brach sich im eisigen Dunst rot und vermittelte dabei das trügerische Gefühl von Wärme. Doch die nachtlosen Tage des Sommers waren vorbei, der Boden wieder gefroren. Die nächsten Monate würde die Welt in dämmerigem Zwielicht versinken.

»Ich habe ein ungutes Gefühl«, hörte er eine Stimme hinter sich sagen. Langsam drehte Juri sich zu seiner Frau Iveta um, die am Tisch saß und ein Kleid ihrer Tochter flickte.

»Wir haben keine andere Wahl. Die Vorräte reichen noch etwa zwei Monate. Und bald werden die Temperaturen so tief fallen, dass Agneta auf dem Schlitten erfrieren wird.«

»Die Züge …«

»Die Züge werden nicht kommen.«

»Weil die Gleise unterbrochen sind«, sagte Iveta.

»Das ist das, was wir glauben sollen«, sagte Juri. »Aber das ist eine Lüge. Man hat uns aufgegeben, so sieht es aus. Keiner schert sich mehr um Horvik. Es gibt kein Eisen mehr, die Bergwerke sind erschöpft. Der ganze Landstrich ist nichts mehr als eine gottverdammte Eiswüste, die sich im Sommer in ein mückenverseuchtes Schlammloch verwandelt.«

Hinter dem Vorhang, der den Schlafalkoven vom Rest der Hütte abtrennte, war ein Husten zu hören.

»Wenn Agneta krank wird und wir deswegen hierbleiben müssen, werden wir alle sterben«, flüsterte Juri. »Uns läuft die Zeit davon.«

Iveta wollte etwas entgegnen, schwieg dann aber nachdenklich.

»Hör zu: Niemand hat ahnen können, dass die Lage so bedrohlich wird.« Er ging vor Iveta auf die Knie und ergriff ihre kalten Hände. »Bitte, wir müssen morgen Früh aufbrechen. Die anderen Familien packen schon, und wir sollten dasselbe tun.«

Juri sah die Angst in den Augen seiner Frau. Er konnte es ihr nicht verdenken, dass sie verzweifelt war. Eine Woche würde es dauern, bis sie die Provinzhauptstadt Morvangar erreichten. In diesen sieben Tagen mussten sie tausend Meilen Wildnis durchqueren. Natürlich würden sie versuchen, sich an den Schienen zu orientieren, aber die meisten Bergpässe und Brücken stellten für die Hundeschlitten ein unüberwindliches Hindernis dar. Doch auch wenn der Instinkt der Tiere sie den richtigen Weg finden ließ, war das noch keine Garantie, dass sie wirklich ihr Ziel erreichten. Die Bergwölfe würden ihnen das Leben schwer machen. Aber gegen die halfen zumindest Jagdgewehre. Viel tückischer noch waren die Wetterstürze. Bei einem Wintersturm konnten innerhalb kürzester Zeit die Temperaturen um zehn oder fünfzehn Grad fallen, so schnell war kein Iglu gebaut und mit Zelten brauchten sie es gar nicht erst versuchen.

Also packten sie. Da nicht viel Platz war, nahmen sie nur Reiseproviant und Felle mit, deren Verkauf ihnen das nötige Geld für einen Neuanfang im Süden ermöglichen sollte.

Zwei Stunden vor Sonnenaufgang weckten sie Agneta. Gemeinsam nahmen sie eine letzte Mahlzeit in der Wellblechhütte ein, die sie zehn lange Jahre lang ihr Zuhause genannt hatten. Agneta war ganz aufgeregt, als sie ihr erzählten, dass sie heute in ein Land reisen würden, in dem auch im Winter die Sonne schien.

»Aber Minka kann ich doch mitnehmen?«, fragte sie und drückte ängstlich ihre Stoffkatze an sich.

»Natürlich«, sagte Juri ernst. »Wir lassen niemanden im Stich.«

Nicht so wie die hohen Herren von Morstal, der Stahl- und Bergwerksunion Morlands, die sie mit falschen Versprechungen in die nördliche Polarregion gelockt hatten und für die die hungernden Familien nicht mehr existierten. Wie viele von ihnen waren hier oben an den harten Bedingungen zugrunde gegangen und in den abgeteuften Stollen verscharrt worden, weil sie im Permafrostboden keine Gräber hatten ausheben können? Dass Agneta hier mit ihnen am Tisch saß, war fast ein Wunder. Die meisten der hier geborenen Kinder hatten ihren zweiten Geburtstag nicht erlebt.

Zum letzten Mal spülten sie das Geschirr und räumten es in den Schrank. Dann löschten sie das Feuer im Ofen. Juri brachte den Proviant und die Felle zum Schlitten. Eine Karbidlampe spendete dabei Licht.

»Juri!«. Er drehte sich um und sah, wie ein Licht auf ihn zutanzte. Es war Pranas, dick eingepackt in einen Fellmantel. Die Gesichtsmaske gegen den Frost war hochgerollt, sodass sie wie eine Mütze aussah. Die Eisbrille baumelte um den Hals. »Wo bleibt ihr so lange? Wir sind schon fertig!«

»Zwei Jahre haben wir die Entscheidung immer wieder aufgeschoben, da wird es auf die fünf Minuten nicht mehr ankommen«, brummte Juri und überprüfte die festgezurrten Gurte. »Außerdem muss Iveta das Kind noch reisefertig machen.«

»Wir hätten uns im Sommer auf den Weg machen sollen«, sagte Pranas. »Da hätten wir genug Licht gehabt. Und diese verdammte Kälte …«

»Ich habe keine Lust, diese müßige Diskussion zum hundertsten Mal zu führen. Es gibt keine befestigten Wege. Wir wären im Schlamm versunken und die Mücken hätten uns bei lebendigem Leib aufgefressen.«

»Vielleicht wäre das besser gewesen, als draußen in der Eiswüste zu erfrieren«, sagte Pranas leise.

Juri wirbelte herum und packte seinen Freund beim Pelzkragen. »Niemand wird sterben, hörst du? Weder du noch ich noch Iveta oder Agneta! Hast du mich verstanden?« Er holte ein paarmal tief Luft, dann ließ er los. »Wir werden es schaffen«, sagte er ruhiger.

»Was immer du sagst«, entgegnete Pranas und hob beschwichtigend die Hände. »Du bist hier der Boss.«

Juri nickte. »Gut.«

»Dann werde ich mal wieder zu den anderen gehen«, sagte Pranas unsicher.

»Tu das. Und sag ihnen, dass wir gleich da sind.« Ohne den Mann eines weiteren Blickes zu würdigen, kümmerte sich Juri wieder um den Schlitten.

Mittlerweile waren Iveta und Agneta auch fertig. Das kleine Mädchen war so dick eingepackt, dass es kaum gehen konnte. Über dem Gesicht trug es eine Mütze, die nur die Augen freiließ. Und selbst die konnte Juri nicht sehen, da sie hinter einer großen Schneebrille verborgen waren.

»Bist du das wirklich, Agneta?«, fragte Juri. »Oder versucht mir deine Mutter einen Troll unterzuschieben?«

Agneta gluckste. »Natürlich bin ich es.« Sie wedelte mit den Armen und wankte auf ihn zu. Juri hob sie hoch und drückte sie.

»Da bin ich ja beruhigt. Stell dir vor, wir kämen in Morvangar an und ich müsste feststellen, dass ich ein Koboldkind mitgenommen habe.«

Iveta nahm im Schlitten Platz. Juri setzte ihr Agneta auf den Schoß und deckte sie mit Fellen zu.

Die Hunde waren angeschirrt. Nun ging Juri ein letztes Mal zum Haus zurück, um das Gewehr und den Beutel mit der Munition zu holen, die an einem Haken bei der Tür hingen. Er hängte sich beides um, sodass die Riemen sich über seiner Brust kreuzten.

Einen letzten Blick erlaubte er sich. Endlich kehrten sie dieser Hölle den Rücken. Er zog die Tür zu und schloss sie ab. Einen Moment betrachtete er nachdenklich den Schlüssel, dann warf er ihn in hohem Bogen fort.

Als Juri und Iveta von der Morstal-Gesellschaft mit großen Versprechungen in den Norden gelockt worden waren, hatten in Horvik knapp viertausend Menschen gelebt. Die meisten schufteten in den Bergwerken. Die Siedlung war damit komplett von den Zuwendungen der Morstal-Gesellschaft abhängig, die von dem Konzern mit den Jahren immer weiter gekürzt wurden, sodass der Exodus derjenigen, die es sich leisten konnten, nicht mehr aufzuhalten war. Zurück blieben Leute wie Juri: arm, ungebildet und vor allen Dingen entbehrlich.

Es war ein armseliger Haufen, der sich unter seiner Führung auf den Weg in das Gelobte Land machte. Sieben Familien traten diese Reise an. Doch als Juri in die Runde schaute, stellte er fest, dass einige fehlten.

»Wo sind deine Eltern?«, fragte er Pranas. »Arnur und Hekla? Ich sehe sie nirgendwo.«

Pranas senkte den Blick, und Juri verstand. Sie hatten den sicheren Tod gewählt, damit die anderen leben konnten – sie wären nur eine Last gewesen. Und mit einem Mal erfüllte ihn ein Hass, der kälter war als all das Eis, das ihn umgab. Er schwor sich, in Morvangar die Schuldigen an dieser Tragödie zur Verantwortung zu ziehen und wenn es der Direktor von Morstal persönlich war. Schweigend setzte er sich mit seinem Schlitten an die Spitze des Trecks. Er zog die Wollmaske über das Gesicht und mit einem lauten Schrei trieb er die Hunde an. Sie hatten einen weiten Weg vor sich.

Die ersten vierhundert Meilen waren wie eine Reise durch ein Wintermärchenland. Der volle Mond zog statt der Sonne seine Bahn über den sternklaren Himmel und tauchte alles in sein glitzerndes Licht. Weit entfernt am Horizont leuchtete das geisterhafte Farbenspiel des Polarlichts.

Alle drei Stunden legte der Tross eine Rast ein. Dann entzündete man ein Feuer, kochte Tee, aß getrocknetes Rentierfleisch und schmiedete gut gelaunt Zukunftspläne. Zum ersten Mal seit langer Zeit spürten sie so etwas wie Freiheit.

Keiner mochte an die elenden Jahre in Horvik zurückdenken, obwohl sie erst wenige Tage her waren, und kaum einer erwähnte mehr die, die man zurückgelassen hatte. Doch Juri konnte sie nicht vergessen. Pranas hatte ihm unter Tränen berichtet, dass er seinen Eltern ein Gewehr dagelassen hatte. Sicher würden sie die letzten Kugeln nicht dazu benutzen, um auf die Jagd zu gehen. Juri war froh, dass Iveta und Agneta dieses Schicksal erspart geblieben war.

Am Anfang ihrer Reise durch die Polarnacht war es nicht schwierig gewesen, dem Schienenstrang Richtung Süden zu folgen, der sich schnurgerade durch die flache Tundra zog. Als am vierten Tag die bleiche Sonne für ein paar Stunden aufging, ahnten sie jedoch, dass der nächste Teil sehr viel schwieriger werden würde.

Vor ihnen erstreckte sich von West nach Ost eine massive Gebirgskette, deren Gipfel sich in den Wolken eines heranziehenden Sturmes verbargen. Juri runzelte beim Anblick des Hindernisses die Stirn.

»Was hältst du davon?«, fragte ihn Pranas und schob seine Schneebrille hoch.

»Wir haben zwei Möglichkeiten«, sagte Juri nachdenklich. »Entweder wir folgen weiter den Schienen oder wir suchen selbst nach einem Pass.«

Pranas machte ein grimmiges Gesicht. »Das wird uns um Tage, wenn nicht sogar Wochen zurückwerfen.«

»Haben wir eine andere Wahl?«, fragte Juri. »Wir wussten, was uns erwartet.«

Pranas kramte aus den Tiefen seines Mantels eine kleine Metallflasche hervor und nahm einen kräftigen Schluck. »Die

Schlitten werden wir dann wohl zurücklassen müssen«, sagte er und wischte sich den Mund ab, bevor er Juri etwas von dem Aquavit anbot, der jedoch den Kopf schüttelte.

»Wir schlagen auf der wetterabgewandten Seite der Bergflanke unser Lager auf«, sagte Juri. »Dort werdet ihr auf mich warten.«

»Du willst alleine losziehen?«, fragte Pranas entsetzt. »Das ist Irrsinn!«

»Es wäre Irrsinn, die Frauen und Kinder bei der Erkundung der Berge mitzunehmen.«

»Du hast nur wenig mehr als zwei Stunden Tageslicht. Das ist verdammt wenig!«

»Die Nächte sind mondhell.«

»Noch, aber das kann sich auch verdammt schnell ändern!« Pranas deutete auf die Wolken, die sich im Süden auftürmten und seufzte. »Vielleicht hätten wir doch auf den Zug warten sollen ...«

Juri packte seinen Freund und schüttelte ihn. »Wir können nicht hier sitzen und abwarten, bis ein Wunder geschieht! Man hat uns vergessen! Wenn wir nicht selbst die Dinge in die Hand nehmen, sind wir verloren!«

»Wahrscheinlich sind wir das ohnehin«, murmelte Pranas niedergeschlagen.

Juri verpasste ihm wütend eine Ohrfeige. »Sag das nie wieder, hörst du? Nie wieder! Ich lasse nicht zu, dass meine Frau und meine Tochter hier draußen sterben!«

Pranas rieb sich die Wange. »Niemand will, dass irgendjemand stirbt«, sagte er leise. »Ich am allerwenigsten.«

»Dann handle auch so!«, erwiderte Juri wütend.

Pranas holte tief Luft. »Also gut. Wann willst du aufbrechen?«

»Wenn wir einen Lagerplatz gefunden haben.«

Juri hatte versucht, die Sache wie ein militärisches Unternehmen zu planen und die Angst vor einem Scheitern zu verdrängen. Doch die Vorstellung, Iveta und Agneta verlassen zu müssen, schnürte ihm die Kehle zu.

»Ich werde nicht lange fort sein«, sagte er zu seiner kleinen Tochter. »In drei oder vier Tagen bin ich wieder zurück.«

»Versprichst du mir das?«, fragte Agneta ängstlich.

Juri machte ein Kreuz über seinem Herzen und hob die rechte Hand zum Schwur. »Versprochen. Bei jedem Sonnenaufgang werde ich an dich denken.«

»Und ich an dich«, sagte Agneta. Die letzten Worte gingen in einem lauten Schluchzen unter. Sie umarmte ihn, so fest sie konnte. Es brach Juri beinahe das Herz, als er seiner Tochter einen Kuss gab.

Juri legte seine Ski an, schulterte den Rucksack und hängte sich das Gewehr um. Er hatte nicht viel Proviant mitgenommen, da er hoffte, unterwegs dem einen oder anderen Schneehasen das Fell über die Ohren ziehen zu können. Mit geübtem Blick überprüfte er die Karbidlampe, dann war er bereit zum Aufbruch.

Iveta umarmte und küsste ihn ein letztes Mal. Die anderen murmelten etwas. Juri hatte ein beklemmendes Gefühl in der Magengegend, wie eine dunkle Vorahnung. Er wusste nicht warum, aber er fühlte sich beobachtet. Dennoch verdrängte er die finsteren Gedanken, es hatte keinen Zweck, sich verrückt zu machen. Nicht, wenn das Überleben der Gruppe von ihm und dem Erfolg seiner Mission abhing. Ohne sich noch einmal umzuschauen, zog er los.

Die Luft war klar und schneidend, als er nach einer Stunde den Ausläufer eines Tales erreichte, das sich weit ins Gebirge grub. Juri blieb stehen und stützte sich keuchend auf die Skistöcke. Über ihm funkelten kalt die Sterne, während der abnehmende Mond hinter den schroffen Gipfeln aufging. Die östliche Seite des Tales war bereits in sein blasses, silbernes Licht getaucht. Vorsichtig schob sich Juri weiter. Der Schnee unter ihm knirschte trocken, der keuchend ausgestoßene Atem ließ Nebelfahnen in der unbewegten Luft stehen. Juri drehte sich um. In der Ferne konnte er das Licht des Lagerplatzes sehen. Gegen den Sternenhimmel sah der Berg, an dessen Fuß die Gruppe das Lagerfeuer entzündet hatte, wie der Schatten eines gefallenen Riesen aus.

Juri konzentrierte sich darauf, nach vorne zu schauen und einen Weg hinaus aus diesem Reich der eisigen Stille zu finden. Er stieß sich mit seinen Stöcken ab und glitt vorsichtig weiter.

Die brusthoch wachsenden Nadelgehölze erschwerten das Fortkommen. Immer wieder verhakten sich die Kufen in den knorrigen Ästen. Dennoch wusste Juri, dass es wenig Sinn hatte, sich der Ski zu entledigen, dazu war der Schnee zu tief. Er musste einen Rhythmus finden, der ihn trug und seinen Bewegungen die notwendige Gleichmäßigkeit verlieh. Ein Lied, das seine Mutter ihm immer vorgesungen hatte, kam ihm in den Sinn:

Kas to teica, tas meloja,
Ka saulīte nakti guļ;
Vai saulīte tur uzlēca,
Kur vakaru norietēj'?

Juri war diese Sprache fremd. Seine Großmutter hatte ihm einst erzählt, dass diese Worte älter waren als die Welt, die sie kannten, und dass es kaum noch jemanden gab, der sie verstand. Auch die Großmutter wusste nur ungefähr, dass das Lied von der Sonne erzählte, die nie schlief, obwohl sie nachts nicht zu sehen war. Nun, er fand jedenfalls, dass es einen wundervollen Takt hatte. Und so murmelte er die Worte immer und immer wieder. Wie ein Gebet, das weder einen Anfang noch ein Ende hatte, sondern sich wie das Leben im Kreis drehte. So marschierte er weiter ins Tal hinein.

Zehn Jahre war es jetzt her, dass er und Iveta den Aufruf der Morstal-Gesellschaft gelesen hatten. Man hatte furchtlose Familien mit Pioniergeist gesucht, die bereit waren, jenseits des Polarkreises nach Erz zu schürfen. Morlands Hunger nach Rohstoffen war schon immer unstillbar gewesen, seine gierigen Hochöfen waren unersättlich. Juri hatte damals wie viele andere, die vom Land in die Stadt gezogen waren, in einer der zahlreichen Fabriken geschuftet. Zwölf Stunden am Tag, sechs Tage die Woche hatte er für einen Hungerlohn am Hochofen gestanden. Noch heute war sein Körper übersät von unzähligen pockenartigen Brandnarben, die er dem Funkenflug der angestochenen Schmelze zu verdanken hatte und die ihn bis ans Lebensende an diese bittere Zeit erinnern würden. Iveta hatte als Wäscherin für eine reiche Familie gearbeitet und war von den gnädigen Herrschaften wie eine Haussklavin behandelt worden. Ihr Traum war es immer gewesen, mit Juri eine Familie zu gründen, doch wie hätten sie ein Kind durchbringen sollen, wenn sie selbst nicht genug zum Leben hatten? Dann hatten sie den Aufruf gelesen und ihre spärlichen Habseligkeiten zusammengepackt. Das Angebot, das man ihnen und vielen anderen gemacht hatte, war zu verlockend gewesen: Wenn sie sich für zehn Jahre nach Horvik verpflichteten, war man bereit, ihnen das Fünffache des Durchschnittslohnes zu zahlen, die Unterkunft wurde gestellt. Lebensmittel waren gänzlich frei und würden wöchentlich mit einem Versorgungszug nach Horvik geliefert. Es klang zu schön, um wahr zu sein.

Der Traum platzte, als sie in Horvik ankamen. Das Haus, das man ihnen versprochen hatte, war eine erbärmliche Wellblechhütte, die sie erst herrichten mussten, sonst hätten sie die eisigen Temperaturen des Winters nicht überlebt.

Am liebsten wären sie mit dem nächsten Zug wieder zurückgekehrt. Nichts funktionierte an diesem Ort. Die Förderanlagen waren in einem katastrophalen Zustand und immer wieder gab es Grubenunglücke, da die Sicherheitsbestimmungen ständig ignoriert wurden, um die Vorgaben des Konzerns zu erfüllen.

Auch die Bezahlung war nicht unbedingt so, wie sie es sich vorgestellt hatten, denn die Löhne wurden auf ein Treuhandkonto in Morvangar überwiesen. Erst nach Ablauf der Vertragsfrist würde man ihnen die Summe auszahlen. Doch wozu brauchten sie am Polarkreis schon Geld? Es gab dort ohnehin nichts zu kaufen, und die zwei Dinge, die man wöchentlich anlieferte, gab es im Überfluss: Nahrungsmittel und Alkohol. Zum ersten Mal in ihrem Leben mussten Juri und Iveta nicht hungern. Also blieben sie und hofften, nach zehn Jahren als reiche Leute wieder in die Zivilisation zurückzukehren. Mit der Zeit gewöhnten sie sich an das menschenfeindliche Klima. Als im dritten Jahr Agneta geboren wurde, war das Glück scheinbar perfekt.

Die Lage begann sich erst zu verschlechtern, als für die Familien, deren Verträge abgelaufen waren, kein Ersatz mehr kam. Und das war für die Bergleute eine Katastrophe, denn die verbliebenen Arbeiter mussten nun alleine das Plansoll erfüllen. Die Erzgewinnung und der Kohlebergbau waren schon lange nicht mehr so ergiebig wie in den Jahren zuvor. Es war der Anfang vom Ende, aber wie hieß es so schön? Die Hoffnung stirbt zuletzt.

Wer sagt, dass die Sonne schläft, der lügt, denn sie geht nie dort auf, wo sie abends untergeht.

Kas to teica, tas meloja,
Ka saulīte nakti guļ;
Vai saulīte tur uzlēca,
Kur vakaru norietēj'?

Das Gedicht hatte Juri nun so erfüllt, dass er es atmete, sich von ihm treiben ließ und in ihm aufging, eins mit den unbekannten Worten wurde. Und als nach endlosen Stunden die Sonne aufging und die Berge für kurze Zeit in ein trübes Zwielicht tauchte, fühlte er sich leicht, beinahe beschwingt, als hätte er zu viel von Pranas' Aquavit getrunken. Er hielt inne und keuchte glücklich.

Vor ihm wand sich eine Schneise den Hang hinauf, die beinah wie eine befestigte Straße aussah und sich in der Gipfelregion verlor.

Hastig lud er das Gewehr durch, zielte in den Himmel und drückte ab. Der Schuss wurde als Echo hin und her geworfen, brach sich an den Flanken des Tals und verlor sich schließlich in der Lautlosigkeit. Dann wartete er.

Zunächst geschah nichts. Noch nicht einmal ein Hase raschelte im Strauchwerk. Außer seinem Atem und seinem Herzschlag hörte er nichts. Juri wollte schon ein zweites Mal abdrücken, als er aus der Ferne einen Schuss vernahm. Er war nicht laut, eher ein kaum wahrnehmbarer Wellenkreis, als hätte man einen kleinen Stein in einen Teich geworfen. Sie hatten ihn gehört! Nun würde alles gut werden!

Doch dann folgte ein zweiter Schuss, schließlich ein dritter, vierter, fünfter. Juris Herz setzte aus. Das war kein Signal! Die Gruppe wurde angegriffen!

So schnell Juri konnte, drehte er sich um und folgte seinen eigenen Spuren wieder zurück. Aus den vereinzelten Schüssen war jetzt ein hohles, unregelmäßiges Knattern geworden. Juri wusste, wie viel Munition die Gruppe noch hatte. Wenn Pranas und die anderen so weiterfeuerten, würden sie die Gewehre bald als Prügel benutzen müssen.

Juri achtete nicht mehr darauf, möglichst kräftesparend durch den Schnee zu gleiten, es war mehr ein Laufen und Stolpern und Taumeln. Immer wieder fiel er hin, stand aber sofort wieder auf, um sich weiterzukämpfen.

Plötzlich wurde Juri gewahr, dass das Schießen aufgehört hatte. Und das war schlimmer als jedes noch so bedrohliche Geräusch. Man hatte das Lager angegriffen, daran gab es keinen Zweifel. Aber warum wehrten sie sich nicht mehr? Erst im letzten Zwielicht der untergehenden Sonne sah Juri, warum. Der Anblick, der sich ihm bot, ließ ihn schreiend auf die Knie sinken.

Der Schnee war vom Blut rot durchtränkt. Vor ihm lag Pranas, grässlich zugerichtet, das Gewehr noch in der Hand. Um ihn herum lagen die anderen Männer, auch sie waren kaum zu erkennen. Von den Frauen und Kindern war nichts zu sehen. Auch die Hunde waren verschwunden.

Juri zwang sich auf die Beine. Eine dunkle Spur zog sich zum Eingang eines provisorischen Iglus. Juri wusste, was ihn dort erwartete, er wollte es nicht sehen. Und doch ließ er sich auf die Knie nieder und kroch hinein.

Ein metallischer Geruch wie verrostetes Eisen hing schwer in der feuchten Luft. Nur mühsam konnte er ein Würgen unterdrücken. Mit zitternden Händen versuchte er die Karbidlampe zu entzünden.

In ihrem Schein sah Juri das Ende seiner Welt. Alle waren tot. Ilya und Lorin und Margarete. Iveta lehnte an der Wand, den Kopf in den Nacken gelegt, und schien zu ihm hinüberzuschauen. Ihr gebrochener Blick traf ihn mitten ins Herz. An ihrem Hals klaffte eine tiefe Wunde. In ihren Armen hielt sie ein lebloses Bündel. Juri hob es vorsichtig hoch und drückte es an sich. Der kleine Körper war bereits kalt. Dann brach es aus ihm heraus. Juri heulte wie ein tödlich verletztes Tier und versuchte seine tote Tochter zu wärmen. Aber nichts würde sie wiederholen und ihr Herz zum Schlagen bringen. Juris Schritte waren schwer, als er mit Agnetas Leiche im Arm vor das Iglu trat.

Die bernsteinfarbenen Augen leuchteten paarweise in der Dunkelheit. Er konnte nicht sehen, wie viele Wölfe es waren. Vielleicht zwanzig. Vielleicht dreißig. Vielleicht fünfzig. Es war ihm auch egal, von ihm aus konnten es auch hundert oder tausend sein. Er hatte keine Angst vor ihnen. Nichts war mehr von Bedeutung.

Die Wölfe waren stumm. Sie gaben weder ein Knurren von sich, noch heulten sie. Sie waren die Herren dieses Landes, das hatten sie bewiesen.

Einer der Schatten löste sich aus der Finsternis und trat auf ihn zu. Es war ein graues, gewaltiges Tier, an dessen Schnauze noch das Blut seiner Opfer klebte.

Vorsichtig ging Juri in die Knie und legte Agneta in den Schnee. Der Wolf wich keinen Schritt zurück. Ungerührt starrte er Juri an.

»Worauf wartest du noch?«, zischte Juri. »Nur ich bin noch übrig. Los, vollende dein Werk.«

Doch der Wolf reagierte nicht. Stattdessen ging er um Juri herum, als wollte er die Beschaffenheit dieses Menschen überprüfen.

Juri lachte bitter. »Was ist? Verlässt dich der Mut?«

Der Wolf stand jetzt wieder vor Juri und schob seine Schnauze so nah an dessen Gesicht, dass Juri den beißenden Raubtieratem spüren konnte. Einen langen Moment schauten sie sich in die Augen. Dann wandte sich die Bestie mit starrem Blick ab.

»Was ist?«, rief Juri überrascht. »Bin ich deiner etwa nicht würdig?« Er sprang auf. »Los, töte mich!«

Die dunkle Gestalt löste sich im Schatten der Nacht auf und mit ihm verschwanden die Augenpaare wie Lichter, die nach und nach gelöscht wurden.

»Töte mich!«, schrie Juri so laut, dass sich seine Stimme überschlug, aber da hatte ihn die finstere Stille wieder umfangen. Er lief zu seinem Gewehr, lud es durch und feuerte immer wieder in die Dunkelheit, bis er keine Patronen mehr hatte. Schluchzend sank er in den Schnee. Er konnte so lange neben seiner Tochter sitzen bleiben, bis er erfroren war. Oder schauen, ob nicht irgendwo noch eine Patrone für ihn selbst herumlag. Juri wischte sich mit dem Handrücken die Nase ab und blickte schwer atmend auf den kleinen, leblosen Körper.

Wenn er hier jetzt wie seine Freunde und seine Familie zugrunde ging, würde niemand von dieser Tragödie erfahren. Langsam, ganz langsam verwandelte sich seine Trauer in Wut. Dies alles hätte vermieden werden können. Es gab einen Schuldigen für diese Katastrophe. Oh ja, ganz sicher gab es ihn. Juri wusste nicht, wer es war, aber er würde ihn finden. Und dann würde er diesen Schweinehund zur Verantwortung ziehen, auch wenn es bedeutete, sich mit der ganzen Morstal-Gesellschaft anzulegen. Es war kein Zufall, dass er überlebt hatte: Er würde den Tod seiner Familie rächen.

Die Wut begann ihn von innen heraus zu wärmen. Schluchzend holte Juri Luft, dann biss er die Zähne zusammen, bis die Kiefermuskeln schmerzten. Er musste sich zusammenreißen. Er hatte jetzt ein Ziel, eine Aufgabe, eine Mission: Er musste leben, damit die starben, die seiner Frau und seiner Tochter dies hier angetan hatten.

Doch er konnte nicht sofort aufbrechen. Erst einmal musste er die Toten begraben. Er trug die Leichen in das Iglu. Im Frühjahr würde er wiederkommen, um ihnen ein anständiges Begräbnis zu verschaffen. Er gab seiner Frau und seiner Tochter einen letzten Kuss, bevor er den Eingang mit einem Eisquader verschloss.

Die Hunde waren fort. Den Spuren nach zu urteilen, waren sie vermutlich ebenfalls von den Wölfen gerissen worden. Der Schlitten fiel also als Transportmittel aus. Juri nahm es mit einem Schulterzucken zur Kenntnis. In den Bergen hätte er sich ohnehin von ihm trennen müssen. Juri suchte die Ausrüstungsgegenstände zusammen, die er noch gebrauchen konnte, und schnallte sich die Ski wieder an. Der Weg, den er vor sich hatte, war lang und gefährlich. Er wusste nicht, welches Schicksal auf ihn wartete, doch schlimmer als das, was er am Fuß dieses Berges erlebt hatte, konnte es nicht mehr werden. Mit seiner Familie war auch ein Teil von ihm gestorben. Außer dem immer stärker werdenden Hass spürte er nichts mehr.

Gut zwölf Stunden benötigte Juri, um das Talende zu erreichen. Sein Körper fühlte sich taub an, und daran war nicht nur die Kälte schuld. Zwei Tage hatte er jetzt nicht mehr geschlafen. Immer wieder musste er sich dazu zwingen, eine Rast einzulegen, um über seiner Karbidlampe, die er auch als Kocher benutze, in einem zerbeulten Essgeschirr Schnee zu schmelzen. Obwohl er keinen Durst verspürte, erinnerten ihn die Kopfschmerzen daran, dass er regelmäßig trinken musste. Das Trockenfleisch, ohnehin schon so zäh wie Leder, war durch die Kälte hart wie ein Stück Holz. Trotzdem zwang er sich dazu, kleine Stücke abzubeißen und sie im Mund aufzutauen.

Die Passage oder das, was er dafür hielt, war in der Tat breit wie eine Straße. Zwei Automobile hätten spielend nebeneinander Platz gehabt. Irgendwie musste diese Trasse durch Erosion entstanden sein, eine andere Erklärung fand er nicht. Juri konnte sich nicht vorstellen, dass bei der Verlegung der Bahnstrecke jemand so weit ab von der Baustelle eine Straße planiert hatte, die scheinbar aus dem Nichts kam und hinauf zu einer Bergkette führte, deren Gipfel neuntausend Fuß oder höher sein mochten. Doch je weiter sich Juri den Berg hinaufkämpfte, desto zahlreicher wurden die Anzeichen, dass dieser Weg keine Laune der Natur war. Die Gleichmäßigkeit des Anstiegs wie auch seine Breite ließen keinen anderen Schluss zu. Diese Straße war von Menschenhand errichtet worden.

Juri hatte sich seiner Ski entledigt und trug sie nun wie ein Wasserträger quer über der Schulter, während am Bauchgurt seines Rucksacks die Karbidlampe baumelte, deren Schein im Dickicht der Kiefernzweige ein verwirrendes Schattenspiel erzeugte. Doch die Vegetation wurde immer spärlicher, je höher er kam. Wind kam auf und blies ihm die ersten Schneeflocken ins Gesicht. Juri zurrte die Kapuze seines Mantels fester und vergewisserte sich, dass die Schneebrille einwandfrei saß. Er hatte die getönten Sonnengläser, die er für die wenigen hellen Stunden in die Fassung geschoben hatte, fein säuberlich in einer bruchfesten Schatulle verstaut, die nun in der Außentasche seines Rucksacks steckte. Zusammen mit der Wollmaske war sein Gesicht nun einigermaßen vor den Eiskristallen geschützt, die der Wind ihm entgegenpeitschte.

Zuerst dachte Juri, dass der Wetterumschwung eine Kapriole war. Dann zuckte im Süden ein Blitz auf, der das Gebirge für den Bruchteil einer Sekunde in ein blaues Licht tauchte. Als wäre dies der Startschuss gewesen, heulte der Sturm auf und steigerte sich zu einem Orkan. Hastig suchte Juri hinter einem Felsen Deckung.

Dann fiel die Temperatur. Juri spürte es sofort an den Händen und Beinen. Sein Gesicht fühlte sich trotz des Schutzes längst taub an. Wenn er hierblieb, würde er erfrieren.

Er dachte an Iveta, Agneta und die anderen und auf einmal war die Vorstellung, sich einfach der Kälte zu überlassen, überaus reizvoll. Juri kannte die Geschichten, die man sich erzählte. Erfrieren war kein schrecklicher Tod. Man schlief ein und wachte einfach nicht mehr auf.

Erneut blitzte es und diesmal folgte augenblicklich der Donner. Das Unwetter war direkt über ihm. Juri presste sich flach auf den Boden und verschränkte die Hände im Nacken, als er auf einmal ein weiteres Donnern hörte, ohne dass er vorher das Zucken eines Blitzes wahrgenommen hatte. Das Donnern nahm kein Ende, sondern schwoll so laut an, dass es sogar das Heulen des Windes übertönte. Dann bebte die Erde. Auf einmal begriff Juri, was das bedeutete: Über ihm ging eine Lawine ab!

Im Schein der Blitze konnte er die Schneewolke sehen, die sich über ihm talwärts walzte. Ohne lange nachzudenken, kam Juri auf die Beine, schnappte seinen Rucksack und rannte den Weg weiter hinauf, um den Berg herum. Den Abhang hinunterzulaufen und so den Schneemassen zu entkommen, war Irrsinn. Dazu war er nicht schnell genug. Aber auch so hatte er ziemlich schlechte Karten.

Der Schnee, der vom Gipfel auf ihn zuraste, war nicht feucht und schwer, sondern bestand aus feinsten Eiskristallen. Juri versuchte mit rudernden Bewegungen durch die Wolke zu schwimmen, aber schließlich konnte er dem Druck nichts mehr entgegensetzen und er stürzte den Abhang hinunter. Einen kurzen Moment glaubte er zu schweben, dann schlug er hart auf.

Zu seinem Glück raubte ihm der Sturz nicht das Bewusstsein, sonst hätte Juri nicht die dunkle Öffnung in der Felswand bemerkt, die vor ihm gähnte. Unter Aufbietung seiner letzten Kräfte kroch er auf sie zu. Auf dem Bauch rutschend arbeitete er sich den Schneehaufen hinab und kam auf kaltem Stein zu liegen. Hinter ihm donnerten noch immer die Schneemassen zu Tal. Keuchend schleppte er sich aus der Gefahrenzone und lehnte sich gegen eine Wand. Als er wieder einigermaßen zu Atem gekommen war, fingerte er mit zitternden Händen nach der Karbidlampe. Ihr Glas wie auch der Spiegel waren zerbrochen, aber der Brenner war noch intakt. Juri zog die Handschuhe aus und holte aus einer der vielen Rucksacktaschen ein abgenutztes Luntenfeuerzeug. Es war so wertvoll, dass er es mit einer kleinen Kette gesichert hatte. Mit ihm zündete er die Karbidlampe an.

Mittlerweile war das Donnern der Lawine nur noch ein fernes Grollen. Die Schneemassen hatten den Eingang verschüttet. Juri drehte die Flamme höher, kämpfte sich hoch und schaute sich um. Sein Herz begann schneller zu schlagen, als er die Wände der Höhle genauer betrachtete. Unter dem abgelagerten Kalk waren sie so glatt, als hätte man sie poliert. Nur an manchen Stellen war die graue Substanz abgeplatzt. Darunter kam etwas zum Vorschein, was wie eine Mischung aus Rost und Grünspan aussah. An der Decke hatten sich armdicke Kalkstalaktiten gebildet.

Diese Höhle hier war alt. Und sie war wie die Straße zweifellos von Menschen gemacht!

Juri hielt die Lampe mit der blakenden, stinkenden Flamme über seinen Kopf und versuchte zu sehen, wohin die Höhle führte. Sie schien sich in gerader Linie tief in den Berg hineinzubohren. Vorsichtig setzte Juri einen Fuß vor den anderen und versuchte den Stalagmiten aus dem Weg zu gehen, die den Stalaktiten entgegenwuchsen. Er wollte etwas, was im Laufe der Jahrhunderte mühsam gewachsen war, nicht zerstören.

Juri hatte so etwas noch nie gesehen, und dabei kannte er sich mit Stollen dieser Art aus. Die Minen von Horvik waren mit Muskelkraft und einfachen Werkzeugen in den Berg getrieben worden. Dampfhämmer konnten wegen der Kälte erst in großer Tiefe eingesetzt werden, da der Permafrost dafür sorgte, dass die Leitungen immer wieder zufroren. Erst in viereinhalbtausend Fuß Tiefe kletterten die Temperaturen über den Gefrierpunkt. Hier im Berg war es kalt. Und es wurde kälter, je weiter er vordrang. Wer immer sich durch diesen Stein gegraben hatte, musste Maschinen zur Verfügung gehabt haben, die leistungsfähiger als alles waren, was Juri kannte. Aber warum hatte sich jemand die Mühe gemacht, so präzise zu arbeiten, wenn es sich nur um ein Bergwerk handelte? Wer hatte sich die Mühe gemacht, am Polarkreis so etwas zu bauen? Und vor allen Dingen: warum?

Als sich schließlich eine riesige Kaverne vor ihm ausbreitete, lief ihm ein kalter Schauer den Rücken hinab, und der hatte ganz bestimmt nichts mit den eisigen Temperaturen zu tun.

Wie auch der Gang war diese domartige Höhle eindeutig von Menschenhand geschaffen und dennoch waren hier einige Dinge anders. Die Kuppel war so riesig, dass sich der größte Teil in der Finsternis verlor. Im Schein der Karbidlampe sah Juri in den Wänden einige schwarz glänzende Krater. Er streckte die Hand aus und berührte sie. Sie fühlten sich kalt und glatt wie Glas an. Der Boden der kreisrunden Halle, die größer als alles war, was Juri je gesehen hatte, war übersät mit Schutt und seltsamen Gebilden aus Metall, die so vom Rost zerfressen waren, dass sich ihr ursprünglicher Daseinszweck nicht einmal erahnen ließ. Nun standen sie da wie ein Wald aus kahlen, braunen Bäumen. Vorsichtig stieg Juri eine brüchige Treppe hinab, die sich an der Innenseite der Kuppel spiralförmig nach unten wand. Ihr Geländer war ebenso zerfallen wie diese seltsamen Mahnmale aus korrodiertem Eisen, die im Licht von Juris Lampe geisterhafte Schatten warfen. Juri musste aufpassen, dass er nicht ausrutschte und in die Tiefe stürzte.

»Hallo?«, rief Juri. Er hoffte nicht auf eine Antwort, sondern wollte nur eine Stimme hören, auch wenn es die eigene war. HALLO – Hallo – hallo kam es zurück. Das Echo verlor sich in einem Wispern. Wieder lief es Juri kalt den Rücken hinab. Als Kind hatte er einmal das Parlamentsgebäude in Lorick besucht. Es war nicht so kalt und nicht so groß wie dieser Ort gewesen, aber die Ehrfurcht, die er damals empfunden hatte, war ähnlich. Immer stärker wuchs in Juri das Gefühl, sich in einem riesigen, jahrhundertealten Grab zu bewegen. Er rollte die Gesichtsmaske auf und kletterte weiter über den Schutt.

Am gegenüberliegenden Ende der Halle entdeckte er ein Tor, das im Gegensatz zu all den anderen Metallteilen keine Spur von Korrosion aufwies, sondern wie neu glänzte. Es war sechs Fuß dick, gut hundert Fuß hoch, zweihundert Fuß breit und so unregelmäßig nach innen verbogen, als wäre es von einer gigantischen Faust bearbeitet worden. Dennoch hatte es standgehalten.

Mit zitternden Knien stellte Juri seine Lampe ab. Welche Mächte waren hier am Werk gewesen? Was für ein Kampf hatte hier stattgefunden? Juri konnte nicht anders. Er musste seine Fäustlinge ausziehen, um mit der Hand dieses Tor zu berühren. Obwohl es so kalt war, dass seine Finger am glatten Stahl hätten festkleben müssen, fühlte sich das Metall warm und fettig an.

Juri zog langsam die Handschuhe wieder an und trat verwirrt einen Schritt zurück. Im Inneren dieses Berges musste vor langer, *sehr* langer Zeit ein alles vernichtender Krieg stattgefunden haben. Juri kannte die Wirkung von Sprengstoff, doch gegen die Waffen, die man hier eingesetzt hatte, wäre die Zündung mehrerer Tonnen von hochbrisantem Hexogen nicht mehr als ein jämmerlicher Elefantenfurz gewesen.

Juri hob die Lampe wieder auf. Dieser Ort war Angst einflößend. Kein Mensch hatte hier etwas verloren, er schon gar nicht. Er musste zurück auf dem Weg, den er gekommen war. Auch wenn das bedeutete, dass er sich durch Tonnen von Schnee graben musste. Aber hier blieb er keine Minute länger.

So schnell er konnte, kletterte er über das Geröll zur Treppe, die ihn hinauf zur Kuppel bringen würde. Die Angst saß ihm jetzt im Nacken. Es war falsch, hier zu sein! Irgendetwas war hier, und er hoffte, dass er es nicht geweckt hatte.

Dann ging das Licht seiner Lampe aus. Nicht langsam mit einem Flackern, sondern schnell und ohne Vorwarnung. Juri hielt den Karbidbehälter an sein Ohr und schüttelte ihn. Er war leer. Juri setzte seinen Rucksack ab und begann ihn zu durchwühlen. Irgendwo in einem der vielen Fächer war eine Blechdose, in der sich noch drei Klumpen der blauen Substanz befanden. Mit einem Aufschrei des Triumphs und der Erleichterung hatte er sie endlich gefunden, als er innehielt. Langsam richtete er sich auf. Die Dose glitt aus seinen kraftlosen Händen und fiel scheppernd zu Boden.

Vor ihm, genau in der Mitte der riesigen Halle, drang ein fahler Lichtstrahl aus einem Loch im Boden zu ihm hinauf. Er war so schwach, dass er ihn im Schein seiner Lampe nicht hatte sehen können, aber nun hatten sich seine Augen an die Finsternis gewöhnt. Vorsichtig trat er an den Rand einer schulterbreiten Öffnung und schaute hinab.

Unter der Halle befand sich noch ein Raum. Wie groß er war und wie tief es hinunterging, konnte er nicht erkennen. Das blassblaue Licht war diffus, als ginge es von einem See aus, auf dessen Oberfläche sich kleine Wellen kräuselten. Ohne den Blick von der Öffnung abzuwenden, tastete Juri mit der rechten Hand nach einem kleinen Stein und ließ ihn hinabfallen.

Das Geräusch des Aufschlags kam augenblicklich, also war das Loch nicht tief. Zumindest nicht so tief, dass er sich den Hals brechen würde. Doch was würde er tun, wenn sich herausstellte, dass es dort unten nicht weiterging? Juri lächelte. Die beiden Menschen, die er mehr als sein eigenes Leben geliebt hatte, waren tot. Einzig der Hass und die Aussicht auf Rache trieben ihn noch an. Also, was hatte er schon zu verlieren?

Juri beantwortete die Frage, indem er sprang.

Er kam hart auf. So hart, dass etwas in seinem rechten Kniegelenk mit einem satten Schmatzen knackte. Er biss die Zähne zusammen und rollte sich zur Seite. Mühsam stellte er sich auf das Bein, das den Sturz unbeschadet überstanden hatte, und lehnte sich keuchend an die Wand. Das glühende Pochen im Bein verschwand augenblicklich, als er die Augen öffnete.

In der Mitte des blau irisierenden Raumes befand sich ein kleines Podest, auf dem sich etwas drehte. Etwas, was Juri als Letztes an einem Ort wie diesem erwartet hatte.

Es war eine Blume. Grüne Blätter, paarweise angeordnet, wuchsen aus einem grünen Stiel, auf dessen Spitze eine schwarzviolette Blüte thronte, wie Juri sie noch nie gesehen hatte. Sie erinnerte entfernt an eine Orchidee, ohne jedoch dieselbe Symmetrie aufzuweisen.

Doch als Juri näher kam, erkannte er, dass es keine Pflanze war. Juri war sich noch nicht einmal sicher, ob es sich überhaupt um ein Lebewesen handelte, denn dieses Ding, dieses Etwas, entpuppte sich bei näherem Betrachten als ein Geflecht seidendünner, metallisch glänzender Fäden, die in einem trägen Rhythmus pulsierten.

Juri beugte sich über die Blüte. Erst jetzt fiel ihm auf, dass es zwischen ihr und dem, was wie ein Stiel aussah, keine feste Verbindung gab. Das Geflecht schien die Blüte an ihrer Basis zwar zu umschließen, berührte sie aber nicht. Und doch gab es so etwas wie einen Austausch zwischen den beiden Teilen. Winzige Lichtpartikel wurden abgesondert und wieder absorbiert. Es war ein faszinierendes Spiel, das Juri wie hypnotisiert betrachtete. Und so merkte er nicht, wie sich die Blüte in seine Richtung drehte. Bevor er reagieren konnte, ertönte ein leises, schmatzendes Geräusch. Myriaden der kleinen Lichtpunkte wurden herausgeschleudert. Juri wollte zurückweichen, aber es war zu spät.

Der glühende Staub brannte ihm im Hals und wanderte hinunter in die Lunge. Juri gab ein würgendes Geräusch von sich. Er wollte sich über das Gesicht wischen, hielt aber inne, als dünnflüssiges, helles Blut von seiner Nase in seine Handfläche tropfte. Keuchend stolperte er zurück, trat dabei auf sein verletztes Bein und brach zusammen.

Krämpfe durchzuckten ihn. Etwas arbeitete sich zu seinem Gehirn vor, und als es schließlich oben angekommen war, konnte er endlich schreien, so lange und so laut, bis seine

Stimmbänder keinen Ton mehr hervorbrachten. Das war also der Tod, dachte er, bevor er das Bewusstsein verlor.

Doch Juri täuschte sich. Auch wenn er glaubte, an diesem gottverlassenen Ort elend zu verrecken, sollte das nicht das Ende sein.

Es war erst der Anfang.

Zehn Jahre später

»ACH-TUNG«, bellte die Stimme über den Hof. Die Kinder, alle gekleidet in den grauen Drillich der Anstaltsuniform, nahmen eine straffe Haltung an und schlugen die Hacken zusammen. »AUGEN GERADEAUS!«

Auf dem Hof des kommunalen Waisenhauses Nr. 9 war es jetzt so still, dass man die Vögel zwitschern hören konnte. Tess schaute natürlich nicht zum Direktor, der vor ihnen auf einem Podest stand, sondern verdrehte die Augen zum blauen Himmel, an dem einige weiße Wolken wie Boten aus einer besseren Welt dahinzogen. Die Ansprache bei einer Bestrafung war immer dieselbe, Tess konnte sie schon mitsprechen: *Ihr werdet von der Gesellschaft behütet, gekleidet und genährt.*

»Ihr werdet von der Gesellschaft behütet, gekleidet und genährt …«

Wer die Gemeinschaft bestiehlt, der schlägt die Hand, die sich kümmert, sagte Tess in Gedanken.

»Wer die Gemeinschaft bestiehlt, der schlägt die Hand, die sich kümmert …«, rezitierte die Stimme und es klang fast wie ein Schluchzen. Gott, Direktor Visby war solch ein schlechter Schauspieler. Niemand nahm dem selbstgefälligen Sadisten, der aussah wie die menschliche Version eines Ziegenbocks, diese jämmerliche Leidensnummer ab.

»Und das können wir nicht dulden, wenn wir verhindern wollen, dass diese Gemeinschaft Schaden an ihrer Seele nimmt.«

Hoppla, hatte er etwa den Text verändert? Normalerweise wäre jetzt *Auge um Auge, Zahn um Zahn* gekommen. Aber Schaden an der Seele nehmen war auch nicht schlecht.

»Auge um Auge, Zahn um Zahn!«

Ah, also doch. Ja, der alte Visby wusste, was er seinem Publikum schuldig war. Immer schön die Erwartungen erfüllen, sonst hatten Bestrafungen wie diese keinen festigenden Einfluss auf die allgemeine Moral. Jetzt wurde ein Junge nach oben geführt und so über einen Bock gelegt, dass er ihnen sein blankes Hinterteil entgegenstreckte. Direktor Visby ließ die Reitpeitsche durch die Luft zischen.

»Egino Flemming, du hast heute in der Küche einen Apfel gestohlen und bist deswegen von mir zu fünf Peitschenhieben verurteilt worden.«

Tess hob die Augenbrauen. Visbys Frau hatte heute wohl ein Stück Zucker zu wenig in seinen Tee getan. Normalerweise bekam man bei solchen Vergehen wie dem Diebstahl eines Apfels höchstens die Weidenrute zu spüren. Die Peitsche gab es eigentlich nur bei schweren Verstößen gegen die Schulordnung.

Der Direktor wandte sich jetzt an die versammelten Kinder und gab ihnen ein Zeichen. »Auf dass ihm jeder Hieb eine Lehre sein mag.«

»Eins!«, kam es aus hundert Kehlen.

Die Peitsche zischte durch die Luft und es gab ein helles Klatschen. Egino schrie nicht. Er kannte die Prozedur, verkniff sich also jede Äußerung, obwohl man sich nie so ganz an die Schläge gewöhnte. Tess tat er jedenfalls nicht leid. Egino war ein Dummkopf. Er hatte gewusst, was er tat, und er liebte es, auf der Rasierklinge zu reiten. Nun, manchmal schnitt man sich. So war das Leben in einem Waisenhaus eben.

»Zwei«!

Die Peitsche zischte erneut. Eginos Hintern zuckte noch nicht einmal. Tess befürchtete, dass er es auf die Spitze trieb. Ein wenig musste er Visby schon entgegenkommen, sonst würde die Bestrafung das nächste Mal noch härter ausfallen. Es gab ein ausgefeiltes Ahndungssystem für Regelverstöße. Drei Monate Karzer bei Wasser und Brot wurden verhängt, wenn man wirklich etwas Übles ausgefressen hatte. Einen Lehrer beschimpfen zum Beispiel. Besonders die Neuzugänge, die noch das Leben in richtigen Familien kannten, machte man hier sehr schnell mürbe. Wer einen Lehrer schlug, hatte ganz schlechte Karten. Dann kam man in die Fabrik. Das klang nicht weiter dramatisch, doch hinter vorgehaltener Hand erzählten sich die Kinder wahre Schauergeschichten von diesem Ort. Vor allem wohl auch deshalb, weil keines der Kinder jemals von dort zurückgekehrt war. Dann doch besser den Karzer. Länger als drei Monate verbrachte man dort nie, und danach gehörte man innerhalb der Heimhierarchie zu den ganz Großen. Vorausgesetzt natürlich, man überstand die drei Monate Einzelhaft in völliger Dunkelheit, ohne dabei verhaltensauffällig zu werden.

»Drei!«

Tess hatte es bisher geschafft, sich jeden Ärger vom Hals zu halten. Sie hatte aber auch einen Vorteil: Sie war als Neugeborenes von ihren Eltern ausgesetzt worden und hier aufgewachsen. Das kommunale Waisenhaus Nr. 9 war ihr Zuhause, und sie kannte es in- und auswendig. Sie wusste, vor welchen Wärtern sie sich in Acht nehmen musste und welche einigermaßen in Ordnung waren. Im Gegensatz zu den anderen Kindern, die in der Werkstatt, der Küche oder gar der Wäscherei schufteten, hatte sie einen Platz in der Bibliothek ergattert. Das war die Belohnung dafür gewesen, dass sie im Gegensatz zu Jungs wie Egino gerne zum Schulunterricht gegangen war und dort sogar etwas gelernt hatte. Die Versagerquote dieses Heims, wie im Übrigen auch die aller anderen acht Einrichtungen, lag bei achtzig Prozent. Mehr als drei Viertel fanden nach ihrer Entlassung keine Arbeit, noch nicht einmal als Handlanger in einer der vielen Fabriken. Wer keine Arbeit hatte, der verdiente kein Geld. Und ohne Geld hatte man nur zwei Möglichkeiten: Entweder man lebte auf der Straße und wurde von den Suppenküchen durchgefüttert. Oder man trat einem der vielen Boxvereine bei. Das war der Weg, der den Jungs offenstand. Für Mädchen gab es nur eine viel schlimmere Möglichkeit. Das jedenfalls predigte Visby immer wieder, vor allem wenn er ein Mädchen bestrafte, was ihm offensichtlich mehr Spaß bereitete, als Jungs wie Egino zu züchtigen.

»Vier!«

Tess war dreizehn, in einem Jahr würde sie die Schule und somit das Heim verlassen müssen, um sich irgendwo eine Arbeit zu suchen. Dabei sah sie aber relativ gelassen in die Zukunft. Sie konnte nicht nur lesen und schreiben, sondern beherrschte auch das kaufmännische Rechnen mit Dreisatz und Buchführung. Zudem war sie anpassungsfähig, konnte sich ausdrücken und war auch sonst nicht auf den Kopf gefallen. Selbst Direktor Visby behandelte Tess mit Respekt und erwähnte immer sie, wenn er ein leuchtendes Beispiel für den Erfolg seiner Philosophie benötigte.

»Fünf.«

Es klatschte ein letztes Mal und Egino stöhnte ein klein wenig auf. Direktor Visby machte ein zufriedenes Gesicht. Der schlaksige Bursche mit dem wenig intelligenten Gesicht richtete sich auf und zog die Hose hoch. Er verneigte sich vor dem Direktor, bedankte sich für die Strafe und humpelte die Treppe hinab, um sich neben Tess in die Reihe zu stellen. Sie sah aus den Augenwinkeln heraus, wie er zu grinsen versuchte, und hoffte, dass er wenigstens bis zum Betreten des Gebäudes den Mund hielt. Er tat ihr den Gefallen, aber nur, bis sie in der großen Eingangshalle waren.

»Na, wie habe ich das gemacht?«, sagte Egino leise. Sein Gesicht war bleich. Wie immer vesuchte er zu tun, als sei er gegen die Prügel immun, aber die blutbefleckte Hose sagte etwas anderes.

»Du bist ein Idiot!«, zischte sie. »Wenn du dich noch einmal bei einer Bestrafung so selbstgefällig aufführst, landest du im Karzer. Du kannst froh sein, dass Visby es bei den fünf Hieben beließ.«

Egino verzog das Gesicht zu etwas, was wohl ein Lächeln sein sollte. »Visby kann mir mal den Buckel runterrutschen.« Er drückte Tess heimlich etwas in die Hand.

»Was ist das?«, flüsterte sie ärgerlich. »Etwa wieder ein

Liebesbrief? Wenn du glaubst, dass ich deinen Hintern verarzte, bist du schief gewickelt.«

Eginos Blick verfinsterte sich. »Tu nicht immer so, als würdest du über den Dingen stehen! Weißt du, was die anderen von dir denken? Dass du Visby in den Arsch kriechst!«

»Das tu ich nicht!«, rief sie empört.

»Das weißt du. Und das weiß ich. Aber was ist mit dem Rest von uns? Schau dich doch an. Wir alle laufen hier herum wie der Abschaum der Welt. Nur du siehst in dieser Uniform aus, als hätte man sie für dich maßgeschneidert. Ich wette, sie kratzt noch nicht einmal. Deine Haare sind geschnitten und gewaschen. Du achtest auf dein Äußeres. Verdammt noch mal, du siehst sogar richtig hübsch aus.«

Tess schnaubte verlegen und wurde tatsächlich ein wenig rot.

»Was meinst du? Wer nimmt dich immer in Schutz, wenn die anderen nicht ganz so hübschen Mädchen mal wieder aus Neid Lügengeschichten über dich in die Welt setzen, hm?«

Tess rollte mit den Augen.

»Das bin ich«, sagte Egino leise. »Also nimm mich ernst, wenn ich mit dir rede! Das ist ein Flugblatt, das zurzeit draußen die Runde macht.«

Tess sah sich erschrocken um. »Bist du verrückt? Wenn man mich damit erwischt, schmeißt man mich hochkantig aus dem Heim!«

»Dann lass dich halt nicht damit erwischen.«

»Von wem hast du das?«, fragte sie aufgeregt. Nachrichten von draußen waren rar. Nur selten gelang es jemandem, eine Zeitung oder einen Brief hereinzuschmuggeln.

»Von einem Neuzugang. Hör zu, offensichtlich geht nicht nur hier im Waisenhaus alles vor die Hunde. In Lorick und wahrscheinlich auch im ganzen Land herrscht Aufruhr. Viele hungern, weil sie keine Arbeit mehr haben. Die wenigen, die schon immer reich waren, werden noch reicher. Ich wette mit dir, Visby hat seine Schäfchen längst ins Trockene gebracht. Er gehört zu denen, die von unserer billigen Arbeit profitieren. Wo geht denn das ganze Geld hin? Steckt er es etwa ins Waisenhaus? Wohl kaum! Nein, es wird Zeit, dass wir endlich gerecht behandelt werden. Ich schlage vor, du liest das Flugblatt, wenn du nachher in der Bibliothek bei deinen Büchern sitzt. Wir können uns heute Abend darüber unterhalten.«

Im Treppenhaus trennten sich ihre Wege. Egino hatte bis heute in der Küche gearbeitet, aber nach der Geschichte mit dem Apfel hatte man ihn in die Wäscherei versetzt, wo man den ganzen Tag im heißen Wasserdampf stand und sich entweder an der heißen Lauge verbrühte oder sich beim Spülen der Wäsche die Hände abfror.

Tess war ganz aufgeregt, als sie die Tür zum Büchersaal aufschloss und die Jacke ihrer grauen Heimuniform an die Garderobe hängte. Frau Hamina, die Bibliothekarin, würde erst in einer Viertelstunde kommen, und eigentlich sollte Tess bis dahin die zurückgegebenen Bücher einsortiert haben, aber sie war zu neugierig.

Hastig setzte sie sich an ihren Tisch und breitete das Stück Papier aus, das in ihrer schwitzigen Hand feucht geworden war. Die Buchstaben waren so groß gedruckt, dass sie ihr förmlich ins Gesicht sprangen.

BÜRGER MORLANDS!
Während unsere Kinder des Hungers sterben,
profitieren die Herrschenden von unserem Unglück,
indem sie für immer mehr Arbeit immer weniger zahlen.
Deswegen fordern wir:
SCHLUSS MIT DEM HUNGERREGIME!
SCHLUSS MIT DER UNTERDRÜCKUNG!
Wir rufen euch auf:
☞☞ STREIKT! ☜☜
Legt eure Arbeit nieder. Sofort. Unbefristet. Umfassend.
DIE BEWEGUNG KOMMT VON UNTEN –
GEMEINSAM SIND WIR STARK!

gez.: Die Armee der Morgenröte

Tess las das Flugblatt immer und immer wieder. Was sie so erregte, war nicht so sehr dessen Inhalt. *Die Bewegung kommt von unten. Gemeinsam sind wir stark.* Das war nicht sonderlich originell. Nein, was ihre Hände zittern ließ, war die Tatsache, dass dieses Flugblatt überhaupt existierte! Immer wieder hatten sie von den Zuständen in Lorick gehört, das meiste jedoch für Gerüchte gehalten. Manche Geschichten waren wie ein Schneeball, der von Umdrehung zu Umdrehung wuchs, obwohl der eigentliche Kern nur ein kleiner Stein war. Und doch konnte dieser Kern, dieses Quäntchen Wahrheit, eine alles zerstörende Lawine auslösen. Dass dieses Flugblatt die Macht dazu hatte, spürte sie sofort. So schienen also die Geschichten zu stimmen, die man sich erzählte. Es stand schlecht um Morland. So schlecht, dass sich zum ersten Mal seit langer Zeit eine Person oder eine Gruppe zu Wort meldete, um die Unzufriedenen zu vereinen und sich zu wehren.

Mit zitternden Händen faltete Tess das Blatt zusammen. Zunächst wollte sie es einstecken, doch dann entschloss sie sich dazu, es zu vernichten. Sie hielt das Pamphlet in den Glaskolben einer Petroleumlampe, die Frau Hamina immer brennen ließ. Augenblicklich fing es Feuer. Tess ließ es in ein Waschbecken fallen und wartete, bis es vollständig verbrannt war. Dann drehte sie den Wasserhahn auf, um die letzten Spuren zu beseitigen. Mit klopfendem Herzen machte sie sich endlich an die Arbeit und räumte die Bücher ein.

Das Abendessen im großen Speisesaal bot Tess die einzige Möglichkeit des Tages, sich ungestört mit Egino auszutauschen. Am Vormittag, während der Schule, herrschte striktes Redeverbot, das Gleiche galt für die Arbeitsstunden am Nachmittag. Um neun Uhr am Abend war Bettruhe angesagt, wobei sich die Schlafsäle – natürlich nach Geschlechtern getrennt – am jeweils entgegengesetzten Ende des Hauptgebäudes befanden.

Das Refektorium war ein holzgetäfelter, lang gezogener Raum, an dessen Kopfende sich der erhöhte Tisch der Heimleitung befand. Das bleigefasste Glas der Fenster war über die Jahre so trübe geworden, dass zu jeder Mahlzeit die Gasbeleuchtung entzündet werden musste.

»Hast du das Flugblatt gelesen?«, fragte Egino aufgeregt, als er mit Tess in der Schlange vor der Essensausgabe stand.

Sie nickte.

»Und?«

»Und was?«

»Was hältst du davon?«

Tess hielt der Küchenhilfe das Tablett entgegen, die ihr mit einer großen Schöpfkelle etwas auf den Teller lud, was wie zäher Haferbrei aussah.

»Ich habe noch nie etwas von einer Armee der Morgenröte gehört«, flüsterte sie, als sie sich aus einem Korb zwei Scheiben Brot nahm.

»Das hat nichts zu bedeuten. Du weißt, wie sehr wir hier drin abgeschottet werden. Wenn es nach dem alten Visby ginge, würden wir schließlich immer noch glauben, die Erde sei eine Scheibe.«

Sie setzten sich an den Tisch, Egino vorsichtiger und steifer als Tess. Er schien wirklich Schmerzen zu haben.

»So, wie es ist, kann es jedenfalls nicht weitergehen«, fuhr er fort. »Das, was sich hier abspielt, ist ein Spiegelbild der Verhältnisse draußen.« Er zeigte auf den Tisch der Heimleitung, von dem der Duft von gegrilltem Fleisch zu ihnen herüberzog. Nur einmal im Jahr, zum Nationalfeiertag, bekamen die Kinder einen Braten auf den Teller. An allen anderen Tagen gab es eine ähnlich karge Kost wie heute. »Während wir diesen Fensterkitt herunterwürgen müssen, können Visby und Konsorten ihre Zähne in einen Schinken schlagen. Und zwar jeden Tag! Findest du das etwa gerecht?«

Tess stocherte stumm in ihrem Brei herum.

»Ich habe schon mit den anderen gesprochen. Sie sind dabei.«

»Wer?«, fragte Tess misstrauisch.

»Arvo, Bjarne und die anderen, du weißt schon«, sagte Egino mit einer ungeduldigen Handbewegung.

Ja, Tess wusste allerdings, wen Egino meinte. Sie gehörten zu den üblichen Verdächtigen, wenn es darum ging, ohne Sinn und Verstand Unruhe zu stiften. Auf der anderen Seite konnte man vom Rest der Heiminsassen nicht viel erwarten. Sie waren folgsam wie Lämmer. Und doch: Mit einem richtigen Leitwolf würden sie vielleicht zu einem gefährlichen Rudel werden.

»Wie sieht dein Plan aus?«

»Wir werden uns keine direkte Aktion leisten können, dazu sind wir zu schwach.«

»Was meinst du mit einer direkten Aktion?«

»Na ja, das Büro des Direktors besetzen oder das Personal in den Karzer sperren. So was in der Art. Aber jeder gewaltsame Aufruhr würde der Heimleitung die Gelegenheit bieten, mit aller Macht zurückzuschlagen.«

Tess schaute Egino überrascht an, denn vernünftige Einsichten wie diese waren sonst nicht seine Stärke.

»Außerdem hat es Visby immer wieder geschafft, ein Gemeinschaftsgefühl zu unterbinden. Wir können also nur hoffen, dass die Masse unserem Beispiel folgt und mitzieht, auch wenn wir nicht wissen, wem wir trauen können.«

»Das ist eine ziemlich dürftige Grundlage für einen Streik«, gab Tess zu bedenken.

»Irgendeiner muss den Anfang machen.«

»Ich frage ungern noch einmal, aber wie sieht denn jetzt dein Plan aus?«

»Ganz einfach: Wir werden nichts tun.«

Tess musste lachen. »Na toll. Du bist ja ein großartiger Stratege.«

»Warum? Das ist doch der Kern eines Streiks. Wir weigern uns zu arbeiten und schauen, was geschieht.«

Tess schüttelte den Kopf. »Das ist mir zu windig.«

»Also bist du nicht mit dabei?«

»Nein.«

Egino nickte bedächtig. »Ja. Ich verstehe«, sagte er und die Enttäuschung war deutlich in seiner Stimme zu hören. »Du hast schließlich am meisten zu verlieren, nicht war? Deine Arbeit in der Bibliothek und all die anderen kleinen Freiheiten, die du dir so mühsam erarbeitet hast.«

Tess hieb wütend mit ihrem Löffel in den Haferbrei. »Quatsch, darum geht es mir doch gar nicht. Wenn es dir gelingt, etwas wirklich Überzeugendes auf die Beine zu stellen, mache ich sofort mit.«

Egino stand auf. »Du könntest mir ja dabei helfen, aber du hast Angst, etwas für andere zu riskieren. Aber weißt du was? Der Baum, der sich dem Wind nicht beugt, wird im Sturm gefällt.« Mit diesen Worten ließ er sie sitzen.

Tess schnalzte mit der Zunge. Verdammt, Egino war doch dümmer, als sie vermutet hatte. Er hatte kein Gespür dafür, wann sich ein Kampf lohnte und wann er aussichtslos war. Im Gegenteil, er würde aus Stolz und Übermut den Aufstand auf die Spitze treiben. Der morgige Tag würde schwarz werden. Sehr schwarz.

Tess schob das Tablett von sich fort. Ihr war der Appetit auf Hafergrütze vergangen.

Dass etwas im Busch war, schien die Heimleitung zu ahnen. Tess wusste, dass es unter den Kindern einige Ratten gab. Ratten waren Verräter, die für besseres Essen und leichtere Arbeit die anderen Kinder bespitzelten. Normalerweise wurden die Mädchen und Jungen nach dem Abendappell in ihre Schlafsäle eingeschlossen, und zwar allein. Diesmal jedoch hielten je zwei Aufseher Wache, grobschlächtige Kerle, an deren Gürtel schwere Holzknüppel hingen. Sie beließen es nicht dabei, auf ihren Holzstühlen sitzen zu bleiben, sondern schritten mit ihren genagelten Stiefeln in regelmäßigen Abständen die Reihen der Betten ab.

An Schlaf war nicht zu denken. Tess wusste nicht, wie die Situation im Schlafsaal der Jungen war, aber sie hatte Angst, dass es in dieser Nacht zu Übergriffen kommen würde. Die Wächter brauchten nicht immer einen Grund, um zuzuschlagen.

Das kommunale Waisenhaus war das einzige Zuhause, das sie kannte, und es hatte sogar einige Erzieher gegeben, zu denen sie im Laufe der Jahre Vertrauen gefasst hatte, die waren jedoch schon lange nicht mehr da. Man munkelte, dass sie aus Protest gegen die unhaltbaren Zustände den Dienst quittiert hatten. Danach war es richtig schlimm geworden. Visby führte ein Regiment, das man wohlwollend als streng bezeichnen konnte, in der Tat aber diktatorisch war. *Nur wer arbeitet, bekommt auch etwas zu essen.* Das war eine seiner Maximen. Die andere lautete: Teile und herrsche. Ratten konnten mit einer Sonderbehandlung rechnen. Wer sich anpasste, wurde in Ruhe gelassen. Und wer sich so aufsässig wie Egino aufführte, hatte es verdammt schwer. Tess hatte versucht, einen vierten Weg einzuschlagen, und der hieß: Augen zu und durch. Nimm mit, was dir nützt, und versuche ansonsten unsichtbar zu bleiben. Bis zum heutigen Tag hatte das auch geklappt, aber nun spürte sie das Vorbeben einer Veränderung, die ihr überhaupt nicht gefiel. Visby hatte sich immer mehr von einer harten, aber auf seine Weise wohlmeinenden Vaterfigur zu einem paranoiden Despoten entwickelt, dessen Boshaftigkeit im drastischen Gegensatz zu seiner schmächtigen, beinahe zerbrechlichen äußeren Erscheinung stand. Kurz: Das kommunale Waisenhaus Nr. 9 hatte sich innerhalb weniger Jahre von einer leidlich akzeptablen Verwahranstalt elternloser Kinder in ein seelenloses Arbeitshaus verwandelt, dessen gesichtsloses Personal alle sechs Monate wechselte, weil es offenbar noch nicht einmal die Erzieher hier lange aushielten. Und auch Tess spürte, dass ihre Strategie des Sich-unsichtbar-Machens sie bald nicht mehr schützen würde. Sie würde Stellung beziehen müssen.

Gelegenheit dazu bekam sie beim Frühstück. Die Hälfte der Kinder verweigerte das Essen und blieb reglos auf ihren Plätzen sitzen, allen voran als Rädelsführer natürlich Egino, der sich in Anbetracht der Zahl seiner Gefolgsleute ein Lächeln nicht verkneifen konnte. Und dieses Lächeln verwandelte sich in ein Grinsen, als er sah, dass sich Tess ebenfalls nicht in die Schlange gestellt hatte.

Der Protest blieb stumm. Niemand rief Parolen, keiner verzog eine Miene. Tess lief es kalt den Rücken hinab. Diese totale, lautlose Verweigerung war in der Tat bedrohlicher als ein offener Aufstand.

Als nach einer Viertelstunde das Frühstück offiziell beendet war, begaben sich die Kinder, die sich nicht am Streik beteiligten, in ihre Klassenräume. Bis jetzt hatte die Heimleitung noch nicht eingegriffen, aber als nur noch die Verweigerer im Speisesaal saßen, hörte Tess den knallenden Gleichschritt genagelter Stiefel vom Korridor näher kommen. Sekunden später waren zwanzig Aufseher im Speisesaal und bezogen an den Wänden Stellung, den Holzknüppel in der Hand. Dann kam Visby.

Tess hatte nur selten die Gelegenheit gehabt, den Direktor aus nächster Nähe zu sehen, und sie erschrak bei seinem Anblick. Die Augen glänzten rot, als hätte er schon zu dieser frühen Stunde zu tief ins Glas geschaut. Das Haar stand ihm wirr vom Kopf ab, der Bart war struppig und ungepflegt. Die mit Ei und Marmelade befleckte Weste hatte er falsch geknöpft. Doch das war nichts gegen den Gestank nach verdorbenem Fisch, den dieser Mann verströmte. Vor ihr stand ein Mensch, der tot war, es aber noch nicht wusste. Ein lebender Leichnam.

Plötzlich stöhnte Visby auf, als litte er unsägliche Schmerzen. Er schluchzte sogar ein-, zweimal, nur um sich dann mit einem gezwungenen Lächeln zusammenzureißen.

»Ihr lieben Kinder, warum tut ihr das?«, jammerte er schrill. »All das Vertrauen, das ich in euch gesetzt hatte, ist von euch auf eine solch schäbige, solch niederträchtige Weise missbraucht worden. Ihr lasst mir keine andere Wahl, als mit aller gegebenen Härte vorzugehen. Ich kann nicht zulassen, dass einige faule Äpfel den ganzen Korb verderben.« Er drehte sich um und ging wieder zur Tür zurück, wo er sich noch einmal umdrehte. »Ihr wisst, was ihr zu tun habt«, sagte er den Wachmännern.

Immer zu zweit nahmen sie sich jeweils ein Kind vor, drehten ihm die Arme auf den Rücken und führten es ab wie einen Schwerverbrecher.

Niemand hatte mit dieser Härte gerechnet, noch nicht einmal Egino, der sichtlich geschockt auf seinem Platz saß und sich nicht rührte. Und auch Tess hatte geglaubt, dass man sie so lange im Speisesaal festhalten würde, bis sie nachgaben. Sie wusste nicht, welcher Teufel sie ritt, als sie plötzlich auf den Tisch sprang und die Arme hob.

»Hört auf damit«, schrie sie. »Merkt ihr nicht, dass ihr den Befehlen eines Irren folgt? Ihr macht euch zu Vollstreckern eines Wahnsinnigen!«

Die Wachen hielten irritiert inne, und für einen kurzen Moment glaubte sie, dass die Männer tatsächlich ihr Tun überdachten. Aber dann brach die Hölle los. Ohne Rücksicht begannen sie die Kinder zu verprügeln. Die Jungen und Mädchen warfen sich auf den Boden, um davonzukriechen oder wenigstens ihre Köpfe vor den Knüppeln zu schützen. Egino und drei andere Jungs waren die Einzigen, die wirklich Widerstand leisteten, wenn auch nur kurz. Nach zehn Minuten war alles vorbei. Was dann geschah, bekam Tess nicht mehr mit, denn ein Schlag traf sie so hart am Kopf, dass sie bewusstlos zusammenbrach.

Sie erwachte erst wieder im Keller. Man hatte sie zusammen mit Egino und zehn anderen Kindern in eine Zelle gesteckt, die so klein war, dass sie alle stehen mussten. Die, die zu schwach zum Stehen waren, wurden von den übrigen gestützt, damit sie nicht umfielen. Die Luft war grauenvoll. Es roch, als hätte sich mehr als nur einer von ihnen in die Hose gemacht. Tess tastete ihre Stirn ab, wo eine taubeneigroße Beule pochte.

»Noch alles an dir dran?«, fragte Egino scherzhaft, der sie noch immer fest umklammert hielt. Doch die Zuversicht war aus seiner Stimme verschwunden. Tess konnte deutlich die Angst heraushören.

»Ja. Was passiert mit uns?«, fragte sie und wunderte sich im gleichen Moment, dass sie selbst überhaupt keine Furcht verspürte. Sie merkte, dass Egino zitterte.

»Jetzt knöpfen sie sich jeden einzeln vor. Offensichtlich will Visby ein Exempel an uns statuieren.«

»Das kann er nicht machen. Wenn jemand draußen davon erfährt …«

»Wird es niemand weiter stören«, sagte Egino finster. »Für den Rest der Welt sind wir Abschaum. Was meinst du, warum man uns weggesperrt hat, obwohl wir nichts verbrochen haben? Es ist das schlechte Gewissen derer, die keine Verantwortung übernehmen wollen. Aus den Augen, aus dem Sinn.« Er lachte bitter. »Sieht so aus, als wollten sie das Problem ziemlich endgültig lösen. Aber ich habe nicht vor, von diesem Ziegenbock zur Strecke gebracht zu werden.«

»Du willst ausbrechen und dich dieser Armee der Morgenröte anschließen?«, fragte Tess.

»Ja«, sagte er. »Kommst du mit?«

»Egino, du bist ein Traumtänzer. Für einen Ausbruch ist es reichlich spät, findest du nicht auch? Das hättest du früher planen sollen.«

»Wer hat denn auch gedacht, dass es so schlimm werden würde«, sagte er leise.

»Die ganze Idee mit dem Streik …«

»… war eine Schnapsidee, ich gebe es ja zu. Aber ich habe bereits einen anderen, viel besseren Plan, du wirst schon sehen. Hör zu …«

Weiter kam er nicht, denn die Tür der Zelle wurde aufgerissen. Grelles Licht fiel in den dunklen Raum. Tess hob die Hand, um ihre Augen zu schützen.

»Egino Flemming?«

»Ja?«

Eine kräftige Hand packte ihn. »Mitkommen!«

»Tess Gulbrandsdottir?«

Tess trat zögernd einen Schritt vor.

»Du kommst auch mit. Los, schlaf nicht ein.« Jemand fasste sie grob an der Schulter und zerrte sie hinaus in den Korridor, wo sie stolperte und der Länge nach hinschlug. Tess sah, wie Egino in einen Raum geführt wurde, wo zwei Männer mit hochgekrempelten Armen schon auf ihn warteten. Dann fiel die schwere Eisentür hinter ihm zu und es klang, als würde man einen Sargdeckel zuschlagen.

Die Wache griff ihr ins Haar und zerrte sie mit einem Ruck auf die Beine. Tess schrie vor Schmerzen auf. Blendend heiße Wut überkam sie und verdrängte die lähmende Verzweiflung.

»Fass mich nicht an!«, schrie sie. Der Mann, der die Statur eines Gleiswerkers hatte, flog in hohem Bogen durch die Luft, schlug gegen die Wand und blieb reglos liegen.

Tess war einen Moment wie erstarrt. Dann rannte sie wie

noch nie in ihrem Leben, die Treppe hinauf zum Korridor, der in die Eingangshalle führte. Niemand konnte sie festhalten, obwohl sich ihr immer wieder Männer in den Weg stellten, die doppelt so viel wogen und viermal so kräftig wie sie waren. Tess pflügte einfach durch sie hindurch, rannte über den Hof und hielt auf das Eingangstor zu.

Noch nie in ihrem Leben hatte sie sich so stark und unangreifbar gefühlt wie jetzt. Gierig sog sie die frische Luft ein und stieß einen Schrei aus, als sie sich vom Boden abstieß und sprang. Um sie herum schien die Luft zu glühen, doch das hinderte sie nicht daran, auf der anderen Seite des Tores weiterzulaufen. Erst als sie einen kleinen Park erreichte, spürte sie, wie schwer ihre Beine waren. Keuchend ließ sie sich unter einem Baum ins Gras fallen. Sie fühlte sich nicht müde oder gar erschöpft, ganz im Gegenteil. Zum ersten Mal in ihrem Leben fühlte sie sich frei. Als sie sich dessen gewahr wurde, löste sich die ganze Anspannung in einem glockenhellen Lachen auf.

Sie schaute sich um. Nach all dem Grau, in dem sie aufgewachsen war und das ihr Leben so sehr bestimmt hatte, waren die Farben der Blumen so berauschend wie ihr Duft. Tess legte sich auf den Rücken und betrachtete die Sonne durch das Blätterdach der smaragdgrünen Baumkronen, die sanft im Wind rauschte. Sie seufzte und schloss die Augen.

Schlagartig waren die Bilder wieder da. Der wahnsinnige Visbg. Die Angst der Kinder, als sie von den Männern mit den Holzknüppeln abgeführt wurden. Egino, der in einen Raum geschleppt wurde, den er vermutlich nicht mehr lebendig verlassen würde. Und ihre eigene Flucht.

Ihr Herz setzte aus, als sie sich die Einzelheiten wieder ins Bewusstsein rief. Tess erinnerte sich an den Mann, der gegen die Wand geschleudert wurde, aber sie konnte sich beim besten Willen nicht erklären, was eben passiert war. Sie richtete sich auf.

Die anderen Wachen, die sich ihr in den Weg gestellt hatten! Keinem der Männer war es gelungen, sie festzuhalten! Und dann war sie einfach über die Mauer gesprungen ...

Ein kalter Schauer lief Tess den Rücken hinab. Sie fühlte sich, abgesehen von dem überwältigenden Hunger, der in ihr nagte, nicht anders als sonst. Und dennoch spürte sie, dass sich mit dem heutigen Tag ihr Leben geändert hatte.

* * *

Beschreibe in einigen kurzen Sätzen Morlands politisches System unter Berücksichtigung der territorialen Gliederung.

York Urban hatte den Kopf auf beide Hände gestützt und starrte das Blatt an, als wären die Prüfungsaufgaben in einer ihm unbekannten Sprache verfasst worden. Also, wie war das noch mal: Morland bestand aus fünf Provinzen. Da gab es Morvangar im Norden, Veskill im Westen, Sorgard im Süden, die namenlose Ostprovinz und den Bezirk von Lorick mit der gleichnamigen Hauptstadt mittendrin. Morland hat ein Zwei-Kammern-System. Einmal den Staatsrat, vertreten durch die Gouverneure, die die Interessen der Provinzen vertreten, und zum anderen das Parlament, dessen Angehörige alle fünf Jahre neu gewählt werden. Oberhaupt des Staates ist der auf ebenfalls fünf Jahre gewählte Präsident, zurzeit

Frederik Begarell in seiner zweiten und damit letzten Amtsperiode.

York holte tief Luft und rieb sich die Augen. Gott, wie er diesen drögen Mist hasste. Wenn er wenigstens wie die anderen Jungs in seinem Alter eine normale Schule besuchen könnte, dann müsste er sich nicht alleine mit einem Privatlehrer herumschlagen, der so humorfrei wie die Schulbücher war, mit denen er arbeitete. Wen interessierte schon das politische System Morlands? Nach allem, was er von seinem Vater erfahren hatte, war ohnehin alles nur eine jämmerliche Scharade. Und es gab kaum einen Mann im Lande, der sich in derlei Dingen besser auskannte als Erik Urban, denn Yorks Vater war der oberste Richter Morlands.

Das Anwesen der Urbans war ein riesiger, fast schlossähnlicher Stadtpalast in der Nähe des Präsidentensitzes. York lebte in diesem goldenen Käfig mit Dutzenden von Hausangestellten, die alle vom Geheimdienst überprüft worden waren. Und obwohl das Regierungsviertel rund um die Uhr streng bewacht wurde, hatte Erik Urban Angst um seinen Sohn. Es gab genug Feinde, die York entführen würden, nur um ihre politischen Ziele durchzusetzen. Das war den Worten seines Vaters nach auch der Grund, warum York das Haus nicht verlassen durfte – nicht einmal in Begleitung eines Agenten des Innenministeriums. Dumm war nur, dass sein Vater nie einen Zweifel daran gelassen hatte, Forderungen möglicher Entführer niemals nachzukommen, auch wenn dies den Tod seines einzigen Erben bedeutet hätte. York war sich nicht sicher, ob er den Richter dafür hassen oder bewundern sollte. Als Kind hatte York die Entscheidungen seines Vaters nie in Zweifel gezogen. Erst als er älter wurde und Fragen stellte, auf die er selten eine befriedigende Antwort erhielt, suchte er die Auseinandersetzung mit ihm, auf die der alte Mann höchst bemerkenswert reagierte. Denn statt cholerisch auf den Tisch zu hauen, machte sich der Richter die Mühe, York geduldig die komplizierte Situation zu erklären – was freilich wenig an der Lage änderte. Manchmal fragte sich York, wie sein Leben aussähe, wenn seine Mutter nicht so früh gestorben wäre. Er hatte sie nie kennengelernt. Für ihn war sie nur die vage Idee einer Person, die sehr stark gewesen sein musste. Sein Vater wäre bestimmt nicht mit einer Frau zusammen gewesen, die ihm nicht ebenbürtig war. York seufzte und starrte wieder auf das Blatt Papier. Die Zeit lief ihm davon. York schrieb die verlangte Antwort nieder und wandte sich der nächsten Aufgabe zu.

Beschreiben Sie in einigen kurzen Sätzen das Wirtschaftssystem Morlands.

York zupfte sich am Ohrläppchen und schaute zu Herrn Diffring, seinem Hauslehrer, auf, der an seinem Tisch saß und in irgendwelchen wissenschaftlichen Zeitschriften blätterte, doch von ihm konnte er keine Hilfe erwarten. Das wäre so, als bäte ein zum Tode Verurteilter seinen Henker um eine Kopfschmerztablette. York versuchte, sich das ins Gedächtnis zu rufen, was Diffring ihm in vielen Stunden einzutrichtern versucht hatte.

Morland war noch immer ein Agrarstaat auf dem beschwerlichen Weg zur Industrienation. Die einzigen nennenswerten Erzvorkommen gab es in Morvangar und der Ostprovinz. Kohle und Öl waren so knapp, dass man sie in der Regel nicht blind verfeuerte, sondern als Ausgangsstoff für die chemische Industrie nutzte. Wenn es um Verbrennung ging, war man auf Erdgas oder Holz angewiesen.

Handel spielte eine untergeordnete Rolle. Morland war wirtschaftlich protektionistisch und politisch isolationistisch. Die Wirtschaftsbeziehungen zu den Nachbarländern hielten sich in Grenzen, da die Einfuhrzölle exorbitant hoch waren, was zur Folge hatte, dass der Schmuggel an Morlands Grenzen in den letzten Jahrzehnten beängstigend zugenommen hatte.

Nenne die drei größten Erfindungen der letzten hundert Jahre und begründe deine Entscheidung.

York grinste zu Diffring hinüber. Diese Aufgabe war einfach. Da war zum Beispiel der Telegraf zur optischen Nachrichtenübermittlung. Dazu standen die Stationen je nach Geländebeschaffenheit und Sichtverhältnissen zwischen fünf und acht Meilen auseinander. Mit einem Fernrohr konnte man die Zeichen der Nachbarstation noch zweifelsfrei erkennen, diese dann an der eigenen Station genauso einstellen und sie so ohne Umwege an die nächste Station weitergeben. Obwohl York mit dieser Erfindung groß geworden war, faszinierte es ihn, wie klein die Welt durch diese Art der Kommunikation geworden war.

Die zweite Erfindung waren die Luftschiffe, die seit vier Jahren einen regelmäßigen Personenverkehr zwischen Morland und seinen Nachbarländern aufrechterhielten. Als Auftriebsgas benutzte man Wasserstoff, was zwar recht gefährlich war, doch hatte es bis jetzt noch keine schwerwiegenden Unfälle gegeben.

Es war Yorks größter Wunsch gewesen, einmal Kapitän eines solchen Luftschiffes zu werden, aber der Traum war unerfüllbar, das wusste er. Yorks Weg war von der Familientradition vorherbestimmt. In zwei Jahren würde er die Universität von Lorick besuchen, um dort wie sein Vater Recht, Staatskunde und Philosophie zu studieren.

Die dritte Erfindung war eher eine Entdeckung, die ein gewisser Jan Delatour gemacht hatte und die etwas mit der optischen Telegrafie zu tun hatte. Delatour stellte fest, dass bei einer getrennten Redoxreaktion eine neue Form von Energie entstand, die er ganz unbescheiden Delatour-Kraft nannte. Diese Kraft erzeugte er in Redoxreaktionsblöcken. Eines Tages, so seine Behauptung, konnte mithilfe dieser Energiequelle das gesprochene Wort mittels eines Membrantelegrafen übertragen werden.

Es klingelte leise und Herr Diffring legte die Zeitschrift beiseite, um eine Taschenuhr aus seiner Westentasche zu ziehen.

»Es scheint, als sei die Zeit für diesen kleinen Test um, York. Wie weit bist du?«

»Fertig.«

»Sehr gut«, sagte der Hauslehrer und stand auf, um die beschriebenen Zettel an sich zu nehmen. Dann setzte er sich an den Tisch und machte sich sofort an die Korrekturen. Da York der einzige Schüler war, den Herr Diffring betreute, konnte er auf das Ergebnis warten.

»Die Wahl der Erfindungen ist ungewöhnlich«, sagte Herr Diffring und setzte seine Brille ab, als er die Blätter vor sich auf den Tisch legte.

»Warum?«, fragte York unsicher. Er sah die Note für diesen Test schon in den Keller fahren.

»Sie haben alle mehr oder weniger etwas mit dem Austausch von Information zu tun. Das sind Fähigkeiten, die du in deiner späteren Profession dringend benötigst: Kommunikation und Diplomatie.«

Er schrieb mit seinem roten Stift einen kurzen Kommentar unter den Test und versah ihn mit einer Note. Obwohl die Zahl auf dem Kopf stand, konnte York sie erkennen. Er musste lächeln. Es war eine Zwei plus.

»Sie haben mir noch nie eine Eins gegeben. Warum eigentlich?«

»Weil du dazu besser sein müsstest als ich«, sagte Herr Diffring und steckte seinen Rotstift zurück in das Ledermäppchen. »Mit Verlaub: Bis es so weit ist, wird es noch einige Zeit dauern. Wahrscheinlich wird dir da schon der erste Bart sprießen.«

»Machen wir eine Pause?«, fragte York.

»Ich habe sogar noch eine bessere Nachricht für dich: Für heute ist Schluss.«

»Oh«, machte York nur und es war ihm selber nicht so ganz klar, ob er das frühzeitige Ende des Unterrichtes bedauern oder begrüßen sollte. Er mochte Diffring mit seiner trockenen Art. Außerdem war er einer der wenigen Menschen, von seinem Vater einmal abgesehen, mit dem er sich über mehr als nur das Wetter unterhalten konnte. »Stimmt es, was man sich erzählt? Dass es in der Stadt zu vereinzelten Unruhen kommt?«

Diffring war aufgestanden und zog sich jetzt sein Jackett

über. »Ich würde es nicht Unruhen nennen«, sagte er und schnippte sich ein Stäubchen vom Ärmel. »Die Versorgungslage ist ein wenig knapp, die Menschen stehen vor den Geschäften Schlange, wenn sie mehr als nur Brot oder Milch haben möchten. Aber bisher ist noch niemand verhungert.«

Doch York ließ nicht locker. »Ich habe gehört, dass sich die Arbeiter in Vereinen organisieren, um ihren Forderungen nach mehr Geld Nachdruck zu verleihen.«

Diffring schaute seinen Schüler überrascht an. »Du bist erstaunlich gut informiert.«

»Ich rede mit dem Personal. Und ich lese die Zeitung, obwohl ich nicht glaube, dass die Presse uneingeschränkt die Wahrheit berichten darf.«

Diffring gab darauf keine Antwort.

»Ich bin nicht blind, und mein Vater ist es auch nicht«, fuhr York fort. »In diesem Haus darf frei gesprochen werden. Und glauben Sie mir, das tut mein Vater auch in Anwesenheit des Präsidenten.«

Diffring lächelte schief, gab aber keine Antwort. »Wir sehen uns morgen nach dem Frühstück. Ich würde dir empfehlen, bis dahin Schaljuchins Theorie vom nachfrageorientierten Angebot zu lesen.«

»Wirtschaft?«, rief York erschrocken. »Schreibe ich morgen schon wieder einen Test?«

Diffring zwinkerte ihm zu und verließ die Bibliothek.

Als die Tür ins Schloss gefallen war, rümpfte York die Nase. Vielleicht musste er doch die Meinung über seinen Lehrer ändern. Er stand auf und vergrub die Hände in den Hosentaschen.

Die Bibliothek war der Ort des Hauses, an dem er sich neben der Küche am wohlsten fühlte. Es war ein holzgetäfelter Raum von quadratischem Zuschnitt, der von einem großen Kamin beherrscht wurde. Auf dem Sims stand eine schwere goldene Uhr, die mit einer feinen Melodie die Stunden schlug. Vor der Feuerstelle standen einander gegenüber zwei Dreisitzer aus dunkelrotem Leder, die durch einen kniehohen Tisch getrennt waren, auf den jeden Morgen von den Bediensteten ein frisches Blumengebinde gestellt wurde. Über den Parkettboden war ein großer handgeknüpfter Teppich gebreitet, den Erik Urban einmal vom Gouverneur der Ostprovinz geschenkt bekommen hatte.

Obwohl dieser Raum in erster Linie repräsentative Zwecke erfüllte, strahlte er eine warme, solide Sicherheit aus. Yorks Vater sah es jedenfalls gerne, wenn sein Sohn hier seine freien Stunden verbrachte, um bei einer Tasse heißen Tee in einem der Romane zu blättern, die Erik Urban neben allen Fachbüchern auch besaß, aber wegen Zeitmangels nie gelesen hatte. Doch York hatte keine Lust auf Lektüre, und so fragte er sich, was er jetzt mit dem angebrochenen Tag anfangen sollte. Er konnte Olga bitten, ihm ein belegtes Brot zu machen, aber eigentlich hatte er keinen Hunger. York schritt seufzend die Bücherregale ab und legte den Kopf schief, um die Titel auf den Buchrücken besser lesen zu können. Die meisten Werke waren Abhandlungen zu juristischen Themen, auf einigen prangte sogar in goldenen Lettern der Name seines Vaters.

York seufzte erneut, diesmal tiefer und von ganzem Herzen. Wäre ein Zuhörer zugegen gewesen, hätte er den Jungen vermutlich besorgt angeschaut, aber der Sohn des Richters war allein. Wie immer.

Regelmäßig hatte er seinen Vater darum gebeten, ihn zumindest auf eines der Internate zu schicken, von denen Herr Diffring ihm erzählt hatte. Doch Erik Urban hatte diese Bitte immer entschieden abgelehnt.

So gehörte die Langeweile zu Yorks alles bestimmendem Lebensgefühl. Sein einziger Kontakt zur Außenwelt war das Personal, und das war ihm gegenüber aufgrund seiner Stellung natürlich recht zurückhaltend. Freunde hatte er jedenfalls nicht, er kannte überhaupt keine Jungen in seinem Alter. Auch wenn dieser Stadtpalast alle Annehmlichkeiten bot, die man für Geld kaufen konnte, so war das Haus seines Vaters für York nichts als ein goldenes Gefängnis.

Plötzlich hörte er, wie in der Auffahrt ein Automobil zischend zum Stehen kam. Er ging zum Fenster und schaute hinaus. York runzelte die Stirn. Der frühe Nachmittag war normalerweise nicht die Zeit, zu der sein Vater zurückkam. Und dennoch erkannte er ganz unzweideutig seine massige Gestalt, die aus dem Verschlag des Wagens sprang und mit wehendem Mantel die Treppe zum Portal hinauflief.

»Wo ist mein Sohn?«, hörte er die donnernde Stimme. Irgendjemand antwortete ihm und dann eilten schon die schweren Schritte die Treppe hinauf zur Bibliothek.

York erschrak. So aufgebracht hatte er seinen Vater noch nie erlebt. Er überlegte fieberhaft, ob etwas vorgefallen war, an dem er die Schuld trug, doch fiel ihm keine Verfehlung ein. In seinem Magen machte sich ein Anflug von Übelkeit breit. Irgendetwas stimmte nicht.

Da wurde die Tür zur Bibliothek aufgerissen. Erik Urban stand schwer atmend im Türrahmen. Das schlohweiße Haar klebte ihm schweißnass auf der Stirn. Er hatte nicht einmal seine schwarze Amtsrobe abgelegt. Bevor York etwas sagen konnte, war der Vater bei ihm.

»Schweig und hör mir zu!« Einen kurzen Moment sah York seinen Vater mit sich ringen, als wüsste er nicht, wie er das, was er sagen wollte, am besten in Worte kleidete. »Die Dinge stehen schlecht. In Kürze wird der Innenminister erscheinen, um sich mit mir zu … unterhalten.« Das Zögern in seiner Stimme war nur kurz, aber unüberhörbar. »Ich möchte, dass du hörst, worum es in dieser Unterredung geht.«

York erschrak. Normalerweise zog sein Vater eine rote Linie zwischen seiner Arbeit und seinem Privatleben. Noch nie zuvor hatte er mit ihm über Dinge gesprochen, die sein Amt betrafen.

»Hast du mich verstanden?«, herrschte er York an und packte ihn an den Schultern. York nickte. Erik Urban runzelte die Stirn, als schiene er seinem Sohn nicht zu glauben. Er ließ ihn los, kletterte auf eine Leiter und zog ein Buch heraus. Dann griff er in die Lücke und es machte klick. Eine geheime Tür, die York noch nie zuvor bemerkt hatte, sprang auf.

»Morländisches Staatsrecht, Band IV mit Kommentaren von Lew Horvitz. Merk dir das! Du bist jetzt der Zweite in diesem Haus, der von dieser Tür weiß.«

»Was verbirgt sich dahinter?«, fragte York.

»Ein kleiner Raum, der dazu gedacht ist, alles zu hören, was in der Bibliothek besprochen wird.« Erik Urban ergriff den Kopf seines Sohnes und gab ihm einen bärtigen Kuss auf die Stirn. »Egal, was geschieht, du gibst keinen Laut von dir. Hast du mich verstanden?«

Sein Vater hatte ihn noch nie geküsst. York nickte verwirrt, doch Erik Urban wiederholte die Frage. »Hast du mich verstanden?«

»Ja. Das habe ich, Vater.«

»Gut. Und noch etwas.« Richter Urban holte aus seiner Hosentasche einen Schlüssel, der an einer silbernen Kette hing. »Der gehört zu einem Schließfach.«

»Einer Bank?«

Sein Vater lächelte grimmig. »Banken vertraue ich schon lange nicht mehr. Nein, er gehört zu einem Schließfach in der Zentralstation. Dort findest du etwas, was für dich sehr wichtig sein wird. Wenn mir etwas zustößt, wirst du dort hingehen.«

Angst stieg in York auf. Was hatte das zu bedeuten? Doch er hatte keine Zeit mehr nachzufragen.

Ein weiteres Automobil kam den Kiesweg hinaufgefahren. Es war leiser als der Dampfwagen des Richters. York vermutete, dass es die Limousine des Innenministers war. Auf einmal bekam York eine Ahnung, in welcher Gefahr sich sein Vater befinden musste. Eilig betrat er die kleine Kammer, die gerade einmal so groß war, dass er aufrecht darin stehen konnte. Hastig wurde die geheime Tür hinter ihm geschlossen. Für einen kurzen Moment überkam York eine überwältigende Platzangst, aber nachdem er dreimal tief durchgeatmet hatte, war das Gefühl der Beklemmung verschwunden.

Es klopfte.

»Ja«, rief Erik Urban barsch.

Die Tür wurde geöffnet. »Herr Richter, der Herr Innenminister ist gerade angekommen«, sagte eine hohe Stimme, die unzweifelhaft Egmont, dem Privatsekretär seines Vaters, gehörte und so perfekt zu seiner dürren, spinnenartigen Gestalt passte.

»Schicken Sie ihn hoch.«

Egmont schien zu zögern.

»Was ist denn?«, fragte der Richter ungeduldig.

»Wäre es nicht angebrachter, wenn Sie den Herrn Minister unten in der Halle empfingen?«

York hörte das Klirren von Glas und ein leises Gluckern. Sein Vater schenkte sich einen Branntwein ein. »Der Mann hat zwei gesunde Beine.«

York fiel auf, dass durch einen Spalt Licht in sein Versteck fiel. Er bückte sich und spähte hindurch.

Sein Vater hatte es sich auf einem der Sofas bequem gemacht. Die Fliege seines Hemdes war gelöst und der Kragenknopf geöffnet. In der rechten Hand hielt er ein Glas mit einer bernsteinfarbenen Flüssigkeit. Wenn dies ein offizieller Besuch Norwins war, tat Urban alles, um den zweitmächtigsten Mann im Staat vor den Kopf zu stoßen.

»Der Herr Minister«, sagte Egmont von der Tür her.

Urban schaute auf, machte aber keine Anstalten, den hochgestellten Besuch persönlich zu begrüßen.

»Kommen Sie«, rief er von seinem Sofa aus. »Setzen Sie sich! Darf ich Ihnen etwas zu trinken anbieten?«

»Besten Dank, aber ich muss ablehnen«, sagte eine Stimme, die so dünn war, dass sie wie ein Flüstern klang.

Die Schritte kamen näher. Elias Norwin war ein Mann, der die sechzig schon weit überschritten hatte. Im Gegensatz zum kräftig gewachsenen Urban war der Innenminister sehr dünn. Dabei war sein Körper gespannt wie die Sehne eines Bogens. Er strahlte eine krankhafte Gesundheit aus, wie man sie nur durch Askese erlangen konnte.

»Schade. Sie wissen nicht, was Ihnen entgeht.« Urban leerte sein Glas in einem Zug. »Was haben Sie mir denn da mitgebracht?« Er deutete auf ein dunkles Holzkästchen, das Norwin unter seinem Arm trug. »Wenn ich Sie nicht besser kennen würde, könnte man vermuten, dass es ein paar Zigarren von den Ladinischen Inseln sind. Aber Sie haben in Ihrem ganzen Leben noch nie geraucht, nicht wahr? Sie kennen nur Dienst und Pflichterfüllung.«

»Und darauf bin ich stolz.«

»Ja, darauf verwette ich meinen dicken Hintern«, murmelte Urban und schenkte sich noch einmal das Glas voll. »Wie geht es dem Präsidenten?«

»Gut.«

»Ärgert er sich noch immer darüber, dass es für ihn keine dritte Amtszeit gibt?«

»Nein, nicht mehr.«

»Leider bietet die Verfassung Morlands kein Schlupfloch. Unsere Staatsgründer haben wenigstens in dieser Hinsicht gute Arbeit geleistet.«

»Ja, das haben sie.«

»Natürlich könnten Sie versuchen, in beiden Kammern eine Zweidrittelmehrheit zu erreichen, dann wären Sie in der Lage die Verfassung ganz nach Ihrem Geschmack zu verändern. Aber dazu fehlt Ihnen das Geld, nicht wahr? Der Preis eines Abgeordneten ist ziemlich gestiegen. Besonders, wenn es um ein so wichtiges Thema wie die Verfassungswidrige Wiederwahl des Präsidenten geht.«

Norwin lächelte nur dünn.

»Seit drei Monaten bearbeiten Sie mich nun schon, Ihnen im Gestrüpp der Gesetze, Verordnungen und Erlasse einen Weg zu schlagen, der zu seinem Machterhalt führt. Aber das hat leider nicht funktioniert. Wissen Sie, ich bin nämlich ein überzeugter Verteidiger der Gewaltenteilung. Sie wissen doch, was die Gewaltenteilung ist? Wenn sich unabhängige Gerichte, das Parlament und die ausführenden Organe wechselseitig kontrollieren.«

»Ersparen Sie mir Ihre Lektion in Staatsbürgerkunde«, sagte Norwin kalt.

»Nein, das werde ich nicht. Morland war nie ein reiches Land, aber es war stets frei, nach innen wie nach außen. Darauf war ich stolz.« Urban schlug sich mit der Faust gegen die Brust, wo das Herz saß. »Und dann kamen Sie und begannen, das System von innen heraus zu zersetzen. Sie sagten, um in Sicherheit leben zu können, müssen wir die Freiheiten einschränken. Sie sagten auch, Leistung muss sich wieder lohnen, und haben dafür gesorgt, dass die reichsten Männer des Landes so gut wie keine Steuern mehr zahlen. Ich will mich nicht beklagen, ich profitiere auch davon. Aber dass Sie es gleichzeitig noch nicht geschafft haben, die Schulpflicht einzuführen und die Kinderarbeit zu verbieten, greift schon sehr meine Vorstellung von einem demokratischen Staat an. Wollen Sie wissen warum?«

Norwin schwieg.

»Ein Staat, der überhaupt erst durch die Teilhabe und Mitwirkung seiner Bürger existiert, kann nicht ernsthaft ein Interesse daran haben, vierzig Prozent der Bevölkerung in absoluter Unwissenheit zu halten.«

»Präsident Begarell hat eingesehen, dass unter den von Ihnen beschriebenen Bedingungen eine dritte Amtszeit unmöglich ist«, kam Norwin auf das eigentliche Thema zurück.

»Das ist gut. Das zeugt von einer Größe, die ich ihm gar nicht zugetraut hätte. Sagen Sie ihm, dass er es von der positiven Seite aus sehen soll. Bald hat er Zeit, um mit seinen Kindern angeln zu gehen.« Er trank einen Schluck und verzog das Gesicht. »Das hätte ich mit York schon viel früher tun sollen. Ich war ein schlechter Vater. Aber ich denke, für derlei Dinge ist es nie zu spät.« Er holte aus einer Innentasche seiner Robe ein Kuvert und warf es Norwin vor die Füße. »Mein Rücktritt.«

Der Innenminister starrte Urban noch immer an, ohne eine Miene zu verziehen. »Sie meinen, Sie könnten sich mit einem Federstrich aus der Verantwortung stehlen?«

Urban schaute Norwin an, als hätte der Minister ihm eine Ohrfeige gegeben. Mit einem Satz war er auf den Beinen. »Ich stehle mich nicht aus der Verantwortung«, brüllte er ihn an. »Im Gegenteil: Ich werde dieses System nicht mehr mittragen. Und wenn Sie einen Funken Anstand im Leib haben, werden Sie dasselbe tun. Haben Sie überhaupt Kinder? Sie können bestimmt auch nicht angeln. Das lernt man da wohl nicht, wo sie herkommen.«

»Sind Sie fertig?«, fragte der Innenminister.

»Ja, Sie können gehen«, knurrte Urban und füllte erneut sein Glas.

Doch das tat Norwin nicht, sondern setzte sich auf das Sofa, das Urban gegenüberstand. Auf seinen Knien balancierte er die kleine hölzerne Kiste.

»Präsident Begarell ist vor acht Jahren angetreten, dieses Land zu verändern und er musste feststellen, dass zwei Amtszeiten nicht ausreichen, um solch hochgesteckte Ziele zu erreichen.«

»So weit waren wir schon«, antwortete Erik Urban verächtlich.

»Wir werden die Verfassung nicht ändern können. Wir könnten natürlich das Militär auf unsere Seite ziehen, aber damit hätten wir nicht das Herz des Volkes gewonnen«, fuhr Norwin fort.

»Sicherlich nicht.«

»Es gibt aber noch eine andere Möglichkeit, und die befindet sich hier in der Kiste.« Norwin strich mit den Fingern über den blank polierten Deckel. »Wollen Sie vielleicht einen Blick hineinwerfen?«

Urban griff nach einer kleinen silbernen Glocke, die auf dem niedrigen Tisch stand, und läutete. »Mich interessieren Ihre Strategien nicht mehr.« Er läutete noch einmal. »Verdammt, wo bleibt Egmont?«

»Ich habe Egmont die Anweisung gegeben, uns nicht zu stören.«

Urban wollte aufstehen, aber eine unsichtbare Faust schien ihn in die Polster zurückzudrücken. Er riss die Augen auf, als hätte er einen Schlag in die Magengrube erhalten, doch Norwin saß noch immer auf seinem Platz. Er hatte ihn nicht angerührt.

Im ersten Moment dachte York, sein Vater hätte einen leichten Schlaganfall gehabt, aber er hütete sich, sein Versteck zu verlassen. Etwas war nicht in Ordnung an dieser ganzen Situation. York wusste nicht, was es war, aber er konnte es spüren. Es hatte etwas mit dieser Kiste zu tun.

Norwin öffnete den Deckel und ein fahles blaues Licht strahlte Urbans bleiches Gesicht an. York konnte nicht erkennen, was sich in dem hölzernen Behälter befand, aber sein Vater starrte wie hypnotisiert darauf. Dann ertönte ein dumpfes Geräusch, das York nicht einordnen konnte. Plötzlich gab sein Vater ein leises Röcheln von sich. Das Gesicht lief violett an, Schaum trat vor seinen Mund und er kippte wie ein gefällter Baum einfach zur Seite.

York hätte beinahe einen Schrei ausgestoßen, konnte sich aber im letzten Moment noch beherrschen. Ihm war schlecht und er merkte, wie er am ganzen Körper zu zittern begann. Norwin war jetzt aufgestanden und untersuchte den leblosen Körper seines Vaters, der halb ausgestreckt auf dem Sofa lag.

»Schade«, sagte er schließlich und drückte dem toten Richter die weit aufgerissenen Augen zu. Einen Moment blieb er wie in stiller Andacht stehen, dann eilte er zur Tür der Bibliothek und riss sie auf.

»Er ist tot«, sagte er.

»Können wir den Hausarzt rufen?«, fragte Egmont.

»Warum?«, fragte Norwin.

»Wegen des Totenscheins. Wenn er von einem Arzt des Ministeriums ausgefüllt wird, könnte vielleicht ein unliebsamer Verdacht auf Sie fallen.«

Norwin schien einen Moment nachzudenken. »Ja, tun Sie das. Jeder normale Mediziner wird einen Herzanfall als Todesursache attestieren. Wo ist der Junge?«

Bei dieser Frage zuckte York zusammen, der wie erstarrt die grauenhafte Szene verfolgt hatte.

»Vermutlich in seinem Zimmer.«

»Suchen Sie ihn. Er sollte zuerst vom Tod seines Vaters erfahren. Ich werde mich hinunter in die Halle begeben, um den Arzt in Empfang zu nehmen. Sobald ich gegangen bin, werden Sie alle notwendigen Dinge in die Hand nehmen.«

»Das werde ich. Sie können sich auf mich verlassen.«

»Ja, Egmont. Das weiß ich.«

Die beiden Männer verließen die Bibliothek und schlossen die Tür hinter sich. York drückte sich in seinem Versteck an die Wand und schlug die Hand vor den Mund. Er kämpfte mit den Tränen. Wut, Hass und Trauer stiegen in ihm auf, aber er musste seine Gefühle bezwingen, wollte er nicht wie sein Vater enden, das spürte er. Noch immer verstand er nicht, was soeben vorgefallen war. Bis zu dem Punkt, an dem der Richter dem Minister die Kündigung vor die Füße geworfen hatte, hatte sein Vater die Situation unter Kontrolle gehabt. Doch dann hatte Norwin diese Kiste geöffnet. Was zum Teufel hatte sich darin befunden? Was konnte so tödlich sein, dass allein schon der Blick darauf einen Menschen umbringen konnte? Doch so sehr ihn die Frage auch beschäftigte, es gab ein drängenderes Problem.

York war von Feinden, Verrätern und Mördern umgeben. Wenn es Norwin und seinen Helfern schon gelungen war, den Vater zu töten, was würden sie dann erst mit ihm anstellen? Sie durften unter keinen Umständen erfahren, dass er Zeuge des Mordes geworden war. Er suchte die Innenseite der Holzvertäfelung ab und fand den Riegel der Geheimtür. Er drückte ihn nach unten. Ohne ein Geräusch schwang das Regal auf.

Der Anblick des Vaters brach York fast das Herz. Am liebsten wäre er zu ihm gegangen, um ihm den herunterbaumelnden Arm neben den Körper auf das Sofa zu legen, aber York musste von hier verschwinden, sonst würde man im ganzen Haus nach ihm suchen. Wenn Norwin merkte, dass er nicht in seinem Zimmer war, würde in ihm der Verdacht aufkommen, dass York etwas gesehen haben könnte. Das durfte nicht geschehen.

Mit schnellen Schritten eilte er zur Tür und spähte hinaus in den Korridor. Niemand war zu sehen, aber die aufgeregten Stimmen der Bediensteten drangen jetzt zu ihm nach oben.

Um zu seinem Zimmer zu gelangen, musste er unbemerkt den unteren Stock des anderen Flügels erreichen. York duckte sich und huschte die Balustrade entlang zum gegenüberliegenden Korridor.

Er hatte es fast geschafft, als er hörte, wie jemand die Treppe zu ihm hinaufkam. Den schleppenden Schritten nach zu urteilen, konnte es nur Egmont sein. Kalter Hass stieg in York auf und schnürte seine Kehle zu. Am liebsten wäre er aufgesprungen, um den Verräter mit bloßen Händen zu erwürgen, doch er entschied sich anders. Mit einem Satz sprang er zur Tür des Ankleidezimmers und riss sie auf.

»York? Bist du das?«, rief Egmont und dann, mit unverhohlenem Misstrauen: »Was tust du hier oben?«

York wusste, dass er in der Falle saß. Das Ankleidezimmer war nichts anderes als ein großer, begehbarer Schrank, in dem Mäntel, Anzüge und Hosen hingen. Als kleines Kind hatte er sich immer hier versteckt, wenn er mit dem Kindermädchen gespielt hatte, doch Egmont würde sich bestimmt nicht täuschen lassen.

York spürte, wie sein Mund auf einmal trocken wurde. Noch nie in seinem Leben hatte er um sein Leben fürchten müssen. Er tastete in der Dunkelheit nach einem hölzernen Kleiderbügel in der irrsinnigen Hoffnung, ihn als Waffe einsetzen zu können.

Mit weit aufgerissenen Augen starrte er keuchend in die Schwärze. Eine kurze Welle der Übelkeit stieg in ihm hoch, doch der Anflug von Schwäche war sofort wieder verflogen. Dafür hatte sich plötzlich der Geruch der ihn umgebenden Luft verändert. Er war auf eine angenehme Art vertraut. York streckte die Hand aus, aber anstatt einen der schweren Mäntel seines Vaters zu berühren, hatte er auf einmal den Ärmel seiner eigenen Regenjacke in der Hand. York schob sie beiseite und bekam nun den Samtanzug zu fassen, den er immer an Feiertagen tragen musste. York stieß einen gedämpften Schrei aus, als er die Türen seines Kleiderschranks aufstieß und auf sein gemachtes Bett schaute.

Wie zum Teufel war er hierhergekommen? Eben hatte er sich doch noch im oberen Stockwerk befunden. Wie hatte er im Bruchteil einer Sekunde das ganze Haus durchqueren können? Schwindel ergriff ihn und er stolperte aus dem Schrank. Im letzten Moment konnte er sich noch am Bettpfosten festhalten und sich auf die Matratze ziehen.

»York!«, hörte er Egmont rufen. »Wo bist du?«

»Ich bin in meinem Zimmer!«

Die Tür wurde aufgerissen und der habichtartige Kopf des Privatsekretärs erschien im Türrahmen. »Bist du die ganze Zeit hier gewesen?«

»Ja«, antwortete York. »Ich muss wohl auf meinem Bett eingeschlafen sein.«

Das Misstrauen schwand aus Egmonts Gesicht und verzog sich zu einer Maske grenzenlosen Mitleids. »Mein lieber York. Es ist etwas Schreckliches geschehen. Dein Vater …« Egmont stockte und zog das Einstecktuch aus seiner Brusttasche, um sich die Nase abzuwischen. »Dein Vater ist soeben gestorben.«

York sagte nichts, sondern starrte den Mann an, den er all die Jahre als engsten Vertrauten seines Vaters gekannt hatte. Egmont war beinahe so etwas wie ein Familienmitglied gewesen und jetzt hatte der Sekretär seinen Freund und väterlichen Mentor verraten.

»Es muss schrecklich für dich sein, ich sehe es an deinem Gesicht«, jammerte Egmont.

»Wie … wie ist es geschehen?«

»Vermutlich war es das Herz. Mehr werden wir erst wissen, wenn Dr. Berklund den Toten … die Leiche … ich meine, den Körper deines Vaters untersucht hat.«

»Wer hat ihn gefunden?«

»Ich war es. Dein Vater hatte einen Termin mit Minister Norwin, und als ich den Besuch anmelden wollte, lag er da. Ausgestreckt auf dem Sofa.« Jetzt schluchzte Egmont, als ob ihm der Tod des Richters tatsächlich naheginge. In seiner unbeholfenen Art umarmte er York, der unter der Berührung zu Eis erstarrte.

»Wir werden dich nicht alleine lassen. Du weißt, dass du in mir immer einen verlässlichen Freund und Ratgeber haben wirst.«

Ein Schwall von Worten ging auf York nieder, aber er hörte nicht zu. Er wusste noch immer nicht, wie er von ganz oben hier herunter in sein Zimmer gekommen war. Irgendwie musste er auf eine ganz sonderliche Art gesprungen sein, auch wenn es nur dieses kurze Stück war. Doch nun wünschte er sich, er könnte weiter springen. Ganz weit. Bis ans Ende der Welt.

* * *

Hagen Lennart stand am schmutzigen Fenster seines Büros und starrte hinab auf den Parkplatz der Fahrbereitschaft des Innenministeriums, wo gerade Schichtwechsel war. Vor einigen Wochen hatten sie neue Einsatzfahrzeuge erhalten. Die alten, mit Dampf betriebenen Automobile wurden nach und nach gegen moderne Fahrzeuge mit Holzvergaser ausgetauscht. Lennart hatte die alten Dampfwagen immer gemocht. Sie waren robust und zuverlässig gewesen, obwohl sie es natürlich in Sachen Geschwindigkeit und Komfort nicht mit den neuen Coswig-Modellen aufnehmen konnten.

Er seufzte. Die Zeiten änderten sich in einer atemberaubenden Geschwindigkeit und es fiel ihm langsam schwer, diesem Tempo zu folgen. Er war erst dreiundvierzig, aber er fühlte sich alt und ausgebrannt. Die dunklen, von grauen Strähnen durchzogenen Haare gingen ihm langsam aus und zum Lesen brauchte er neuerdings eine Brille. Früher hätte er auf dem Schießstand einer Fliege jedes Bein einzeln abgeschossen, doch nun konnte er mit unbewaffnetem Auge noch nicht einmal das Kleingedruckte auf den Flaschen der Medikamente lesen, die er jeden Morgen gegen seinen Bluthochdruck nehmen musste.

Es war jetzt schon etliche Jahre her, dass er zur Wirtschaftsabteilung des Betrugsdezernates versetzt worden war. Lennart hatte den Dienst auf der Straße immer gemocht, obwohl er natürlich gefährlich war. Lorick war ein heißes Pflaster, besonders in den östlichen Arbeitervierteln war immer etwas los. Meist handelte es sich um Revierkämpfe zwischen den verschiedenen Boxvereinen. Mit Sport hatten diese Clubs wenig zu tun, dafür eher etwas mit organisiertem Verbrechen. Schon seit Jahren unternahm das Innenministerium alle Anstrengungen, den Sumpf aus Diebstahl, Hehlerei und Drogenhandel trockenzulegen, hatte sich aber immer am Schweigegelübde der Vereine die Zähne ausgebissen. Keiner der eingeschleusten Agenten hatte den Auftrag überlebt. Ihre Leichen waren so übel zugerichtet gewesen, dass die Familien noch nicht einmal am offenen Sarg Abschied nehmen konnten.

Aber die Gewalt auf den Straßen war nicht der einzige Grund gewesen, warum Lennart sich hatte versetzen lassen.

Es war der Schichtdienst, der seine Frau und damit Lennarts Ehe in all den Jahren zermürbt hatte. Als Silvetta das erste Mal das Wort »Scheidung« aussprach, hatte Lennart noch am selben Abend einen Antrag auf Versetzung gestellt, dem man keine vierzehn Tage später stattgab. Seitdem hatte er es also nicht mehr mit opiumsüchtigen Schlägern zu tun, sondern mit zwielichtigen Buchhaltern und verbrecherischen Geschäftsleuten. Keine sonderlich spannende Tätigkeit, aber eine mit geregelter Arbeitszeit.

Lennart zog seine Taschenuhr hervor und ließ den Deckel aufschnappen, woraufhin eine kleine, glockenhelle Melodie ertönte. Noch zehn Minuten bis zum Feierabend. Er seufzte und klappte den Deckel wieder zu. Die Melodie erstarb.

Ein wenig ratlos schaute er sich um. Was sollte er mit der verbliebenen Zeit anstellen? Er konnte hinaus in den Flur gehen und nachschauen, ob in seinem Korb eine neue Rohrpost lag. Er entschloss sich, das für den morgigen Tag aufzuheben. Was immer es an schlechten Nachrichten gab, sie konnten warten.

Er ging hinüber zum Waschbecken und füllte eine Gießkanne, um die Pflanzen auf der Fensterbank vorsichtig zu wässern. Seine Töchter hatten ihm einige wunderbar blühende Blumen geschenkt, die er sorgfältig pflegte. Mit einer Bewegung, die ihm schon in Fleisch und Blut übergegangen war, zog er seine schwarzen Ärmelschoner aus und schloss den Schreibtisch ab. Sicherheitshalber ruckelte er noch einmal an der Schublade. Dann nahm er Hut und Jacke und trat hinaus auf den Korridor, wo es wie in jeder Behörde nach Bohnerwachs und Akten roch. Lennart warf doch noch einen letzten Blick in seinen Postkorb, aber der war leer. Er wünschte seinen Kollegen einen schönen Feierabend, lochte seine Karte an der Stechuhr, die neben dem Pförtnerhäuschen am Eingang hing, und machte sich auf den Heimweg.

Hagen Lennart wohnte in einer kleinen Dienstwohnung nicht weit vom Stadtzentrum entfernt. Es war eine komfortable Bleibe mit fließend Wasser, Zentralheizung und Gasanschluss, für die er noch nicht einmal etwas bezahlen musste. Das war einer der vielen Vorteile, von denen man als Beamter im Staatsdienst profitierte, auch wenn die Bezahlung ansonsten nicht allzu hoch war. Aber er und Silvetta kamen gut über die Runden und konnten sich sogar den einen oder anderen Luxus leisten. Für heute Abend hatten sie zwei Karten für ein Konzert erstanden, das in einem der vielen kleinen Bühnen des Theaterdistrikts aufgeführt wurde. Es war das erste Mal seit über einem halben Jahr, dass er und seine Frau einen Abend ohne die Kinder verbrachten, auf die eine Nachbarin aufpassen würde.

Also hatte er für sechs Uhr einen Tisch für zwei in einem romantischen kleinen Restaurant reserviert, wo sie sich bei Kerzenschein und dezenter Musik einem köstlichen Drei-Gänge-Menü hingeben wollten. Die Vorstellung begann nicht vor acht Uhr und das Theater befand sich auf der gegenüberliegenden Straßenseite. Alles war soweit perfekt. Lennart hatte nur Angst, dass ihnen beim Essen der Gesprächsstoff ausgehen könnte.

Noch bevor er die Wohnungstür aufschließen konnte, wurde ihm von Silvetta geöffnet.

»Guten Abend«, sagte er überrascht.

Silvetta trat stumm beiseite, um ihn hereinzulassen.

»Ist alles in Ordnung?«, fragte er, als er Hut und Mantel an der Garderobe aufhängte. Ihm fiel auf, dass Maura und Melina nicht zu hören waren.

»Du hast Besuch«, sagte Silvetta kurz angebunden.

»Wer ist es?«, fragte Lennart.

»Ein Herr Magnusson aus dem Ministerium.«

Er gab Silvetta einen Kuss auf die Wange. »Nie gehört. Hat er gesagt, was er will?«

»Er sagte nur, es sei dienstlich.«

Lennart rollte mit den Augen. »Wieso sucht er mich dann nicht in meinem Büro auf?«

»Das habe ich ihn auch gefragt«, erwiderte Silvetta kühl.

Als Lennart das Wohnzimmer betrat, drückte sich ein beleibter Mann aus dem Sessel. »Inspektor Lennart!«, sagte er mit einem gewinnenden Lächeln und streckte ihm jovial die Hand zum Gruß entgegen. »Darf ich mich vorstellen? Mein Name Anders Magnusson.«

Lennart ergriff zögerlich die Hand und musterte den Mann. Er mochte um die sechzig sein. Das dünne graue Haar umkränzte einen ansonsten kahlen, sommersprossigen Schädel. Die Wangen leuchteten rot, als litte er unter Bluthochdruck. Sein dreiteiliger Anzug war aus dunkler, fein gekämmter Wolle und saß trotz der beachtlichen Leibesfülle perfekt.

»Magnusson?«, fragte Lennart, der sich wunderte, was der Anlass dieses seltsamen Besuches sein mochte.

»Staatssekretär Magnusson«, erwiderte der Mann, als müsste er sich für seinen Titel entschuldigen. »Ich bin Minister Norvins rechte Hand, um es einmal so auszudrücken.«

»Nehmen Sie doch wieder Platz«, sagte Lennart verwirrt, der es noch nie mit solch einem hohen Beamten zu tun, geschweige denn einen bei sich zu Hause empfangen hatte. »Kann ich Ihnen etwas anbieten?«

»Ihre Frau war bereits so freundlich, mir eine Tasse Tee zu bringen«, sagte Magnusson und setzte sich wieder.

Lennart nahm im anderen freien Sessel Platz und schaute Silvetta an, die sich jetzt zu einem Lächeln zwang. »Ich bringe dir auch eine«, sagte sie. »Wenn Sie mich bitte entschuldigen würden?«

Magnusson lächelte gütig. »Lassen Sie sich Zeit«, sagte er.

»Was kann ich für Sie tun, Herr Staatssekretär?«, fragte Lennart, als seine Frau das Zimmer verlassen hatte.

Magnusson holte tief Luft. »Inspektor Lennart, wie gefällt Ihnen die Arbeit im Betrugsdezernat?«

Lennart blies die Backen auf und zuckte mit den Schultern. »Sie haben bestimmt meine Personalakte gelesen …«

»Das habe ich in der Tat.«

»Dann wissen Sie auch, dass die Versetzung auf eigenen Wunsch erfolgte.«

Magnusson nickte. »Innendienst. Familienfreundliche Arbeitszeiten, aber ein lausiger Sold.«

Lennart musste lächeln. »Es geht. Wir kommen über die Runden.«

»Könnten Sie sich vorstellen, das Dezernat zu wechseln?«, fragte Magnusson.

»Wenn Sie meinen, ob ich wieder zurück auf die Straße will, muss ich Sie leider enttäuschen.« Doch dann kam Lennart in den Sinn, dass ihn kein Staatssekretär aufsuchen würde, um ihn zum Streifendienst zu überreden. »Welches Dezernat?«, fragte er schnell.

»Kapitalverbrechen«, sagte Magnusson und nippte an seinem Tee, der mittlerweile kalt sein musste. »Das bedeutet: höherer Rang, doppelter Sold, eine größere Wohnung und selbstverständlich einen Dienstwagen. Die Pensionskasse, die Sie später beanspruchen können, ist auch nicht zu verachten.«

Lennart hob die Augenbrauen. »Sie wollen einen unerfahrenen Beamten zum Oberinspektor der Mordkommission machen?«

»Nein, zum Chefinspektor«, sagte Magnusson süffisant.

»Entschuldigung?«, fragte Lennart, als hätte er nicht recht gehört.

Der Staatssekretär ließ lächelnd den Zeigefinger über den Rand der Teetasse gleiten. »Wir beobachten Sie schon eine ganze Weile. Sie sind gut, machen Sie mir nichts vor. Unterfordert und gelangweilt, aber brillant. Ihre Analysen sind beeindruckend.«

»Sie haben meine Berichte gelesen?«, fragte Lennart ungläubig.

»Jeden einzelnen. Sie haben mir große Freude bereitet, und glauben Sie mir, in meiner Position gibt es nicht mehr sehr viel, worüber man sich freuen kann.«

Lennart musterte sein Gegenüber misstrauisch. »Sie hätten mich auch morgen im Büro aufsuchen können.«

»Niemand soll wissen, dass ich es war, der Ihnen das Angebot unterbreitet hat«, sagte Magnusson. »Zumindest jetzt noch nicht.«

Lennart lächelte. »Ich bin wichtig für Sie, aber Sie wollen meiner neuen Stellung durch Ihre Protektion nicht unnötiges Gewicht verleihen.«

Magnusson schaute Lennart überrascht an, dann lachte er. »Mein lieber Chefinspektor – ich darf Sie doch so nennen? Sie sind ein ausgemachter Fuchs! Aber in dieser Hinsicht täuschen Sie sich, glauben Sie mir.«

»Dann gibt es nur einen Grund, warum Sie heute hier sind und mir dieses Angebot unterbreiten: Sie sind verzweifelt.«

»Richtig«, antwortete Magnusson, nun nicht mehr ganz so heiter.

»Dann erzählen Sie mir bitte, worum es geht.«

»Ich kann es Ihnen nur zeigen.« Magnusson stand auf.

»Wann? Jetzt etwa?«, fragte Lennart irritiert.

»Natürlich. Was denken Sie denn?«

Die Tür ging auf und Silvetta erschien mit einem Tablett, auf dem sich eine Kanne Tee und eine leere Tasse befanden.

»Es tut mir leid, das ist unmöglich«, sagte Lennart mit Blick auf seine Frau.

»Sie hatten heute Abend schon etwas vor«, sagte Magnusson und zog die Augenbrauen hoch.

»So könnte man es sagen«, entgegnete Lennart vorsichtig.

»Ich habe mir erlaubt, Ihren Tisch im *Goldenen Turm* abzubestellen. Die Karten für diese Revue dürfen Sie umtauschen. Die Theaterkasse zeigte sich sehr kooperativ.«

Silvetta Lennart schaute den alten Mann fassungslos an. Schließlich setzte sie das Tablett langsam ab. »Sie erscheinen hier uneingeladen und behandeln Lennart, als sei er Ihr Leibeigener.«

»In gewisser Weise ist er das auch. Darf ich Sie daran erinnern, dass Ihr Mann Beamter ist und somit diesem Staat gegenüber eine Verpflichtung hat? Wenn Sie jemandem einen Vorwurf machen müssen, dann mir und nicht ihm«, sagte Magnusson versöhnlich. »Freuen Sie sich! Ihr Mann macht Karriere!«

Silvetta wollte etwas erwidern, aber Lennart bedeutete ihr mit einer Geste, still zu sein. Wütend presste sie die Lippen aufeinander.

»Ich gehe schon einmal vor«, sagte Magnusson und stand auf, um seinen Mantel zu holen. »Sie haben bestimmt noch etwas miteinander zu bereden. Aber nehmen Sie sich nicht zu viel Zeit.«

Magnusson stand bereits an der Garderobe, um sich seinen Mantel anzuziehen. Lennart legte eine Hand auf Silvettas Arm.

»Es tut mir leid«, flüsterte er.

Sie schnaubte verächtlich. »Ja, das merke ich. Immerhin hast du dich mit Händen und Füßen gewehrt, nicht wahr?«

»Soll ich den Dienst quittieren? Möchtest du etwa mit den Kindern auf der Straße leben?«

»Ich werde jedenfalls nicht jeden Abend wach bleiben und warten, bis du nach Hause kommst. So habe ich mir mein Leben mit dir nicht vorgestellt«

»Dann hättest du keinen Polizisten heiraten dürfen«, entfuhr es ihm. »Warten wir doch erst einmal ab, wie sich das hier entwickelt. Herrgott, andere hoffen ihr ganzes Leben auf solch eine Chance und uns wird sie auf einem Silbertablett serviert.«

Lennart wollte seiner Frau einen Kuss geben, aber sie wandte sich mit einer brüsken Bewegung ab, woraufhin er resigniert die Schultern hängen ließ.

Willkommen zurück in der Hölle, dachte Lennart bitter, als er Magnusson folgte.

Die Fahrt dauerte eine knappe halbe Stunde und hatte einen Schrottplatz am östlichen Rand der Stadt zum Ziel. Es war eine schäbige, gefährliche Gegend, in die sich nach Einbruch der Nacht noch nicht einmal die Polizei wagte, aber als der Coswig des Staatssekretärs vor dem Tor hielt, konnte Lennart im Schein zahlreicher Karbidlampen, die die Szene in ein flackerndes Licht tauchten, sechs weitere Automobile des Innenministeriums erkennen. Der Fahrer stellte den Motor ab und stieg aus, um den Verschlag zu öffnen. Lennart stieg ebenfalls aus, Magnusson hingegen machte keinerlei Anstalten, das Automobil zu verlassen.

»Sie kommen nicht mit?«, fragte Lennart überrascht.

Magnusson holte aus seiner Aktentasche ein Kuvert und reichte es ihm. »Darin finden Sie alles, was Sie brauchen: Ihre neue Dienstmarke und eine Vollmacht, unterschrieben von Minister Norwin. Sie werden feststellen, dass wir Ihnen weitreichende Befugnisse eingeräumt haben. Enttäuschen Sie uns nicht. Ich erwarte jeden Tag einen ausführlichen Bericht von Ihnen.«

Lennart klappte das Etui auf. Auf der Dienstmarke war sogar ein Bild von ihm.

»Hier, die werden Sie auch noch brauchen.« Magnusson gab ihm eine Pistole, die in einem neuen, glänzenden Lederfutteral steckte. »Sie wissen doch hoffentlich noch, wie man mit so einem Ding umgeht?«

»Ich denke, ich habe es nicht verlernt.« Lennart klemmte die Waffe an den Gürtel seiner Hose.

»Sehr schön«, sagte der Staatssekretär und wollte seinem Chauffeur schon das Zeichen zum Weiterfahren geben, als er innehielt. »Ach ja, das hätte ich beinahe vergessen. Seien Sie behutsam im Umgang mit der Presse. Gibt man diesen Reportern den kleinen Finger, reißen sie einem gleich den ganzen Arm ab.« Magnusson lächelte wieder sein Großvaterlächeln. »Aber Sie machen das schon, ich habe da volles Vertrauen. Wir sehen uns morgen.«

Mit diesen Worten tippte er dem Fahrer auf die Schulter und der Coswig fuhr davon.

Na prächtig, dachte Lennart, als er alleine in der Auffahrt zum Schrottplatz stand und den Rücklichtern des Automobils nachschaute. Man hatte ihn ins kalte Wasser geworfen und erwartete nun von ihm, dass er alleine das Schwimmen lernte. Nun, so ganz auf sich gestellt war er nicht. Er faltete die Vollmacht auf und las sie.

Magnusson hatte nicht übertrieben. Das Dokument bestand nur aus zwei dürren Sätzen, aber die hatten es in sich: Jeder Beamte hatte ohne Widerspruch seinen Befehlen Folge zu leisten. Zudem hatte er keinen Vorgesetzten, sondern war direkt dem Innenminister unterstellt. Er steckte den Brief in die Innentasche seine Jacketts und ging zum Tor des Schrottplatzes, das von einem Konstabler in Uniform bewacht wurde. Seine Haltung straffte sich, als er Lennart bemerkte.

»Sie können hier nicht durch«, sagte er barsch.

Lennart hielt ihm die neue Dienstmarke unter die Nase. »Chefinspektor Hagen Lennart. Ich leite die Ermittlungen.«

Der Konstabler überprüfte den Ausweis und schaute Lennart dann unsicher an. »Das kann nicht sein, Herr Chefinspektor. Soviel ich weiß, werden die Untersuchungen von Oberinspektor Elverum geleitet, und der ist schon seit zwei Stunden vor Ort. Er hat mir nichts von einem Chefinspektor gesagt.«

»Hätten Sie dann bitte die Freundlichkeit, Oberinspektor Elverum zu holen.«

»Es tut mir leid, aber ich darf meinen Posten nicht verlassen«, sagte der Konstabler unbehaglich. »So lautet meine ausdrückliche Order.«

Lennart zückte jetzt die Vollmacht. Er hatte nicht gedacht, sie so früh benutzen zu müssen. Andererseits wusste er, wie die Polizei arbeitete. Nur wer Befehlen Folge leistete, bewegte sich auf der sicheren Seite.

»Oh«, machte der Konstabler nur, als er einen Blick auf das Papier geworfen hatte. »Das ist wohl etwas anderes. Ich rufe ihn.«

»Nein, warten Sie. Ich habe es mir anders überlegt. Ich komme mit Ihnen mit.«

Der Polizist machte ein unbehagliches Gesicht. »Aber dann ist der Posten hier nicht gesichert.«

»Das nehme ich auf meine Kappe. Lassen Sie uns gehen.«

Der Konstabler führte Lennart zu einem flachen Holzschuppen, der offensichtlich das Büro beherbergte und in dem sich Oberinspektor Elverum mit seinen Männern versammelt hatte.

»Entschuldigung«, stammelte der Polizist. »Hier ist ein Oberinspektor Lennart, der zu Ihnen möchte. Er sagt, er sei der leitende Beamte.«

Das Gespräch erstarb. Ein groß gewachsener Mann mit rotem Schnauzbart und den Schultern eines Schwergewichtsringers drehte sich zu ihnen um. Verdutzt nahm er seine Brille von der Nase. Auch die anderen Männer blickten verblüfft zu ihnen herüber.

Lennart erkannte sofort, dass er ein eingespieltes Team von Profis vor sich hatte. Die Beamten kannten sich wahrscheinlich schon lange und dies war mit Sicherheit nicht der erste Fall, den sie gemeinsam bearbeiteten. Der einzige Anfänger in diesem Raum war er.

»Würden Sie das bitte noch einmal wiederholen?«, sagte Elverum. Seine tiefe Stimme hatte etwas Militärisches. Sie klang, als sei der Mann gewohnt, Befehle zu erteilen.

Doch Lennart kam dem Konstabler zuvor. Er händigte Elverum die Vollmacht aus. Der Oberinspektor setzte seine Brille wieder auf und überflog stirnrunzelnd das Dokument, bevor er es seinen Kollegen weiterreichte.

Elverum musterte Lennart scharf, der jedoch seinem Blick standhielt. Als jeder die Vollmacht gelesen hatte, gab er sie wieder zurück. Der Oberinspektor kaute auf der Unterlippe herum, dann sagte er: »Kommen Sie mit.«

Gemeinsam traten sie vor den Schuppen, Elverum voran. Erst jetzt entdeckte Lennart den ölverschmierten Mann, der zitternd auf einem umgestürzten Fass saß und unentwegt seine Hände knetete. Neben ihm hockte ein schwarzer Kettenhund und jaulte heiser.

»Das ist der Besitzer«, sagte Elverum. »Er hat die Leiche entdeckt.« Er wandte sich an Lennart. »Ich hoffe, Sie haben einen stabilen Magen. Da drüben ist es. Bei der Schrottpresse.«

Als Lennart vor der massiven Maschine stand, spürte er, wie alles Blut aus seinem Kopf in die Beine sackte. In seiner Zeit als Streifenpolizist hatte er schon viele Tote gesehen. Er wusste, keine Leiche war schön. Aber dieser Anblick traf ihn wie eine Faust in die Magengrube.

»Wir wissen nur, dass es eine Frau ist«, sagte Elverum. »Eine Identifizierung ist nicht möglich. Wie Sie feststellen können, befindet sich der Kopf, oder vielmehr dessen Reste, in der Presse.«

Hagen Lennart spürte, wie sich auf seiner Oberlippe kleine Schweißperlen bildeten. Sein Magen war anscheinend wirklich nicht so stabil wie der des Oberinspektors. Er versuchte, den Würgereflex zu ignorieren und sich einzig auf die Details zu konzentrieren.

Die tote Frau trug ein schlichtes blaues Kleid, ihre Füße steckten in hoch geschnürten Lederstiefeln. Die rechte Hand ruhte noch immer auf dem Hebel, mit dem die Presse bedient wurde. Es war ein Selbstmord, ganz offensichtlich. Aber wieso war sie nicht einfach von einer Brücke gesprungen oder hatte sich einen Strick genommen? Lennart hatte keine Ahnung, wie so eine Schrottpresse funktionierte, aber es war bestimmt kein schneller, schmerzloser Tod gewesen, den sie sich ausgesucht hatte.

»Warum sind wir hier?«, fragte er. »Für Selbstmorde ist das Dezernat für Kapitalverbrechen nicht zuständig.«

»Vielleicht war es ja kein Selbstmord«, sagte Elverum. »Haben Sie den Körper schon untersucht?«

»Wir wollen abwarten, ob die Ambrotypien etwas geworden sind. Die Abzüge werden drüben im Laborwagen entwickelt. Erst dann werden wir die Presse anheben.« Elverum holte eine Zigarre aus der Brusttasche und zündete sie sich an. Lennart bot er keine an. »Auch wenn es ein Suizid ist, was ich vermute, gibt es noch einen anderen Grund, warum wir hier sind. Diese Frau ist nicht die erste Selbstmörderin, die sich so gründlich ihres Kopfes entledigt hat. Es hat noch zwei andere Fälle gegeben. Und beide sind bis heute ungeklärt.«

»Und wenn es keine Selbstmorde waren?«

»Dann hätten wir es mit einem Serienmörder zu tun. Ebenfalls keine beruhigende Vorstellung, finden Sie nicht auch? Aber es waren erwiesenermaßen Selbstmorde, so viel wissen wir. Und es werden weitere folgen. Irgendwie erfüllt sich da gerade ein Gesetz der Serie. Ich vermute, das ist es, was das Ministerium verhindern will.«

Plötzlich blitzte es hinter ihnen mit einem leisen puffenden Knall. Sie drehten sich um. Lennart dachte im ersten Moment, dass Elverums Männer weitere Bilder machten, doch als der Oberinspektor wütend seine kaum angerauchte Zigarre auf den Boden warf, wusste er, dass etwas Unvorhergesehenes geschehen war.

»Los, verschwindet von hier! Kershin, verdammt! Ich habe Ihnen doch gesagt, Sie sollen das Tor sichern!«

Der Polizist, der Wache gestanden hatte, zuckte zusammen. »Es muss geschehen sein, als ich den Chefinspektor zu Ihnen brachte. Ich habe ihm gesagt, dass ich meinen Posten nicht verlassen dürfe, aber dann hat er mir diese Vollmacht gezeigt.«

Elverum starrte Hagen Lennart wütend an. »Na, dann viel Spaß. Sie haben sich um den Job gerissen, jetzt sollen Sie ihn haben. Das ist die Presse. Sehen Sie zu, wie Sie Ihren Kopf aus der Schlinge ziehen. Und kommen Sie ja nicht auf die Idee, mit Ihrem Wisch in der Gegend herumzuwedeln, der wird diese Hyänen überhaupt nicht beeindrucken.« Er stieß einen lauten Pfiff aus, und die Fotografen drehten sich zu ihm um. »Wenn Sie mit jemandem reden wollen: Chefinspektor Hagen Lennart ist autorisiert, alle Ihre Fragen zu beantworten.«

Sofort war Lennart von einer Gruppe Reporter umzingelt, die gleichzeitig auf ihn einredeten. Blitzlichter flammten wie bei einem Gewitter auf, und er hatte das Gefühl, bei lebendigem Leibe gefressen zu werden.

Lennart sollte erst spät in der Nacht nach Hause kommen. Silvetta und die Kinder lagen schon längst im Bett, als er sich in der Küche ein spätes Nachtmahl zubereitete, das er aber kaum anrührte.

Wut war nur ein unzulängliches Wort, um seine Gefühle zu beschreiben. Frustrierte Ohnmacht traf es da schon besser. Noch nie in seinem Leben war er so gedemütigt worden. Elverum hatte ihn komplett im Regen stehen lassen, und eigentlich konnte er ihm deswegen noch nicht einmal böse sein. An seiner Stelle hätte Lennart vermutlich genauso gehandelt. Wenn es jemanden gab, dem er einen Vorwurf machen konnte, dann war es Magnusson, der ihn vollkommen unvorbereitet ins offene Messer hatte laufen lassen. Nun, was immer sich der Staatssekretär bei Lennarts Beförderung gedacht hatte, mit diesem Einstand hatte sich der neugebackene Chefinspektor um jeden Respekt gebracht. Es war, als hätte der Trainer bei einem Fußballspiel ohne Abstimmung mit der Mannschaft einen Neuzugang zum Kapitän ernannt, und das konnte nicht gut gehen, Silvetta war da klüger gewesen. Er hätte das Angebot ablehnen müssen, auch wenn es das Ende seiner Polizeilaufbahn bedeutet hätte. Aber nach den Ereignissen dieser Nacht konnte er ohnehin nur den Dienst quittieren.

Als die Sonne aufging, hatte er seinen Entschluss gefasst. Ohne geschlafen zu haben, machte er sich auf den Weg ins Innenministerium.

Es war halb sechs und die Stadt erwachte langsam. Die ersten Verkaufsstände hatten geöffnet und boten neben Tee und frischen Brötchen auch die neueste Ausgabe der Tageszeitungen an. Alle hatten sie nur ein Thema: die Tote auf dem Schrottplatz. Lennart verkniff es sich, eines der Blätter zu kaufen, obwohl sein Bild auf den Titelseiten prangte.

Hastig lief er die Treppe zum Eingang des Ministeriums hinauf, lochte seine Karte an der Stechuhr und machte sich eilig auf den Weg in sein Büro. Niemand begegnete ihm. Auch der Pförtner hatte nicht von seiner Zeitung aufgeblickt, aber es war sicher nur eine Frage der Zeit, bis die ersten Kollegen ihn auf die Ereignisse des gestrigen Tages ansprechen würden.

Er wollte die Tür zu seinem Arbeitszimmer aufschließen, doch sie war nur angelehnt. Vorsichtig stieß er sie auf und blieb wie versteinert stehen. Der Raum war leer. Sein Schreibtisch war wie der Aktenschrank ausgeräumt, die Blumen auf der Fensterbank fort. Nichts deutete mehr darauf hin, dass er hier noch vor zwölf Stunden gearbeitet hatte.

Er trat ein und berührte mit seinem Schuh einen Zettel, der auf dem Boden lag. Gebäude VI, Raum 313 hatte jemand in krakeligen Buchstaben geschrieben. Lennart hob das Papier auf, knüllte es zusammen und warf es in den Papierkorb. Im dritten Stock von Gebäude VI befand sich das Dezernat für Kapitalverbrechen. Irgendjemand hatte Lennarts Umzug in die Hand genommen, und er ahnte, dass es ganz bestimmt nicht Elverum gewesen war.

Gebäude VI unterschied sich in keiner Weise von dem Trakt, in dem er all die Jahre Betrugsfälle untersucht hatte. Der Geruch nach staubigen Akten und Bohnerwachs war der Gleiche und die Türen hatten den gleichen Anstrich. Als er das Schild mit der Nummer 313 sah, trat er ein.

Wer immer seine Sachen herübergeschafft hatte, er hatte sich Mühe gegeben. Alles stand an seinem Platz, selbst die Blumen auf der Fensterbank. Der Aktenschrank war natürlich leer.

Lennart schaute sich um, als befände er sich in einem schlechten Traum. Er wusste nicht, wie lange er so in Mantel und Hut herumgestanden hatte, die Aktentasche in der Hand, als er hinter sich im Korridor Schritte hörte.

Oberinspektor Elverum nickte Lennart knapp zu, als sei gestern nichts vorgefallen, und schloss die Tür zu seinem Büro auf. Es lag direkt neben Lennarts Zimmer und hatte die Nummer 312. Erst jetzt bemerkte er, dass es zwischen beiden

Räumen eine Verbindung gab. Lennart klopfte an den Türrahmen.

»Kann ich Sie einen Moment sprechen, Oberinspektor?«

»Natürlich«, antwortete Elverum. Ohne Lennart anzuschauen, deutete er auf einen Besucherstuhl, doch Lennart zog es vor, stehen zu bleiben.

»Es tut mir leid, was gestern vorgefallen ist. Ich werde noch heute meine Kündigung einreichen.«

Elverum, der gerade dabei war, die Jalousien hochzuziehen, hielt in der Bewegung inne und musterte sein Gegenüber nun eindringlich. Er seufzte. »Jetzt setzen Sie sich erst einmal. Möchten Sie einen Tee?«

Lennart schüttelte den Kopf, nahm aber trotzdem Platz.

»Wer hat Sie zum Chefinspektor ernannt?«, fragte Elverum. Er setzte sich hinter seinen Schreibtisch und holte aus einer speckigen Ledertasche eine Thermoskanne.

»Staatssekretär Magnusson.«

»Oh«, entgegnete Elverum und füllte einen Becher. »Sicher, dass Sie keinen Tee wollen? Wissen Sie, wer Anders Magnusson ist? Abgesehen davon, dass er das Amt des Staatsministers bekleidet.«

»Nein. Ehrlich gesagt habe ich bis gestern noch nicht einmal seinen Namen gekannt.«

»Er leitet die Abteilung für Innere Sicherheit.«

Lennart machte ein überraschtes Gesicht. »Den Geheimdienst? Sie glauben, er hat mich als Agent rekrutiert?«

»Er ist nach Präsident Begarell und Innenminister Norwin der drittmächtigste Mann im Staat«, sagte Elverum, statt ihm auf seine Fragen zu antworten.

»Was sollte er von mir wollen?«, fragte Lennart verständnislos. »Für einen Mann in seiner Stellung bin ich kaum von Nutzen.«

»Täuschen Sie sich nicht. Er hat Sie nicht umsonst erst zum Chefinspektor gemacht und dann auf diesen Fall angesetzt.«

»Egal, was er vorhat, er wird sich jemand anderen suchen müssen. Ich steige aus.« Lennart erhob sich.

»Ich kann Sie verstehen«, sagte Elverum. »Aber Sie werden nicht aussteigen können. Magnusson wird es nicht zulassen.«

Lennart zuckte mit den Schultern. »Sobald ich den Polizeidienst quittiert habe, bin ich nicht mehr von Interesse für ihn.«

»Darum geht es nicht.«

»Worum dann?«

»Um Macht«, sagte Elverum und nippte an seinem Becher. »Wie sähe es denn aus, wenn ein kleiner Beamter sagt: ›Ich spiele dein Spiel nicht mit.‹ Er wird Sie und Ihre Familie alleine aus Eitelkeit vernichten. Jedes Mittel dazu wäre recht. Ich verstehe nur nicht, warum er Sie zum Leiter der Ermittlungen macht, denn mit Verlaub: Als Kriminalbeamter sind Sie eine Niete.« Elverum stand auf und musterte Lennart. »Sie könnten jetzt natürlich den Schwanz einziehen und nach Hause rennen …«

»Aber?«, versuchte Lennart den Gedanken weiterzuspinnen.

Elverum verzog den Mund zu einem Lächeln, das nicht ganz aufrichtig wirkte. »Aber ich würde herausfinden wollen, welches Spiel Magnusson auf meine Kosten da treibt.« Er beugte sich ein wenig über den Schreibtisch und schaute Lennart in die Augen. »Sie sind im Besitz eines Papiers, das ein Freibrief sondergleichen ist. Mein Gott, von so einer Vollmacht habe ich immer geträumt.«

»Also interessiert Sie nur dieser Wisch«, stellte Lennart fest.

»Noch einmal: Magnusson wird Sie nicht so einfach gehen lassen. Sie können jeden Freund brauchen.«

»Und den habe ich in Ihnen gefunden«, sagte Lennart sarkastisch.

Elverum Grinsen wurde eine Spur breiter. »Nun, wie sieht es aus? Sind Sie dabei?« Er streckte seine Hand aus.

Lennart zögerte, dann schlug er ein. Was hatte er schon zu verlieren?

»Wunderbar«, sagte Elverum. »Glauben Sie mir, aus Ihnen machen wir noch einen Chefinspektor, auf den das Innenministerium stolz sein kann.«

Und es klang so, als meinte er es ernst.

* * *

Der Regen war kalt, alles durchdringend und prasselte nun schon seit drei Tagen von einem grauen Himmel. Er war wie ein Fluch, der den kleinen Wanderzirkus verfolgte, denn für das Geschäft war er das reinste Gift. Das schlechte Wetter drückte auf die Stimmung und selbst so zuversichtliche Naturen wie Hakon glaubten langsam daran, dass sich die Elemente gegen sie verschworen hatten. Die letzten Vorstellungen hatten sie absagen müssen, weil die Hälfte der Truppe an einer hartnäckigen Erkältung mit hohem Fieber litt. Hakons jüngere Schwester Nadja hatte sich sogar eine schwere Bronchitis eingefangen. Seit Nächten hielt sie der bellende Husten wach, sodass die Nerven von Hakons Eltern blank lagen. Zu allem Überfluss wurden die Straßen langsam unpassierbar. An manchen Stellen waren einstmals kleine Flüsse angeschwollen und über die Ufer getreten. Immer wieder blieben die schmutzigen Holzwagen im Morast stecken. Alle waren mit den Kräften am Ende, selbst die wenigen Tiere, die der Zirkus Tarkovski noch hatte, lagen apathisch in ihren Käfigen.

Hakon saß neben seinem Vater Boleslav auf dem Kutschbock, die Krempe eines viel zu großen Hutes tief ins Gesicht gezogen. Hakon betrachtete seinen Vater verstohlen von der Seite. Es schien, als hätten die Sorgen um die Zukunft des Zirkus und die schwer kranke Nadja sein Haar und seinen gewaltigen Schnurrbart noch grauer werden lassen. Unter seinen Augen lagen tiefe schwarze Schatten.

Der Wagen der Tarkovskis führte den Zug an. Sie hatten es aufgegeben, die Karte zurate zu ziehen, denn egal wohin sie sich auch wandten, es war keine Besserung in Sicht. Deswegen hatten sie sich dazu entschlossen, aufs Geratewohl weiterzuziehen, denn alle Städte und Dörfer legten keinen Wert auf fahrendes Volk, das sie bestahl und mit billigen Kunststücken betrog. Hakon war mit diesen Vorurteilen groß geworden. Manchmal ärgerten sie ihn noch, aber er hatte gelernt mit der Ablehnung zu leben, denn sie schweißte die Familie umso enger zusammen. Seine Eltern waren rechtschaffene Leute, die für ihr karges Brot und das der anderen Artisten hart arbeiteten.

»Geh mal nach hinten und schau nach deiner Schwester«, sagte sein Vater. »Frag Mutter, ob sie etwas braucht.«

Hakon nickte und kletterte durch die kleine Luke hinter ihm in den Wagen. Er setzte den Hut ab und öffnete den obersten Knopf seines Überwurfs. Das zierliche Mädchen wurde in seiner schmalen Koje hin und her geworfen. Die dunklen Locken klebten ihm feucht am fieberheißen Kopf.

»Vater fragt, ob du etwas brauchst«, sagte Hakon leise zu seiner Mutter.

»Sag ihm, er soll etwas vorsichtiger fahren«, antwortete Vera und wrang einen Lappen aus, mit dem sie Nadjas Stirn kühlte.

»Vater fährt schon so vorsichtig er kann. Wie geht es ihr?«, fragte er besorgt.

Seine Mutter holte tief Luft und zwang sich zu einem Lächeln. »Es ist nicht besser geworden, aber verschlimmert hat es sich auch nicht.«

Hakon nickte. Seine Mutter war keine Frau, die leicht in Panik verfiel. Dazu hatten sie zu viel gesehen und zu viel erlebt. Und doch entging ihm nicht die Sorge in ihrer Stimme. Sie tupfte vorsichtig Nadjas Stirn ab. Hakon kroch wieder zurück zu seinem Vater.

»Wir sollten möglichst bald ein Lager aufschlagen. Nadja geht es nicht besser. Ihr Fieber will einfach nicht sinken.«

Boleslav zeigte auf ein Schild am Wegesrand. »Es sind nur noch fünf Meilen zu einem Ort namens Vilgrund. Hoffen wir, dass sie uns von da nicht auch wieder vertreiben.«

»Vielleicht gibt es dort einen Arzt«, sagte Hakon.

»Ja. Vielleicht. Wir werden ihn aber nicht bezahlen können«, sagte sein Vater finster. »Nun, hoffen wir das Beste.«

Eine halbe Stunde später polterten die Zirkuswagen die Hauptstraße Vilgrunds hinab. Es hatte endlich aufgehört zu regnen. Hakon beschloss, dies als gutes Zeichen zu deuten.

Vilgrund war eine Siedlung wie so viele andere, die sie auf ihrer Reise durch die Ostprovinz gesehen hatten. Die Häuser waren niedrig und hatten mit Steinen beschwerte Dächer, damit die Stürme, die im Herbst und im Frühjahr über das flache Land fegten, nicht die Dächer abdeckten. Es war ein relativ großes Dorf, das sich einen schmalen Bachlauf entlangzog. Die weitläufig gerodeten Flächen wiesen darauf hin, dass der Ort schon älter war, vielleicht sogar schon von der dritten Generation bewohnt wurde. Die Bauern schienen es in dieser Zeit zu einem bescheidenen Wohlstand gebracht zu haben, denn die schindelgedeckten Häuser waren sauber herausgeputzt und reich verziert.

Boleslav zügelte das Pferd und hielt vor einem Gebäude, das der Größe und dem Uhrturm nach zu urteilen das Rathaus sein musste.

Hakon hatte gesehen, wie überall vorsichtig die Vorhänge beiseitegeschoben worden waren, um zu sehen, wer sich da ankündigte. Jetzt waren die Wagen augenblicklich von kleinen Kindern umringt, die neugierig von einem Bein auf das andere hüpften. Alle waren gut genährt und trugen sogar Schuhe an den Füßen.

Boleslav Tarkovski stieg vom Wagen und schüttelte seinen

nassen Mantel aus. Er wollte gerade die Treppe zum Rathaus hinaufsteigen, als die Tür aufging und ein freundlich lächelnder Mann auf sie zukam.

»Guten Tag, Herr«, sagte Boleslav und verneigte sich. Dabei stieß er Hakon in die Seite, worauf der Junge es seinem Vater nachtat. »Ich wollte fragen, ob unser Zirkus für einige Tage Rast machen darf.«

»Darf ich nach Eurem Namen fragen?«

»Oh, Verzeihung. Es war sehr unhöflich von mir, dass ich mich Ihnen nicht vorgestellt habe. Mein Name ist Boleslav Tarkovski und das ist mein Sohn Hakon.«

»Mein Name ist Helmdal«, sagte der Mann. »Ich bin der Bürgermeister von Vilgrund.«

»Dann meint das Glück es aber gut mit Ihnen. Sie stehen einer wunderbaren Stadt vor.«

»Na, nun übertreibt nicht. Wir sind eine kleine Siedlung, bestenfalls ein Dorf.«

Hakon fiel auf, dass Helmdal seinen Vater mit der altmodischen Höflichkeitsform »Ihr« ansprach. Das war ungewöhnlich, meist wurden Fahrensleute respektlos geduzt. Ein warmes Gefühl überkam Hakon, als er in die Augen des Mannes schaute. Entweder hatten sie in diesem Winkel der Ostprovinz noch keine schlechten Erfahrungen mit Fremden gemacht oder aber die Bewohner Vilgrunds wussten sich gegen ungebetene Gäste zu wehren. Jedenfalls war das Auftreten des Bürgermeisters von einer selbstsicheren Höflichkeit, die Hakon das Herz erwärmte.

»Na, Junge. Was bereitet dir denn so gute Laune?«, fragte Helmdal.

»Ich muss meinem Vater Recht geben. Dies ist ein wunderbarer Flecken.«

Der Bürgermeister lächelte. »Ja, wir können uns nicht beklagen. Aber wir arbeiten auch hart dafür. Und ich vermute, dass ihr ebenfalls nicht zu den Leuten gehört, die lange auf der faulen Haut liegen.«

Hakon schaute zu seinem Vater auf, dem die Erleichterung jetzt deutlich ins Gesicht geschrieben stand.

»Nein, das ist wahr«, sagte Boleslav.

»Sehr schön«, sagte Helmdal. »Ihr könnt die Wagen auf der Gemeindewiese am nördlichen Dorfende abstellen.«

Boleslav knetete den Filzhut in seinen Händen. »Wir würden auch gerne eine Vorstellung abhalten, wenn es recht ist.«

Helmdal strahlte über das ganze Gesicht. »Aber natürlich. Ich wagte kaum, Euch zu fragen. Wir würden uns sehr darüber freuen, denn hier draußen haben wir nicht sehr viel Abwechslung. Jetzt am Wochenende wäre ein hervorragender Zeitpunkt. Vorausgesetzt, er passt Euch.«

Jetzt strahlte auch Boleslav. »Oh ja, es passt uns sehr gut. Wir sind Ihnen zu großem Dank verpflichtet.«

Helmdal winkte ab. »Papperlapapp. Wie gesagt, auf der Gemeindewiese ist Platz genug, selbst für ein großes Zelt. Und wenn es sonst noch etwas gibt, was ich für Euch tun kann …«

»Das gibt es in der Tat«, sagte Hakon hastig, da er Angst hatte, sein Vater könnte aus lauter Höflichkeit das Wichtigste vergessen.

»Hakon, bitte!«, knurrte Boleslav.

Doch Hakon ließ sich nicht beirren. »Meine Schwester ist krank und wir wissen uns bald nicht mehr zu helfen.«

Helmdals Gesicht wurde ernst. »Wo ist sie?«

»Sie liegt im Wagen. Meine Mutter kümmert sich um sie.«

Ohne auf Hakons Vater zu achten, ging Helmdal auf den Wohnwagen zu und stieg die kleine Treppe hinauf und klopfte an die Tür, die daraufhin geöffnet wurde. Veras Gesicht erschien. Im Licht der Sonne, die jetzt zwischen den Wolken hervorschien, konnte Hakon die Sorgenfalten sehen, die sich tief in ihr Gesicht gegraben hatten.

»Darf ich eintreten?«, fragte Helmdal und Vera trat beiseite. Hakon konnte nicht sehen, was der Bürgermeister im Inneren des Wagens machte, aber nach wenigen Augenblicken war er wieder draußen.

»Wir haben einen fähigen jungen Arzt im Ort. Ich werde augenblicklich nach ihm schicken lassen.« Er tätschelte Hakons Schulter. »Keine Angst, mein Sohn. Wir werden deine Nadja schon wieder hinbekommen. Fahrt schon einmal zum Lagerplatz, Dr. Mersbeck wird sofort bei Euch sein.«

Mit diesen Worten eilte Helmdal davon. Vera ergriff die Hand ihres Mannes.

»Sollten wir nach all der Misere endlich einmal Glück haben?«

»Ich würde es uns wünschen«, sagte Boleslav.

»Keine Angst, Helmdal ist eine ehrliche Haut. Er wird nur unangenehm, wenn man gegen seine Spielregeln verstößt«, sagte Hakon.

»Wer sagt dir das?«, fragte Boleslav stirnrunzelnd.

Hakon tippte sich nur an die Nase. Sein Vater rollte mit den Augen.

»Ah ja, deine Eingebung. Die habe ich ja vollkommen vergessen.«

»Komm schon, Boleslav. Ich weiß auch nicht, wie der Junge das macht, aber seine Menschenkenntnis ist in der Tat beeindruckend«, sagte Hakons Mutter.

»Na, hoffentlich lässt sie ihn nicht mal im Stich.« Boleslav pfiff auf den Fingern und machte mit dem Arm eine kreisende Bewegung. Das war das Zeichen, dass die anderen Wagen ihm folgen sollten. Hakon schwang sich wieder neben seinen Vater auf den Bock und gemeinsam fuhren sie, begleitet vom Gejohle der Dorfkinder, zu ihrem Lagerplatz.

»Eure Tochter hat eine sehr weit fortgeschrittene Lungenentzündung.« Dr. Mersbeck setzte sein Stethoskop ab und zog Nadjas Nachthemd wieder glatt. Ihr Fieber war mittlerweile so gestiegen, dass sie völlig apathisch im Bett lag. Hakon war sich nicht sicher, ob sie überhaupt etwas wahrnahm.

Hakons Mutter schlug die Hand vor den Mund. »Oh, mein Gott«, murmelte sie und auch Boleslav wurde bleich. »Das kommt einem Todesurteil gleich.«

Dr. Mersbeck betrachtete seine Patientin und nickte. »Unter gewöhnlichen Umständen würde ich Euch Recht geben. Nadja hat enorm an Gewicht verloren. Ihr Körper kann der Krankheit nicht mehr viel entgegensetzen. Ohne die richtigen Medikamente würde sie in drei Tagen sterben. Vermutlich bliebe ihr aber noch nicht einmal diese Zeit.«

»Unter gewöhnlichen Umständen?«, fragte Boleslav.

Dr. Mersbeck lächelte. Er holte ein braunes Fläschchen aus seiner Tasche. »Als Bürgermeister Helmdal mir schilderte, in was für einer Verfassung sich Eure Tochter befindet, habe ich dieses Virostatikum eingesteckt. Die Nebenwirkungen sind nicht sehr angenehm, aber sie sind nichts im Vergleich zu dem, was Euer Kind sonst durchmachen müsste.« Dr. Mersbeck zog eine Spritze auf, desinfizierte Nadjas rechte Armbeuge und injizierte eine klare, bräunliche Flüssigkeit. Dann zog er die Nadel wieder heraus.

»Und das war jetzt alles?«, fragte Boleslav ungläubig.

»Im Prinzip ja. Die Dosis, die ich verabreicht habe, wird schnell wirken. Ihr solltet schon am nächsten Morgen eine Besserung bemerken.«

»Wird sie aufwachen?«, fragte Hakon.

»Du wirst sogar mit ihr sprechen können.« Er wandte sich an Vera. »Sobald Nadja wach ist, müsst Ihr unbedingt dafür sorgen, dass sie trinkt, und zwar sehr viel, denn sie wird sich vermutlich immer wieder stark übergeben. Etwas Hühnerbrühe kann auch nicht schaden. Das Verabreichen von Flüssigkeit sollte kein Problem sein, denn Nadja wird einen brennenden Durst verspüren.« Er packte seine Sachen wieder in die braune Ledertasche, die er neben sich auf den Boden gestellt hatte, und stand auf. »Wenn alles gut geht, wird Nadja morgen Abend Eurer Vorstellung beiwohnen können.«

Boleslav umarmte den Mann und drückte so fest zu, dass Hakon glaubte, einige Knochen knacken zu hören. Auch Vera fiel ihm um den Hals und gab dem schmächtigen jungen Mann einen Kuss auf die Wange.

»Ich weiß nicht, wie ich Ihnen danken soll«, sagte sie. Es war das erste Mal, dass Hakon seine Mutter den Tränen nah sah.

Dr. Mersbeck winkte ab. »Ist schon in Ordnung. Gebt mir einfach eine Freikarte für ihre Vorstellung.«

»*Eine* Freikarte?«, rief Boleslav. »Mein lieber Doktor, Sie bekommen so viele, wie Sie für Ihre Familie brauchen.«

»Wie ich sagte: eine«, antwortete der Arzt verlegen und ging zur Tür des Wagens. »Ruft nach mir, wenn Probleme auftreten sollten. Ich wünsche Euch noch ein paar schöne Tage in Vilgrund.«

In der Tat öffnete Nadja bei Sonnenaufgang die Augen und verlangte nach einem Becher Wasser, das sie aber augenblicklich in hohem Bogen erbrach. Doch ihre Mutter war geduldig, und Hakon machte es nichts aus, immer wieder den Eimer, der neben dem Bett stand, auszuleeren. Boleslav hatte mittlerweile die anderen Artisten zusammengetrommelt und gemeinsam mit ihnen begonnen, das rote Kuppelzelt zu errichten.

Als schließlich das Fieber so weit gesunken war, dass Nadja ansprechbar war, brach auch Hakon in Tränen aus.

»He, Brüderchen«, sagte sie matt. »Kein Grund, so zu heulen. Du weißt doch: Unkraut vergeht nicht.« Sie schloss die Augen. »Wie lange war ich weg?«

»Eine Woche«, sagte Hakon und wischte die Tränen weg. »Und beinahe sah es so aus, als würdest du nicht wiederkommen.«

»Ja, ich kann mich an einige sehr lebhafte und ziemlich

unangenehme Träume erinnern. Sie hatten alle etwas mit Hitze und Durst zu tun.« Sie nippte an einem Becher gesüßten Tee, den sie glücklicherweise bei sich behielt. »Wo sind wir eigentlich?«

»In einem Nest namens Vilgrund.«

»Klingt nicht sonderlich vielversprechend.«

»Oh, es ist in Ordnung. Wir sind jedenfalls mit offenen Armen aufgenommen worden.«

Nadja schaute ihren Bruder an, als würde er sich über sie lustig machen.

»Doch, doch«, versicherte er ihr. »Ohne den Bürgermeister und den Arzt, den er gerufen hat, wärst du jetzt mit Sicherheit tot.«

Nadja kniff misstrauisch die Augen zusammen. »Und was wollten sie für ihre Fürsorglichkeit haben?«

Hakon grinste über beide Ohren. »Freikarten.«

Sie setzte sich mühsam in ihrem Bett auf. »Du machst Witze.«

Ihr Bruder hob die Hand zum Schwur. »Käme mir nie in den Sinn.«

Nadja schüttelte den Kopf. »All die Jahre, die wir über die Dörfer ziehen, sind wir wie Aussatz behandelt worden, und auf einmal soll sich alles geändert haben?«

»Nun, zumindest in Vilgrund.«

Seine Schwester schlug die Decke beiseite.

»Was hast du vor?«, sagte Hakon.

»Ich will dieses Paradies mit eigenen Augen sehen.«

»Aber ... du kannst noch nicht aufstehen!«

»Unsinn. Mir geht es gut. Und vergiss nicht: Ich bin nur

knapp ein Jahr jünger als du und du bist fünfzehn und nicht fünfzig und mein Erziehungsberechtigter. Komm, hilf mir auf die Beine.«

Hakon lächelte, denn das war wieder ganz die alte Nadja. Er umfasste ihre Taille und legte sich ihren Arm um die Schulter. Erschrocken stellte er fest, wie leicht sie war. Auch wenn sie meinte, jetzt schon Spaziergänge machen zu können, würde es sicher noch lange dauern, bis sie wieder auf dem Seil tanzen oder auf dem Rücken eines Pferdes sitzen konnte. In ihrem schmalen, blassen Gesicht wirkten ihre schwarzen Augen unnatürlich groß.

Als er die Tür öffnete, schien ihnen die Sonne geradewegs ins Gesicht. Es war ein Tag wie Samt und Seide. Das Zelt stand und leuchtete rot im Morgenlicht. Bunte Fahnen und Wimpel knatterten im Wind, der frisch, aber nicht kalt war. Dafür schien er gesättigt mit dem Duft von Wiesenblumen und Kräutern, die um sie herum auf der Gemeindewiese wuchsen. Nadja beschattete die Augen und holte tief Luft.

»Wie lange ist es her, dass wir die Sonne gesehen haben? Tage? Oder gar Wochen?«

»Mir kommt es wie ein halbes Leben vor«, sagte Hakon lachend. Er wollte Nadja auf einer Bank absetzen, aber sie schüttelte den Kopf.

»Ich würde gerne zu Diomed gehen.«

Hakon seufzte. »Deinem Pferd geht es gut. Und wenn du glaubst, in der nächsten Zeit wieder voltigieren zu können, täuschst du dich. Du musst dich wieder hinlegen.«

Nadja schüttelte Hakon ab, machte zwei taumelnde Schritte, musste sich dann an einem Tisch festhalten. »Sieht so aus, als hättest du Recht«, stöhnte sie. »Doch wenn ich noch einen Tag länger in diesem stickigen Wagen bleiben muss, werde ich verrückt.«

»Setz dich erst einmal. Ich habe eine Idee.« Ohne eine Antwort abzuwarten, kletterte Hakon in den Wagen. Kurz darauf kam er mit einem bequemen Lehnstuhl und einer Decke zurück.

»So. Da bleibst du sitzen und hältst Hof. Es wird nicht lange dauern, bis die anderen kommen, um dich zu besuchen. Und um Diomed habe ich mich gekümmert. Jedenfalls geht es ihm deutlich besser als dir.«

Wie eine alte Frau ließ sich Nadja in den Korbsessel fallen. Hakon breitete die Decke über sie aus. »Wenn du etwas brauchst, sagst du einfach Bescheid.«

Es dauerte in der Tat nicht lange, bis die anderen Artisten Nadja ihre Aufwartung machten. Tim, der Vorarbeiter des Zirkus und mehr oder weniger heimlich in Nadja verliebt, hatte ihr einen Strauß Blumen gepflückt, den er ihr etwas verlegen in den Schoß legt. Rosie und Marguerite, die siamesischen Zwillinge, gaben ein Lied aus ihrer ladinischen Heimat zum Besten, was alleine schon für Heiterkeitsausbrüche sorgte, da die beiden zwar ein Herz und eine Seele waren, aber partout nicht singen konnten.

Hesekiel hatte mit seinen Hängebauchschweinen sogar eine kleine Nummer einstudiert, die den anderen so gut gefiel, dass sie noch für diesen Abend ins Programm genommen wurde. So defilierten alle an Nadja vorbei, und es dauerte eine geschlagene Stunde, bis jeder wieder an seiner Arbeit war. Boleslav hatte immer wieder nervös auf seine

Taschenuhr geschaut, während Nadjas Mutter besorgt die Hand ihrer Tochter hielt. Hakon spürte, dass dies alles für seine Schwester überaus anstrengend war, und er fragte sich, ob sie tatsächlich an der Vorstellung teilnehmen konnte.

»Wie ich sehe, scheint das Medikament hervorragend zu wirken«, sagte auf einmal eine Stimme hinter ihnen. »Und die Nebenwirkungen halten sich auch in Grenzen.«

Hakon drehte sich um und sah Dr. Mersbeck, der in seiner Hand die unvermeidliche braune Ledertasche trug.

»Sie sind der Arzt, der mir so hervorragend geholfen hat?« Nadja streckte ihm die Hand entgegen. »Ich habe mich noch gar nicht bei Ihnen bedankt.«

»Keine Ursache. Ich bin nur noch einmal gekommen, um zu schauen, wie es Euch geht.«

»Ich kann zwar noch immer keine Bäume ausreißen, aber ich glaube, der Fortschritt ist nicht zu übersehen«, sagte Nadja lächelnd.

»Können wir für einen Moment in den Wagen gehen?«, fragte Mersbeck.

»Natürlich.« Vera ging mit Nadja voran. Hakon folgte dem Arzt und schloss die Tür hinter sich.

»Ich würde Euch gerne noch einmal abhorchen«, sagte Dr. Mersbeck und holte sein Stethoskop aus der Tasche.

Nadja drehte sich um und hob ihr Hemd. »Sie brauchen mit mir aber nicht wie mit einer Prinzessin reden.«

»Entschuldigung?«, fragte er verwirrt.

»Ihr und Euch. Das klingt in unseren Ohren sehr altmodisch«, versuchte Hakon zu erklären.

»Ah, ich verstehe«, sagte Dr. Mersbeck lächelnd. »Sie müssen verzeihen, ich lebe schon so lange hier in Vilgrund, dass es mir schon gar nicht mehr auffällt.«

»Wo kommen Sie eigentlich her?«, fragte Nadja. »Und was bringt Sie dazu, hier am Ende der Welt als Arzt zu praktizieren?«

»Nadja!«, sagte ihre Mutter vorwurfsvoll. »Deine Neugierde ist unhöflich.«

Dr. Mersbeck lachte. »Nein, lassen Sie nur. Ich stamme eigentlich aus Lorick und habe dort an der Universität Medizin, Physik und Chemie studiert. Als ich mein Studium abgeschlossen hatte, musste ich mir überlegen, was ich damit sollte. Ich hätte in einem der Krankenhäuser oder wissenschaftlichen Institute arbeiten können. Aber ich habe mich dann für etwas Sinnvolleres entschieden. Die medizinische Versorgung in den äußeren Provinzen ist alles andere als befriedigend und da wollte ich meinen kleinen Beitrag leisten, um etwas gegen diesen Missstand zu tun. Es war ein Zufall, dass ich ausgerechnet in Vilgrund gelandet bin.«

Hakon hatte Dr. Mersbeck bei seiner kleinen Ansprache beobachtet und war sich auf einmal sicher, dass der Arzt log. Er wusste nicht *was* ihn so sicher sein ließ. Die Stimme war fest gewesen, die Körperhaltung entspannt und das Mienenspiel glaubwürdig. Und trotzdem sagte der Mann nicht die Wahrheit.

»Dieses Mittel, das Sie Nadja injiziert haben, dieses …«

»Virostatikum.«

»Ja, dieses Virostatikum. Wie funktioniert es?«

Zum ersten Mal sah Hakon so etwas wie Irritation in den Augen des Arztes aufblitzen. »Das wäre zu kompliziert, um es dir zu erklären. Ich habe viele Jahre an der Universität verbracht, um seine Wirkungsweise zu verstehen. Aber wenn es dich tatsächlich interessiert: Es ist ein hochmodifizierter nukleosidischer Reverse-Transkriptase-Inhibitor eines Zytomegalie-Virus.«

Diesmal sagte Mersbeck die Wahrheit. Dennoch störte Hakon etwas an dieser Antwort, obwohl er nicht genau sagen konnte, was. Der komplizierte Name des Medikaments war es jedenfalls nicht.

Seine Mutter öffnete ein kleines Kästchen und überreichte Mersbeck ein Kuvert. »Ihre Freikarte.«

»Besten Dank, ich freue mich schon auf die Vorstellung. Ich bin sicher, dass ein gelungener Abend auf mich wartet.«

Er packte seine Tasche wieder zusammen und verabschiedete sich mit einem höflichen Nicken. Hakon schaute ihm nach. Irgendetwas stimmte mit dem Mann nicht, das sagte ihm sein Bauchgefühl. Und auf das hatte er sich bis jetzt immer verlassen können.

Die Vorstellung an diesem Abend war ausverkauft. Boleslav hatte sogar noch einige Bänke aufstellen müssen, damit auch alle zahlenden Gäste einen Sitzplatz bekamen. In der Manier eines weltläufigen Mannes führte er durch das Programm, das ausgesprochen familienfreundlich war. Traten sie in entlegenen Bergbaustädten auf, mussten sie dem Publikum eine etwas derbere Kost bieten, die aus einer anzüglichen Tingeltangelnummer und anderen Verlustierungen bestand. Es war angenehm, nach langer Zeit wieder anspruchsvolle akrobatische Kunststücke aufführen zu können.

Und Boleslav Tarkovski bot alles, was das vergnügungssüchtige Herz begehrte: halsbrecherische Trapezakte und Jongliernummern; auf eine atemberaubende Leiterakrobatik folgte Vera Tarkovskis Darbietung als Schlangenfrau, die sich aus engsten Kisten befreien konnte. Doch das war nichts gegen Hakons Fähigkeiten.

Boleslav Tarkovskis Sohn war ein begnadeter Eskamoteur. Mit wenigen Bewegungen gelang es ihm, sein Publikum so zu verwirren, dass sie nicht merkten, wie er Mäuse, Tauben, ja sogar kleine Hunde spurlos verschwinden lassen konnte. Natürlich setzte er technische Hilfsmittel ein, aber dem Publikum waren noch nie die Spiegel und doppelten Böden aufgefallen, die Hakon benutzte. Sein Vater hatte einmal gesagt, wenn der Zirkus pleiteginge, würden alleine Hakons Kunststücke ausreichen, die Familie zu ernähren. Doch die Manipulation von Gegenständen oder Kleintieren war nichts gegen den Höhepunkt seiner Nummer. Hakon konnte nämlich auch Gedanken lesen.

Nun, natürlich nicht wirklich. Normalerweise funktionierte herkömmliche Zauberkunst nach dem Prinzip »Ich präsentiere dir einen Trick und du versuchst mich dabei zu erwischen«. Als Gedankenleser ging man anders vor. Es handelte sich um die Illusion echter Magie mithilfe des Publikums. Dabei war alles nur eine Frage der Ablenkung und geschickter Manipulation. Das galt vor allen Dingen für den Zetteltrick, den Hakon gerne zum Aufwärmen präsentierte. Er hielt dazu ein vorgefaltetes quadratisches Stück Papier wie beiläufig in der Hand.

»Meine Damen und Herren, ich möchte heute Abend

etwas ausprobieren, von dem ich allerdings nicht weiß, ob es wirklich funktioniert.« Er räusperte sich und lächelte. »Es ist ein Gedankenexperiment.«

Hakon wandte sich an einen Mann in der ersten Reihe, einen Bauern mit schwieligen Händen, und faltete den Zettel auf, in dessen Mitte er vor den Augen des Publikums einen Kreis zeichnete. Dann gab er dem Mann das Papier und den Stift. Es wurde sehr still im Zelt.

»Ich möchte Sie bitten, genau das zu tun, was ich Ihnen sage.«

Der Mann nickte. Hakon entfernte sich von ihm.

»Denken Sie zuerst an ein Wort. Es spielt keine Rolle, wie dieses Wort lautet. In Ordnung?«

Der Mann nickte erneut.

»Wenn Sie dieses Wort gedacht haben, schreiben Sie es bitte in den Kreis.«

Der Bauer runzelte die Stirn, dann kritzelte er etwas auf den Zettel. Hakon konnte spüren, wie die Spannung wuchs.

»Sagen Sie mir, wenn Sie fertig sind.«

»Fertig«, sagte der Mann.

»Dann möchte ich Sie bitten, den Zettel zu falten.«

»Habe ich getan.«

Köpfe reckten sich empor, um auch wirklich alles verfolgen zu können. Hakon spürte, dass er das Publikum jetzt in der Hand hatte.

»Ist es möglich, durch den Zettel hindurchzusehen?«

Der Mann hielt den Wisch hoch und schüttelte den Kopf.

»Um ganz sicherzugehen, möchte ich Sie bitten, ihn noch einmal zu falten«, sagte Hakon und holte einen kleinen

Tisch, den er vor dem Publikum aufstellte. »Jetzt wird es gleich ein wenig heiß hergehen.« Er ließ sich von seinem Vater eine Messingschale geben. »Könnte ich bitte den Stift wiederhaben?«

Der Mann reichte Hakon das Schreibgerät, der es daraufhin in die Brusttasche seines Hemdes steckte. Aus den Augenwinkeln heraus sah er, wie Nadja lächelte. Dr. Mersbeck, der neben ihr saß, schaute interessiert zu.

»Nun reichen Sie mir den Zettel«, forderte Hakon den Bauern auf. Der Mann tat, worum er gebeten wurde und Hakon zerriss den Zettel mit einigen geübten Bewegungen. Die Schnipsel ließ er in die Schale fallen. Schließlich holte er aus seiner rechten Hosentasche eine Schachtel mit Streichhölzern, riss eines von ihnen an und verbrannte das Papier. Ein Raunen war jetzt zu hören.

Als die Flammen erloschen waren, holte Hakon den Stift aus seiner Brusttasche und stocherte in der Asche herum. Er schnüffelte sogar einige Male, als könne er etwas riechen. »Oh«, sagte er schließlich. »Sie scheinen ein Mann zu sein, der den Freuden des Lebens recht zugeneigt ist. Das Wort, das Sie aufgeschrieben haben, lautet *Beerenschnaps.*«

»Richtig«, sagte der Bauer, ohne eine Miene zu verziehen.

Das Raunen wurde lauter und verwandelte sich schließlich in tosenden Applaus. Hakon verneigte sich lächelnd.

»Danke«, sagte er. »Ich danke Ihnen.« Das war das Schöne, wenn ein Trick funktionierte: Der Applaus, den man als Anerkennung bekam, war wie ein warmer Regen für die Seele. Hakon verneigte sich nochmals.

»Das ist Betrug«, sagte der Bauer plötzlich, der den Zettel

ausgefüllt hatte. Seine Worte verloren sich im Beifall, doch Hakon vernahm sie sehr gut. Sein Lächeln gefror.

Der Mann stand jetzt auf und wiederholte seine Worte diesmal so laut, dass ihn jeder hören konnte.

»Das ist Betrug!«

Der Applaus erstarb.

»Ich habe genau gesehen, wie der Junge den Zettel nicht richtig zerrissen hat. Den mittleren Teil hat er in seine Hosentasche gesteckt und gelesen, als er das Streichholz entzündete«, sagte der Bauer kalt.

»Sie täuschen sich«, sagte Hakon möglichst gelassen, doch innerlich fluchte er. Wie hatte der Kerl das von seinem Platz aus erkennen können?

»Mich haben schon viele Leute übers Ohr hauen wollen, doch nie auf eine so plumpe Art!«, höhnte der Bauer.

Hakon spürte, wie die Stimmung kippte. Aus Begeisterung wurde kühle Ablehnung. Hilfe suchend schaute er sich um. Sein Vater machte eine beschwichtigende Geste, doch auch ihm stand die Nervosität im Gesicht geschrieben.

»Ich will was Anständiges für mein Geld sehen«, fuhr der vierschrötige Mann fort, der jetzt die geballte Faust schüttelte.

»Ja«, rief eine andere Stimme. »Wenn der Junge schon so vollmundig behauptet, er könne Gedanken lesen, dann soll er uns das auch beweisen!«

Am liebsten wäre Hakon einfach davongerannt, aber wenn er jetzt ohne ein Wort die Manege verließ, würde er alles nur noch schlimmer machen. Sein Atem ging immer schneller. Er verspürte auf einmal eine unbändige Wut auf diese Bauern, die sich für so gerissen hielten, dabei aber nur einfältige Esel waren. Hakon hatte in seinem kurzen Leben mehr gesehen als alle diese Trampel zusammen, und sie wollten ihm nun ein X für ein U vormachen? Er schluckte, und dann hörte er sich etwas Ungeheuerliches sagen.

»Ihr wollt, dass ich eure Gedanken lese? Ernsthaft? Gut, dann werde ich es tun.«

Er sah, wie Nadja aufsprang und mit weit aufgerissenen Augen den Kopf schüttelte. Dr. Mersbeck hingegen blieb ruhig auf seinem Platz sitzen und verfolgte das Spektakel mit wachsendem Interesse.

Dann hörte Hakon nur noch sein Herz schlagen. Mit einem Mal strömte eine Flut von Bildern, Tönen und Gefühlen auf ihn ein, die wie eine Welle über ihm zusammenschlug und mit sich fortriss.

»Ihr Name ist Boris Marklund und Sie haben Ihrem Nachbarn Henning Flersgard eine kranke Kuh verkauft, die jetzt tot in ihrem Stall liegt.« Hakon glaubte, dass sein Kopf einen Schwarm dicker schwarzer Fliegen beherbergte, so laut schwoll auf einmal ein tiefes Summen an.

»Was?«, schrie ein Mann und sprang auf.

Der Bauer, dessen Name offenbar tatsächlich Marklund war, wurde bleich. »Aber … das ist Unsinn. Elsa war gestern noch ganz gesund.«

»Elsa hatte Leberegel«, sagte Hakon. Alles drehte sich vor ihm. »Schneiden Sie sie auf, dann werden Sie es sehen.«

»Ich wusste doch gleich, dass mit dem Vieh etwas nicht stimmte«, knurrte der andere, zweifellos Henning Flersgard, und wollte seinem Freund an die Gurgel springen, wurde aber im letzten Moment von seiner Frau daran gehindert. Ein Blitz zuckte durch Hakons Kopf und er stöhnte auf.

»Sie sind Opfer eines doppelten Betruges, Henning Flersgard«, krächzte er. »Boris Marklund hat Ihnen nicht nur eine todkranke Kuh verkauft, er hat auch noch ein Verhältnis mit Ihrer Frau.« Der Boden unter Hakons Füßen schwankte wie das Deck eines Schiffes im Sturm.

Die Frau an Flersgards Seite schrie auf. »Du dreckiger kleiner Lügner. Wenn du solch eine Behauptung aufstellst, solltest du sie besser auch beweisen können!«

Hakon wischte sich mit einer fahrigen Bewegung den Schweiß von der Stirn. »Sie heißen Annegret und erwarten in sieben Monaten ein Kind von Boris Marklund. Wird es ein Mädchen, nennen Sie es Hekla, nach Ihrer Großmuter.«

Ein Tumult brach aus. Boleslav rannte in die Manege, um das Publikum zu beschwichtigen, während Vera Hakon auffing, dem plötzlich die Knie einknickten. Nadja stand noch immer da, als hätte sie der Blitz getroffen. Sie hatte die Hand vor den Mund geschlagen. Der Platz neben ihr war auf einmal leer.

Dr. Mersbeck war verschwunden.

* * *

Die Welt, so hatte Tess immer gedacht, ist ein Ort, der eine Mauer braucht, damit sich das Leben nicht verflüchtigt. Im Kommunalen Waisenhaus Nr. 9 mochte es tatsächlich so gewesen sein, aber die Wirklichkeit war anders, erschreckender, berauschender.

Noch nie hatte Tess so viele Menschen, so viele *erwachsene* Menschen wie in den Straßen von Lorick gesehen. Im Waisenhaus waren die Erzieher und Lehrer, abgesehen von einigen seltenen Ausnahmen, die natürlichen Feinde der Kinder gewesen. Hier in diesem wunderschönen Park, der Tess' Vorstellung vom Paradies ziemlich nahekam, war alles anders. Überall war glockenhelles Kinderlachen zu hören, und auch die Erwachsenen hatten Freude am Spiel mit Bällen oder dem Füttern von Enten. Niemand schien Angst vor dem zu haben, was der nächste Tag bringen mochte. Alle waren gut genährt und trugen saubere Kleidung, sodass sich Tess in ihrem grauen Kleid fast ein wenig schäbig und deplatziert vorkam. Sie strich mit der Hand über das satte, kurz geschnittene Gras und lauschte dem Rauschen des Windes im Geäst des Baumes.

Noch einmal versuchte sie zu erfassen, wie sie aus dem Waisenhaus hatte fliehen können, doch sie hatte keine schlüssige Erklärung dafür. Irgendwie war es ihr gelungen, so wie sie manchmal im Traum fliegen oder übermenschliche Kräfte entwickeln konnte. Und wenn dies hier ein Traum war, dann sollte er so lange wie möglich andauern.

Eine erste Ahnung, dass ihre Flucht keine Illusion war, überkam sie, als sie das Knurren ihres Magens hörte. Sie hatte das Frühstück verweigert, und so war die letzte Mahlzeit das gestrige Abendessen gewesen, das nur aus wässrigem Haferbrei und einer Tasse Tee bestanden hatte. Sie musste etwas essen, aber natürlich hatte sie kein Geld, um sich irgendwo ein Brot oder einen Teller Suppe kaufen zu können.

Tess stand auf und klopfte sich das Gras vom Kleid. Sie

konnte die Frauen fragen, die auf einer Bank saßen und sich angeregt unterhielten, während die Kinder sich lautstark um eine Puppe stritten, aber etwas sagte ihr, dass dies keine gute Idee war. Ihre Kleider waren wie die ihrer Sprösslinge weiß und duftig und von teurem Zuschnitt. Diese Frauen wollten unter sich bleiben und ganz bestimmt nicht den Imbiss, der für ihre Liebsten bestimmt war, mit einem wildfremden, ärmlich gekleideten Mädchen teilen. Wenn Tess irgendwo eine freie Mahlzeit auftreiben wollte, musste sie dorthin gehen, wo es Geschäfte und Läden gab. Vielleicht würde dort etwas für sie abfallen.

Das Zentrum Loricks wurde durch eine Reihe imposanter Hochhäuser markiert, deren Fenster in der hoch stehenden Sonne glänzten und mit dem marmorweißen, von bizarren Mustern durchbrochenen Mauerwerk um die Wette strahlten. Die meisten der imposant aufragenden Gebäude waren vierzig, fünfzig Stockwerke hoch und durch Fußgängerbrücken miteinander verbunden, deren Streben asymmetrisch wie zerrissene Spinnweben waren. Die sie umgebenden niedrigeren Häuser waren wie die Straßen auf diesen Mittelpunkt ausgerichtet und schienen nur einem Zweck zu dienen: das leuchtende Herz dieser Stadt mit allem zu versorgen, was es brauchte, um unentwegt weiterzuschlagen. Tess riss sich von dem Anblick los und untersuchte den Stadtplan, der sich unter der Tabelle der Abfahrtszeiten einer Bushaltestelle befand, genauer. Wenn sie ins Stadtzentrum laufen wollte, musste sie einen längeren Fußmarsch in Kauf nehmen. Aber sie hatte Zeit und ohnehin kein Geld, um die dampfbetriebenen Doppelstockbusse zu benutzen, die im Zehnminutenrhythmus die breite Straße befuhren, die an den Park grenzte. Tess studierte noch einmal den Stadtplan. Die breite Straße trug den Namen Brandenberg-Prospekt und durchschnitt die Stadt in Ost-West-Richtung. Die wie auf einem Schachbrett angeordneten Parlamentsgebäude und Ministerien befanden sich am Ufer der Midnar, einem Fluss, der, wie sie wusste, vierzig Meilen weiter östlich bei Vattborg ins Meer mündete. Es gab nur einen kleinen Stadtkern, der organisch gewachsen zu sein schien, was Tess aus dem Gassengewirr auf dem Plan schloss, aber der befand sich am südlichen Midnarufer, wo der Fluss beinahe eine Hundertachtzigradkehre machte. Dieses Viertel hieß Süderborg und man konnte noch den gezackten Grundriss der alten Befestigungsanlage erkennen, aus dem später die Hauptstadt Morlands erwachsen war. Ansonsten war Lorick von einem großzügigen Grüngürtel umgeben. Der Park, in dem Tess fast den gesamten Vormittag verbracht hatte, trennte die östlichen Bezirke von der Innenstadt.

Wie auch immer, sie konnte nicht hier stehen bleiben und darauf warten, dass etwas geschah. Sie glaubte nicht an Wunder und schon gar nicht an solche, in denen eine Fee auftauchte, um einem alle Sorgen von den Schultern zu nehmen. Tess war eine Fremde in einem fremden Land, obwohl sich das Waisenhaus inmitten der Stadt befunden hatte. Ihre Freunde saßen noch immer hinter den Mauern des Waisenhauses. Tess wollte sich nicht vorstellen, was Visby jetzt mit ihnen anstellte. Das, was sie heute Morgen am eigenen Leibe erfahren hatte, war erschreckend genug.

Bei dem Gedanken an ihre spektakuläre Flucht versuchte

sie noch einmal jenes Gefühl heraufzubeschwören, als sie die Wächter einfach wie in Trance beiseitegestoßen hatte. Es gelang ihr nicht.

Tess lief den Brandenberg-Prospekt entlang nach Westen und sog die Eindrücke der Stadt wie ein Schwamm auf. Auf den Straßen waren viele Menschen unterwegs. Niemand war in Eile, doch schien jeder ein Ziel zu haben. Die Frauen trugen lange Kleider in leuchtenden Farben mit weiten Röcken und Hüte mit Schleier oder kleinen Blumengebinden, die Männer Hüte, elegante graue Anzüge, Hemden mit Stehkragen und modische Seidenhalstücher. Manche hatten sogar eine Blume im Knopfloch, als wären sie zu einem Rendezvous verabredet.

Je näher sie dem Stadtzentrum kam, desto mehr veränderte sich der Charakter der Gebäude. Waren es zunächst Bürohäuser mit abweisenden Backsteinfassaden gewesen, sah Tess nun immer häufiger Geschäfte, die ihre Waren in großzügig gestalteten Auslagen präsentierten.

Jetzt fiel ihr auch auf, dass sie die Blicke der anderen Passanten auf sich zog. Als sie ihr Spiegelbild in einem der großen Schaufenster sah, erkannte sie warum. Zum einen war sie das einzige Kind auf der Straße. Zum anderen war ihr Aufzug so schmutzig, ärmlich und heruntergekommen, dass sie selbst erschrak.

Das graue Kleid war fleckig und am Saum eingerissen, die spindeldürren Beine steckten in Schuhen, von denen sich die Sohle löste. Das hellrote, lockige Haar stand zerzaust nach allen Seiten ab und ihr Gesicht war schmutzig. Tess fluchte. So wie sie aussah, hätte sie sich auch gleich ein Schild um den

Hals hängen können mit der Aufschrift: aus dem Waisenhaus entlaufen! Wenn sie nicht über kurz oder lang von einem Polizisten aufgegriffen werden wollte, musste sie untertauchen. Visby hatte bestimmt schon längst ihre Beschreibung herausgegeben.

Also durchstreifte sie weiter die Stadt, hielt sich jedoch von belebten Straßen fern und versuchte sich so unsichtbar wie möglich zu machen.

Die schmalen Gassen hinter den pompösen Hausfassaden enthüllten ein anderes Bild der Stadt. Hier türmte sich der Müll und Unrat einer Gesellschaft, die im Überfluss zu leben schien. Tess schüttelte ungläubig den Kopf. Die Dinge, die andere Leute wegwarfen, wären im Waisenhaus ein regelrechter Schatz gewesen. Sie entdeckte ein Paar Schuhe, kaum getragen, aber leider zu groß. Einen kurzen Moment spielte Tess mit dem Gedanken, sie mitzunehmen, aber wem sollte sie sie schenken? Mit einem bedauernden Seufzen legte sie sie wieder zurück. Vielleicht würde sie später noch einmal wiederkommen und sie holen.

Zwei Gassen weiter fand sie etwas, was sie wirklich gebrauchen konnte. Hinter einem Haus stapelten sich Kisten mit welkem Salat, altbackenem Brot und anderen Nahrungsmitteln, die zwar verlockend rochen, denen sie aber nicht traute, da sie nicht wusste, wie lange sie schon herumstanden. Das hier musste die Rückseite eines Restaurants oder einer Imbissbude sein. Aus einem der halb geöffneten Fenster hörte sie das Klappern von Töpfen.

Hastig riss sie einen Laib Brot auseinander und stopfte sich die Brocken in den Mund. Mit einem seligen Stöhnen schloss sie die Augen und kaute genüsslich darauf herum. Es war nicht ganz frisch, aber tausendmal besser als die steinharten Kanten, die es immer im Heim gegeben hatte. Sie schmeckte unbekannte würzige Kleinigkeiten heraus, die ihre ausgehungerten Geschmacksnerven in einen Rausch versetzten. Als sie weiter in der Kiste stöberte, fand sie noch Karotten und Äpfel, die zwar nicht mehr perfekt aussahen, aber im Vergleich zu dem Essen im Waisenhaus die reinsten Leckerbissen darstellten. Unglaublich! All die Jahre hatten sie im Waisenhaus fast gehungert, und hier warf man diese Köstlichkeiten fort!

Am liebsten hätte sie auch hier alles mitgenommen, aber sie hatte keine Tasche, in die sie die Vorräte stopfen konnte. Aber wenigstens war ihr erster Hunger gestillt und sie konnte wieder einen klaren Gedanken fassen. Wenn sie in dieser Stadt überleben wollte, musste sie planvoll vorgehen.

Je gründlicher sie ihre Situation überdachte, desto mehr kam sie zu dem Schluss, dass die Innenstadt von Lorick der denkbar ungünstigste Ort für ein dreizehnjähriges Mädchen auf der Flucht war. Zurück in den Osten der Stadt wollte sie jedoch auch nicht, das Waisenhaus war einfach zu nah.

Unschlüssig setzte sie sich auf den Boden und lehnte sich gegen die Wand. Irgendwie schien es, als wäre sie in einer Sackgasse gelandet. Zunächst einmal brauchte sie eine Bleibe, wo sie Schutz fand und schlafen konnte. In diesem Stadtbezirk Loricks war nicht daran zu denken. Zu viele Menschen lebten und arbeiteten hier, die Tess mit Sicherheit zum Teufel jagten, wenn sie sie entdeckten. Abgesehen davon hatte sie auch keine Lust, inmitten der Abfälle ihr Lager zu errichten. Auf der anderen Seite war ein weiteres Erkunden der Stadt bei Tag einfach zu gefährlich. Inmitten all der gut gekleideten Menschen, denen sie auf der Straße begegnet war, kam sie sich wie eine einbeinige Tänzerin auf einem Ball vor.

Tess hatte die Wahl. Entweder blieb sie hier und wartete auf die Abenddämmerung oder aber sie ging das Risiko ein und suchte am helllichten Tag nach einem Versteck.

»Ach, verdammt«, stöhnte sie. Im Waisenhaus hatte sie nie irgendwelche Entscheidungen treffen müssen, andere hatten das stets für sie übernommen. Und erst jetzt dämmerte ihr die Erkenntnis, dass mit der neu gewonnenen Freiheit auch eine haltlose Einsamkeit gekommen war. Nun musste Tess selber sehen, wie sie sich durchs Leben schlug. Niemand hatte ihr das beigebracht und in ihr keimte der Verdacht auf, dass die Erfahrungen, die sie nun machte, sehr schmerzhaft sein würden. An wen konnte sie sich wenden, wem konnte sie vertrauen?

Sie wischte sich trotzig die Tränen aus den Augen und stand auf. Es hatte keinen Zweck. Sie musste los, Stillstand war der Tod. Tess überlegte kurz, ob sie sich noch ein Brot mitnehmen sollte, ließ es dann aber. Sie vertraute darauf, dass sie überall etwas zu essen finden würde.

Sie trat aus der Seitengasse hinaus auf die Geschäftsstraße und versuchte inmitten all der Passanten den Eindruck zu erwecken, als habe sie wie jeder andere das Recht, sich hier aufzuhalten – was ihr jedoch schwerfiel. Die Blicke der Menschen schienen Löcher in ihren Rücken zu brennen.

Trotzdem marschierte sie tapfer weiter und versuchte, ein

Gefühl für die Aufteilung der Stadt zu bekommen, was dank der rechtwinkligen Aufteilung der Straßen und die Stadtpläne, die sich an den Haltestellen der Dampfbusse befanden, relativ leicht war. Um zum Fluss zu gelangen, musste sie in eine der Straßen links abbiegen und so weit geradeaus laufen, bis sie zur Midnar kam.

Süderborg am anderen Ufer des Flusses war die dunkle Seite Loricks. Hier lebten die Dockarbeiter und Schauerleute, die im nahe gelegenen Hafen Arbeit fanden. Lebte die Innenstadt einen Traum aus Marmor und Gold, so war man in diesem Viertel mit dem Kampf ums Überleben beschäftigt. Schwarzer Rauch stieg aus Hunderten von Schornsteinen auf und vereinigte sich zu einer Wolke, die ein träger Wind flussabwärts nach Osten hinaus aufs Meer trieb, wo sich ein Dutzend Kräne bewegte, um die angelandeten Frachtschiffe zu entladen. Als Tess die Mitte der Brücke erreichte, hielt sie kurz inne, aber dann ging sie weiter, ohne noch einmal einen Blick zurückzuwerfen.

Obwohl dieser Teil Loricks schäbig wie das Ostviertel war, fühlte sich Tess auf Anhieb wohler. Hier waren die Straßen nicht wie mit dem Lineal gezogen, alles schien organisch gewachsen zu sein. Süderborg bestand aus einem unregelmäßigen Netz kleiner Gassen, in denen Kinder spielten, Händler ihre Waren anboten und Matrosen die Gelegenheit für einen Landgang nutzten. Deswegen schien auch jedes zweite Haus eine Kneipe zu sein, wo Bier und einfache Mahlzeiten angeboten wurden. Plötzlich hatte Tess eine Idee. Ohne lange zu überlegen, betrat sie die nächstbeste Spelunke.

In der Schankstube roch es nach kaltem Rauch und verschüttetem Bier. Die Stühle standen umgedreht auf den Tischen. Gäste waren keine da, dazu war es offensichtlich noch zu früh. Tess schaute sich vorsichtig um. Die Decke des Raumes war niedrig und braun vom Tabaksqualm. An den Wänden hingen Gaslampen, die aber nicht brannten, da die Fenster geöffnet waren. Eigentlich war dies kein Ort für Kinder, aber Tess hatte keine andere Wahl.

»Hallo?«, rief sie. »Ist jemand da?«

»Sicher ist jemand da«, knurrte es hinter ihr. »Meinst du etwa, ich lasse hier alles sperrangelweit auf und fahre dann in Urlaub?«

Tess wirbelte erschrocken herum und starrte in das Gesicht eines Mannes, der nicht viel größer als sie selbst war. Die Haare standen ihm in einem wirren Kranz ab, die schmutzig gelben Koteletten waren buschig und auf der Nase saß eine Brille, deren Gläser so trübe waren, dass Tess sich fragte, wie der Mann damit noch etwas sehen konnte.

»Sind Sie der Wirt?«, fragte Tess.

»Nein, ich bin eine verzauberte Elfe. Natürlich bin ich der Wirt! Was willst du von mir?«

»Ich suche Arbeit«, antwortete Tess und versuchte dabei so erwachsen wie möglich zu klingen.

»Entschuldigung?«, sagte der Wirt, als hätte er nicht richtig gehört.

»Ich sagte, ich suche Arbeit.«

Der kleine Mann nahm die Brille von der Nase, putzte die Gläser mit einem schmierigen Lappen, was die Sache eigentlich nur schlimmer machte, und setzte sie dann wieder auf. Er kniff die Augen zusammen.

»Wie alt bist du, Kindchen?«, fragte er.

»Vierzehn«, log Tess. »Bald werde ich fünfzehn.«

»Ach«, machte der Wirt nur. »Du bist vierzehn und wirst bald fünfzehn. Soso. Schon verstanden.« Er zog die Nase hoch und spuckte einen dicken gelben Klumpen in einen Messingnapf, der neben dem Tresen stand. »Bist wohl eher von zu Hause abgehauen, was?«

»Bin ich nicht«, sagte Tess, aber sie merkte, dass sie nicht sonderlich überzeugend klang.

»Na, soll mir auch egal sein.« Er schwang wieder den Besen, auf den er sich die ganze Zeit gestützt hatte. »Ich habe keine Arbeit. Verschwinde von hier.«

»Sie brauchen mich auch nicht zu bezahlen. Ich will nur ein Bett und drei Mahlzeiten am Tag.«

Das schien ein Angebot zu sein, das dem Wirt prüfenswert erschien. »Hm«, machte er und kratzte sich an der Nase. »Hast du schon einmal als Kellnerin gearbeitet?«

»Nein, aber ich lerne schnell«, erwiderte Tess hastig.

»Ach«, sagte der Wirt nachdenklich und zupfte sich jetzt am Ohr. »Und du bist dir für keine Arbeit zu schade?«

Tess schüttelte den Kopf.

Der Mann bleckte beim Grinsen etwas, was in einem früheren Leben vielleicht einmal Zähne gewesen sein mochten. Er spuckte in seine Hand und streckte sie ihr entgegen. »Dann hast du die Arbeit.« Er bemerkte ihr Zögern. »Was ist? Schlag ein! Oder hast du es dir anders überlegt?«

Tess gab ihm widerwillig die Hand.

»Wie heißt du eigentlich?«

»Tess.«

»Sehr schön. Ich bin Phineas Wooster.« Er drückte ihr den Besen in die Hand. »Du kannst sofort anfangen«, sagte er grinsend. »Wenn du mit dem Fegen fertig bist, wischst du den Tresen, spülst die Gläser – und reinigst die Spucknäpfe.«

Tess stöhnte innerlich, versuchte aber sich ihren Ekel nicht anmerken zu lassen.

»Ich werde in der Zwischenzeit deine Kammer fertig machen. Ist lange her, dass hier ein Mädchen gearbeitet hat. Wir wollen doch, dass du es schön hast.« Mit diesen Worten ließ er sie stehen.

Tess schaute sich um. Schließlich zuckte sie mit den Schultern. Sie hatte das Waisenhaus überstanden, da würde sie auch das hier überleben. Alles war besser, als auf der Straße zu leben, dachte sie sich und begann zu fegen.

Sie ahnte nicht, wie sehr sie sich täuschen sollte.

Nachdem Tess die Schankstube aufgeräumt und saubergemacht hatte, tauchte Wooster wieder auf. In seinen Händen hielt er ein Tablett.

»Komm, Mädchen, setz dich zu mir an den Tisch«, rief er gut gelaunt. »Du hast doch bestimmt Hunger.«

Tess nahm Platz, achtete aber darauf, dass sie so weit weg wie möglich von dem schmierigen Kerl saß. Wooster, dem das nicht entging, lachte.

»So ist das richtig. Immer auf Nummer sicher gehen. Vor alten Männern wie mir sollte sich ein junges Mädchen immer in Acht nehmen.« Ohne Tess zu fragen, füllte er einen Teller und schob ihn ihr über den Tisch zu.

Tess probierte den Eintopf vorsichtig und blickte dann überrascht auf.

»Ja, ich kann kochen, was glaubst denn du? Wenn ich hier abends die Spelunke voll habe, dann wollen die Männer was Anständiges auf dem Tisch haben, sonst kommen sie nicht mehr wieder. Die Konkurrenz in Süderborg ist groß.«

Auch er lud sich den Teller voll und begann nun schlürfend und schmatzend zu essen. »Jetzt erzähl mir mal, wo du herkommst.«

Tess senkte wieder den Blick und konzentrierte sich auf ihren Eintopf.

»Ich kann auch raten, darin bin ich sehr gut«, schlug Wooster vor. »Der Uniform nach bist du aus einem Waisenhaus ausgerissen, stimmt's? Kein schöner Ort, um dort aufzuwachsen.«

»Woher wissen Sie das?«, fragte Tess mit vollem Mund.

»Du bist nicht die Erste, die aus einem Waisenhaus abhaut. Man hört so einiges darüber. Manchmal berichten sogar die Zeitungen davon. Das ganze Land geht vor die Hunde, so sieht es aus.« Er brach ein Brot in zwei Teile und warf Tess eine Hälfte zu.

Tess fing das Stück geschickt auf. »Den Eindruck hatte ich nicht«, sagte sie, als sie an die prächtigen Straßen und Geschäfte dachte.

»Oh ja, wenn man die Innenstadt sieht und durch das Bankenviertel geht, kann man schon glauben, dass eigentlich alles in Ordnung ist. Nun, vermutlich stimmt das auch für die, die das Sagen haben und auf dem Rücken der einfachen Leute ihr Geld verdienen.«

Tess wischte mit dem Brot den Teller aus und leckte sich die Finger ab. »Haben Sie schon einmal etwas von der Armee der Morgenröte gehört?«

Wooster rollte mit den Augen. »Oh ja, ein unbelehrbarer Haufen von Weltverbesserern. Sie glauben, durch einen Generalstreik könnte man alle Probleme lösen, aber das ist ausgemachter Unsinn. Damit es in diesem Land besser wird, hilft nur eines.« Er formte mit der Hand eine Pistole und drückte ab. »Peng. Man müsste sie an die Wand stellen. Alle. Ausnahmslos.« Wen er damit meinte, sagte er freilich nicht.

Tess hatte gehofft, einen Nachschlag zu bekommen, aber Wooster räumte bereits den Tisch ab. »Komm mit, ich zeige dir dein Zimmer.«

Er führte Tess eine steile Treppe hinauf in den obersten Stock, wo er am Ende des Korridors eine Tür aufsperrte.

»Bitte schön«, sagte er und trat beiseite.

Es war eine kleine Kammer, in der außer einer Waschschüssel, einem Tisch, einem Stuhl und einem Schrank nur noch ein frisch bezogenes Bett stand, das breit genug für zwei war. An den türkis gestrichenen Wänden hingen ausgeblichene Drucke von Clowns in allen Zuständen der heiteren Alkoholisierung.

»Und? Ist es in Ordnung?«, fragte Wooster.

Tess nickte, obwohl es das nicht war. Irgendetwas störte sie an diesem Zimmer.

»Gut, dann komm wieder mit runter. Ich schließe jetzt die Schenke auf.«

Obwohl es noch relativ früh am Abend war, füllte sich die Gaststube zügig. Zuerst kamen die Werftarbeiter, die ihren

Schichtdienst beendet hatten, um ein Bier zu trinken oder eine Kleinigkeit zu essen. Die waren in Ordnung, obwohl sie Tess anschauten, als trüge sie einen bunten Hut. Offensichtlich hatte der alte Wooster noch nie eine Bedienung gehabt, zumindest keine so junge.

Je später der Abend wurde, desto unangenehmer wurden auch die Gäste. Die meisten der Matrosen, die nun auf ihrem Landgang die Kneipen unsicher machten, waren schon angeheitert, als sie in der *Eisernen Jungfrau* ihren Rum bestellten. Für Tess begann nun ein Spießrutenlaufen. Immer wieder musste sie sich anzügliche Bemerkungen gefallen lassen, doch niemand wagte es, sie anzufassen. Dafür sorgte Wooster, der Tess im Auge behielt und darauf achtete, dass ihr Tablett immer voll war.

Es gab aber auch Gäste, die sie anständig behandelten und ihr die eine oder andere Krone Trinkgeld zusteckten. Für Tess, die noch nie in ihrem Leben mehr als ein paar Heller besessen hatte, waren das ungeheure Reichtümer. Schon nach einigen Stunden hatte sie ein erkleckliches Sümmchen beisammen, das sie in den Taschen ihres Kleides verschwinden ließ.

Tess fragte sich, wie der alte Wooster das sonst alleine geschafft hatte. Ihr taten jetzt schon alle Knochen im Leib weh, von den geschundenen Füßen ganz zu schweigen. Aber eine Pause kam nicht infrage. Während der Wirt einen Humpen nach dem anderen zapfte, servierte Tess im Laufschritt.

»He!«, rief eine Stimme.

Tess schaute sich um. In einer Nische saß ein hünenhafter Kerl, dessen Glatze so tätowiert war, dass der Kopf von hinten wie ein Totenschädel aussah. Unter dem maßgeschneiderten grauen Anzug spannten sich gewaltige Muskeln. Obwohl die Kneipe so voll war, dass sich die Gäste auf den Füßen standen, saß der Mann alleine am Tisch.

»Ja?«, fragte Tess.

»Gibt's hier auch etwas zu essen?«

»Wir haben Eintopf.«

»Wie ist der?«

»Gut, ich habe ihn heute selbst gegessen.«

»Dann bring mir einen Teller«, sagte der Mann. »Und einen Krug Bier mit dazu!«

Tess eilte in die Küche, wo der Topf auf dem Herd stand, und füllte eine Schüssel. Auf dem Rückweg holte sie das Bier ab.

»Du«, sagte Wooster und packte sie am Arm. »Warte mal.«

Tess schaute den alten Mann erwartungsvoll an. Sie atmete heftig und das Haar hing ihr strähnig ins schweißnasse Gesicht.

»Halt dich von dem Kerl fern. Sprich nicht mit ihm. Sag Ja oder Nein, wenn er dich etwas fragt, mehr aber nicht.«

»Wer ist das?«

Wooster füllte ein weiteres Glas und stellte es auf das Tablett. »Er heißt Bruno Kerkoff und treibt für den Boxverein von Süderborg Schutzgelder ein.«

»Schutzgelder? Für was?«

Wooster seufzte. »Frag nicht so dumm, mach dich lieber wieder an die Arbeit.« Dann machte er eine Handbewegung, die wohl andeuten sollte, dass das Gespräch zuende war.

Tess schnappte sich das Tablett und stürzte sich wieder ins Getümmel.

»Hier ist Ihr Essen«, sagte sie zu Kerkoff und wollte gerade den Teller vor ihm auf den Tisch stellen, als sie von hinten einen Stoß erhielt. Der Eintopf rutschte vom Tablett und landete dem Geldeintreiber direkt auf dem Schoß. Mit einem lauten Schrei sprang der Mann auf und schüttelte die Hose aus. Mitten im Schritt hatte er einen dunklen Fleck.

Plötzlich war in der *Eisernen Jungfrau* alles still. Jeder schaute zu ihnen herüber. Tess hielt mit weit aufgerissenen Augen das Tablett fest. Mit hochrotem Kopf funkelte sie der tätowierte Riese an. Hilfe suchend schaute sie sich nach Wooster um, doch der war verschwunden.

»Entschuldigen Sie«, stammelte Tess. »Das ist nicht mit Absicht geschehen.«

Brunos Kiefer mahlten, als er sie bei der Schulter packte. Sie spürte die Kraft in seinen Händen, aber anstatt sie zu schütteln oder Schlimmeres mit ihr anzustellen, schob er sie erstaunlich sanft beiseite. Tess drehte sich um.

Hinter ihr stand ein schmächtiger Bursche, der so jung war, dass er noch Pickel im Gesicht hatte. Sein Adamsapfel hüpfte auf und ab, als er schluckte.

»Tut mir leid, das habe ich nicht gewollt«, sagte er hastig. »Ich habe das Mädchen nicht gesehen, wirklich … Oh mein Gott! Bitte, Herr Kerkoff! Bringen Sie mich nicht um!«

Tess sah, wie Kerkoff versuchte seine Wut zu bezähmen, und das sah richtig nach Arbeit auf. Schließlich nickte er.

»Oh danke«, winselte der Junge, der so aussah, als würde er am liebsten vor Kerkoff auf den Knien herumrutschen.

»Danke vielmals. Wenn ich irgendetwas für Sie tun kann, sagen Sie es!«

»Verschwinde von hier«, flüsterte Kerkoff.

»Ja«, sagte der Bursche atemlos und schaute sich um, auf welchem Tisch er sein halb leeres Glas abstellen konnte. Als er einen Platz gefunden hatte, rannte er so schnell wie möglich hinaus.

Langsam entspannten sich die Gäste und die kneipenübliche Geräuschkulisse war wieder zu hören.

»Ich hole Ihnen ein Handtuch«, sagte Tess. Sie wollte davoneilen, aber der Mann hielt sie fest.

»Wie heißt du?«, fragte er freundlich.

»Tess.«

»Wie lange arbeitest du schon für den alten Wooster?«

»Seit heute Nachmittag.«

Er musterte sie von oben bis unten und lächelte dann. »Gut«, sagte er, als hätte sie gerade eine Prüfung bestanden. Er ließ sie los. »Dann mach weiter so.«

Tess nickte, lächelte nervös zurück und hob das Tablett mit den Bieren, die mittlerweile wahrscheinlich schal waren, wieder hoch.

Aber niemand beschwerte sich, als sie die Gläser servierte. Im Gegenteil: Keiner machte mehr eine anzügliche Bemerkung oder versuchte, ihr in den Hintern zu kneifen; alle behandelten sie jetzt mit Respekt. Tess war klar, dass das nichts mit ihr zu tun hatte, sondern mit dem Mann, diesem Kerkoff. Er war freundlich zu ihr gewesen, also waren es die anderen besser auch. Sie räumte die Gläser ab und eilte wieder zum Tresen. Wooster stand wieder da und zapfte Bier.

»Ich habe dir doch gesagt, du sollst nicht mit ihm reden.«

»Es war nicht meine Schuld«, sagte Tess. »Einer der Gäste hat mich gestoßen.«

Wooster verzog das Gesicht. »Worüber habt ihr gesprochen?«

»Er wollte wissen, wie lange ich hier schon arbeite. Ich habe ihm gesagt, heute sei mein erster Tag.« Tess tauchte die Gläser ins Spülwasser. »War das ein Fehler?«

»Das wird sich noch herausstellen. Du solltest lieber heute Nacht deine Kammer absperren.«

Tess wurde bleich. »Wollen Sie etwa sagen ...«

»Gar nichts will ich sagen«, schnitt er ihr barsch das Wort ab. »Los, geh wieder an die Arbeit.«

Kerkoff saß den Rest des Abends in seiner Nische und hielt Hof. Im Halbstundentakt tauchten Männer auf, setzten sich zu ihm und redeten mit ihm. Manche trugen dieselbe Tätowierung wie er, andere schoben dem Mann Kuverts über den Tisch, deren Inhalt sofort in einer kleinen Kladde verbucht wurde. Wooster war es anzusehen, dass er es gar nicht gut fand, wenn man in seiner Kneipe Geschäfte dieser Art tätigte. Tess hatte jedoch den Eindruck, dass es noch einen anderen Grund für Woosters schlechte Laune gab. Kerkoff zeigte damit allen, wer hier Herr im Hause war.

Kurz vor Mitternacht machten sich die letzten Gäste auf den Heimweg. Tess konnte Woosters Ärger spüren. Offensichtlich hatte der Geldeintreiber erfolgreich die Kundschaft vertrieben. Mit grimmigem Gesicht begann der Wirt die Stühle auf die Tische zu stellen.

»Los, hinauf mit dir in deine Kammer«, zischte er mit einem Seitenblick auf Kerkoff, der noch immer an seinem Platz saß und scheinbar vollkommen in sich versunken sein Geld zählte.

Tess nickte und eilte mit einem flauen Gefühl in der Magengegend die Treppe hinauf. Der Mann hatte sie den ganzen Abend gemustert, und dass er der letzte Gast war, bedeutete nichts Gutes, das spürte selbst sie. Tess warf die Tür hinter sich zu und wollte abschließen, aber da war kein Schlüssel. Kurzerhand nahm sie den Stuhl und klemmte ihn mit der Lehne unter die Türklinke. Atemlos wartete sie ab, was nun geschehen würde.

Zunächst war alles still. Dann hörte sie, wie Stühle umgeschmissen und Gläser zerbrochen wurden.

»Sie ist nur eine Aushilfe, mehr nicht«, hörte sie Wooster beschwörend rufen.

»Erzähl das jemandem, der dümmer ist als ich«, antwortete Kerkoff. Ein Schmerzensschrei ertönte, der Tess zusammenzucken ließ. »Du weißt genau: Wenn du wieder in das Geschäft mit Mädchen einsteigen willst, musst du erst mit mir sprechen.«

»Sie ist erst dreizehn!«, schrie Wooster.

»Davon will ich mich selber überzeugen«, sagte Kerkoff. Schwere Schritte polterten die Treppe hinauf. Die Klinke wurde heruntergedrückt.

»He, Tess! Mach auf! Ich möchte mich gerne mit dir unterhalten.«

Tess saß auf der Bettkante und starrte die Tür an, als ob sie durch ihre Willenskraft den Mann hätte auf halten können.

»Nun komm schon. Oder soll ich die Tür aufbrechen?«

Ein donnernder Schlag ließ das Holz splittern. Dann folgte ein weiterer Schlag. Mit einem lauten Poltern fiel die Tür zu Boden.

Tess schrie nicht. Auch dann nicht, als Kerkoff sie packte und auf die Beine stellte. »Dreizehn willst du sein?« Er lachte gehässig. »Meine Güte, an dir ist mehr dran als an den meisten Frauen.«

Kerkoff versetzte ihr einen Stoß, um sie auf die Matratze zu werfen, aber Tess blieb stehen. Ihr Körper fühlte sich so kalt an wie gehärteter Stahl und rührte sich nicht. Kerkoff streckte noch einmal die Hand aus, doch da packte ihn Tess am Gelenk. Er lachte rau.

»Oh, bitte. Mach dich nicht lächerlich.«

Kerkoff wollte sich von ihr losreißen, aber Tess hielt ihn wie in einem Schraubstock fest. Jetzt zeigte das Gesicht des Hünen zum ersten Mal einen leisen Ausdruck von Überraschung. Noch einmal ruckte er. Nichts. Er kam nicht frei. Schließlich versuchte er sich aus dem Griff zu winden, aber er hatte keine Chance.

Kerkoff holte mit der Linken aus. Seine gewaltige Pranke hätte jeden niedergestreckt.

Tess duckte sich nicht einmal. Vollkommen mühelos hob sie ihren Arm und wehrte den Schlag ab.

»He!«, schrie Kerkoff, der jetzt ein wenig unsicher wurde. Noch einmal schlug er zu, diesmal mit der Faust. Tess fing sie mit der freien Hand wie einen Ball auf und drückte zu. Es knackte und Kerkoff stieß einen lauten Schrei aus. Sie hatte ihm die Knochen gebrochen.

Bevor er darauf reagieren konnte, ging sie zum Gegenangriff über. Es waren lässige Bewegungen, aber sie kamen gezielt und koordiniert. Ein Schlag gegen die Schläfe, ein Tritt gegen die Kniescheibe. Mehr musste sie nicht tun und Kerkoff fiel sich mehrmals überschlagend die Treppe hinunter, wo er zu Woosters Füßen liegen blieb.

Fassungslos starrte der den leblosen Körper an, dann sah er zu Tess hinauf, die schwankend vor ihrem Zimmer stand.

»Was hast du da getan?«, fragte er, nicht entsetzt, sondern grenzenlos überrascht.

»Ich weiß es nicht«, stammelte sie. Zitternd, als hätte sie der Gewaltausbruch geschwächt, lehnte sie sich gegen die Wand.

Wooster ging in die Knie. Vorsichtig untersuchte er Kerkoff.

»Was ist mit ihm?«, fragte sie.

»Er ist tot.«

Tess schlug die Hand vor den Mund. »Oh mein Gott«, flüsterte sie. Jetzt ließ die Kraft in ihren Beinen nach und sie rutschte die Wand hinunter. »Das habe ich nicht gewollt.«

»Mach dir um Kerkoff keine Gedanken. Die Welt ist ohne ihn ein schönerer Ort.«

»Hat … hat er sich beim Sturz das Genick gebrochen?«

»Nein. Er war schon tot, als er die Treppe hinunterfiel. Dein Schlag hat perfekt gesessen.«

Jetzt begann Tess zu schluchzen, laut und hemmungslos. Wooster lief die Treppe hinauf. »He, ist schon gut. Es war Notwehr. Was glaubst du, hätte er mit dir da oben angestellt?«

Doch das war kein Trost für Tess. Sie hatte einen Menschen getötet, und das war eine Tat, die sie nie wiedergutmachen konnte.

»Mädchen, beruhige dich«, fuhr sie Wooster scharf an. »Ich muss überlegen, was jetzt zu tun ist, und so kann ich mich nicht konzentrieren.«

Tess zog die Nase hoch und versuchte sich zusammenzureißen.

»Schon besser«, knurrte Wooster.

»Sie werden mich doch nicht verraten?«, fragte Tess unsicher.

Der Wirt der *Eisernen Jungfrau* schaute sie an, als hätte sie den Verstand verloren. »Was erwartest du von mir? Dass ich morgen durch Süderborg laufe und jedem erzähle, dass ein dreizehnjähriges Mädchen den übelsten Schläger des Viertels ohne jede Anstrengung mit den bloßen Händen ins Jenseits befördert hat?«

Tess musste zugeben, dass das nicht besonders glaubwürdig klang. Und auf einmal verstand sie das Dilemma des Mannes. »Man wird glauben, dass Sie es waren.«

»Richtig, mein Engelchen«, antwortete Wooster zynisch und stand auf. »Ich muss die Leiche irgendwie loswerden. Zu meinem Glück hatte der Kerl mehr Feinde als ein Hund Flöhe. Vielleicht kommt man ja nicht sofort auf mich. Zum Glück sehe ich nicht so aus, als könnte ich es mit einem Kerl wie Kerkoff aufnehmen.«

Tess wischte sich mit dem Ärmel die Nase ab. »Dann werde ich Ihnen helfen ...«

»Einen Teufel wirst du tun«, sagte er barsch. »Du verschwindest von hier, und zwar sofort! Und ich werde vergessen, dass wir beide uns jemals begegnet sind.«

»Aber … Sie können mich doch nicht mitten in der Nacht auf die Straße jagen!«, rief Tess.

»Und ob ich das kann. Wie es scheint, kannst du dich ja sehr gut deiner Haut erwehren.«

Tess fiel es plötzlich wie Schuppen von den Augen. »Sie haben Angst vor mir!«

»Was denkst du denn? Natürlich habe ich Angst vor dir!«, schrie Wooster, der jetzt vollends die Beherrschung zu verlieren schien. Er kramte in seiner Hosentasche, zog einige Scheine hervor und warf sie ihr hin. »Hier sind fünfzig Kronen. Mit dem Trinkgeld von heute Abend müsstest du fürs Erste genug Geld haben, um dich durchzuschlagen. Und jetzt verschwinde!«

Tess wankte die Treppe hinunter. Im ersten Moment wollte sie das Geld nicht aufheben, aber diese Art von Stolz war ein Luxus, den sie sich nicht leisten konnte.

»Danke«, sagte sie leise. »Ich werde es Ihnen eines Tages zurückzahlen.«

»Verschwinde«, kreischte Wooster und hob abwehrend die Hände. »Ich will dich hier nicht mehr sehen, hörst du? Du bist ein gottverdammter Eskatay!« Er spuckte dieses Wort regelrecht aus.

»Ein Eskatay?«, fragte Tess hilflos. »Was soll das sein?«

»Ein Teufel in Menschengestalt! Das Böse schlechthin.« Woosters Gesicht war zu einer Fratze verzerrt.

Tess schaute unentschlossen erst Wooster, dann den toten Kerkoff an. Ein Eskatay war sie also. Sie hatte den Begriff noch nie gehört, aber er klang nach Missgeburt, nach Abschaum, nach etwas, was man aus tiefster Seele hassen musste. Voller Enttäuschung sah sie Wooster an, der inzwischen hinter die Theke zurückgewichen war und plötzlich in seinen Händen etwas hielt, was wie ein Gewehr aussah. Er hatte die Waffe nicht auf sie angelegt. Das traute er sich nicht. Aber die Nervosität ließ ihn am Hahn herumspielen.

Tess lief an ihm vorbei und verließ ohne ein Wort des Abschieds die Schenke. Draußen wartete die Nacht auf sie, und Tess wusste nun, dass sie sich alleine der Dunkelheit stellen musste.

* * *

Es war die erste Lagebesprechung, die Lennart in seiner Funktion als Chefinspektor abhielt, und er war nervös. Auch wenn er sich mit Elverum auf einen Waffenstillstand geeinigt hatte, so war nicht klar, ob die anderen Beamten auch mitspielten. Wenn er so in die Runde schaute, beschlichen ihn Zweifel. Die meisten lümmelten respektlos auf ihren Stühlen, tranken gelangweilt Tee oder widmeten sich demonstrativ ihrem Imbiss.

Lennart hatte eine Tafel aufgestellt, an die er alle Spuren, Hinweise und Ambrotypien so geklebt hatte, dass sie thematisch in einer Beziehung zueinander standen. Ohne Umschweife begann er mit seinen Ausführungen.

»Wir haben drei Leichen, gefunden in einem zeitlichen Abstand von ein und zwei Wochen. Es handelt sich um zwei Männer und eine Frau, alle zwischen fünfunddreißig und vierzig Jahre alt. Auf den ersten Blick haben sie nichts gemein bis auf die Tatsache, dass allen der Kopf fehlt. Hat jemand eine Idee, warum?«

Er schaute in die Runde, erhielt aber keine Antwort.

»Um Spuren zu verwischen und die Identität der Opfer zu verschleiern?«, fragte Elverum schließlich.

»Die letzte Tote hat Selbstmord begangen«, sagte Lennart und zeigte auf eine grobkörnige Ambrotypie, die die Leiche in der Schrottpresse zeigte. »Der gemeinsame Nenner ist der fehlende beziehungsweise vollständig zerstörte Kopf. Daraus folgt, dass wir nicht zwingend von einer Mordserie ausgehen müssen. Vielleicht war es ja bei den anderen Fällen ein Töten auf Verlangen.«

Inspektor Persson schnaubte verächtlich. »Wenn ich jemanden beauftrage, mir das Licht auszublasen, dann sage ich ihm doch nicht, er soll meinen Kopf verschwinden lassen. Das ergibt doch keinen Sinn.«

»Nun ja«, erwiderte Holmqvist, der neben ihm saß und nachdenklich den Belag seines Brotes untersuchte. »Wer weiß, was sich bei dir so alles im Oberstübchen abspielt.«

Persson machte ein Selten-so-gelacht-Gesicht und widmete sich wieder seinem Tee.

»Stellen wir uns einmal Folgendes vor«, sagte Lennart. »Wir haben eine Gruppe von Leuten, die aus was für Gründen auch immer aus dem Leben scheiden wollen und dabei die Köpfe verschwinden lassen müssen. Wie würden sie das anstellen?«

»Bitte, das ist doch absurd«, sagte Persson.

»Es geht mir nicht darum, wie absurd das ist. Es geht mir

darum, wie man das anstellt«, sagte Lennart scharf. Einige sahen auf, verblüfft über Lennarts ungewohnte Tonart.

»Einer bringt die anderen um, schneidet ihre Köpfe ab und vernichtet sie dann getrennt von den Leichen«, meldete sich nun Holmqvist. »Zum Schluss bliebe nur noch die Person übrig, die das blutige Geschäft erledigt hat. Die müsste dann Selbstmord begehen.« Holmqvist stutzte und legte sein Brot beiseite. »Die Frau!«

»Richtig!« Lennart lächelte und tippte auf die Ambrotypie. »Die Frau in der Schrottpresse. Ich weiß nicht, wie viele kopflose Leichen wir noch finden werden, aber ich wette darauf, dass sie alle schon länger tot sind als sie. Die Frau hatte keine andere Wahl. Ein Sturz von der Brücke hätte ebenso wenig gereicht wie ein Strick. Deswegen haben wir sie auch so früh gefunden. Die Schrottpresse war die einzige Methode, bei der sie sicher sein konnte, dass von ihrem Kopf nichts mehr übrig blieb.«

»Moment«, sagte Persson. »Sie gehen also davon aus, dass wir noch mehr kopflose Leichen finden?«

»Es würde mich nicht wundern.« Lennart ging zu einer Kiste, die auf dem Schreibtisch stand. »Ich habe hier die Vermisstenfälle der letzten fünf Jahre. Es sind insgesamt zweiundvierzig Männer und Frauen, auf die das Profil zutrifft.« Er holte einen Stapel Akten hervor. »Persson und Holmqvist nehmen sich die eine Hälfte zur Brust, Elverum und ich die andere. Sie werden in jeder Akte Ambrotypien der Kleidung finden. Wenn wir schon keine Köpfe zum Identifizieren haben, hilft uns vielleicht der Modegeschmack der Toten weiter.«

Persson und Holmqvist schauten verstohlen zu Elverum, der wütend die Augen verdrehte. »Was erwartet ihr von mir? Ein schriftliches Gutachten? Los, ihr habt den Chefinspektor gehört. Macht euch an die Arbeit.«

Die beiden Polizisten grunzten, standen auf und nahmen sich jeder einen Stapel.

»Für morgen Früh erwarte ich einen schriftlichen Bericht von euch beiden«, rief Elverum ihnen hinterher. Er schüttelte verständnislos den Kopf, dann stand er auf und betrachtete die Tafel genauer. »Persson hat Recht«, sagte er und betrachtete die Ambrotypen der Leichen genauer. »Das Ganze ist absurd.«

Lennart zuckte die Achseln. »Ja, auf den ersten Blick ist es das vielleicht. Aber ich glaube nicht, dass es ihnen in erster Linie darum ging, Spuren zu verwischen.«

Elverum schaute Lennart prüfend an. »Sie meinen, es geht wirklich um die Köpfe?«

Lennart nickte. »Wenn wir sie gefunden haben, werden wir vermutlich auch wissen, warum sich die Damen und Herren auf diese unappetitliche Art vom Leben in den Tod haben befördern lassen.«

Elverum seufzte, als er den Aktenberg sah. »Na, dann machen wir uns mal besser auf den Weg.«

Es war ein mühseliges Geschäft. Die einzelnen Adressen lagen weit verstreut und Lennart ärgerte sich, die Akten nicht vorher sortiert zu haben. In den meisten Fällen machte man ihnen noch nicht einmal die Tür auf, was aber wohl daran lag, dass die Leute um diese Zeit bei der Arbeit waren.

Oversholm, die letzte Station, war nicht das, was man eine gutbürgerliche Wohngegend nannte, das erkannte Lennart spätestens an den wenigen Automobilen, die hier durch die Straßen fuhren. Die Vorgärten der heruntergekommenen winzigen Reihenhäuser waren ungepflegt. Einige der Bewohner hielten in Käfigen Karnickel, denen man vermutlich das Fell über die Ohren zog, wenn das Geld nicht bis zum Monatsende reichte.

Ein weiteres Zeichen für die Armut waren die vielen Kinder, die auf der Straße spielten. Es waren rotznasige Blagen, barfüßig und in zerschlissener Kleidung, die den Anschein machte, als sei sie schon mehrfach weitergereicht worden. Keines der Kinder war älter als zwölf Jahre – die Älteren mussten vermutlich bereits in einer der Fabriken ihr Brot verdienen.

Als die beiden Polizisten das Haus mit der Nummer 313 ansteuerten, kamen die Kinder sofort angerannt und stellten sich nasebohrend an den Zaun, um zu sehen, was da wohl vor sich ging. Fremde sah man nicht oft in diesem Viertel. Und wenn es gut gekleidete Männer waren, die mit einem Automobil kamen, konnte man annehmen, dass es interessant werden würde.

Elverum betätigte den Klopfer und trat einen Schritt zurück. Es dauerte einen Moment, bis sie hörten, wie jemand langsam herangeschlurft kam. Dann wurde vorsichtig die Tür geöffnet.

»Was ist?«, fragte eine Frau und spähte misstrauisch durch den Spalt. Der Gestank von gedünstetem Kohl schlug ihnen entgegen.

»Frau Sigrunsdottir?«, fragte Lennart.

»Ja.«

Lennart zückte seinen Dienstausweis und hielt ihn der Frau unter die Nase. »Ich bin Chefinspektor Lennart und das ist mein Kollege, Oberinspektor Elverum.«

Hastig legte die Frau die Kette zurück und riss die Tür auf. »Sie sind von der Polizei? Oh bitte, kommen Sie doch herein!« Zu den Kindern gewandt rief sie: »Und ihr könnt wieder verschwinden. Hier gibt es nichts zu sehen, habt ihr verstanden?«

Der älteste Junge machte eine obszöne Geste, woraufhin die anderen schallend lachten. Dann trollten sie sich, um mit einer leeren Blechbüchse Fußball zu spielen.

»Diese Kinder bringen mich irgendwann noch mal um den Verstand. Werden in die Welt gesetzt und dann sich selbst überlassen. Und was kommt dabei heraus? Nachwuchs für die Boxvereine.« Sie hielt abrupt inne und lächelte schüchtern. »Da stehe ich hier und rede über Dinge, die Sie sowieso schon wissen, wo Sie doch bestimmt Durst haben.«

Bevor Lennart etwas sagen konnte, war sie an ihnen vorbei in die winzige Küche gehuscht. Die beiden Polizisten schauten sich vielsagend an.

»Was darf ich Ihnen anbieten? Früchtetee, Kräutertee oder etwas Härteres?« Sie schüttelte den Kopf. »Ach Unsinn, Sie sind ja im Dienst.«

Elverum wollte etwas sagen, aber Lennart kam ihm zuvor. »Ein Früchtetee wäre hervorragend.«

Sein Kollege schaute ihn an, als hätte er den Verstand verloren, doch Lennart ließ sich davon nicht beeindrucken.

»Nun sagen Sie schon! Haben Sie Neuigkeiten von meinem Karel?«, fragte sie aufgeregt.

»Das wissen wir nicht. Vielleicht. Sie müssten uns einige Fragen beantworten.«

Sie zog einen der Küchenstühle zurück. »Jetzt nehmen Sie doch Platz.«

Lennart nahm die Einladung an. Elverum setzte sich seufzend auf die Eckbank und legte die Aktentasche vor sich auf den Tisch.

»Wie lang ist es jetzt her, dass Ihr Mann verschwunden ist?«

»Ein Jahr, zwei Monate, drei Wochen und vier Tage«, sagte sie wie aus der Pistole geschossen. »Und ich hoffe immer noch, dass er eines Tages vor der Tür stehen wird und mich in seine Arme schließt. Aber das ist wohl ein unerfüllbarer Wunsch, nicht wahr?« Sie lachte nervös. »Wissen Sie, alles wäre nicht so schlimm, wenn ich endlich Gewissheit hätte, dass mein Karel tot ist.« Sie füllte zwei Tassen und stellte sie mit zitternder Hand auf den Tisch. »Nun trinken Sie, solange der Tee noch heiß ist.«

»Sie nicht?«, fragte Lennart.

Frau Sigrunsdottir schüttelte den Kopf. »Also, warum sind Sie hier?«

Elverum öffnete die Tasche und holte die Akte von Karel Tsiolkovski heraus. »Darf ich fragen, warum Sie als Ehepaar zwei unterschiedliche Nachnamen hatten?«

Sie zuckte mit den Schultern. »Karel wollte das so.«

»Erkennen Sie eines der Kleidungsstücke wieder?«, fragte Elverum und schob ihr die Ambrotypien, die man von den

Kleidern der Toten gemacht hatte, über den Tisch. Frau Sigrunsdottir zog die Tischschublade auf und holte eine Lupe hervor. »Sie müssen entschuldigen, aber ich bin in der letzten Zeit ziemlich kurzsichtig geworden.« Sie beugte sich über die Bilder und untersuchte gewissenhaft jedes einzelne und schüttelte bedächtig den Kopf. »Nein«, murmelte sie. »Nein, diese Sachen habe ich noch nie gesehen.« Sie legte die Lupe auf den Tisch und schaute Elverum an. »Ich vermute, die Sachen gehören zu einer Leiche, nicht wahr?«

Der Oberinspektor nickte.

»Wann haben Sie sie gefunden?«

»Vor drei Wochen.«

Frau Sigrunsdottir runzelte die Stirn. »Vor drei Wochen? War das dieser Mann ohne Kopf, von dem die Zeitungen berichtet haben? Und wo es auch noch eine Frau gab?«

»Ja, so ist es.«

»Wie soll ich da die Kleidung erkennen?«, erklärte sie geduldig. »Glauben Sie nicht, dass mein Mann in der Zwischenzeit neue Sachen gekauft hätte?«

»Doch, das denken wir auch. Aber wir wollen nichts unversucht lassen, nicht wahr?«

Frau Sigrunsdottir nickte und nahm sich noch einmal die Bilder vor, diesmal gründlicher. Zehn Minuten ging das so, Elverum wurde bereits sichtlich ungeduldig, als sie plötzlich innehielt. »Können Sie mir sagen, was das ist?« Sie tippte mit dem Finger auf das Revers des Anzugs.

Lennart nahm ihr die Lupe aus der Hand und schaute durch die Linse. »Es sieht aus wie eine Anstecknadel.«

Frau Sigrunsdottir riss ihm das Glas aus der Hand und

schaute noch einmal genauer. »Können Sie die Form erkennen?«, fragte sie.

»Ich würde sagen, dass es eine Rose ist. Sie könnte aus Silber sein.«

Die Frau ließ die Lupe fallen und schlug die Hand vor den Mund. Tränen schossen ihr in die Augen und sie stieß ein hohes Wimmern aus. »Die Rose hat Karel gehört. Ich habe sie ihm zu unserem ersten Hochzeitstag geschenkt. Oh mein Gott!«, schluchzte sie. »Mein Mann ist tot.«

Obwohl die Tragik dieser Enthüllung auch Lennart erfasste, konnte er eine gewisse freudige Erregung nicht unterdrücken. Wenn es stimmte, was die Frau sagte, hatte gerade der erste Tote einen Namen bekommen.

»Sind Sie vielleicht im Besitz einer Ambrotypie Ihres Mannes?«, fragte Elverum.

Frau Sigrunsdottir schüttelte den Kopf. »Nein«, brachte sie hervor. »Wir wollten immer ein Bild von uns beiden machen lassen, hatten aber nie Geld dafür gehabt.«

Lennart konnte die Enttäuschung von Elverums Gesicht ablesen. »Haben Sie sonst noch Sachen von Ihrem Mann?«

Sie schnäuzte sich geräuschvoll. »Nicht viele. Karel war kein Mensch, dessen Herz an Dingen hing. Kommen Sie mit nach oben, ich zeige Ihnen sein Schlafzimmer.«

Lennart runzelte die Stirn. »Sie hatten getrennte Schlafzimmer?«

»Karel legte sehr viel Wert auf seine Privatsphäre, und mir war es recht. Wir ließen uns die Freiräume, die wir benötigten.« Sie stand auf und ging die schmale Treppe hinauf in den ersten Stock. Lennart und Elverum folgten.

»Das ist sein Zimmer«, sagte sie und machte einen Schritt beiseite. Lennart trat ein. Unter seinen Füßen knarzten die Dielen. Ein muffiger Geruch nach Staub hing in der Luft. Hier war lange nicht mehr gelüftet worden.

»Darf ich die Vorhänge beiseiteziehen?«, fragte er.

Die Frau nickte.

Das Licht fiel trübe in den kleinen Raum, der mit einem Bett, einem Schrank sowie einem kleinen Büfett so vollgestellt war, dass er überladen wirkte. Und dennoch fiel Lennart auf, dass so gut wie keine persönlichen Gegenstände vorhanden waren.

»Haben Sie hier aufgeräumt?«, fragte er.

»Nein. Karel ist – war immer sehr ordentlich gewesen.« Eine Träne lief ihre Wange hinab.

Elverum öffnete den Kleiderschrank. Der Teergestank von Mottenpulver schlug ihm entgegen. »Schauen Sie sich das an, Chefinspektor.« Er nahm einige maßgeschneiderte Anzüge heraus, die sorgfältig auf Bügeln hingen, und legte sie auf das Bett. »Die Etiketten fehlen.«

Lennart untersuchte die anderen Schubladen. Außer Unterwäsche und Socken fand er nichts. Neben dem Schrank standen zwei Paar eindeutig handgefertigte Schuhe, die aber so gut wie nie getragen worden waren. Und auch hier hatte sich jemand die Mühe gemacht, alle Hinweise auf den Hersteller zu entfernen.

»Gibt es sonst irgendwelche Unterlagen? Briefe, die Ihr Mann geschrieben hat? Verträge? Handschriftliche Notizen?«

Sie blickte ihn verstört an. »Nein«, sagte sie langsam.

»Jetzt, wo Sie es sagen, fällt es mir auch auf. Unsere Heiratsurkunde mit seiner Unterschrift, die kann ich Ihnen geben. Aber ansonsten?« Frau Sigrunsdottir schüttelte nachdenklich den Kopf.

»Können Sie Karel Tsiolkovski beschreiben?«

Lennart sah, wie ihr erneut die Tränen in die Augen stiegen, doch sie fasste sich wieder.

»Er war so groß wie Sie, hatte braunes Haar, blaue Augen, einen Bart. Karel war ganz und gar durchschnittlich.«

»Was wissen Sie über seine Familie? Hatte er Geschwister?«

Sie lächelte verlegen und zuckte mit den Schultern.

»Was ist mit Freunden?«, fragte Elverum, der langsam ungeduldig wurde.

»Wenn er welche hatte, habe ich sie nie kennengelernt. Wir haben sehr zurückgezogen gelebt.«

»Was für einer Arbeit ist Ihr Mann denn nachgegangen?«

»Er arbeitete in einer Druckerei als Schriftsetzer, nicht weit von hier am Arsenalplatz. Hausnummer 6 war es, wenn ich mich nicht irre.«

»Haben Sie Ihren Mann dort einmal besucht?«

»Ja. Ich habe ihm mittags immer das Essen vorbeigebracht.«

Lennart schrieb sich die Adresse auf. Dann klappte er sein Notizbuch wieder zu und steckte es in die Innentasche seiner Jacke. »Ich glaube, das wäre alles. Oder haben Sie noch Fragen, Oberinspektor?«

»Wie haben Sie sich eigentlich kennengelernt?«, fragte Elverum.

Sie errötete. »Über eine Anzeige, die ich aufgegeben hatte. Wissen Sie, ich habe mein ganzes Leben lang in einer Änderungsschneiderei gearbeitet. Die Männer, denen man dort begegnete, waren entweder ungehobelte Trinker oder bereits vergeben.«

»Und Karel war anders?«

Frau Sigrunsdottirs Gesicht leuchtete auf. »Oh ja! Gebildet, belesen. Ich habe mich immer gefragt, was ein Mann wie er von einer Frau wie mir wollte.«

Lennart hatte einen Verdacht, behielt ihn aber für sich. »Gut«, sagte er. »Wir melden uns bei Ihnen, wenn wir etwas Neues wissen.«

Den Weg zum Arsenalplatz legten sie zu Fuß zurück. Lennart musste sich nach der Befragung der Frau unbedingt die Beine vertreten. Er hatte das Gefühl, dass sich der Staub dieses Zimmers und die bedrückende Atmosphäre überall in seiner Kleidung festgesetzt hatte. Elverum sprach kein Wort. Er hatte aus der Unterredung wohl dieselben Schlüsse gezogen wie Lennart, wollte aber ebenfalls abwarten, was der Besuch in der Druckerei ergab.

Keiner der beiden war sonderlich überrascht, als sie feststellten, dass es am Arsenalplatz 6 keine Druckerei gab. Zumindest inzwischen nicht mehr. Das Ladenlokal im Erdgeschoss war mit Brettern vernagelt. Die Plakate, mit denen alles zugeklebt war, waren mehrere Lagen dick. Das Haus stand seit mindestens einem Jahr leer.

»Genau das habe ich befürchtet«, sagte Elverum, der die Hände in die Seiten gestützt hatte und die Fassade hinaufschaute. »Der geheimnisvolle Karel Tsiolkovski, der in einer erbärmlichen Arbeitersiedlung lebte und maßgeschneiderte Schuhe und Anzüge trug, die ein Vermögen gekostet haben müssen – er hat alles Erdenkliche getan, um jeden Hinweis auf seine wahre Identität zu verwischen. Keine Etiketten in der Kleidung, keine Bilder von ihm, keine persönlichen Gegenstände und keine handschriftlichen Zeugnisse.«

»Wir haben seine Unterschrift auf der Heiratsurkunde«, wandte Lennart ein.

»Na, bestens«, brummte Elverum. »Aber die wird uns auch nicht viel weiterhelfen.«

»Ich vermute, Tsiolkovski war untergetaucht und hatte bei dieser Sigrunsdottir wenigstens für einige Zeit einen sicheren Unterschlupf gefunden. Aber wovor ist er geflohen? Und wo war er in der Zeit zwischen seinem Verschwinden und seinem Tod? Er muss sich irgendein anderes Versteck gesucht haben. All diesen Aufwand hat er bestimmt nicht betrieben, weil er ein kleiner Gauner war, den die Polizei suchte. Also, was haben wir von ihm?« Lennart zählte die Punkte an seinen Fingern ab. »Einen falschen Namen. Eine vermutlich verstellte Unterschrift. Eine Beschreibung, die auf fast alle Männer Morlands zutrifft. Und maßgeschneiderte Kleider ohne Herstellerangaben. Das ist nicht viel.«

»Genau genommen ist es gar nichts«, knurrte Elverum und schlug wütend mit der Faust gegen den Bretterverschlag. »Wir laufen ins Leere.«

»Oh ja«, sagte Lennart. »Und ich befürchte, dass es bei den übrigen Toten nicht anders sein wird. Kommen Sie, gehen wir zurück.«

»Soll ich Sie nach Hause fahren?«

Lennart seufzte. »Nein, ich habe noch zu arbeiten. Magnusson möchte morgen seinen Bericht haben.«

***

»Alles in Ordnung mit dir?«

Hakon blinzelte und öffnete langsam die Augen. Er wollte sich aufrichten, aber ein Schmerz scharf wie ein Blitz fuhr ihm durch den Kopf und er sank wieder in das Kissen zurück.

»Was ist geschehen?«, fragte er seine Mutter, die ihm mit einem feuchten Lappen die Stirn abtupfte.

»Ich glaube, das solltest *du* uns erklären«, sagte Boleslav, der auf dem Kutschbock saß und zu dem kleinen Fenster hineinschaute, das hinter ihm im Wagen eingelassen war.

Erst jetzt fiel Hakon das Schaukeln auf. »Wir fahren?«, fragte er erstaunt. »Warum?«

»Weil man uns mit Schimpf und Schande aus Vilgrund vertrieben hat«, sagte sein Vater. »Erinnerst du dich nicht mehr daran, was passiert ist?«

Hakon presste die Augen zusammen und rieb sich die Stirn. Die Kopfschmerzen schienen sein Gehirn in zwei Hälften zu zerreißen. »Ich weiß nur noch, dass ich den Zetteltrick aufgeführt habe«, stöhnte er. »Und dass irgendjemand durchschaut hat, wie er funktionierte.«

»Das war nicht der Grund für den Aufruhr, den es im Anschluss an die Vorstellung gegeben hat«, sagte seine Mutter.

Plötzlich fiel es Hakon wieder ein. »Die Kuh.«

»Oh, wenn es nur die gewesen wäre. Du hast einige Bewohner des Dorfes in eine ziemlich peinliche Situation gebracht.«

»Wie hast du das angestellt?«, fragte Boleslav. »Bist du durch Vilgrund gegangen und hast die Leute ausgequetscht? Ich meine, woher konntest du wissen, dass die Frau ein Kind erwartet?«

»Ich wusste es einfach«, sagte Hakon leise.

»Na, nun komm. Uns brauchst du keine Geschichten zu erzählen. Wir wissen, wie deine Tricks funktionieren. Du bist gut, kein Zweifel. Aber was du gestern getan hast, war eine ganz andere Kategorie«, sagte sein Vater. »Warum hast du uns nicht eingeweiht?«

Weil es kein Trick war, wollte Hakon sagen, verkniff sich aber die Antwort, da er selbst nicht verstand, was geschehen war. »Hab ich vergessen. Kommt nicht wieder vor«, sagte er. »Was ist unser nächstes Ziel?«

»Lorick«, sagte sein Vater.

»Oh«, machte Hakon nur. Sie hatten alle nicht die besten Erinnerungen an den letzten Auftritt in der Hauptstadt. Erst hatten sie den ganzen Beamtenapparat für eine teure Auftrittsgenehmigung schmieren müssen und dann waren keine Besucher gekommen.

»Wir haben keine andere Wahl«, sagte Boleslav. »Vilgrund war unsere letzte Chance, ich hatte noch mit zwei zusätzlichen Vorstellungen gerechnet. Wir sind am Ende. Eine weitere Tour wäre zu riskant. Wenn die nächste Aufführung wieder ein solches Desaster wird, müssen wir den Zirkus verkaufen. Und dazu ist Lorick der beste Ort.«

»Na, nun warten wir es erst einmal ab«, sagte Vera, die die Sorgenfalten auf Hakons Stirn richtig deutete. »Noch ist es nicht so weit.«

Hakon richtete sich auf und wartete, bis sich das Schwindelgefühl gelegt hatte. In seinem Kopf brummte es noch immer, nur klang es jetzt nicht mehr wie ein entfesselter Hornissenschwarm.

Was war am gestrigen Abend bloß geschehen?

Das Letzte, woran er sich erinnern konnte, war die Wut, die ihn überkommen hatte, als dieser Marklund ihm auf den Kopf zugesagt hatte, Hakon würde sein Publikum betrügen. Was hatte dieser Kerl eigentlich gedacht? Dass Hakon tatsächlich ein übersinnliches Talent besaß und wirklich zaubern konnte? Mein Gott, wer in eine Zirkusvorstellung ging, der wusste doch, dass das alles nur Illusionstheater war. Mit echter Magie hatte das nichts zu tun. Und doch hatte es dieser Quadratschädel geschafft, Hakon mit seiner selbstgerechten, neunmalklugen Art auf die Palme zu bringen und richtig wütend zu machen.

Und dann hatte es Klick gemacht und in seinem Kopf war ein Fenster aufgestoßen worden, durch das das Leben dieses Marklund hereingeströmt war. Er wusste nicht, wie er es beschreiben sollte, aber in dem Moment hatte die Welt ihre Geradlinigkeit verloren, es gab kein Woher mehr und auch kein Wohin.

Hakon hatte das nicht bewusst herbeigeführt, obwohl die Wut in ihm nach einem Weg gesucht hatte, diesem Mann zu zeigen, dass er nur ein dummer Bauer war, der es sich dreimal überlegen sollte, sich mit jemandem wie Hakon anzulegen. Als die Leben des Mannes, seiner Frau und seines Nachbarn plötzlich wie ein offenes Buch vor ihm lagen, hatte er nicht anders gekonnt, als diese umfassende Macht zu genießen. Hakon hatte sich stark, unverletzlich und unbesiegbar gefühlt. Dies war kein Taschenspielertrick gewesen. Hakon wusste nicht, wie er es nennen sollte, aber in diesem Moment hatte es sich wie echte Magie angefühlt.

Ihm wurde ganz heiß. Er fragte sich, ob es nur eine Art Anfall war, der ihn wie ein Fieber heimgesucht hatte, oder ob er dieses Gedankenlesen steuern konnte. Wenn ja, dann brauchte sich sein Vater keine Sorgen mehr machen. Dann wäre seine Nummer der Höhepunkt des Abends. Eine Sensation. Man müsste natürlich die Presse einladen, damit auch wirklich jeder am anderen Tag wusste, dass im Zirkus Tarkovski Dinge geboten wurden, die man selbst in Lorick noch nie gesehen hatte.

Hakon hätte es am liebsten sofort ausprobiert, aber er hatte Skrupel, in die Köpfe seiner Eltern oder seiner Schwester zu schauen. Das wäre peinlicher gewesen, als sie nackt zu sehen. Er musste sich so schnell wie möglich ein anderes Versuchsobjekt suchen.

Am späten Nachmittag des zweiten Tages tauchten in der Ferne die nördlichen Vororte Loricks auf. Hakon saß zwischen seinem Vater und seiner Schwester Nadja auf dem Kutschbock und betrachtete skeptisch die Silhouetten der Hochhäuser, die in das schmutzige Grau des Nebels ragten, der über der Stadt lag und vom Rauch unzähliger Fabrikschlote genährt wurde. Es war ein ernüchternder Anblick. So imposant dieses Häusermeer auch sein mochte, Lorick war kein Ort, an dem Hakon lange bleiben wollte.

Seit Stunden suchten sie nun schon in den ländlichen Randbezirken der Stadt nach einem Stellplatz für die Wagen. Erst bei einem Hof, auf dem nur noch eine alte Frau lebte, hatten sie mehr Glück.

»Das macht zweihundert Kronen in der Woche«, nuschelte die Alte. Ihr Gebiss bestand nur noch aus vier oder fünf holzbraunen Zähnen. »Zahlbar im Voraus.« Sie streckte die Hand aus. Ein unangenehmer Geruch nach saurer Milch ging von ihr aus. Um ihre dürren Beine strich eine fette Katze.

Boleslav zog seine Geldbörse hervor und gab der Bäuerin ohne zu murren vier Scheine. Sie steckte das Geld in die Tasche ihrer schmutzstarrenden Schürze.

»Ihr könnt die Wagen hinter der Scheune auf die Weide stellen. Wenn ihr wollt, kann ich euch auch noch mit Milch, Eiern und Käse versorgen. Kostet aber extra.«

Hakon tauschte mit seiner Schwester vielsagende Blicke. Irgendwie konnte er sich nicht vorstellen, dass der Hof dieser Frau etwas Genießbares hergab.

Boleslav pfiff auf den Fingern. »Hesekiel?«

Der Dompteur kletterte von seinem Wagen herunter. »Ja, was ist?«

»Für die nächste Woche werden wir dort drüben unseren Stellplatz haben. Kannst du dich darum kümmern? Ich muss dringend in die Stadt fahren und uns eine Auftrittserlaubnis besorgen.«

»In Ordnung, Chef.« Hesekiel machte ein besorgtes Gesicht. »Dann drück ich uns mal die Daumen.«

»Ich auch«, sagte Boleslav.

»Können Nadja und ich mitkommen?«, fragte Hakon. »Bitte. Wir sind noch nie in der Innenstadt gewesen und würden uns gerne ein wenig dort umschauen.«

Boleslav schaute seine Kinder unschlüssig an. »Na, also gut«, sagte er. »Aber wir machen keine Vergnügungstour, damit das klar ist. Ich muss zum Meldeamt und dann geht es wieder zurück.«

Nadja klatschte aufgeregt in die Hände. »Werden wir mit einem Zug fahren?«

Ihr Vater nickte. »Holt euch eure Jacken, und dann geht es los.«

Der Bahnhof von Drachaker war ein mit Blumen geschmücktes Backsteinhaus, in dessen Innerem sich neben einem kleinen Wartesaal auch ein Fahrkartenschalter befand, hinter dem ein älterer Mann mit Schnauzbart und Schirmmütze saß. Die Messingknöpfe seiner blauen Uniform waren poliert und auch ansonsten schien es der Bahnhofsvorsteher sehr genau mit seiner Arbeit zu nehmen.

»Dreimal nach Lorick Zentralstation, hin und zurück, dritte Klasse. Macht vierzehn Kronen.«

Hakon stieß einen leisen Pfiff aus. »So teuer?« Er schaute seinen Vater an. »Vielleicht sollten wir doch bei Mutter bleiben und ihr helfen.«

»Ist schon in Ordnung. Ich denke, eine Fahrt in die Stadt habt ihr euch verdient.«

Nadja schlug schuldbewusst die Augen nieder. »Wir haben sowieso kein Geld, und eigentlich kann Mutter unsere Hilfe gut brauchen …«

»Glaubt mir, wenn ich auf dem Amt keinen Erfolg habe, werden die vierzehn Kronen auch keine Rolle mehr spielen«, sagte Boleslav und versuchte zu lächeln. Hakon spürte die Angst vor der ungewissen Zukunft, die seinem Vater das Herz schwer machte. Noch nie hatte er den Mann, der stark wie ein Bär war, so niedergedrückt erlebt.

»Was ist nun? Wollen Sie die Karten oder nicht? Der Zug fährt gleich ein und ich muss noch die Schranke schließen«, blaffte sie der Mann hinter dem Schalter an.

Boleslav bezahlte und sie traten hinaus auf den Bahnsteig. Der Zug, der zehn Minuten später in die kleine Station einfuhr, hatte eine dunkelblaue Dampflok, die zehn Waggons hinter sich herzog. Die ersten beiden Wagen waren den Reisenden erster Klasse vorbehalten und die nächsten vier der zweiten Klasse. Ganz hinten waren die Waggons der dritten. Hakon stieg in den letzten ein und schaute sich um.

Der Waggon war so voll besetzt, dass sie nicht zusammen auf einer der Holzbänke sitzen konnten. Boleslav setzte sich zu einer Frau neben die Tür, während Nadja einen Platz neben einer älteren dicken Dame fand, die sie freundlich anlächelte und noch ein Stück rutschte, damit das Mädchen nicht auf der Kante sitzen musste. Hakon ergatterte tatsächlich noch einen Sitz am Fenster.

Nach zwei Minuten wurden die Türen zugeschlagen und ein Pfiff ertönte. Mit einem vernehmlichen Ruck fuhr der Zug an. Hakon schaute hinaus. Weite Felder, auf denen monströse Traktoren die Ernte einfuhren, glitten an ihnen vorüber und wechselten sich mit kurzen Waldstücken ab. Hakon versuchte es sich auf der Holzbank so bequem wie möglich zu machen. Es war eine angenehme Art des Reisens und sie ging schneller als mit einem Pferdegespann. Alle fünf Minuten fuhr der Zug in einen Bahnhof ein, und je näher sie der Stadt kamen, desto mehr Leute stiegen zu als aus. Schon standen die ersten Reisenden im Gang, aber keiner beschwerte sich darüber. Jeder schien zu sehr mit sich selbst beschäftigt zu sein.

Dann veränderte sich die Landschaft. Statt der Felder sah Hakon nun weitläufige, verkommene Fabrikanlagen. Dieses Industriegebiet, das Lorick im Norden vorgelagert war und sich weit nach Osten zu erstrecken schien, war so riesig, dass der Zug zweimal halten musste.

Die ersten schäbigen Wohnhäuser tauchten auf. Hakon bemerkte, dass alle einen kleinen Garten hatten, in denen die Bewohner Ziegen hielten und Gemüse anbauten, wobei er sich jedoch fragte, ob das Grünzeug überhaupt genießbar war. Alles war mit Schmutz überzogen, der von den Fabrikschloten ausgehustet wurde und wenige Meilen weiter wieder herabrieselte.

Schließlich wichen die schäbigen Häuschen großen, mehrstöckigen Wohnblocks. Hier gab es kein Grün mehr, alles war grau in grau. Es waren schreckliche Behausungen. Trotz des Drecks hatten die Leute die Wäsche in den Höfen zum Trocknen aufgehängt. Es gab nichts Buntes oder gar Weißes zu sehen, alles wirkte schmutzig. Wahrscheinlich fiel im Winter sogar grauer Schnee.

Weiter ging die Fahrt. Noch immer hatten sie nicht das Zentrum von Lorick erreicht. Aus dem Zug war nun eine Hochbahn geworden, die breite Straßen überquerte, auf denen sich doppelstöckige Dampfbusse, Automobile und Pferdefuhrwerke stauten. Obwohl es nicht geregnet hatte, schien das Straßenpflaster nass zu glänzen.

Schließlich machte der Zug eine weit ausladende Linkskurve. Jetzt endlich wurde der Blick auf die Zentralstation frei. Es verschlug Hakon den Atem, als er diesen Palast aus Stahl und Glas sah. Obwohl die Konstruktion Tonnen wiegen musste, spannten sich die Kuppeln wie Libellenflügel über Gleise, die sich kurz vor der Einfahrt in den Bahnhof immer weiter auffächerten. Die mittleren Bahnsteige waren den Überlandzügen vorbehalten, die Morlands Großstädte miteinander verbanden. Der Zug aus Drachaker kam schnaufend an einem Nebengleis zum Stehen.

Hakon und Nadja konnten sich nicht sattsehen an dem Getümmel. Da gab es Imbisswagen mit heißen Würstchen, belegten Brötchen und sonstigem Reiseproviant für die, die sich diesen Luxus leisten konnten. An einem Stand wurden Zeitschriften, Bücher, Reiseführer, Postkarten und Andenken verkauft. Kleine Jungen versuchten ein paar Kronen als Schuhputzer zu verdienen, indem sie wohlhabenden Reisenden die Stiefel wienerten, während die Gepäckträger deren Koffer verluden. Ein lauter Pfiff ertönte, der sie zusammenfahren ließ. Ein Überlandzug verließ laut schnaufend den Bahnhof. Unter dem lichtdurchfluteten Dach flogen Tauben auf, drehten eine Runde und ließen sich über einem andern Gleis zwischen den Verstrebungen nieder.

»Kommt, wir müssen weiter«, trieb sie Boleslav an. »In einer halben Stunde schließt das Amt, wenn wir uns nicht beeilen, haben wir die Fahrt umsonst gemacht.«

Hakon ging weiter, schaute aber noch immer nicht nach vorne, und so stieß er mit einem teuer gekleideten, etwa gleichaltrigen Jungen mit einer blauen Schirmmütze zusammen, der es offensichtlich sehr eilig hatte. Hakon stutzte einen Moment. Irgendetwas war seltsam an dem Burschen gewesen. Er unterschied sich auf eine sehr grundlegende Weise von den anderen Menschen, die Hakon umgaben. Aber er konnte nicht sagen, was anders an ihm war. Es war, als würde er nach einem Wort suchen, das ihm auf der Zunge lag. Er schaute sich nach dem Jungen um, doch der war schon in der Menge verschwunden.

Vor dem Bahnhof öffnete sich ein weiter, von einem Springbrunnen beherrschter Vorplatz, um den sich im Halbrund einige hohe, strahlend weiße Häuser gruppierten, die alle aussahen, als seien sie den Fieberträumen eines wahnsinnigen Konditormeisters entsprungen.

Das Meldeamt befand sich drei Straßen weiter. Boleslav meldete sich beim Pförtner an, der ihm daraufhin ein Formular aushändigte, das er ausfüllen musste. Ein Durchschlag wurde per Rohrpost zum zuständigen Sachbearbeiter geschickt, einen zweiten Durchschlag steckte Tarkovski in die Innentasche seiner Jacke. Das Original verblieb beim Pförtner und verschwand in einer Ablage.

»Zimmer 607, sechster Stock. Sie werden aufgerufen«, sagte er und schloss wieder die Klappe seines kleinen Käfigs.

Hakons Vater stöhnte. »Also Treppensteigen.«

Das Meldeamt von Lorick war ein Ort der Ruhe und der Stille. Das Einzige, was Hakon wahrnahm, war das Schlagen von Türen und das Klappern von Absätzen auf dem Marmorboden. Ansonsten hatte man das Gefühl, vom restlichen Betrieb der Welt abgeschnitten zu sein. Es gab einige wenige amtliche Aushänge, die alle durch einen Behördenstempel autorisiert waren, ansonsten waren die stockfleckigen Wände, von denen der Putz abblätterte, kahl.

Im sechsten Stock angekommen, setzten sie sich auf Holzstühle, die so unbequem waren, wie sie aussahen. Boleslav verschränkte die Arme vor der Brust und gähnte. Hakon und Nadja schauten sich an, wagten aber nicht zu sprechen aus Angst, den Ärger von Beamten auf sich zu ziehen, die sich hinter den vielen Türen durch Berge von Akten wühlten.

Sie waren die Einzigen, dennoch dauerte es fast eine halbe Stunde, bis endlich die Tür aufging und ein Mann in Ärmelschoner erschien.

»Herr Tarkovski?«

Boleslav sprang auf. »Ja?«

»Kommen Sie bitte.«

Hakons Vater betrat die Amtsstube und seine Kinder folgten ihm.

Der klein gewachsene Beamte, dessen Hals vom Stehkragen seines makellos weißen Hemdes eingeschnürt wurde, hatte schon wieder hinter seinem Schreibtisch Platz genommen und blickte irritiert auf.

»Gehören die zu Ihnen?«, sagte er und zeigte mit der Schreibfeder auf Hakon und Nadja.

»Ja.«

»Dann sagen Sie Ihren Kindern bitte, sie sollen die Türe schließen. Aber möglichst leise.«

Hakon tat, wie ihm aufgetragen wurde, und lehnte sich

gegen die Wand, da es nur einen Besucherstuhl gab, auf dem sein Vater Platz genommen hatte.

»Also«, sagte der Beamte gedehnt und las das vor ihm liegende Formular. »Sie hätten also gerne eine Auftrittserlaubnis für Ihren Zirkus.«

»Ja«, antwortete Boleslav und scharrte mit den Füßen unter dem Stuhl. Hakon glaubte seinen Vater eigentlich gut zu kennen, aber so nervös hatte er ihn noch nie erlebt.

»Hm«, machte der Beamte. »Haben Sie Ihren Ausweis dabei?«

Boleslav stand auf und zog aus der Tasche ein rundgesessenes Portmonee. »Hier, bitte«, sagte er und reichte dem Mann in den Ärmelschonern ein speckiges, zusammengefaltetes Dokument.

Der Beamte betrachtete den Ausweis, als hätte sich sein Besitzer daran vergangen. Missbilligend schüttelte er den Kopf. »Der ist vor drei Tagen abgelaufen.«

Boleslav riss die Augen auf. »Ach wirklich? Das ist mir entgangen.«

»Ja, offensichtlich.«

»Ähm … und nun?«

»Werden Sie ihn verlängern lassen müssen. Zimmer 421, zwei Stockwerke tiefer.« Boleslav stand hastig auf. »Das werden Sie aber erst morgen machen können. Die Ausweisstelle hat vor fünf Minuten geschlossen.«

Boleslav blinzelte irritiert. »Wir kommen aus Drachaker. Das ist eine Zugfahrt von anderthalb Stunden.«

»Und?«, sagte der Beamte und gab ihm den Ausweis zurück.

»Wissen Sie, wie teuer eine Fahrkarte ist?«

»Wissen Sie, wie teuer es Sie kommt, wenn Sie ohne gültige Papiere erwischt werden?«, raunzte der Beamte zurück. »Die Dienststelle öffnet morgen um neun Uhr. Seien Sie pünktlich, denn die Warteschlange ist immer sehr lang. Auf Wiedersehen.«

»Ich bitte Sie! Das würde mich einen ganzen Tag kosten!«, sagte Boleslav flehend.

Der Beamte lächelte selbstzufrieden. »Na und? Sie haben doch Zeit. Ohne die Auftrittsgenehmigung dürfen Sie ohnehin nicht arbeiten. Und jetzt muss ich Sie bitten zu gehen. Ich habe Feierabend.«

»Das können Sie nicht tun!«, rief Boleslav aufgebracht.

»Das kann ich. Und das werde ich. Auf Wiedersehen.«

Hakon sah, wie seinem Vater das Blut in den Kopf schoss. Boleslav Tarkovski war ein Mann, der nur schwer die Fassung verlor. Doch wenn er einmal wütend war, gab es kein Halten mehr. Irgendetwas musste geschehen, sonst würden sie richtig Ärger bekommen.

Hakon konzentrierte sich auf den Beamten, der ungerührt seinen Schreibtisch aufräumte. Er versuchte, sich in ihn hineinzuversetzen und sich vorzustellen, wie es war, er zu sein. Plötzlich nahm Hakon wahr, dass die Bewegungen des Mannes fahrig wurden. Immer wieder schaute er sich um, als wäre außer den Tarkovskis noch eine weitere Person im Raum, die er jedoch nicht sehen konnte. Hakon konzentrierte sich weiter. Es kostete ihn einige Kraft, in den Verstand dieses kleingeistigen Mannes einzudringen. Bei der Vorstellung in Vilgrund war es leichter gegangen.

Aber da hatte er es auch nicht gezielt versucht.

Es war wie beim Fahrradfahren. Hakon musste ein Gefühl dafür entwickeln, wie sie funktionierte, die Koordination von Gleichgewicht und Bewegung. Er wusste, er durfte sich nicht anstrengen.

Das erste Bild stieg vor seinem geistigen Auge auf. Erstaunlicherweise war es ein Bier mit einer perfekten Schaumkrone, das Glas kühl beschlagen. Offensichtlich war es das, worauf sich der Mann gerade am meisten freute. Hakon grinste triumphierend. Er hatte es geschafft. Und als er das wusste, nahm er eine andere Perspektive ein, so als betrachtete er das Leben des Mannes aus einer größeren Höhe. Innerhalb einer Sekunde wusste er alles über ihn: seinen Namen, seinen Geburtstag und seine Schuhgröße. Er war seit zwölf Jahren verheiratet, hatte drei Töchter, die er abgöttisch liebte, und eine Frau, die ihm das Leben zur Hölle machte, weil sie unentwegt an ihm herumnörgelte. Er sparte auf sein erstes Automobil und verabscheute seine Kollegen, die sich durch Schmiergelder ihr kärgliches Beamtengehalt aufbesserten. Edvard Kerttuli war ein pflichtschuldiger Beamter durch und durch. Ein wenig langweilig vielleicht, aber loyal seinem Staat gegenüber. Und von seinem Standpunkt aus hatte er natürlich Recht. Hakons Vater brauchte einen neuen Ausweis. Es war Boleslav Tarkovskis Schuld, dass er sich nicht darum gekümmert hatte.

Hakon schämte sich für das, was er nun tat. Er versuchte, sich nicht nur in Kerttuli hineinzuversetzen, sondern tatsächlich dieser kleine Mann mit den tintenfleckigen Ärmeln zu *sein*.

Plötzlich holte der Mann tief Luft, als hätte man ihn mit kaltem Wasser übergossen. Wie eine Marionette öffnete er die unterste Schublade seines Schreibtisches, holte ein blassgrünes Papier hervor und begann sogleich, es gewissenhaft auszufüllen.

Boleslav, der nicht mehr damit gerechnet hatte, dass ihm geholfen wurde, stand schon in der Tür.

»Warten Sie«, sagte Kerttuli. Er unterschrieb die Auftrittsgenehmigung und drückte ihr das Dienstsiegel seiner Behörde auf. Dann händigte er sie dem völlig verblüfften Boleslav aus.

»Danke«, stammelte dieser und starrte ungläubig auf das Papier.

»Gern geschehen. Und denken Sie daran, so bald wie möglich den Ausweis verlängern zu lassen.«

»Das werde ich tun, versprochen.«

»Einen schönen Tag noch. Und viel Erfolg für Ihren Zirkus«, sagte der Mann ein wenig entrückt.

Hakon konnte sich ein Grinsen nicht verkneifen, als er mit Nadja und seinem Vater die Amtsstube verließ.

»Unglaublich«, sagte Boleslav immer wieder und faltete schließlich das Dokument vorsichtig zusammen, um es in seine Jackentasche zu stecken. »Kinder, das müssen wir feiern. Ich denke, wir alle haben uns vor der Rückfahrt eine Limonade verdient.«

Hakon grinste noch immer breit vor sich hin. Nur Nadja schien seine gute Laune nicht zu teilen.

»Na, komm schon«, sagte er und ergriff ihre Hand. »Wir haben doch, was wir wollten. Warum so griesgrämig?«

»Weil ich nicht glaube, dass uns der Kerl die Genehmigung freiwillig gegeben hat«, flüsterte sie ihm zu.

Hakons Lächeln erstarb. »Was willst du damit sagen?«

»Das weißt du ganz genau. Ich habe keine Ahnung, wie du das angestellt hast, aber ohne dich würde Vater jetzt mit leeren Händen nach Drachaker zurückfahren. Da bin ich mir ganz sicher.« Nadja ließ seine Hand los. »Hakon, du machst mir Angst. Du hast dich verändert. Ich weiß nicht mehr, wer du bist.«

»Nadja, ich bin dein Bruder«, sagte er lachend. »Ich bin es immer gewesen und werde es immer sein.«

Aber der Ausdruck in ihren Augen verriet, dass sie ihm nicht glaubte.

* * *

Noch nie in seinem Leben hatte sich York Urban so alleine gefühlt. Ohne seinen Vater war das Haus nur noch ein Kerker. Egmonts falsches Mitgefühl schürte in ihm einen Hass, der ihn von innen verzehrte. Am liebsten hätte er ihm ins Gesicht geschrien, dass er ein Verräter, ein Mörder war, doch er musste um der eigenen Sicherheit willen gute Miene zum bösen Spiel machen.

»Ich kann verstehen, wie tief dich der Verlust trifft«, hatte Egmont gesagt, als sie beisammensaßen und den Nachlass des Richters regelten. »Auch für mich ist der Tod deines Vaters ein Unglück. Aber du hast Pflichten zu übernehmen. Du bist der Sohn des obersten Richters, also musst du dich auch demgemäß verhalten.«

»Was soll ich tun?«, fragte York mechanisch.

»Dein Tagesablauf wird sich nicht grundlegend verändern. Du hast zweimal vier Stunden Unterricht am Tag, die nur durch das Mittagessen unterbrochen werden. Der Abend steht zu deiner freien Verfügung.«

»Was heißt: zu meiner freien Verfügung?«

»Du kannst Bücher lesen, im Park spazieren, musizieren oder …«

»… Freunde treffen, einen Ausflug machen, die Stadt besuchen«, ergänzte York sarkastisch die Liste.

»Das wohl nicht.«

York schnaubte verächtlich. In der Tat, es hatte sich nicht viel verändert.

Egmont bedachte ihn mit einem milden Lächeln. »Du musst verstehen, es geht um deine Sicherheit. Aber ich denke, wir können uns überlegen, dich auf ein Internat zu schicken, wenn dies alles vorbei ist.«

»Wer wird das entscheiden?«, fragte York misstrauisch.

Egmont grinste und auf einmal bekam sein Gesicht einen rattenähnlichen Ausdruck. »Ich. Minister Norwin hat mich zu deinem Vormund bestellt.«

York glaubte, sich verhört zu haben. »Sie sollen mein Vormund werden?«

Der ehemalige Privatsekretär seines Vaters sah geradezu beleidigt aus. »Ist die Vorstellung so erschreckend?«

»Ich könnte mir vorstellen, dass es ein Testament gibt, in dem mein Vater für diesen Fall Vorsorge getroffen hat.«

»Es gibt kein Testament«, antwortete Egmont mit einem Ausdruck des Bedauerns und lehnte sich zurück.

York lachte trocken. »Das glaube ich nicht.«

Egmont breitete die Arme aus. »Du kannst mich gerne durchsuchen. Keine Angst, niemand wird dir deinen Besitz wegnehmen. Ich werde ihn nur so lange verwalten, bis du erwachsen bist.« Egmont wippte wieder nach vorne. »Übermorgen ist die Beisetzung. Präsident Begarell hat einen Staatsakt angeordnet. Du wirst natürlich anwesend sein.«

»Natürlich«, wiederholte York und stand auf. »Sonst noch etwas?«

Egmont setzte seine Brille auf und widmete sich wieder den Papieren, die er vor sich auf dem Schreibtisch ausgebreitet hatte. »Nein, du kannst gehen.«

York verließ das Arbeitszimmer und warf die Tür hinter sich zu. Der Tod seines Vaters lag noch keine vierundzwanzig Stunden zurück und schon führte sich dieser Mistkerl auf, als wäre er der Herr im Haus. Die Wut, die schon die ganze Zeit in York kochte, war so grenzenlos wie ohnmächtig. Was sollte er tun? Zur Polizei gehen und sagen: Entschuldigung, ich bin der Sohn von Richter Urban, mein Vater wurde gestern vom Innenminister ermordet, aber ich weiß nicht wie? Abgesehen davon, dass die Polizei Norwin unterstellt war – wer würde ihm glauben? Der Totenschein war von einem anerkannten Mediziner ausgestellt worden und wahrscheinlich war sein Vater tatsächlich an einem Herzanfall gestorben. Doch blieb die Frage, was ihn ausgelöst hatte. Der Inhalt der Kiste musste so erschreckend gewesen sein, dass sie dem Richter mit einem Schlag alle Lebenskraft geraubt hatte.

York war vollkommen verwirrt. Hinzu kam diese seltsame Episode, in der er von einer Sekunde auf die andere vom

Ankleideraum seines Vaters in sein Zimmer – ja was? – gesprungen war? Wie sollte er den Vorgang nennen, der ihn von einem Ort zum anderen transportiert hatte? Oder war das alles nur Einbildung gewesen? Waren seine Nerven nach dem schrecklichen Erlebnis mit ihm durchgegangen?

York musste irgendetwas tun, sonst würde er noch wahnsinnig werden. Dazusitzen und abzuwarten, bis irgendetwas geschah, machte ihn mürbe. Er musste selbst die Initiative ergreifen, sein Leben in die Hand nehmen, bevor es ihm vielleicht von denselben Männern genommen wurde, die auch seinen Vater auf dem Gewissen hatten.

Der Schlüssel zu diesem Schließfach in der Zentralstation, den ihm sein Vater gegeben hatte! York hatte ihn seit gestern nicht abgelegt, er hing noch immer an der Silberkette um seinen Hals. Doch wo war der Bahnhof? Herrgott, er würde ja noch nicht einmal den Weg nach Hause finden, wenn man ihn irgendwo zwei Straßenecken weiter absetzte. Er kannte das Haus und das streng bewachte Anwesen. Und damit hatte er auch schon das zweite Problem erkannt: Die Wachen des Innenministeriums würden ihn bestimmt nicht so ohne Weiteres ziehen lassen, obwohl sie eigentlich nur dazu abgestellt waren, ungebetene Gäste am Betreten des Grundstückes zu hindern.

Nun, eins nach dem anderen. Bevor er überhaupt an einen Ausbruchsplan denken konnte, musste er wissen, was ihn draußen erwartete und wo dieser Bahnhof war, in dem sich das Schließfach befand. Wenn es einen Ort gab, an dem er eine Antwort auf diese Fragen finden konnte, dann war es die Bibliothek, obwohl er nicht viel Hoffnung hatte. Er kannte den Bestand an Büchern eigentlich recht genau, und einen Stadtplan hatte er noch nie in den Händen gehalten.

Nachdem er die Regale gründlich durchsucht hatte, wurde die Befürchtung zur Gewissheit. Frustriert ließ er sich auf eines der Sofas sinken.

»York, wo bleibst du? Ich warte schon die ganze Zeit auf dich.« Diffring stand in der Tür. »Der Unterricht hätte schon vor einer Viertelstunde beginnen sollen.«

York rieb sich müde die Augen. »Entschuldigung«, sagte er erschöpft. »Ich komme sofort.«

Diffring sah ihn besorgt an. »Der Tod deines Vaters tut mir unendlich leid. Ich habe ihn sehr gemocht. Er war ein Mann, der zu seinen Idealen stand, und das findet man heutzutage nur noch selten.«

»Danke«, antwortete York. »Das sind die ersten tröstlichen und aufrichtigen Worte, die ich höre. Ich weiß, dass mein Vater auch sehr große Stücke auf Sie gehalten hat.«

Diffring antwortete nicht, sondern setzte sich York gegenüber auf den Platz, auf dem der Richter ermordet worden war.

»Vermutlich werden Sie es nicht wissen, aber ich glaube, im Moment sind Sie der einzige Freund, den ich habe.«

Diffring räusperte sich. »Mein lieber York, es gibt viele Menschen, denen du sehr am Herzen …«

»Hören Sie auf, solch einen Unsinn zu reden. Keiner belauscht uns, Sie können also offen reden.«

»Für einen Jungen von fünfzehn Jahren redest du ziemlich …«

»… erwachsen?«, vollendete York den Satz, den sein Lehrer begonnen hatte. »Glauben Sie mir, ich hatte wenig Gelegenheit, ein normales Kind zu sein. Meine Mutter starb kurz nach meiner Geburt und mein Vater war so gut wie nie Zuhause. Mit Ihnen habe ich die meiste Zeit meines Lebens verbracht, also darf ich Sie doch einen Freund nennen.«

York nahm überrascht wahr, dass Diffring errötete. »Natürlich darfst du das. Und es freut mich, denn ich glaube, dass du etwas ganz Besonderes bist.«

York machte eine etwas abfällig wirkende Handbewegung. »So besonders, wie es die Umstände zulassen.«

»Und die sind nicht gerade hoffnungsvoll, wie ich zugeben muss«, fügte Diffring hinzu.

York setzte eine düstere Miene auf. »Egmont hat die Vormundschaft übertragen bekommen. Er hat mir versprochen, dass ich auf ein normales Internat dürfe, wenn sich die Situation beruhigt habe.«

»Du glaubst ihm nicht?«

York lachte trocken. »Nein.«

»Warum? Er hat doch all die Jahre deinem Vater treu gedient.«

»Treu gedient ja, aber nicht meinem Vater. Egmont ist ein Agent des Innenministeriums.«

Herr Diffring machte ein bestürztes Gesicht. »Wie lange ist er … ich meine, seit wann weißt du das?«

»Seit dem Tag, an dem Minister Norwin meinen Vater umbrachte.«

Die Stille, die den Raum erfüllte, war so beklemmend, dass York zunächst glaubte, dieses ungeheure Wissen mit dem falschen Menschen zu teilen.

»Hast du Beweise dafür?«, fragte Diffring mit heiserer Stimme. Sein Gesicht war bleich wie eine Kalkwand. Er versuchte ruhig zu klingen, aber es gelang ihm nicht sonderlich gut.

»Nein, aber ich war Zeuge.«

Diffring sah ihn entsetzt an. »Was hast du gesehen?«

York erzählte ihm, was sich am gestrigen Abend in der Bibliothek zugetragen hatte. Und er verschwieg nichts, weder den Schlüssel noch den Inhalt des von seinem Vater provozierten Streits noch die Kiste, die Norwin geöffnet hatte und die den Tod des Richters verursacht hatte. Nur das Versteck hinter dem Regal – Morländisches Staatsrecht, Band IV mit Kommentaren von Lew Horvitz – verriet er nicht. Als York seinen Bericht beendet hatte, betrachtete Diffring das Sofa, auf dem er saß, genauer und stand vorsichtig auf, als schliefe neben ihm ein bissiger Hund.

»Alles deckt sich mit dem, was zurzeit in Lorick geschieht. Begarell strebt eine dritte Amtszeit an, koste es, was es wolle. Und wie es scheint, scheut er dabei noch nicht einmal vor politischem Mord zurück.«

»Sie glauben mir also?«, sagte York hoffnungsvoll.

Sein Lehrer seufzte. »Ja, das tue ich.« Diffring stand auf und setzte sich neben ihn. »Du musst von hier verschwinden. Die Frage ist, wie bekomme ich dich hier heraus? Und vor allen Dingen, wo soll ich dich verstecken? Bei mir würde das Innenministerium als Erstes nach dir suchen.«

»Nein, noch bin ich hier sicher. Zumindest bis zum Begräbnis meines Vaters. Doch ich muss unbedingt zur Zentralstation.«

»Du könntest mir den Schlüssel geben«, schlug Diffring vor.

»Bitte seien Sie mir nicht böse«, antwortete York unbehaglich. »Aber ich möchte dieses Schließfach selbst öffnen. Es ist etwas … Persönliches. Wie eine letzte Nachricht meines Vaters.«

Diffring nickte verständnisvoll. »Dann werde ich dir den Weg dorthin aufzeichnen. Zu Fuß ist es zu weit. Du müsstest den Bus nehmen.«

York ließ die Schultern hängen. »Das habe ich noch nie getan.«

»Es ist nicht schwer. Die Haltestelle befindet sich an der nächsten Kreuzung und du brauchtest noch nicht einmal umzusteigen. Hast du Geld?«

York schüttelte den Kopf.

»Hier hast du zwanzig Kronen. Das sollte reichen.« Diffring öffnete sein Portmonee und legte einen Schein auf den Tisch.

»Ich weiß nicht, wann ich es Ihnen zurückzahlen könnte«, sagte York unbehaglich.

»Du brauchst es mir nicht zurückgeben. Dein Vater hat sich all die Jahre überaus großzügig gezeigt. Ich denke, es wäre nur fair, wenn ich etwas davon an seinen Sohn weitergeben kann.«

York, der noch nie in seinem Leben Geld besessen hatte, steckte den Schein in die Hosentasche.

»Gut. Dann werde ich dir den Weg zur Zentralstation aufzeichnen. Wann wolltest du aufbrechen?«

»Heute Nachmittag, wenn der Unterricht beendet ist.«

»Hast du schon eine Ahnung, wie du an den Wachen vorbeikommst?«

»Nein«, musste York zugeben. »Aber ich werde erst gehen, wenn Sie fort sind. Wenn Egmont merkt, dass ich verschwunden bin, und herauskommt, dass Sie damit etwas zu tun haben, werden Sie vermutlich in enorme Schwierigkeiten geraten. Ich möchte Sie nicht unnötig in Gefahr bringen.«

»Das ist sehr redlich von dir«, sagte Diffring. »Also gut, dann lass uns mit dem Unterricht beginnen.«

Um fünf Uhr verließ Diffring das Haus. Wie immer meldete er sich bei Egmont ab. Das tat er zum einen, weil es die Höflichkeit gebot, und zum anderen, weil er sonst schwerlich hinausgelangt wäre, denn alle Ausgänge waren verschlossen und von Agenten des Innenministeriums bewacht.

York stand am Fenster und schaute seinem Lehrer nach. Eine Viertelstunde würde er noch warten, dann war es an ihm, einen unkonventionelleren Weg zu finden, der ihn vom Anwesen der Urbans wegführte.

Der Zwanzigkronenschein, den ihm Diffring gegeben hatte, war nun in einem Portmonee verstaut, das so neu war, dass es beim Öffnen geknirscht hatte. Wann war er auch schon in die Verlegenheit gekommen, es zu benutzen? Die Gelegenheiten, bei denen er seinen Vater hatte begleiten können, waren im wahrsten Sinne des Wortes an den Fingern einer Hand abzuzählen. Ein ganzer Hofstaat war ihnen gefolgt, der sich um alles gekümmert hatte, selbstverständlich auch um alle ausstehenden Rechnungen.

Es war nicht kalt draußen, die Luft würde aber wahrscheinlich bei Einbruch der Dunkelheit frischer werden. York hatte deswegen aus dem Schrank ein dunkelblaues Jackett geholt. Wie alle Kleidungsstücke, die er besaß, war es aus teurem Stoff und maßgeschneidert. Dazu suchte er sich eine dunkelblaue Kappe aus, die er sich nötigenfalls ins Gesicht ziehen konnte. Er war unsicher, was man draußen auf der Straße trug, aber bei einer letzten Prüfung im Spiegel kam ihm sein Aufzug einigermaßen unauffällig vor.

Er würde nicht einfach durch das Hauptportal hinausspazieren können, so viel war klar. Genauso wenig konnte er über die Mauer klettern, denn deren Krone wurde durch Stacheldraht gesichert.

Denk nach, ermahnte er sich.

Das Gärtnerhaus! Das Gärtnerhaus war Teil der Umfriedung des Grundstücks und es wurde nur noch als Geräteschuppen benutzt. Nachdem Yorks Aktionsradius auf das Anwesen beschränkt war, hatte er Zeit genug gehabt, jeden Winkel genau zu durchforsten. Die Tür des Gärtnerhauses war lediglich durch ein rostiges Schloss gesichert, dessen Schlüssel unter einem Blumentopf neben der Tür lag. War er erst einmal drinnen, würde er sich ungestört dem kleinen vergitterten Fenster widmen können, das hinaus auf eine Seitenstraße führte.

York stopfte die Mütze in eine der Jackentaschen. Er vergewisserte sich, dass er das Portmonee mit dem Geld und der Wegbeschreibung eingesteckt hatte, dann machte er sich auf.

Nach fünf war im Haus nicht mehr viel los. Außer Olga, der Köchin, und einem Diener hatten alle anderen Bediensteten schon Feierabend gemacht. Alle außer Egmont natürlich. Der saß noch immer im Arbeitszimmer von Yorks Vater und sichtete die Unterlagen des Richters, wie York mit einem Blick durch die halb offen stehende Tür zum Korridor verbittert feststellte.

Leise stieg er die Treppen hinab und steuerte die Gartentür des Hauses an, die in den Park führte. Verstohlen schaute er sich um. Er wusste, dass links und rechts zwei Männer postiert waren, die an der Mauer entlangpatroullierten. Sie hatten dabei sogar einen schmalen Pfad in den ansonsten perfekt gepflegten Rasen gelaufen. Nun, wie es schien, hatten seinem Vater all die Wachen nichts genützt. Der Feind war nicht von außen gekommen, er war Teil des Systems gewesen, für das der Richter gearbeitet hatte.

York wartete, bis beide Männer außer Sichtweite waren, und lief dann geduckt zu dem kleinen, weiß gestrichenen Backsteinhaus. Er holte den Schlüssel aus dem Versteck, öffnete das Vorhängeschloss und huschte hinein. Bis hierher hatte er es geschafft, ohne entdeckt zu werden. Hoffentlich kam keiner auf die Idee, die Tür zu überprüfen.

Das Gärtnerhaus war früher einmal tatsächlich die Unterkunft des Gärtners gewesen. Es bestand aus zwei Zimmern, einer Küche und einem winzigen Bad, das mit einem Kessel beheizt wurde. York konnte sich nicht daran erinnern, es jemals bewohnt erlebt zu haben, obwohl der eingeschossige Bau einen überaus gemütlichen Eindruck machte. Früher, als es noch Gesellschaften und Feste im Haus der Urbans gegeben hatte, wurden hier Gäste einquartiert, und manchmal hatte ein anderer Richter aus dem Kollegium seinen Besuch nur angekündigt, um bei Kaminfeuer und Branntwein ein beschauliches Wochenende in dieser Oase inmitten der Großstadt zu verbringen.

York schob die Möbel beiseite, die man hier abgestellt hatte, weil man im Haus keine Verwendung mehr für sie hatte, und betrat die kleine Vorratskammer. Er stellte sich auf eine Kiste und untersuchte das Fenster. Es ließ sich leicht öffnen und er konnte durch die Gitter einen Blick auf die Straße werfen. Niemand war zu sehen, keine Passanten und keine Automobile. York untersuchte die Eisenstangen genauer. Sie waren zwar rostig, schienen aber ansonsten stabil zu sein. Nun, er hatte wohl kaum annehmen können, dass das ansonsten wie eine Festung gesicherte Anwesen seines Vaters eine Sicherheitslücke aufwies.

Er schaute sich um. Irgendwo im Gärtnerhaus musste es Werkzeug geben. In der Küche fand er schließlich einen roten Blechkasten. Er schnappte sich einen Hammer und einen Meißel. Jetzt würde sich herausstellen, ob er handwerklich begabt war.

York hatte Glück. Der Mörtel, mit dem man das Gitter im Mauerwerk verankert hatte, war brüchig. Er setzte das Werkzeug an und es dauerte nicht lange, bis er zwei der Stangen herausgebrochen hatte. York steckte erst den Kopf durch den Spalt und schaute sich um. Noch immer war niemand zu sehen. Außer dem Zwitschern der Vögel und dem entfernten Dröhnen der Dampfautomobile war alles still.

Es war eine etwas knifflige Angelegenheit, aus dem Fenster zu klettern, denn York konnte sich nirgendwo abstützen. So glitt er mit dem Kopf voran nach unten, bis er mit den Händen das Pflaster des Bürgersteigs berührte. Wenn jetzt jemand auftauchte und ihn in dieser verfänglichen Situation sah, war er geliefert. Doch er hatte Glück. Die Landung war zwar hart, aber er hatte sich nicht verletzt und auch seine Kleider waren heil geblieben. York sprang auf die Füße und klopfte sich den Staub von der Hose. Er konnte sich ein Grinsen nicht verkneifen. Er war draußen!

Ein Blick auf die Skizze, die ihm Diffring gemacht hatte, genügte, um eine Vorstellung davon zu bekommen, wo Norden und Süden waren. Wenn er die kleine Straße weiterging, würde er auf eine breite Allee stoßen. Dort musste er rechts abbiegen. An der nächsten Kreuzung befand sich die Bushaltestelle.

In all den Jahren hatte er außer der Villa und dem Park kaum etwas von der Welt draußen gesehen. Es war beängstigend, plötzlich auf einer der belebtesten Straßen der Stadt zu stehen. Yorks Herz begann wie wild zu schlagen. Am liebsten wäre er wieder zurückgekrochen, so sehr erschreckten ihn die Geräusche, die Gerüche, die Menschen, das *Leben.* Alles schien hier gleichzeitig zu geschehen. Und da er es nicht gelernt hatte, all diese Informationen auch gleichzeitig zu verarbeiten und zu sortieren, musste er sich erst einmal völlig überwältigt an einen Laternenpfahl lehnen. Erst als sich sein Puls langsam beruhigte, wagte er es, wieder die Augen zu öffnen.

Alles war in Bewegung, nichts stand still. Pferdefuhrwerke und Automobile machten sich auf den Straßen den knappen Platz streitig.

Die roten Dampfbusse, die für Zahnseide, Zigarren und

Lebensversicherungen warben, schnauften behäbig und kraftvoll an York vorbei. Manche der Automobile sahen wie eine Kreuzung aus pferdelosen Kutschen und Lokomotiven aus, während neuere, von einem Chauffeur gesteuerte Modelle eine fließende, windschnittige Karosserie hatten und den Passagieren im Fond ein gewisses Maß an Komfort boten. Botenjungen auf Fahrrädern nutzten jede Lücke, um sich an den nur langsam vorankommenden Fahrzeugen vorbeizumogeln.

York musste sich zusammenreißen. Wenn er sich weiter wie ein verängstigtes Kind verhielt und sich überall festhielt, würde es nicht lange dauern, bis ihn irgendjemand ansprach. Also setzte er seine Mütze auf, zog mit einem Ruck die Jacke zurecht, drückte die Schultern durch und marschierte los. Er beschloss, sich am Verhalten der anderen Fußgänger zu orientieren und sich genauso lässig und selbstverständlich zu bewegen – ohne sich ständig umzuschauen und bei jedem ihm unbekannten Geräusch zusammenzuzucken.

Als er die Kreuzung erreichte, an der sich laut Plan die Haltestelle befand, war er froh, offenbar keine größeren Fehler gemacht zu haben, denn niemand nahm Notiz von ihm. Die größte Aufgabe stand ihm jedoch noch bevor. In der Ferne sah er den Bus näher kommen, der ihn zur Zentralstation bringen würde. Wollte er wieder zurück, musste er die Linie einfach nur in umgekehrter Richtung nehmen.

Der Doppelstockbus hielt mit einem durchdringenden Zischen. York ließ die Fahrgäste erst aussteigen, dann kletterte er die Treppe hinauf zum offenen Oberdeck, wo er sich in der ersten Reihe niederließ.

Er strahlte über das ganze Gesicht, legte den Kopf zurück und schloss die Augen, um den Wind zu genießen, der ihm hier oben um die Nase strich. York war stolz auf sich und er fand, dass er auch allen Grund dazu hatte. Er war frei, verdammt! Zum ersten Mal in seinem Leben war er wirklich und wahrhaftig frei.

Er bezahlte seine Karte beim Kontrolleur, der beim Anblick des Zwanzigkronenscheins murrte und dann setzte sich der Bus in Bewegung. Es war ein Stampfen und ein Schnaufen und ein Zischen und ja, einfach berauschend.

Lorick war eine wundervolle Stadt. York hatte zwar die Bilder der Hochhäuser gesehen, die sich bis zu fünfzig Stockwerke in den Himmel bohrten, aber Ambrotypien konnten niemals die Größe und Majestät der Gebäude einfangen, in deren Fenstern sich das Sonnenlicht hundertfach spiegelte.

Die Luft war erfüllt mit den fremdesten, exquisitesten, betörendsten Düften. Dieser Bus zum Beispiel. Er war ein lebendiges Wesen, das Kohle fraß, Wasser trank und dessen Atem nach Teer, Öl und Eisen roch.

Oder die Frau, die bei der nächsten Station eine Reihe hinter ihm Platz genommen hatte! Er nahm ihr Parfüm wahr, das sinnlich süß und schwer war. Er stellte sie sich als eine Dame von Welt vor, mit rot geschminkten Lippen und porzellanweißer Haut. Ihre dunklen Augen mochte sie hinter einem zarten Schleier verbergen, der Hut war mit zwei perlenbesetzten Nadeln an der hochgesteckten Frisur befestigt. Die Haare waren rot wie das Licht der untergehenden Sonne. York drehte sich nicht um. Er wollte seine Fantasie nicht mit der Wirklichkeit vergleichen.

Der Bus hatte die Villengegend verlassen und war nun in eine belebte Geschäftsstraße eingebogen. York schaute dem Treiben am Straßenrand zu, wo sich ein Geschäft an das nächste reihte und eine Vielzahl bunter Markisen den breiten, von Bäumen flankierten Bürgersteig in einen sommerlichen Arkadengang verwandelten. Und plötzlich konnte er dem Drang nicht mehr widerstehen. Er stand auf, um an der nächsten Station auszusteigen. Erst jetzt schaute er die Dame an, die die ganze Zeit hinter ihm gesessen hatte. Sie sah wirklich und wahrhaftig so aus, wie er sie sich vorgestellt hatte! Er lächelte und sie schenkte ihm ein Lächeln zurück, in dem alle Versprechen dieser Welt lagen.

Die Buskarte hatte nur zwei Kronen gekostet. Die Rückfahrt eingerechnet blieben ihm also sechzehn Kronen, die er ausgeben konnte. Was sollte er kaufen? Sein Blick fiel in die Auslage einer Bäckerei, die neben Brot auch anderes Gebäck und kleine Torten verkaufte. Genau das Richtige, um den kleinen Hunger zu stillen, der seinen Magen kitzelte.

York setzte sich an einen Tisch, von dem aus er den Verkehr beobachten konnte. Was hatte er in all den Jahren alles entbehren müssen! Auch wenn ihn der Tod seines Vaters noch immer bedrückte, mischte sich auch ein Tropfen Wut in die Trauer. Warum war ihm das hier verwehrt worden? Es hatte keinen Grund dafür gegeben! Wenn ihm jemand nach dem Leben trachtete, dann schützten York weder die Mauern noch die Wachen, die er soeben selbst auf eine geradezu lächerlich einfache Art ausgetrickst hatte. Er seufzte. Das Leben konnte so einfach sein, man musste es nur nehmen, wie es kam. York hing noch eine Zeit lang seinen Gedanken nach, dann bezahlte er, trank seinen Tee aus und nahm den nächsten Bus Richtung Bahnhof.

Als er an der Zentralstation ankam, war es ihm, als hätte man ihn in eine andere Welt katapultiert. Hier war das pulsierende Herz der Stadt, des Landes, ach was, der ganzen Welt. Alle Busse, Bahnen und Züge schienen hier zusammenzutreffen. Selbst für den Luftschiffverkehr hatte man auf den Hochhäusern, die den Platz umgaben, Landemasten errichtet.

Herrschte auf den Straßen schon ein buntes Treiben, so konnte man die Menschenmassen hier im Bahnhof getrost als Gedränge bezeichnen. Anfangs war es York unangenehm, fremde Menschen zu berühren. Er wich ihnen aus und machte absurde Verrenkungen, um nicht mit ihnen zusammenzustoßen. Aber natürlich ließ sich das nicht vermeiden. Jede Berührung war wie ein elektrischer Schlag, der ihm zunächst fast körperliche Schmerzen bereitete, dann aber, nach einer sehr schnell eingetretenen Gewöhnung, fand er Spaß daran. York war sich zum ersten Mal seines Körpers bewusst. Er stieß die Menschen immer aggressiver an, bis ihn ein ärmlich gekleideter Junge, den er besonders heftig angerempelt hatte, mit seinen dunkelblauen, erstaunlich erwachsenen Augen fixierte, einen Moment verwirrt anstarrte, dann aber wortlos weiterging.

Etwas Merkwürdiges war geschehen. Bei allen anderen, die er beiseitegestoßen hatte, hatte York eine Art Barriere überwinden müssen. Bei diesem Burschen aber war es das Gegenteil gewesen. Sie hatten sich wie Magneten angezogen, was aber offenbar nur York gespürt hatte. Suchend schaute er sich um, aber der Junge war im Getümmel der Bahnhofshalle verschwunden.

Der Rausch des Neuen war mit einem Schlag verklungen und die alte Anspannung ergriff wieder Besitz von ihm. Er erinnerte sich daran, warum er eigentlich hergekommen war. York entdeckte die Reihen der Schließfächer am Ostausgang des Bahnhofs und holte den Schlüssel hervor, um das Fach mit der Nummer 28 zu öffnen. York zog die Schirmmütze tiefer ins Gesicht und schaute sich verstohlen um. Er wusste nicht warum, aber er hatte das beängstigende Gefühl, von mehr als nur einem Paar Augen beobachtet zu werden.

Mit zitternder Hand drehte er den Schlüssel um und öffnete die Tür. Im Inneren des Fachs befand sich außer einem braunen Umschlag nichts. York wurde nervös. Er brauchte sich nicht umzudrehen, um zu wissen, dass sich jemand auf ihn zubewegte. Er musste schnell reagieren.

York schnappte sich das Kuvert und rannte los. Jemand versuchte ihn am Arm zu packen, doch es gelang York, sich loszureißen. Aus den Augenwinkeln sah er, wie zwei weitere Männer, die zuvor scheinbar in die Lektüre einer Zeitung vertieft waren, aufsprangen und versuchten, ihm den Weg abzuschneiden.

York schlug einen Haken. Anstatt zum Ausgang zu rennen, hielt er auf die Bahnsteige zu. An einem Imbissstand ließ ein Mann seinen Becher fallen und sprintete auf ihn zu. Er war noch ein ganzes Stück von York entfernt, doch er hatte keine Zweifel, dass seine Verfolger schneller und durchtrainierter als er waren. Sie hatten auf ihn gewartet und es war nur eine Frage der Zeit, bis sie ihn in die Enge getrieben hatten. In seiner Verzweiflung sprang York auf die Gleise und rannte einem Zug hinterher, der gerade aus dem Bahnhof fuhr. Wenn er Glück hatte, würde er ihn noch erreichen, bevor die Lok zu schnell war.

York rannte wie noch nie in seinem Leben. Noch immer wagte er es nicht, einen Blick über die Schulter zu werfen, aus Angst, er würde stolpern und stürzen. Der ausfahrende Zug gewann an Tempo, und York war sich voller Schrecken bewusst, dass er ihn nie würde erreichen können, selbst wenn ihm die Angst Flügel verlieh. Trotzdem lief er weiter. Was hatte er auch schon für eine Wahl? Der Weg zurück zur Halle war abgeschnitten. Er musste den Güterbahnhof erreichen, um dort zwischen den abgestellten Waggons die Verfolger mit etwas Glück abzuhängen.

York blieb mit seinem Fuß an einer Schiene hängen, taumelte, fing sich aber wieder und rannte weiter. Er glaubte, den Atem seiner Häscher im Nacken zu spüren. Verdammt, woher hatten sie geahnt, dass er heute kommen würde, um den Brief zu holen? Oder hatten sie es womöglich gar nicht gewusst? Hatten sie die Schließfächer tage- oder gar wochenlang im Auge behalten, um nicht nur dessen Inhalt sicherzustellen, sondern gleich denjenigen zu verhaften, für den er bestimmt war? Vielleicht wussten sie ja gar nicht, dass er der Sohn von Richter Urban war?

Plötzlich ließ ihn ein schriller Pfiff zusammenfahren. York riss die Arme hoch, noch bevor er den Zug sah, der auf ihn zufuhr. York wollte beiseitespringen, verdrehte aber dabei sein Knie so unglücklich, dass er wegknickte und stürzte. Ein zweites Mal ertönte der Pfiff, gellend und durchdringend.

Aus, dachte York. Das war es! Er würde sterben, überrollt und zermalmt von einer tonnenschweren Maschine auf Rädern! Er schloss die Augen in Erwartung des Unvermeidlichen. Sein Schrei ging im schrillen Kreischen der Bremsen unter. Dann war alles still.

Das Blut rauschte in seinen Ohren, sein Herz schlug wie rasend, doch er spürte keinen Schmerz. Blind tastete er den Boden ab. Unter ihm war kein Schotter, sondern etwas Weiches, Vertrautes. Zögernd öffnete er die Augen und riss sie dann weit auf, als er begriff, wo er sich befand.

York lag auf seinem Bett.

Oh mein Gott!, dachte er und setzte sich auf. Es war noch alles an ihm dran. Aber wie war das möglich? Wie hatte er in einem Augenblick auf den Gleisen liegen können und dann plötzlich in seinem Zimmer?

Er hatte geschlafen und dabei geträumt. Ja, so musste es gewesen sein. York hatte sein Zimmer nicht verlassen, war nicht in den Garten gegangen, hatte nicht den Bus genommen und schon gar nicht das Schließfach geöffnet. Er war angezogen und mit den Schuhen an den Füßen auf seinem Bett eingeschlafen.

Sein Atem ging immer noch schwer und keuchend. Die Beine waren schwer wie Blei, als sei er wirklich um sein Leben gerannt. York schlug die Hände vor das Gesicht und schluchzte erleichtert auf. Er hatte sich alles nur eingebildet, obwohl er noch immer den Schmerz in seinem verdrehten Knie spürte. Er setzte sich auf. Und hielt in der Bewegung inne.

Etwas raschelte in seiner Jackentasche.

Vorsichtig tastete er danach. Als er ahnte, was sich in ihr befand, war es auf einmal, als legte sich eine kalte Hand um sein Herz.

Es war der Brief aus dem Schließfach.

* * *

Für Tess war es die längste Nacht ihres Lebens. Noch immer gelang es ihr nicht, die Ereignisse in der *Eisernen Jungfrau* aus ihrem Gedächtnis zu verbannen, geschweige denn zu verstehen. Wie war es ihr gelungen, mit bloßen Händen einen zweihundertfünfzig Pfund schweren, durchtrainierten Mann zu Tode zu prügeln? Verdammt, sie war ein schwächliches dreizehnjähriges Mädchen, das weniger Fleisch auf den Rippen hatte als ein rachitisches Suppenhuhn! So hatte zumindest Egino sie vor allen genannt, als die anderen Kinder ihn damit aufgezogen hatten, er sei in sie verliebt. Was er natürlich weit von sich gewiesen hatte ...

Dass das, was sie getan hatte, ganz und gar nicht normal war, hatte sie auch in den Augen Phineas Woosters gesehen, den die blanke Angst gepackt hatte; weniger vor der Vergeltung durch den Boxverein, für den dieser Kerkoff Schutzgelder eintrieb, als vor ihr, Tess.

Ihr kam wieder die Flucht aus dem Waisenhaus in den Sinn. Auch dort war es ihr irgendwie gelungen, mehrere Wachen auszuschalten, die sich ihr in den Weg gestellt hatten. Jetzt aber, als sie durch die dunklen Gassen Süderborgs streifte, fühlte sie sich alles andere als stark. Sie hatte neugierig und ängstlich zugleich versucht, ihre Kräfte an einigen vollen Mülltonnen zu messen, die sich aber keinen Zoll bewegt hatten. Musste sie sich erst in einer Ausnahmesituation befinden, bevor ihre seltsamen Kräfte zum Vorschein kamen? Wie hatte Wooster sie genannt? Einen Eskatay? Ihr an seiner Stelle wären ganz andere Begriffe eingefallen. Missgeburt war einer, Mörderin ein anderer. Aber Eskatay? Er hatte dieses Wort mit einer derartigen Abscheu ausgesprochen, dass es nur etwas Schreckliches, Monströses bedeuten konnte.

Tess fühlte sich wie ein überdrehtes Uhrwerk. Obwohl sie beinahe vierundzwanzig Stunden nicht geschlafen und einen harten Tag hinter sich hatte, fühlte sie sich nicht müde oder gar erschöpft. Im Gegenteil, sie war so energiegeladen und hellwach wie noch nie in ihrem Leben, doch das lag mit Sicherheit an der Anspannung, die nur langsam wich.

Mittlerweile hatte die Morgendämmerung ein zartes Rosa an den Himmel gezaubert. Es würde noch eine Zeit dauern, bis die Geschäfte öffneten, aber in einigen Bäckereien brannte schon Licht. Erst jetzt, als sie den Duft von frischem Gebäck roch, verspürte sie einen nagenden Hunger. Ihre letzte Mahlzeit war der Eintopf gewesen, den der Wirt ihr spendiert hatte.

Tess zählte ihr Geld. Addierte sie zu dem Trinkgeld die Scheine, die ihr Wooster hingeworfen hatte, kam sie auf knapp sechzig Kronen. Nachdem sie ihr bisheriges Leben im Waisenhaus verbracht und noch nie Geld besessen hatte, hatte sie nicht die geringste Ahnung, ob dies viel oder wenig war. Sie würde einige Dinge brauchen. Ganz oben auf ihrer Einkaufsliste stand neue Kleidung, denn in ihrer Waisenhauskluft würde sie nur schwer Arbeit finden, es sei denn, sie heuerte wieder als Bedienung in einer Kneipe an. Doch darauf hatte sie nach ihrem Erlebnis in der *Eisernen Jungfrau* nun wirklich keine Lust mehr. Dennoch musste sie essen und trinken. Als sie sah, wie einige Arbeiter auf dem Weg zur Frühschicht bei den Backstuben frisches Brot kauften, stellte sie sich ebenfalls an. Mit einem ofenwarmen Laib und einer Flasche Milch machte sie sich auf den Weg zur Uferpromenade, um sich dort auf einer Bank zu stärken.

Es war eine magische Stunde, diese Zeit zwischen dem Anbruch der Morgendämmerung und dem Sonnenaufgang. Die Stadt, getaucht in ein zauberhaftes Licht, begann sich schläfrig zu rühren. Die ersten Luftschiffe zogen über den Himmel und noch war es so still, dass man am Boden das Brummen ihrer Motoren hören konnte. Möwen flogen kreischend über die Midnar, um den Fischkuttern zu folgen, die im Dämmerlicht des heranbrechenden Tages flussab zur Mündung tuckerten, um spätabends bei den Fischhallen anzulanden, wo der Tagesfang dann verarbeitet und verkauft wurde. Obwohl Lorick ein gutes Stück landeinwärts lag, konnte man den Geruch des Meeres noch ahnen und Tess schloss die Augen, um sich der Illusion von Freiheit und Weite hinzugeben.

Dann heulten die Sirenen auf, um die Arbeiter der Frühschicht in die Fabriken zu rufen. Lorick holte tief Luft und erwachte wie ein Riese aus seinem Schlaf. Mit einem Schlag hatte sich der Zauber der Morgendämmerung verflüchtigt.

Tess trank einen letzten Schluck von der Milch, wickelte den Rest Brot in eine Zeitung, die jemand auf der Bank liegen gelassen hatte, und stand auf. Sie brauchte etwas zum Anziehen und vielleicht wurde sie in einem der Gebrauchtwarenläden, die sie bei ihrem nächtlichen Streifzug durch Süderborg gesehen hatte, fündig.

Tatsächlich hatte zu dieser frühen Stunde nur ein Geschäft geöffnet. Ein Glöckchen klingelte, als sie den Laden betrat, der mit allerlei Krempel vollgestellt war. Über einer Tür, die wohl in den privaten Teil des Ladens führte, hing der ausgestopfte Kopf eines Eisbären. Die Augen hatte man schief angebracht und das Maul zu einem absurden Grinsen verzogen. In einer anderen Ecke stapelte sich auf einem zerkratzten Schrank ein mehrteiliges, angestoßenes Service. Es war nur zur Hälfte ausgepackt und hatte bereits Staub angesetzt. In den Regalen waren paarweise Schuhe ausgestellt, alle schäbiger als das Paar, das Tess im Müll gefunden hatte. Jetzt tat es ihr leid, dass sie es nicht mitgenommen hatte. Hier hätte sie es bestimmt für gutes Geld verkaufen oder tauschen können.

Eine alte Frau mit milchigen Augen saß hinter einer gläsernen Verkaufsvitrine, in der billiger Schmuck trübe glitzerte. Die Alte sah verstaubt und vertrocknet aus, als gehörte sie zum Inventar des Ladens.

»Hallo, mein Kind. Was kann ich für dich tun?«, sagte sie mit brüchiger Stimme.

Vorsichtig machte Tess einen Schritt nach vorne. Dielen knarzten spröde unter ihren Füßen. Staub tanzte im Morgenlicht, das fahl durch die schmutzigen Scheiben fiel. »Ich brauche ein Kleid und ein Paar Schuhe.«

»Wie groß bist du?«, fragte die alte Frau. »Du musst entschuldigen, wenn ich dich das frage, aber ich sehe leider nicht mehr allzu gut.«

»Etwas mehr als fünf Fuß«, antwortete Tess.

»Dein Gewicht?« Die Stimme klang wie das Rascheln von trockenem Laub.

»Knapp unter neunzig Pfund.«

»Ah«, machte die Frau nur. »Wie alt bist du? Vierzehn Jahre?«

»Dreizehn«, verbesserte sie Tess. Sie hatte nicht das Gefühl, die Frau belügen zu müssen.

»Dreizehn, und die Jungs liegen dir schon zu Füßen«, stellte die Alte kichernd fest. »Tritt näher.«

Tess machte noch einen zweiten Schritt. Die alte Frau stand auf, wobei der Korbstuhl, auf dem sie saß, leise knirschte. Sie nahm einen Stock, den sie mit dem Griff an die Kante der Vitrine gehängt hatte, und schlurfte gebückt zu Tess herüber. Mit ihren knotigen Fingern befühlte sie vorsichtig die Brust und die Hüften.

»Ah«, machte sie erneut sehnsuchtsvoll. »Es ist fast schon mehr als ein Leben her, als ich so jung und fest und schlank war wie du. Aber nun? Schau mich an!« Sie tippte sich an den Kopf. »Hier oben ist noch alles in Ordnung. Aber alles, was darunter ist, hat sich schon lange verabschiedet. Aus welchem Waisenhaus bist du abgehauen?«

Die Frage kam so unvermittelt, dass Tess erschrocken zusammenfuhr. Die Alte kicherte. »Keine Angst, ich verrate dich nicht.«

»Nummer 9«, sagte Tess kleinlaut.

»Oh«, machte die Alte und verzog das Gesicht, als habe sie

einen schlechten Geschmack im Mund. »Das Schlimmste von allen. Erzählte man sich schon zu meiner Zeit. Und es ist bestimmt nicht besser geworden. Ich bin im Kommunalen Waisenhaus Nummer 2 hier in Süderborg groß geworden.« Sie kratzte sich an der Nase. »Ein Kleid möchtest du haben, soso. Hast du schon eine Bleibe?«

Tess schüttelte den Kopf. Als ihr aber einfiel, dass die Alte ja nicht sehen konnte, sagte sie: »Nein.«

»Also wirst du erst einmal auf der Straße leben, bis du etwas gefunden hast. Auch wenn es dir nicht behagt, du solltest Hosen tragen.«

Hosen? Jungenkleidung? Das war ungeheuerlich! Sogar Tess wusste, dass Frauen das Tragen von Männerkleidung per Gesetz verboten war. Aber bevor sie ihren Einwand vorbringen konnte, hatte sich die Alte schon umgedreht und aus einem Schrank ein graugrünes Bündel geholt.

»Hier, die müssten passen. Sie sind aus Leinen, gute Qualität. Probier sie an. Und zier dich nicht, ich kann deinen Hintern ohnehin nicht sehen.«

»Aber … damit sehe ich nicht mehr aus wie ein Mädchen.«

»Mein Täubchen, das ist ja der Sinn der Sache. Du glaubst gar nicht, wer alles Appetit auf so einen kleinen Happen wie dich hat.«

Typen wie Kerkoff, dachte Tess und begriff endlich. Sie schob peinlich berührt den Rock hoch und schlüpfte schnell in die Hose, die wie angegossen passte.

»Und?«, fragte die Alte. »Sitzt, nicht wahr?«

»Wie für mich gemacht«, gab Tess zu.

Die Frau warf Tess ein zweites Bündel zu. »Das ist ein Fischerhemd. Jeder hier trägt es in Süderborg. Socken sind da vorne in der Kiste. Such dir die passenden aus. Ich besorge in der Zwischenzeit ein Paar Stiefel.«

Tess warf sich das blaue Hemd über, stopfte es in die Hose und betrachtete sich in einem Spiegel. Unglaublich. Sie griff sich eine der Kappen, die in einer Kiste herumlagen, steckte die Haare hoch und setzte sie sich auf. Nun sah sie in der Tat wie ein Junge aus.

»Hast du die Mütze gefunden?«, fragte die Alte und warf Tess zielgenau die Stiefel zu.

Tess musste gegen ihren Willen lachen. »Sind Sie wirklich sicher, dass Sie blind sind?«

»Seit über fünfzig Jahren, Kindchen. Aber das ist nicht weiter tragisch. Eigentlich sieht man ja nicht nur mit den Augen, nicht wahr?«

»Womit denn dann?«

»Na, mit allen anderen Sinnen, was denkst du denn? Ich habe ein sehr genaues Bild von dir, und wenn ich es aufzeichnen könnte, wärst du wahrscheinlich überrascht, wie treffend es ist. Ich höre dich, ich rieche dich und ich habe alleine durch meine Berührung eine sehr gute Vorstellung von deiner Figur bekommen, selbst durch das Kleid hindurch.« Sie schlurfte wieder zurück zu ihrem Platz hinter der Vitrine und setzte sich ächzend. »Das macht zehn Kronen.«

Tess, die nicht wusste, ob das jetzt viel oder wenig war, rollte einen der Scheine auf und legte ihn auf die Vitrine. Für einen kurzen Moment berührte sie dabei die Hand der alten Frau – die auf einmal zupackte.

»He!«, rief Tess. »Was tun Sie da?« Sie versuchte, sich dem Griff zu entwinden.

Doch die Alte dachte nicht daran, sie loszulassen. Im Gegenteil, sie drückte noch fester zu. Dann gab sie einen undefinierbaren Laut von sich und ließ los.

»Was sollte das?«, fragte Tess verwirrt und rieb sich das schmerzende Handgelenk.

Die Frau hatte ihr das Gesicht zugewandt und, bei Gott, Tess konnte schwören, dass sie sie mit ihren verschleierten Augen direkt anschaute.

»Nichts, Kindchen. Ich wollte nur etwas ausprobieren.«

»Was sollte das?«, fragte Tess noch einmal. Ein ungutes Gefühl stieg in ihr auf. Hatte die Alte bemerkt, dass etwas mit ihr nicht stimmte? »Sie denken auch, ich sei ein Eskatay?«, fragte sie hastig.

»Woher kennst du diesen Namen?«, fragte die Blinde langsam.

»Phineas Wooster, der Wirt der *Eisernen Jungfrau*, hat mich so genannt, weil ich …«, sie zögerte, doch sie musste dringend mit jemandem darüber reden. »Ich habe einen Mann namens Bruno Kerkoff ins Jenseits befördert.«

Die Alte machte ein fassungsloses Gesicht. Und dann lachte sie, laut und aus vollem Herzen. »Du hast Bruno Kerkoff getötet? Mein Gott! Kein Wunder, dass sich der alte Phineas in die Hose gemacht hat. Ich vermute mal, es war Notwehr.«

»Ja«, sagte Tess ein wenig kleinlaut. »Er wollte mir … na ja …«

»Ich kann mir sehr genau vorstellen, was er von dir wollte.

Du bist die Erste, die es ihm nicht gegeben hat und davon erzählen kann. Alleine das verdient jeden Respekt.«

»Was ist ein Eskatay?«, fragte Tess noch einmal.

Die Alte schien sie mit ihren verschleierten Augen förmlich zu durchbohren. Doch dann machte sie eine Handbewegung, als würde sie eine Fliege verscheuchen, und sagte: »Nichts, Kindchen. Hirngespinste, Ammenmärchen. Phineas hat sich vermutlich zu oft von seinem eigenen Fusel eingeschenkt, das hat ihm das Hirn vernebelt. Schluss mit diesem Unsinn, jetzt müssen wir erst mal überlegen, was wir mit dir anstellen.«

»Was soll ich jetzt tun?«, fragte Tess, die das Gefühl hatte, dass ihr die Alte etwas verheimlichte.

»Du musst untertauchen, damit dich die Behörden nicht aufspüren. Und du brauchst erst mal eine Arbeit. Die bekommst du aber nur, wenn du die nötigen Papiere hast.«

Tess erschrak. »Die habe ich nicht.«

»Dachte ich mir. Dann hast du ein Problem. Papiere bekommst du nur, wenn du eine feste Adresse, eine Wohnung hast. Die bekommst du nicht ohne eine Arbeit.«

»Die ich natürlich wiederum nicht ohne Papiere bekomme«, ergänzte Tess. »Das ist ein Teufelskreis.«

»In dem mehr Menschen gefangen sind, als sich manch einer träumen lässt. Aber was die Papiere angeht, werde ich dir vielleicht helfen können. Geh zur Fastingsallee 27, das ist nicht weit von hier, zwei Straßen weiter. Dort ist ein Gemüseladen, der gehört einem Mann namens Morten Henriksson. Sag ihm, Nora schickt dich. Damit er dir glaubt, gib ihm das.« Sie schob Tess ein Buch über den Tresen. Es trug den

Titel *Flora und Fauna des nördlichen Polarkreises.* Es war eine Ausgabe der Universitätsdruckerei, wie Tess erkannte. Es trug auf dem Buchrücken sogar noch die Registraturnummer der Bibliothek.

»Hier ist noch eine Tasche, die gibt es gratis dazu. So, und nun mach dich auf den Weg.«

»Danke«, sagte Tess und streckte ihre Hand aus, die Nora zielsicher ergriff.

»Bedank dich erst, wenn du Erfolg gehabt hast. Also, viel Glück.«

Tess steckte alles ein und machte sich auf den Weg. Das merkwürdige Verhalten der alten Frau ging ihr nicht aus dem Kopf. Tess war sich sicher, dass sie etwas vor ihr zu verbergen versucht hatte. Ganz ohne Zweifel hatte sie gemerkt, dass mit Tess etwas nicht stimmte. Aber wie hatte sie das gemacht? Anders als Phineas Wooster schien sie jedoch keine Angst vor ihr zu haben.

Es brauchte einige Zeit, bis Tess die Fastingsallee fand. Das lag weniger an der Beschreibung, die ihr Nora gegeben hatte, als an ihrem schlechten Orientierungssinn. Doch nachdem sie sich durchgefragt hatte, stand sie endlich vor der Hausnummer 27. Auf dem ganzen Weg war sie von niemandem schief angesehen worden. Noras Rat schien also goldrichtig gewesen zu sein, und nach einer kurzen Zeit hatte Tess sich in der Hose wohlgefühlt, als hätte sie noch nie in ihrem Leben etwas anderes getragen.

Der Laden war voll. Es waren hauptsächlich abgehärmt aussehende Frauen in schäbiger Kleidung. Tess vermutete, dass in dieser Gegend nur selten Fleisch auf den Tisch kam. Im Waisenhaus war das so und wieso sollte es in Loricks Arbeitervierteln anders sein.

Schließlich war Tess an der Reihe.

»Was willst du?«, fragte eine Frau mit grüner Schürze, hochgesteckten Haaren und schmutzigen Händen.

»Ich hätte gerne drei von den Äpfeln dort.«

Die Frau warf das Obst auf die Waage. »Macht eine Krone fünfzig.«

Tess gab ihr zwei Münzen und nahm dafür eine Papiertüte in Empfang. »Ach ja, und dann wollte ich noch zu Herrn Henriksson.«

»Morten? Der ist nicht da.«

»Wann kommt er wieder?«

Die Frau zuckte mit den Schultern. »Keine Ahnung. Der Laster ist liegen geblieben und er versucht ihn zu reparieren. Soll ich ihm etwas ausrichten?«

Tess schüttelte den Kopf. »Nein, ich komme später noch einmal wieder.«

»Wie du willst. Die Nächste!«

Tess drehte sich um und wollte gerade den Laden verlassen, als ein Mann hereinkam. Tess stutzte, und nicht nur, weil er wegen seines Geschlechts völlig fehl am Platze schien. Die Kleidung war vornehm, richtiggehend unpassend für diese Gegend. Über den scharf gebügelten grauen Hosen trug er einen schwarzen Gehrock, das Halstuch zierte eine edelsteinbesetzte Nadel. Er trug er eine Reisetasche, die so schwer war, dass er sie in beiden Händen hielt.

Der Herr lächelte Tess, die ihm die Tür aufgehalten hatte,

freundlich an und Tess lächelte zögerlich zurück. »Schönen Tag noch«, sagte er heiter.

Tess nickte und ging weiter, drehte sich aber noch einmal um. Was für ein komischer Vogel. Fast schien es, als hätte er zu dieser frühen Stunde ein wenig zu tief ins Glas geschaut. Am seltsamsten waren jedoch die Augen gewesen, die seltsam starr geblickt hatten. So als trüge der Mann eine Maske.

Weiter kam sie nicht, denn ein gewaltiger Feuerball schleuderte Holz und Glassplitter auf die Straße. Die Wucht der Detonation, die den kleinen Gemüseladen zerstörte, riss sie zu Boden. Es war nur ein kurzer Moment, dann war alles ruhig. Außer einem lauten Pfeifen im Ohr und den eigenen Atemgeräuschen hörte Tess nichts mehr.

Oh mein Gott, dachte sie. Da waren doch Menschen in dem Haus! Sie versuchte aufzustehen, fiel aber sofort wieder hin. Etwas brannte in ihren Augen. Sie wischte sich mit der Hand über die Stirn. Da erst sah sie das Blut. Es war überall und in diesem Moment glaubte sie tatsächlich, dass es ihr eigenes war. Tess versuchte erneut aufzustehen und diesmal gelang es ihr. Sie schien bis auf eine Wunde am Kopf unverletzt zu sein. Unter Aufbietung aller Kräfte bückte sie sich nach ihrer Tasche und hob sie auf. Absurderweise galt ihre erste Sorge dem Buch, aber das hatte im Gegensatz zu ihr die Explosion unbeschadet überstanden.

Die Explosion!

Ja, richtig. Irgendetwas war geschehen, aber warum wankte der Boden so sehr? Tess lehnte sich gegen eine Hauswand und wartete einen Augenblick, bis sich der Schwindel gelegt hatte. Langsam meldete sich auch ihr Gehör wieder zurück.

Verdammt, die Menschen in dem Geschäft! Sie musste ihnen helfen!

Tess schaute sich um. Es schien noch andere erwischt zu haben. Einige richteten sich jetzt taumelnd wie Schlafwandler auf, aber die meisten blieben inmitten ihrer verstreuten Einkäufe einfach liegen, als gäbe es nichts Weicheres als das Straßenpflaster.

Tess stolperte weiter, dann verließen sie die Kräfte und sie kippte einfach nach hinten. Wie durch ein Wunder fingen sie zwei Hände auf. Sie blinzelte und sah in ein entsetztes Gesicht, das sich dunkel gegen den blauen Himmel abzeichnete.

»Sind Sie Morten Henriksson?«, lallte sie benommen.

Der Mann sagte etwas.

»Sie müssen lauter reden. Ich höre etwas schlecht«, sagte sie und musste lachen.

»Ja, ich bin Morten Henriksson.«

»Was für ein Glück«, sagte Tess erleichtert und fingerte mit ihrer blutigen Hand in der Stofftasche herum. »Nora schickt mich. Ich habe ein Buch für Sie.« Sie musste husten. Und lachen. Und husten. Und lachen. Und bald konnte sie nicht anders, als beides gleichzeitig zu tun. Dann wurde sie endlich ohnmächtig.

***

Hagen Lennart hatte die Hände hinter dem Kopf verschränkt und blinzelte hinauf in den blauen Himmel, von dem eine Sommersonne schien, die den Hügel, auf dem sie lagen, in ein weiches Licht tauchte. Die Knie seiner Hose hatten Grasflecken, die obersten Knöpfe seines Hemdes waren geöffnet und die Ärmel nach oben gekrempelt. Maura und Melina, seine Kinder, seine Herzenszwillinge, sein Daseinszweck, spielten ausgelassen Fangen und quietschten immer wieder laut auf, wenn die eine die andere am Saum ihres Kleides erwischt hatte. Hummeln taumelten summend durch die Luft. Einige Vögel saßen in den Bäumen und schimpften, als wären sie mit diesem perfekten Tag ganz und gar nicht einverstanden. Silvetta lag neben ihm, den Kopf auf die Hand gestützt. Sie schaute ihn verliebt an, wie sie es seit Jahren nicht getan hatte, und Lennart fielen auf Anhieb ein Dutzend Dinge ein, die er in diesem Moment am liebsten mit ihr angestellt hätte. Er seufzte, drehte sich zu ihr um und spielte mit ihrem roten Haar, wickelte es um seinen Finger und zog sie zu sich hinab, um ihr einen langen Kuss zu geben. Ihre Lippen waren nur einen Atemzug voneinander entfernt, als es klingelte. »Ich werde mich von dir trennen«, sagte Silvetta und lächelte noch immer honigsüß. Dann klingelte es erneut und Lennart schreckte hoch.

Es war Nacht. Durch den Spalt der zugezogenen Vorhänge fiel das Licht der Gaslaternen, die die Straße beleuchteten. Lennart tastete nach dem Wecker und schaute auf die fluoreszierenden Zeiger. Es war kurz nach drei. Wieder klingelte es, diesmal länger und drängender. Lennart stand fluchend auf. Wer immer vor der Tür stand, er würde die Kinder wecken. Lennart nahm seinen Hausmantel, der über einem Stuhl hing, und tapste durch den Flur zur Wohnungstür.

»Ja?«, brummte er. »Was ist?«

»Ich bin es«, sagte eine Stimme, die ganz offensichtlich Elverum gehörte. Lennart zog sich den Mantel über, löste die Kette und öffnete die Tür.

»Ich hoffe, Sie haben einen triftigen Grund, mich und meine Familie um diese Zeit zu wecken«, knurrte Lennart.

»Reicht eine Leiche?«

Lennart war schlagartig hellwach. »Kopflos?«

»Nein, diesmal nicht«, sagte Elverum beinahe entschuldigend.

»Weiß man schon, um wen es sich handelt?«

»Man hat den Körper noch nicht bergen können, er steckt in einem Wehr fest.«

»Ich ziehe mich an«, sagte Lennart resigniert. »Lassen Sie mir noch fünf Minuten.«

Ohne die Antwort des Oberinspektors abzuwarten, ging Lennart zurück ins Schlafzimmer. Silvetta hatte sich auf ihrer Seite des Bettes umgedreht, sodass sie ihm den Rücken zukehrte. Er spürte, dass sie wach war. Trotzdem nahm er so leise wie möglich seine Sachen vom Stuhl und schlich ins Bad, wo er eine Lampe entzündete. Müde betrachtete er sein Gesicht im Spiegel und strich sich mit der Hand über das unrasierte Kinn. Schließlich putzte er sich nur die Zähne und zog sich an.

»Wieso sind Sie eigentlich schon auf?«, fragte Lennart, als er vorsichtig die Tür hinter sich zuzog.

»Ich habe Bereitschaft«, sagte Elverum.

»Haben Sie keine Familie?«, fragte Lennart, dem peinlich bewusst wurde, dass er Elverum noch nie danach gefragt hatte.

»Nein, die habe ich mir schon längst abgewöhnt. Ich bin geschieden.«

Lennart schwieg und knöpfte sein Jackett zu.

»Der Wagen steht da vorne«, sagte Elverum. »Wir müssen nach Tyndall.«

Lennart stieg auf der Beifahrerseite ein, während Elverum eine Kurbel von der Rückbank nahm, die er in eine Öffnung unterhalb des Kühlers steckte. Mit einem kräftigen Ruck warf er den Motor an.

»Nicht schlecht«, sagte Lennart, als sich Elverum hinter das Lenkrad klemmte. »Ich weiß noch, welche Prozedur das bei den alten Dampfwagen war, bis da die Maschine lief.«

»Es hat auch lange gedauert, bis man mir diesen Coswig bewilligt hat«, sagte Elverum. »Ja, der technische Fortschritt lässt sich nicht aufhalten. Festhalten!« Er trat die Kupplung durch, legte den Gang ein und fuhr los.

Elverum holte alles aus dem Wagen heraus, was der Motor bot, und das war nicht wenig. Trotz des mörderischen Tempos, das die Karosserie ächzen und knarren ließ, dauerte die Fahrt, während der sie kaum ein Wort wechselten, mehr als eine halbe Stunde. Lennart sah das Wehr schon von Weitem. Persson und Holmqvist hatten im Licht dampfender Karbidscheinwerfer bereits mit der Arbeit begonnen. Elverum fuhr bis an das Flussufer heran, stellte den Motor ab und stieg aus.

»Haben Sie die Leiche schon bergen können?«, fragte er die beiden Polizisten.

»Nein. Es gibt Schwierigkeiten, sie hat sich irgendwo verfangen.« Holmqvist deutete auf zwei erschöpfte Männer, die gemeinsam den Hebel einer großen Pumpe auf- und abbewegten. »Wir mussten einen Taucher anfordern.«

»Wer hat den Toten gefunden?«, fragte Lennart und schaute zum dunklen Wasser hinab, in dem es unaufhörlich brodelte.

»Das war ich«, sagte ein bärtiger Mann, dessen Jacke sich über einen mächtigen Bauch spannte. »Ich bin der Schleusenwärter. Wadell ist mein Name.«

»Und wann haben Sie die Leiche entdeckt?«

Wadell sog an seiner Pfeife und kniff nachdenklich ein Auge zusammen. »Das muss so nach Mitternacht gewesen sein. Ich war gerade dabei, die Schleusentore zu überprüfen, als ich etwas im Wasser habe treiben sehen. Ich habe versucht, es mit dem Bootshaken herauszuziehen, bevor es hier in die Strudel geriet, aber der Kerl war einfach zu schwer. Beinahe wäre ich auch noch im Wasser gelandet. Ich hab mich dann auf mein Fahrrad geschwungen und bin zum nächsten Polizeiposten gefahren.«

Lennart stellte sich auf die Windwerkbrücke neben den Signalmann, der die Sicherheitsleine und den Luftschlauch in den Händen hielt, und grüßte ihn mit einem knappen Nicken. Unter ihnen wurde das Brodeln zu einem Kochen und kurz darauf erschien der glänzende Messinghelm des Tauchers. Im Arm hatte er die Leiche eines glatzköpfigen Mannes, dessen Hinterkopf die Tätowierung eines Totenschädels zierte.

Elverum spuckte aus. »Der gehörte zu den Dodskollen.«

Persson und Holmqvist packten den Körper bei den Armen und zogen ihn auf die Kaimauer.

»He!«, rief Persson. »Das ist Bruno Kerkoff!«

Elverum schob ihn beiseite und untersuchte den Toten genauer. An Stirn, Handrücken, Knien und Zehen hatte er die typischen Abschürfungen einer Wasserleiche, die von der Strömung über den felsigen Flussgrund geschleift worden war, doch das erklärte nicht, warum die Nase zerschmettert war und der Schädel merkwürdig deformiert wirkte.

»Sieht so aus, als hätte man ihm eine verpasst«, sagte Holmqvist. »Und zwar so kräftig, dass es ihm das Licht ausgeknipst hat. Schätze, wir haben hier bald einen Bandenkrieg am Hals.«

»Na prächtig«, sagte Elverum. Er stand auf und schaute sich um. »Wo ist der Taucher?«

»Ist wieder runtergegangen«, sagte Lennart. »Sagte, er hätte da noch etwas entdeckt.«

»Wird wahrscheinlich nur Müll sein«, meldete sich der Schleusenwärter. »Sie glauben gar nicht, was ich hier jeden Tag aus dem Wasser hole.«

Während Holmqvist und Persson Kerkoffs Leiche in eine Decke wickelten, stellte sich Elverum zu Lennart auf die Windwerkmauer. Minuten später war der Taucher wieder oben. In den Armen hielt er etwas, was an eine grotesk verdrehte, halb geschmolzene Schaufensterpuppe erinnerte – nur dass ihr der Kopf fehlte.

Elverum stieß einen unflätigen Fluch aus. Die beiden Polizisten, die sich mit Kerkoff beschäftigten, hielten inne. Persson drehte sich um und würgte.

Der Taucher setzte sich auf die Mauer und ließ sich von seinem Signalmann den Helm abschrauben. »Die habe ich unten am Grund gefunden«, keuchte er. »Jemand hatte ihr ein Gewicht an die Beine gebunden.«

Lennarts Magen rebellierte nun ebenfalls. Die Leiche war nackt, wahrscheinlich war die Kleidung von der Strömung fortgerissen worden. Es musste sich um eine klein gewachsene, zierliche Frau handeln, deren Körper sich in Wachs verwandelt zu haben schien.

»Hat sie schon lange da gelegen?«, fragte Lennart mit zittriger Stimme.

Der Schleusenwärter sah ganz offenbar seine große Stunde gekommen. »Vier, fünf Monate bestimmt«, sagte er wichtig. »So genau lässt sich das nicht sagen. Man denkt immer, dass so eine Leiche im Wasser schneller verwest, aber da täuscht man sich. Glauben Sie mir, ich habe damit Erfahrung. Mindestens vier Tote hole ich im Monat aus der Midnar. Im Winter mehr, im Sommer weniger. Fragen Sie mich nicht warum. Wahrscheinlich bringen sich in der dunklen Jahreszeit mehr Leute um.«

»Persson, sind Sie wieder in Ordnung?«, rief Elverum.

Der Polizist war zwar noch immer etwas blass um die Nase, nickte jedoch tapfer.

»Gut. Dann schnappen Sie sich den Wagen und fahren ins Ministerium, wo Sie dem diensthabenden Leichenbeschauer Bescheid sagen, dass hier gleich doppelte Arbeit auf ihn wartet.« Elverum drehte sich zu Lennart um. »Eine kopflose Leiche, die älter ist als die vom Schrottplatz. Sieht so aus, als wäre an Ihrer Theorie tatsächlich etwas dran.«

***

»Wenn es nach mir ginge, dann würde ich unser Zelt gerne dort aufstellen«, sagte Boleslav und tippte auf eine Stelle des Stadtplans, den er vor sich ausgebreitet hatte. »Das Dumme ist nur, dass wir dann von den Einnahmen über die Hälfte als Steuern abführen müssen.«

»Über die Hälfte?« Hesekiel stieß einen leisen Pfiff aus. »Na, besten Dank. Vielleicht sollten wir uns doch ein anderes Viertel aussuchen. Ich meine, schau uns an! Sehen wir aus, als gehörten wir zu den oberen Zehntausend? Wir sollten schauen, dass wir vor unseresgleichen auftreten.«

»Dann vielleicht Tyndall?«, schlug Rosie vor.

Boleslav schüttelte den Kopf. »Zu viele Fabriken. Das ist nicht das richtige Publikum.«

»Glaubst du nicht, dass die Arbeiter auch einen Anspruch auf gehobene Unterhaltung haben?«, entgegnete Rosies siamesischer Zwilling Marguerite.

»Anspruch schon, aber kein Geld.«

»Dann also doch Süderborg«, schlug Vera vor und drehte die Karte in ihre Richtung. »Hier, am Ende der Fastingsallee ist ein Platz, der perfekt wäre.«

Boleslav seufzte und kratzte sich nachdenklich am Ohr. »Norgeby grenzt im Norden an Drachaker. Dort sind über die Jahre viele der kleinen und mittleren Beamten hingezogen, denn die Grundstückspreise sind niedrig und die Luft hat noch nicht diesen Pestilenzcharakter wie im Osten von Lorick, wo die Fabriken all ihren Ruß und Dreck in den Himmel pusten. Moritzberg im Westen ist der Ort, den sich die reichen Fabrikbesitzer für ihre Stadtvillen ausgesucht hatten, nur sind dort auch die Grundsteuern so hoch, dass die alteingesessenen Familien unter sich bleiben.« Boleslav seufzte. »Norgeby oder Süderborg? Ich bin mir nicht sicher.«

»Also, ich bin für Norgeby«, sagte Hesekiel. »Das ist nicht weit, die Familien haben Geld und es gibt genügend Kinder, die es den Eltern aus der Tasche ziehen wollen. Süderborg hat dasselbe Problem wie Tyndall: Keiner wird sich einen Besuch im Zirkus leisten können.«

Boleslav schaute fragend in die Runde, aber niemand widersprach dem Dompteur. »Gut, dann ist es abgemacht. Wir treten in Norgeby auf.«

Hesekiel runzelte die Stirn. »Entschuldige, wenn ich dich aus deinen Träumen reiße, aber die Frage beschäftigt mich schon seit einiger Zeit: Seit wann dürfen wir uns aussuchen, wo wir unser Zelt aufstellen?«

»Nun, seitdem der Beamte der Meldebehörde vergessen hat, das entsprechende Feld im Formular auszufüllen«, sagte Boleslav und konnte sich ein triumphierendes Schmunzeln nicht verkneifen.

»Zeig her«, sagte Hesekiel ungläubig und nahm Boleslav das bedruckte Blatt aus der Hand.

Hakon warf Nadja, die etwas abseits auf einer Bank saß, einen verstohlenen Blick zu, doch sie erwiderte ihn nicht. Schließlich gab er sich einen Ruck, ging zu ihr hinüber und setzte sich neben sie.

»Du hast Recht«, sagte er so leise, dass nur sie es hören konnte. »Ich habe mich verändert.«

Nadja schaute ihn noch immer nicht an, aber ihrem angespannten Gesicht nach zu urteilen, hatte er jetzt ihre Aufmerksamkeit.

»Es ist zum ersten Mal in Vilgrund geschehen«, fuhr er fort. »Ich weiß nicht, wie es kam, aber ich konnte tatsächlich die Gedanken dieser Bauern lesen.«

Seine Schwester runzelte die Stirn, starrte aber noch immer ihre Füße an.

»Es ist wahr, ich schwöre es«, sagte er verzweifelt. »Du weißt doch, dass ich schon immer gut darin war, mich in andere Leute hineinzuversetzen. Darauf baute meine Nummer immer auf. Und genau so ist es jetzt auch, nur dass es um einiges stärker ist. Ich sehe Bilder und höre manchmal sogar, was die Menschen denken.«

»Machst du das auch bei mir?«, fragte Nadja kühl.

»Nein«, flüsterte Hakon. »Ich habe keine Ahnung, wie es passiert. Aber in der Regel geschieht es, ohne dass ich es kontrollieren kann.«

Jetzt sah Nadja ihm direkt in die Augen.

»Auf diesen Bauern war ich wütend«, fuhr Hakon fort. »Verstehst du, da sitzt dieser selbstgerechte Kerl, der Gerissenheit mit Intelligenz verwechselt, und stellt mich vor allen Leuten als Betrüger hin.«

»Na und? Bist du etwa keiner?«, fragte Nadja.

»Was?«, fragte Hakon verwirrt.

»Nun, du stehst in der Manege und versuchst das Publikum mit ein paar Tricks hereinzulegen.«

Hakon war jetzt vollkommen durcheinander. So hatte seine Schwester noch nie zu ihm gesprochen. »Ich bin kein Betrüger«, stammelte er. »Ich versuche, die Leute zu unterhalten! Immerhin schlage ich ja keinen Vorteil aus meinen Fähigkeiten.«

»Hm«, machte Nadja nur und schaute wieder auf ihre Füße.

»Verdammt noch mal, worauf willst du hinaus?«, flüsterte er aufgebracht.

»Ich will auf gar nichts hinaus«, sagte Nadja. »Das ist einfach zu viel für mich, kannst du das nicht verstehen? Als wir in diesem Amt waren, habe ich gespürt, dass du den Beamten auf eine ziemlich unheimliche Art dazu gebracht hast, gegen seinen Willen dieses Formular auszufüllen.« Sie machte eine hilflose Geste. »Du hast ihn angestarrt, als wolltest du ihn mit deinem Blick töten! Kannst du dir nicht vorstellen, wie beängstigend das ist?«

»Meinst du etwa, mir ist das geheuer?«, presste er zwischen den Zähnen hervor. »Sag mir, was ich tun soll! Wenn du einen Weg findest, wie ich es abstellen kann, wäre ich dir dankbar.«

Nadja hob ihren Blick und sah ihn traurig an. »Weißt du, das würde ich dir ja gerne glauben. Aber da war noch etwas anderes in deinem Blick gewesen.« Sie stand auf. »Du hast es genossen. Du hast diese Macht, die du über den Mann hattest, bis ins Letzte ausgekostet. Deswegen habe ich Angst vor dir.« Dann stand sie auf und ging.

Hakon sprang auf. »Nadja! Warte!«

Aber sie schaute sich nicht einmal mehr um.

Hakon ballte wütend die Faust und hätte am liebsten laut gebrüllt, bis auf einmal sein wahres Ich wieder die Kontrolle übernahm. Schwer atmend und noch immer um Fassung ringend, setzte er sich hin. Dass er die Gedanken anderer Menschen lesen konnte, war nicht nur ein Segen, sondern auch ein Fluch. Es war nicht so, dass er nur Ausschnitte eines fremden Lebens zu sehen bekam, sondern es war wie der komplette Transfer einer fremden Persönlichkeit mit all ihren Gefühlen und Erinnerungen in sein Bewusstsein. Er wusste nicht nur, wer Boris Marklund war und was er getan hatte. In dem Moment, als sich das Leben des Bauern vor ihm ausgebreitet hatte, wurde das Wesen dieses ziemlich unangenehmen Menschen auch zu einem Teil von Hakons Persönlichkeit. Er konnte auf einmal die Welt durch Marklunds Augen sehen und die selbstgerechten Entscheidungen, die er getroffen hatte, nachvollziehen, obwohl der Teil, der noch immer der alte Hakon war, sich am liebsten deswegen übergeben hätte. Und genau so war es ihm mit dessen Frau Annegret gegangen. Er hatte ihre Verzweiflung gespürt und ihre Angst vor der Entdeckung ihrer Schwangerschaft. Aber die Boshaftigkeit Marklunds war in diesem Moment stärker gewesen und Hakon hatte das Geheimnis mit einer gehässigen Freude verraten.

Hakon schloss die Augen und lehnte seinen Kopf gegen die Wand des Wagens. Er fühlte sich müde, ausgelaugt – und verzweifelt. Hakon musste lernen, seine Gabe besser zu kontrollieren, sonst würde es ein Unglück geben.

Noch am selben Tag machten sich Boleslav, Hesekiel und Hakon auf den Weg, um den Stellplatz in Norgeby zu inspizieren, der sich hinter dem Spritzenhaus befand. Hakons Vater war vor allen Dingen wegen des angrenzenden Löschteichs sehr mit der Lage zufrieden. Oft genug war die Wasserversorgung das größte Problem.

Norgeby war ein malerischer Ort. Die Backsteinhäuser waren gepflegt und in den Vorgärten wuchsen Blumen in kunstvoll arrangierten, von niedrigen Buchsbaumhecken umsäumten Beeten. Am Straßenrand standen überraschend viele Automobile, mehr, als Hakon jemals gesehen hatte. Die Familien, die hier wohnten, hatten mit Sicherheit keine Geldprobleme, wenn sie sich sogar die neuen Modelle ohne Dampfkessel leisten konnten. Dafür herrschte hier ein gesundes Misstrauen Fremden gegenüber. Wohin sie auch kamen, spürte Hakon die argwöhnischen Blicke der Menschen, die die Gardinen einen Spalt öffneten, um hinaus auf die Straße zu spähen.

Boleslav schien das nicht weiter zu stören. Je mehr sie die kleine, schmucke Stadt erkundeten, desto prächtiger entwickelte sich seine Laune. Vermutlich hörte er schon das Geld in der Kasse klimpern. Hakon hingegen spürte, dass sie in diesem Nest alles andere als willkommen waren. Hier war es so entsetzlich sauber und aufgeräumt! Stutzten die Leute den ganzen Tag ihre Hecken?

Dennoch schlug Norgeby auch eine andere Saite in ihm an. Eine, die sich nach genau so einem Leben sehnte. Meist wischte er diesen Wunsch erfolgreich mit solchen Begriffen wie *Spießigkeit* und *Langeweile* weg. Aber manchmal, nur manchmal, wenn sie in einem Ort waren, der wie ein niedliches Klein-Trolleby aussah, konnte er nur schwer ein Seufzen unterdrücken.

Der Zirkus war seine Familie, nicht dass da der geringste Zweifel aufkam. Aber diese Unrast, die das Leben aller Zirkusleute bestimmte, war ermüdend, selbst für einen fünfzehnjährigen Jungen wie ihn. Er hatte keine Freunde in seinem Alter. Er kannte niemanden, der nichts mit dem Zirkus zu tun hatte. Wenn er sich mit Hesekiel oder den Zwillingen unterhielt, kamen sie spätestens nach zwei Minuten auf die Arbeit zu sprechen.

Privatsphäre war auch so ein Wort, das man in solch einem Umfeld nicht kannte. Die Minuten, in denen er alleine war und ungestört seinen Gedanken nachhängen konnte, waren kostbar und selten. Es gab Tage, an denen die Arbeit in Hektik umschlug, da wünschte sich Hakon, er würde einmal erfahren, was Langeweile ist. An einem Ort wie Norgeby würde ihm das gelingen.

Als sie auf dem mit Blumen und Fahnen herausgeputzten Marktplatz standen, stemmte Boleslav die Fäuste in die Hüften und drückte die Brust heraus, so als wäre er ein Eroberer, der gerade ein besonders reiches Stück Land in Besitz genommen hatte.

»Perfekt«, sagte er nur, und das sagte er nicht oft. »Absolut perfekt!«

»Ja, nicht übel«, gab Hesekiel zu. »Jetzt müssen wir nur noch die Bewohner dazu überreden, in Scharen unsere Nachmittags- und Abendvorstellungen zu besuchen.«

Boleslav nickte. »Haben wir nicht noch einige Plakate irgendwo herumliegen? Wir müssen alles damit zupflastern. Bis morgen muss jeder wissen, dass der Zirkus in der Stadt ist.«

Hakon rollte mit den Augen. Er wusste, wer sich darum zu kümmern hatte. Die kommenden Tage würde er wahrscheinlich kaum Schlaf finden.

»Vielleicht sollten wir noch dem Ortsvorsteher Bescheid sagen«, wandte Hesekiel ein.

»Ja, das sollten wir wohl, nicht wahr? Das da vorne könnte das Rathaus sein. Sollen wir mal klopfen?«

Hesekiel ließ seinem Chef den Vortritt, als ahnte er, dass der Besuch nicht ganz reibungslos verlaufen würde.

Tatsächlich war der Ortsvorsteher, ein kleiner, mausgrauer Mann namens Stokkeby, von der plötzlichen Aussicht, dass sein Ort über mehrere Tage Heimstatt einer »Wanderbühne« sein sollte, gar nicht begeistert.

»Uns hat niemand Bescheid gesagt«, sagte er und blinzelte mit seinen wässerigen Augen.

»Das ist nicht mein Problem«, antwortete Boleslav und wedelte mit der Genehmigung herum. »Wir haben es schriftlich mit Dienstsiegel und Unterschrift: Der Zirkus Tarkovski darf in Norgeby seine wilden Tiere loslassen.«

»Um Gottes willen!«, machte Stokkeby und ließ sich in seinen Sessel fallen.

»Kleiner Scherz«, winkte Boleslav lachend ab. »Wir haben einen zahnlosen Kragenbären, der zur Drehorgel tanzt, und einige dressierte Hängebauchschweine und Ziegen. Mehr können wir uns nicht leisten.«

Stokkeby atmete sichtlich erleichtert auf. »Trotzdem: Sie können hier nicht so einfach hereinschneien und sagen, morgen kommt eine Wanderbühne.«

»Ein Zirkus«, verbesserte ihn Hesekiel. »Und meine Hängebauchschweine sind alle brav.«

Stokkeby blinzelte irritiert. »Wie auch immer. Die Feuerwehr muss verständigt werden …«

»Wir errichten das Zelt direkt hinter dem Spritzenhaus.«

»... die Gemeinde ist nicht informiert ...«

»Wir hängen noch heute alle Plakate auf, die wir haben. Nicht wahr, Hakon?«

Hakon brummte etwas Unverständliches und nickte.

»... und ich habe noch immer keine offizielle Bestätigung des Meldeamtes. Wer garantiert mir, dass Ihr Wisch keine Fälschung ist?«

»Weil Sie es sofort herausbekämen! Sie sehen nicht so aus, als könne man Sie leicht hinters Licht führen«, sagte Boleslav schlau, der den Umgang mit Bürgermeistern und anderen Wichtigtuern gewöhnt war.

»Stimmt«, antwortete Stokkeby und grinste selbstgefällig. »Geben Sie mir noch einmal die Genehmigung!«

Boleslavs Grinsen gefror. »Was haben Sie damit vor?«

»Ich werde von ihr eine Episkopie anfertigen, die ich noch heute per Kurier an das Meldeamt schicke. Die sollen was dazu sagen.«

Boleslavs Selbstvertrauen schwand zusehends. »Und in der Zwischenzeit?«, fragte er vorsichtig.

»Werde ich Sie nicht um Ihr Vorhaben bringen können«, sagte Stokkeby mit einem feinen Lächeln. »Aber wenn sich herausstellen sollte, dass dieses Dokument gefälscht ist, bekommen Sie gewaltigen Ärger. Haben Sie mich verstanden?«

Boleslav Tarkovski war bei dieser kleinen Ansprache immer kleinlauter geworden. Und auch Hakon war sich nicht so ganz sicher, wie Edvard Kerttuli auf die Anfrage reagieren würde, wenn er die Episkopie eines Dokumentes in Händen hielt, das zwar seine Unterschrift trug, an das er sich aber nicht erinnern konnte.

Hakon kämpfte mit sich. Sollte er das Gehirn des Ortsvorstehers einer ähnlichen Behandlung unterziehen? Oder gäbe er damit Nadja nur Recht? Es war wie beim Lügen. Hatte man einmal damit angefangen, die Unwahrheit zu sagen, verstrickte man sich immer mehr in einem Gespinst von Ausflüchten und Irreführungen, bis man nicht wieder unbeschadet aus diesem Dickicht herausfand.

Die Stimmung auf dem Rückweg nach Drachaker war dementsprechend gedrückt. Vor allem Hesekiel sprach kein Wort.

»Jetzt aber mal Kopf hoch«, sagte Boleslav zum wiederholten Mal. »Es geht alles mit rechten Dingen zu, du wirst sehen. Dass der Beamte vergessen hat, uns einen Stellplatz zuzuweisen, kann doch nicht unsere Schuld sein.«

»Na ja«, gab Hesekiel zu bedenken. »Glaubst du nicht, dass er den Fehler korrigieren wird, wenn er ihn bemerkt? Und er wird es merken. Deine Schrift unterscheidet sich von seiner ganz entschieden. Und wenn mich nicht alles täuscht, ist das, was du getan hast, Urkundenfälschung. Was steht darauf? Eine Geldstrafe? Oder vielleicht sogar Gefängnis?«

»Jetzt hör schon auf«, brummte Boleslav. »Nichts wird so heiß gegessen, wie es gekocht wird.«

»Da wäre ich mir nicht so sicher«, sagte Hesekiel und blieb stehen. »Schaut.«

»Verflucht«, stöhnte Boleslav. Hakon bemerkte, wie sein Vater auf einen Schlag blass wie ein Leichentuch wurde.

Der Hof, auf dem sie die Wagen abgestellt hatten, war von sechs dunkelblauen Polizeiwagen umstellt.

»Die haben wirklich keine Zeit verloren«, sagte Hesekiel zu Boleslav, doch der hörte nicht, was sein Dompteur zu ihm sagte, denn er rannte wie wohl noch nie in seinem Leben.

»Vera?«, rief er. »Vera, wo bist du?«

Seine Frau stürzte tränenüberströmt aus ihrem Wagen und fiel ihrem Mann in die Arme. Nadja klammerte sich vollkommen verstört an ihre Hand.

»Boleslav! Gott sei Dank bist du wieder da! Sie durchsuchen alles, ohne jede Rücksicht. Und sie haben unsere Ausweise eingesammelt.«

Hakons Herz setzte aus. Das alles war seine Schuld. Einzig und alleine seine Schuld.

»Wer leitet den Einsatz?«, polterte sein Vater. »Los! Ich will, dass man mir das hier erklärt!«

Ein bulliger, glatzköpfiger Mann im langen Ledermantel und randloser Brille auf der Nase löste sich aus einer Gruppe Polizeibeamter und kam auf Boleslav zu.

»Das kann ich gerne tun, Herr Tarkovski.«

»Zeigen Sie mir erst Ihren Ausweis!«

»Boleslav, bitte!«, versuchte ihn seine Frau zu beruhigen.

»Ist schon in Ordnung«, sagte der Mann und hielt ihnen seine Polizeimarke entgegen. »Hendrik Swann, Innere Sicherheit.«

Hakons Vater wurde noch eine Spur blasser. »Hören Sie, wenn es um die Genehmigung des Meldeamtes geht …«

»Ihre Genehmigung interessiert uns nicht«, sagte Swann.

»Aber warum sind Sie dann hier?«

»In Lorick wurde heute ein Bombenanschlag verübt.«

»Oh, mein Gott«, sagte Vera und schlug die Hand vor den Mund.

»Es hat zwölf Tote gegeben, darunter drei Kinder. Ein Selbstmordattentäter hat sich in einem Gemüseladen in die Luft gejagt.«

»Wir haben nichts damit zu tun«, beteuerte Boleslav. »Wirklich!«

»Das wird sich herausstellen. Wir haben Ihre Ausweise überprüft. Sie sind abgelaufen.«

»Morgen werden wir sie verlängern lassen«, sagte Boleslav hastig.

»Morgen ist es zu spät. Ich muss Sie *heute* bitten, uns zu begleiten. Und zwar alle!«

»Das wird nicht gehen! Wir haben morgen in Norgeby eine Vorstellung!«

»Die werden Sie absagen müssen.«

»Aber dann sind wir ruiniert!«, schrie Boleslav, dessen Angst vor der Pleite nun größer schien als die vor dem Beamten.

»Mein Vater hat Recht«, mischte sich Hakon ein, der befürchtete, sein Vater würde etwas Unüberlegtes tun. »Bitte! Unsere Papiere müssen nur noch einmal abgestempelt werden, das ist alles!«

»Das ist nicht mein Problem.«

»Nein«, sagte Hakon. »Aber Sie machen eines daraus!«

»Hakon!«, flehte seine Mutter. »Sei still! Du machst alles nur noch schlimmer!«

Aber das war Hakon egal. Wut über die Willkür dieses

Agenten der Inneren Sicherheit kochte in ihm hoch. Und dieser Zorn ließ ihn wieder diese seltsame Kraft spüren. Hakon ließ es zu. Er fixierte den Mann, als wollte er ihn mit seinem Blick aufspießen.

Du wirst mit deinen Männern von hier verschwinden und in deinem Bericht schreiben, dass alles in Ordnung war.

Es war, als ob sein Geist gegen eine Gummiwand lief und abprallte. Irgendetwas blockte ihn ab und das war ein höchst unangenehmes, fast schmerzhaftes Gefühl.

Swann drehte sich langsam zu Hakon um und starrte ihn ungläubig an. Als sich ihre Blicke trafen, war die Ahnung eines Lächelns in seinem Gesicht zu sehen. Er zückte seine glänzende Messingpfeife und stieß einen Pfiff aus.

»Gebt den Leuten ihre Sachen zurück. Wir fahren wieder!«, rief er.

Die Tarkovskis verstanden die Welt nicht mehr. Überrascht schauten sie sich an.

»Komm mit«, sagte Swann.

Hakon folgte dem Mann hinter Hesekiels Wagen, wo der Agent ein Bonbon auswickelte und es sich in den Mund steckte.

»Du bist gut«, sagte er.

»Ich weiß«, stammelte Hakon.

Swann lachte verächtlich. »Ja. Natürlich weißt du das.« Er schüttelte den Kopf über das, was er offensichtlich als jugendliche Arroganz interpretierte, in Wirklichkeit aber Hakons verzweifelter Versuch war, so wenig wie möglich von sich preiszugeben. Wenn dieser Kerl in der Lage war, einen Angriff auf seine Gedanken so souverän abzuwehren, wozu war er noch imstande? Hakon versuchte noch einmal, seine Fühler auszustrecken.

»Hör auf damit«, fuhr ihn Swann an. »Du hast es vorhin nicht geschafft, als ich nicht darauf vorbereitet war, da wirst du jetzt erst recht keinen Erfolg haben.« Er zerbiss das Bonbon. »Wann hast du dich infiziert?«

Hakons Hirn arbeitete auf Hochtouren. *Wann hast du dich infiziert* – was war das für eine Frage? Womit sollte er sich denn angesteckt haben? Und was hatte das mit seiner Fähigkeit zu tun, plötzlich die Gedanken anderer Menschen lesen zu können? Dann war das also eine ... Krankheit? Sein Instinkt sagte ihm, besser so zu tun, als wisse er, wovon der Mann redete. »Vor drei Tagen.«

»Wo?«, fragte Swann. Die Gläser seiner Brille spiegelten so stark das Sonnenlicht, dass die Augen nicht zu sehen waren.

»In Vilgrund«, antwortete Hakon, ohne nachzudenken. »Sie werden es nicht kennen.«

»Oh, ich kenne Vilgrund sehr gut. Ich verstehe. Ist die Lieferung schon angekommen?«

Offenbar hatte Hakon die richtige Antwort gegeben. Doch von welcher Lieferung sprach der Kerl? Hakon beschloss, einfach weiter mitzuspielen. »Nein«, antwortete er wahrheitsgemäß. »Es ist noch nichts geliefert worden.«

»Ihr tretet morgen in Norgeby auf.« Das war keine Frage, sondern ein Befehl. »Nach der Vorstellung werde ich kommen und die Ware zustellen. Du wirst mir helfen, sie zu verteilen. Mit deinen Fähigkeiten sollte das kein Problem sein.«

»Das glaube ich auch nicht«, sagte Hakon, der fieberhaft

überlegte, worauf dieses Gespräch hinauslaufen würde und was das alles zu bedeuten hatte.

Swann hatte sich schon zum Gehen gewandt, da drehte er sich plötzlich noch einmal um. »Eines musst du mir noch erklären: Wieso lebst du außerhalb des Kollektivs? Eigentlich müsstest du mit jedem von uns verbunden sein.«

Hakons Gedanken überschlugen sich. Von was verdammt noch mal redete dieser Swann? Was war dieses Kollektiv? Nun, er würde besser so tun, als wisse er auch darüber Bescheid. »Ich bin erst seit Kurzem infiziert und wir sind erst seit heute in der Stadt. Vielleicht liegt es daran«, sagte er vorsichtig.

Swanns eisblaue Augen ruhten auf ihm. »Vielleicht. Dann bis morgen.« Swann trat hinaus auf den Hof. »Abfahrt!«, rief er und sprang auf den Beifahrersitz eines Wagens, der neben ihm hielt.

Kaum hatte er Platz genommen, brauste er davon. Eine Minute später war der Spuk zu Ende. Nur der Staub, der in der Luft hing, wies darauf hin, dass Hakon sich dies alles nicht eingebildet hatte. Er drehte sich zu seiner Familie um, die noch immer verängstigt beisammenstand und ihn wie ein Wesen von einem anderen Stern anstarrte.

***

Tess schlug die Augen auf, aber sie sah kein Licht. Dunkelheit, kühle Schwärze umhüllte sie. Sie wollte schreien, weil sie nicht wusste, wo sie war oder ob sie überhaupt noch lebte, aber sie brachte keinen Ton heraus.

Das Letzte, woran sie sich erinnern konnte, war dieser ungeheure Schlag, diese …

Explosion!

Explosion, ja richtig. Sie hob die Hand, berührte ihre Stirn und spürte einen dicken Verband. Wenigstens weilte sie noch unter den Lebenden, Tote musste man nicht verarzten. Dann tastete sie Zoll für Zoll ihren Körper ab. Erst das Gesicht, dann den Hals, den Oberkörper und die Beine. Alles war noch dran.

Aber wieso sah sie dann nichts?

Vermutlich, weil sie in einem vollständig abgedunkelten Raum lag. Plötzlich manifestierten sich die Bilder vom Gemüseladen in einer immer schnelleren Abfolge von Blitzen, nur getrennt durch kurze Phasen von dunklem Nichts.

Eine Stange Lauch. Zerfetzt, als hätte man auf sie geschossen.

Eine Frau, auf dem Boden liegend. Die Beine angewinkelt, die Strümpfe zerrissen. Den langen Rock bis zur Taille hochgerutscht.

Ein erschreckend menschlich aussehender Kohlkopf. Er rollte davon, als sei er auf der Flucht.

Die eigenen Hände …

Rot

… voller …

ROT

… Blut …

ROT!

Tess schrie, holte Luft, schrie erneut. Hörte nicht das metallische Kreischen. Spürte nicht, wie sie hochgehoben wurde.

Hörte nicht die Stimme, die sie zu beruhigen versuchte. Aber sie sah das Licht, das durch die geöffnete Tür fiel. Und erst jetzt ließ sie sich fallen.

»Schsch«, machte die Stimme. »Schsch, es ist ja alles gut.«

Aber nichts war gut, nie wieder würde etwas gut sein. Die Welt war in ihre Einzelteile zersprungen. Tess hatte gesehen, was das Leben in seinem Innersten zusammenhielt, und es war …

ROT!

»Hör auf!«, schrie sie verzweifelt gegen die Stimme in ihrem Kopf an. Sie stieß dabei die Person von sich, die sie in den Armen hielt.

Tess sah nicht, was geschah. Dazu reichte das Licht, das durch die angelehnte Tür fiel, nicht aus. Aber sie hörte es. Es war ein dumpfer Schlag, metallisch polternd, gefolgt von einem Stöhnen.

Tess sank wieder auf ihr Lager zurück und legte schützend den Arm über die Augen.

»Mein lieber Mann«, sagte die Stimme ächzend. »Du bist wirklich kräftig.«

»Wer sind Sie? Wo bin ich?«, keuchte Tess.

Ein Streichholz wurde angerissen und eine Petroleumlampe entzündet. Der gelbe Lichtschein fiel auf ein Gesicht, das Tess schon einmal gesehen hatte.

»Ich bin Morten Henriksson. Du befindest dich im Kohlenbunker einer alten Fabrik.«

Jetzt erkannte sie den Mann. Zu ihm hatte sie gesprochen, bevor sie ohnmächtig geworden war.

»Was ist geschehen?«, flüsterte sie schwach.

»Es hat einen Bombenanschlag gegeben«, sagte Henriksson. »Alle, die sich in dem Geschäft aufgehalten haben, sind tot. Auch der Attentäter.«

»Oh Gott!«, Tess spürte, wie sich ihre Kehle wieder zuschnürte. »Warum?«

Henriksson lachte nervös. Seine Augen lagen tief in den Höhlen und er hatte sich seit Längerem nicht rasiert. »Das Innenministerium sagt, dass es ein Anschlag der Armee der Morgenröte sei. Aber das stimmt nicht. Das ist eine Lüge.«

»Eine Lüge«, wiederholte Tess.

Der Mann lachte rau, rang mit sich, um nicht die Beherrschung zu verlieren. »Ich muss es wissen«, sagte er mit vor Wut zitternder Stimme. »Denn ich bin der Anführer dieser Armee. Ich würde wohl kaum meinen eigenen Laden in die Luft jagen, oder?«

Tess richtete sich auf. »Aber wer steckt dann dahinter?«

»Das Ministerium selbst. Norwin ist ein skrupelloser Mann, der über Leichen geht, um seine Ziele zu erreichen.«

»Wer ist Norwin?«, fragte Tess.

Henriksson hob die Augenbrauen. »Der Innenminister. Ihm untersteht die Geheimpolizei.« Er zog einen Stuhl heran, um sich zu setzen. Das scharrende Geräusch brach sich an den Wänden. Für einen kurzen Moment bekam Tess ein Gefühl für die Abmessungen des Raumes, der sich anhörte wie das Innere eines gigantischen Stahlkessels. Oder eines Gefängnisses.

»Erzähl mir, wer du bist und wo du herkommst«, forderte Henriksson sie auf.

Das Brausen in ihrem Kopf hatte nachgelassen und sie war

wieder in der Lage, einen klaren Gedanken zu fassen. »Meine Name ist Tess und ich bin aus dem Kommunalen Waisenhaus Nr. 9 geflohen, als wir eurem Streikaufruf gefolgt sind.«

»Oh«, machte Henriksson.

»Dann habe ich in der *Eisernen Jungfrau* einen Kerl namens Bruno Kerkoff getötet, als er zudringlich wurde.«

Henriksson musterte sie nachdenklich. Er sah weder verwundert noch schockiert aus. »Hat es Zeugen gegeben?«, fragte er nur.

Tess nickte. »Den Wirt, Phineas Wooster.«

Henriksson zückte ein Notizheft und einen Stift.

»Das brauchen Sie nicht aufzuschreiben, Nora weiß Bescheid.«

Henriksson lächelte. »Nora, richtig.« Er klappte das kleine Buch wieder zu. »Und sie hat dich zu mir geschickt.«

»Weil ich gefährlich bin, glaube ich. Ist das der Grund, weshalb Sie mich hier eingesperrt haben?«

Henriksson zuckte mit den Schultern. »Als wir dich in unser Versteck getragen haben, hast du dich gewehrt.«

»Daran kann ich mich nicht erinnern«, sagte Tess.

»Aber einige meiner Leute tun das«, sagte Henriksson. »Paul Eliasson hast du die Schulter ausgekugelt, und der Kerl ist anderthalb Köpfe größer als du. Wir wussten nicht, was du tun würdest, wenn du erwachst. Es war zu unserer Sicherheit. Aber ich denke, die Vorsichtsmaßnahmen sind nicht mehr nötig. Ich glaube, dass dein … Problem erst zum Vorschein kommt, wenn du glaubst, dich in einer bedrohlichen Situation zu befinden. Ist es so?«

Tess nickte. Die Bestrafungsaktion im Waisenhaus und Kerkoffs Attacke konnte man getrost so bezeichnen.

»Aber wieso halten Sie mich nicht für ein Monster?«

Henriksson zögerte. »Weil mir schon einmal jemand wie du begegnet ist. Nora. Und sie ist einer der besten Menschen, die ich kenne. Sie hat dir vertraut, das reicht mir.«

In Tess' Kopf schwirrten die Gedanken. Nora war … wie sie? Was bedeutete das? War sie etwa doch ein Eskatay, wie Phineas Wooster behauptet hatte? War es das gewesen, was Nora vor ihr verheimlichen wollte? Sie musste endlich Gewissheit haben.

»Was hat Nora …«, begann sie, doch Henriksson legte den Finger auf seine Lippen. Er lächelte sie an, dann schlug er die Hände auf die Oberschenkel, als gäbe es sonst nichts mehr dazu zu sagen, und stand auf.

»Möchtest du noch liegen bleiben und dich ausruhen?«

Tess schüttelte den Kopf und schlug die Decke beiseite. »Ich stehe auf.« Sie schaute sich um, sah aber nirgendwo ihre Sachen.

»Deine Hose war so hinüber, dass man sie nicht mehr flicken konnte. Ich habe sie verbrannt. Aber ich denke, ich habe passenden Ersatz für dich. Komm mit.«

Er ging vor und kletterte durch die Luke. Tess schlüpfte barfuß in ihre Stiefel und folgte ihm, nur mit einer langen Unterhose und einem Unterhemd bekleidet. Sie stiegen eine steile Treppe hinauf zur Maschinenetage einer alten Fabrik, die aussah, als hätte man sie erst vor kurzer Zeit aufgegeben.

»Das war einmal eine Weberei«, sagte Henriksson. »Kinder wie du haben hier gearbeitet, um die Webstühle sauber zu halten. Wohlgemerkt: bei vollem Betrieb. Unfälle waren an der Tagesordnung, viele Kinder wurden dabei schwer verletzt oder sogar getötet.«

Tess schauderte. »Ist sie deswegen geschlossen worden?«

»Wo denkst du hin.« Henriksson lachte. »Nein, die Energiepreise wurden zu hoch, die Ware ließ sich trotz der billigen Arbeitskräfte nicht mehr gewinnbringend verkaufen. Mittlerweile gibt es Dampfmaschinen, die schneller und gewinnbringender arbeiten als Menschen.«

Er öffnete einen Spind und warf ihr eine Hose zu. »Hier, probier die mal.«

Tess hielt sie sich vor. Von der Länge passte sie, nur der Bund war ein wenig zu weit, aber mit einem Gürtel würde es gehen.

»Und wo ist sie nun, die Armee der Morgenröte? Ich sehe hier niemanden«, sagte sie, als sie in die Hose schlüpfte.

»Die Armee ist zu Hause«, sagte Henriksson.

»Zu Hause? Ich dachte, dies hier wäre ihr Hauptquartier!«

»Wir haben kein Hauptquartier mehr, seit die Regierung die Arbeitervereine verboten hat. Deswegen sind wir in den Untergrund gegangen.« Henriksson hatte einen Pullover aus einem Kleiderstapel gezogen und warf ihn ihr zu.

»Die Armee versteckt sich in der Kanalisation?« Tess verstand nun überhaupt nichts mehr.

»Unfug! Natürlich nicht! Wir alle sind ganz normale Menschen mit ganz normalen Berufen und einem ganz normalen Familienleben.«

Bis diese Bombe in seinem Gemüseladen explodiert war, dachte Tess.

»Was werden wir jetzt tun?«, fragte Tess. Sie roch am Ärmel des Pullovers, den sie inzwischen angezogen hatte, und verzog das Gesicht. Er roch nach Öl und abgestandenem Schweiß. Trotzdem stopfte sie ihn in die Hose, die noch immer zu weit war. Sie fragte sich, ob Henriksson noch irgendwo einen Gürtel hatte, sonst würde sie über kurz oder lang mit ihrem Hintern im Freien stehen.

»Die Polizei sucht nach mir, weil ich als Anführer der Armee der Morgenröte für den Anschlag verantwortlich sein soll. Norwin versucht mich zu liquidieren, und dabei schreckt er noch nicht einmal vor einem Mord aus Staatsräson zurück.«

Tess hatte ein Stück Seil gefunden, das zusammengewickelt auf dem staubigen Fußboden lag. Sie rollte es auf und zog es durch die Gürtelschlaufen der Hose. Der Hanf war so steif, dass der Knoten nicht hielt, den sie zu knüpfen versuchte. Schließlich bemerkte Henriksson das Problem und warf ihr ein Paar Hosenträger zu.

»Was habt ihr eigentlich im Waisenhaus gelernt?«

»Lesen, schreiben, rechnen, das Übliche halt. Im Prozentrechnen bin ich ganz gut. Wir hatten sogar ein paar von diesen neumodischen Typenmaschinen, auf denen habe ich üben dürfen. War die Spende von irgendeinem Fabrikanten, für den wir geschuftet haben. Ich glaube aber nicht, dass er sie uns aus Eigennutz geschenkt hat. Er wollte ausprobieren, ob er seinen Briefverkehr auslagern konnte. Hat übrigens nicht geklappt. Ich war die Einzige, die schnell genug fehlerfrei tippen konnte. Helfen Sie mir mal?« Sie drehte sich um, damit Henriksson die Träger an den Knöpfen befestigen konnte, die hinten an der Hose angenäht waren.

»Habt ihr auch etwas über Morland gelernt?« Henriksson reichte ihr die Gummibänder über die Schulter.

»Nun ja, mehr über Präsident Begarell und seine Wohltaten. Nach dem, was in den Büchern steht, muss es vor seiner Amtszeit ziemlich ungerecht hergegangen sein.«

»Das Land war in der Hand eines einzigen großen Bergbauunternehmens namens Morstal. Sie konnten alles bestimmen: die Preise, die Löhne, die Zinsen für Kredite. Morstal war ein Krake. Ich kann mich noch sehr gut an die Zeit erinnern. Als Begarell an die Macht kam, hat er dafür gesorgt, dass Morstal enteignet und verstaatlicht wurde. Damit hatte er viele Arbeiter auf seiner Seite und er wurde wie ein Erlöser gefeiert, denn danach verbesserten sich die Lebensbedingungen – zumindest für eine kurze Zeit. Begarell verwandelte sich von einem Präsidenten, der die Gunst der Massen zu gewinnen suchte, in einen Diktator, der keinerlei Kritik zuließ. Er verbot die Arbeitervereine, die ihm zur Macht verholfen hatten, schränkte die Pressefreiheit ein und versuchte, die Unabhängigkeit der Gerichte aufzuheben. Angeblich mit dem Ziel, die Rückkehr der alten Verhältnisse zu verhindern. Aber das war Unsinn. Morstal war in seinen letzten Jahren ohnehin so schwach wie ein gestrandeter Wal gewesen, der von seinem eigenen Gewicht erdrückt wurde. Es war nur eine Frage der Zeit, bis alles zusammenbrach. Begarell hat verhindert, dass es zum Schlimmsten kam, indem er die öffentliche Ordnung aufrechterhalten hat. Momentan sucht er nach einem Weg, unsere Verfassung zu ändern, die eine dritte Amtszeit nicht erlaubt, aber noch fehlen ihm die Mehrheiten. Deswegen ist die innere Sicherheit für ihn ein großes Thema. Überall sieht er angeblich den Staat bedroht: durch Korruption und organisiertes Verbrechen, durch Untergrundkämpfer, durch immer knapper werdende Rohstoffquellen, was auch immer. Jede Woche gibt es einen neuen Grund, warum ein Gesetz erlassen werden muss, um Morland zu schützen.«

»Muss denn Morland geschützt werden?«

»Ja, vor einem Kerl wie Begarell.« Henriksson schnaubte. »Das Schlimme ist, dass er teilweise Recht hat. Die Boxvereine sind tatsächlich ein Problem. Früher haben sie nur die Straßen kontrolliert, mittlerweile versuchen sich die Dodskollen, Wargebrüder oder wie sie sonst noch heißen einen seriösen Anstrich zu geben und suchen die Nähe zur Politik. Und die knapper werdenden Rohstoffe sind ebenfalls ein beängstigendes Problem. Es ist nicht nur die Kohle, die uns fehlt. Es gibt kein Öl und kein Erdgas. Die Erzvorkommen sind spärlich. Es hat einen Untersuchungsbericht der Geologischen Gesellschaft gegeben, der darauf hinweist, dass es ein Missverhältnis von zu erwartenden und tatsächlich vorhandenen Ressourcen gibt.«

»Das verstehe ich nicht«, sagte Tess.

»Ganz einfach. Es müsste von allem mehr geben: Eisen, Nickel, Kupfer, Zinn. Aber irgendwie war schon vorher jemand da und hat sich bedient. Begarell wird mit allen Mitteln versuchen, sich die verbleibenden Ressourcen zu sichern, koste es, was es wolle.«

Tess verstand erst nicht, was er damit meinte, aber dann begriff sie es. »Sie haben Angst, dass es zu einem Krieg kommt.«

»Ja«, sagte er. »Und wenn es dazu käme, wird die größte Gefahr von Menschen wie dir ausgehen.«

***

Lennart ließ die Zeitung sinken. Der Anschlag in der Fastingsallee war eine Tragödie gewesen, die die Stadt in einen Schockzustand versetzte und die reißerischen Berichte über die enthaupteten Leichen aus den Schlagzeilen der Zeitungen verdrängte, obwohl sie natürlich nicht vergessen wurden. Dazu war das, was mit ihnen geschehen war, zu abscheulich. Ganz Findige stellten sogar eine Verbindung zwischen beiden Ereignissen her. Keinen kausalen Zusammenhang natürlich, vielmehr wurde die Frage gestellt, wie sicher das Leben in Lorick noch war, wenn ein offensichtlich wahnsinniger Serientäter Köpfe wie Trophäen sammelte, während eine durchgedrehte Gewerkschaftsgruppe mit dem lächerlichen Namen *Armee der Morgenröte* in den Untergrund abgetaucht war, um nun ihre Forderungen nach besseren Arbeitsbedingungen mit Gewalt durchzusetzen. Nun, man musste nicht besonders intelligent sein, um die Antwort auf diese Frage zu erraten. Ein Besuch in Vierteln wie Norgeby reichte Lennarts Meinung nach aus, um die Zukunftsangst zu verspüren, die vor allem die Mittelschicht lähmte. Sie hatte in den letzten Jahren aus eigener Kraft am meisten erreicht und konnte nun alles verlieren. Die lähmende Angst vor unruhigen Zeiten, die wie ein Unwetter am Horizont aufzuziehen drohten, wurde durch beunruhigende Nachrichten vom Zerfall der morländischen Gesellschaft noch genährt. Die Welt war kein sicherer Ort, war es vermutlich noch nie gewesen, aber bisher hatte man die Augen davor verschließen können, da es ja meist die anderen traf, nie einen selbst. Sicher, Loricks Straßen waren immer gefährlich gewesen, doch meist hatten sich die gewaltsamen Auseinandersetzungen, in der Regel Revierkämpfe rivalisierender Banden, in den Armenvierteln der Stadt abgespielt. Der normale Bürger in seinem Backsteinreihenhaus mit Vorgarten war von solchen Dingen verschont geblieben. Wenn sein Leben ein unnatürliches Ende fand, dann, weil er auf der Straße überfahren wurde oder bei der Arbeit in eine Maschine geriet. Ein Bombenanschlag wie dieser war etwas anderes. Er konnte jeden treffen und man konnte sich nicht vor ihm schützen. In diesem Punkt unterschied sich Lennarts Meinung von der seines Oberinspektors. Der war dafür, alles und jeden zu überwachen, der einen Grund hatte, diesen Staat und seinen Präsidenten zum Teufel zu wünschen. Das konnten die alten Seilschaften des Morstal-Konzerns sein, aber diese Armee der Morgenröte, die jedoch noch immer kein Bekennerschreiben veröffentlicht hatte.

Elverum war ein glühender Anhänger Begarells. Nach allem, was er Lennart erzählt hatte, war auch der Oberinspektor ein Opfer der Willkür gewesen, die während der Diktatur von Morstal geherrscht hatte. Für diesen Konzern, der die gesamte Wirtschaft des Landes kontrolliert hatte, war alles käuflich gewesen, angefangen von der politischen Meinung bis hin zur Justiz und der Polizei. Wer zur großen und weitverzweigten Familie dieses Imperiums gehörte, hatte sich nach Kräften bereichert. Der Rest war chancenlos.

Mit Begarell hatte sich das geändert und er war dabei äußerst geschickt vorgegangen. Zunächst hatte sich der Mann, der wie der Prototyp des verhärmten Bergarbeiters aussah, geräuschlos in die Hierarchie eingefügt und sich erstaunlich schnell in ihr hochgearbeitet, bis ihn Morstal mit Geld und direkter Einflussnahme tatsächlich zum Präsidentschaftskandidaten aufbaute. Dass er gewählt werden würde, daran hatte es nie einen Zweifel gegeben, denn es fehlte an geeigneten Gegenkandidaten. Entweder hatte man sie verhaftet oder sie waren sonst wie verschwunden.

Wie auch immer, niemand hatte große Hoffnung in den Mann gesetzt, der so unscheinbar wirkte. Für die meisten war er nur eine weitere Marionette des Konzerns. Aber sie alle hatten sich in ihm getäuscht. Begarell redete nicht, er handelte, und zwar gemäß den Gesetzen und Vollmachten, die seine Vorgänger mithilfe eines gefügigen Parlamentes erlassen hatten. Zunächst einmal ersetzte er drei der fünf auf Lebenszeit ernannten obersten Richter, die angeblich aus Altersgründen zurücktraten. Da ahnte noch niemand, was er vorhatte, obwohl gerade diese Richter Schlüsselpositionen im Staat innehatten. Sie konnten kritische Gesetze durchwinken oder blockieren. Da Begarell nun die Mehrheit in diesem Gremium hatte, konnte er zum zweiten Schlag ausholen. Er setzte eine unabhängige Wettbewerbskommission ein, die nicht nur die Wirtschaft des Landes unter die Lupe nehmen sollte, sondern Morstal einer Steuerprüfung unterzog. Das Verfahren dauerte nur ein Vierteljahr und gipfelte in einer Steuernachforderung, die dem Unternehmen das Genick brach. Gleichzeitig verfügte Begarell eine Preisbindung für Lebensmittel, denn der Zusammenbruch, der unweigerlich folgen musste, wäre zunächst auf dem Rücken der kleinen Leute ausgetragen worden. Nach einer kurzen Phase der Unruhe brach das System schließlich so lautlos zusammen, dass man sich fragte, warum der Kollaps nicht schon früher eingetreten war. Seit dieser Zeit hatte Begarell eine große Anhängerschaft, zu der sich auch Elverum zählte.

Wer auch immer für diesen Anschlag in der Fastingsallee verantwortlich war, er wollte Begarell schwächen, indem er Angst und Schrecken verbreitete und den Staat zu einer unüberlegten Reaktion provozierte, die die Bevölkerung gegen die Regierung aufbringen sollte, dessen war sich Lennart sicher. Nun, das Gegenteil war eingetreten. In einer Stunde wie dieser scharte sich das Volk um seinen Präsidenten und war bereit, seine Freiheit gegen eine trügerische Sicherheit einzutauschen. Elverum war der Ansicht, dass man die Freiheit auch mit Mitteln verteidigen dürfe, die der Freiheit selbst nicht gerade zuträglich waren. Für Lennart war das eine absurde Einstellung, da sie damit der Explosion in der Fastingsallee eine zweite Schockwelle hinterherschickte, die weitaus zerstörerischer als der eigentliche Anschlag war.

Doch die Diskussion darüber war müßig. Weder Elverum noch Lennart hatten einen Einfluss darauf, wie solch einem mörderischen Akt zu begegnen war. Dazu fehlte ihnen die Macht eines Mannes wie Anders Magnusson, der Lennart heute zu sich beordert hatte.

Das turmartige Gebäude des Innenministeriums, dessen Spitze von einem selten genutzten Ankermast für Luftschiffe gekrönt war, sah wie eine gigantische marmorne Hochzeitstorte aus. Die Fassade war überfrachtet mit rankenartigen Reliefs und in Stein gehauenen Ornamenten, die Zahnräder, Wellen und Kolben imitierten und dem Ganzen so die Anmutung einer komplexen Maschine verliehen. Lennart stieg die vierzig Stufen zum Portal empor und betrat die Eingangshalle, deren gigantische Abmessungen jeden Besucher zu einem unbedeutenden Staubkorn im Universum schrumpfen ließen. Lennart wusste, dass diese Wirkung beabsichtigt war. Hier hatte die Morstal ihren Firmensitz gehabt, bevor man den Konzern vor acht Jahren zerschlagen hatte.

Lennarts Schritte hallten in der marmornen Eingangshalle wider, als er auf die Rezeption zuging.

»Was kann ich für Sie tun?«, fragte die Empfangsdame in kühlem Ton. Die blonden Haare waren straff zu einem Knoten zusammengebunden, das attraktive Gesicht war eine abweisende Maske. Morstal hatte den Eingangsbereich so gestaltet, dass sich jeder Besucher wie ein lästiger Bittsteller fühlen sollte. Ein Konzept, das Innenminister Norwin übernommen hatte.

»Ich habe einen Termin bei Staatssekretär Magnusson«, sagte Lennart.

Die Frau öffnete ein dickes Buch, fuhr mit dem Finger die Zeilen hinab und hielt bei einem Eintrag inne. »Sie sind Chefinspektor Hagen Lennart?«

Lennart nickte.

»Sie sind zu früh«, sagte sie.

Er hob den Kopf und schaute auf die riesige Uhr, die über dem Eingang hing. Tatsächlich war es fünf Minuten vor neun.

»Können Sie sich akkreditieren?«

Lennart holte die Dienstmarke aus der Innentasche seiner Jacke und klappte das Ledermäppchen auf. Die Empfangsdame warf einen kurzen Blick darauf, dann schob sie ihm einen Block zu. »Füllen Sie das bitte aus.«

Lennart schaute sich um, konnte aber nirgendwo etwas zum Schreiben entdecken. »Entschuldigung, hätten Sie vielleicht einen Stift für mich?«

Die Dame machte ein mürrisches Gesicht. Sie öffnete eine Schublade und holte einen Füllfederhalter hervor, den sie ihm wie in einem Akt der Gnade reichte. Lennart trug Name, Anschrift, Dienstnummer und Uhrzeit ein, bevor er den rosafarbenen Passierschein mit einem Datum versah und unterzeichnete.

»Bitte schön«, sagte er. Mit einem Lächeln gab er den Füllfederhalter wieder zurück, aber die Dame bedachte ihn noch immer mit einem Ausdruck gleichmütiger Verachtung. Sie rollte den Passierschein zusammen und steckte ihn in eine Kartusche, die sie dem internen Rohrpostsystem überantwortete.

»Hier ist Ihr Besucherausweis.« Sie schob ihm eine kleine, mit einer Sicherheitsnadel versehene Karte zu, die Lennart ans Revers steckte. Er bedankte sich und wollte gerade zu den Aufzügen gehen, als ihn die Frau aufhielt.

»Entschuldigen Sie bitte, aber könnten Sie mir sagen, was Sie vorhaben?«

Lennart blieb stehen und drehte sich um. »Ich nehme meinen Termin wahr.«

»Wir sind noch nicht an der Reihe.« Die Empfangsdame hatte tatsächlich *wir* und nicht *Sie* gesagt, als spräche sie mit einem ungezogenen Schüler. »Nehmen Sie bitte dort drüben Platz. Es wird Sie jemand nach oben begleiten.«

»Warum?«, wagte Lennart zu fragen.

»Wir hatten einen Bombenanschlag, oder wissen Sie das nicht?«, sagte sie sarkastisch. »Es ist eine Sicherheitsmaßnahme, Sie sollten am ehesten Verständnis dafür haben, Chefinspektor.«

Lennart blinzelte verwirrt und setzte sich auf die Besucherbank. Exakt in dem Augenblick, als der große Zeiger auf die Zwölf sprang, erschien ein Soldat in grauer Uniform mit einer beeindruckenden Zahl von bunten Ordensbändern an der Brust. Lennart hatte auch gedient, deswegen wusste er, was sie bedeuteten. Offensichtlich war der Offizier nicht nur hervorragend im Umgang mit Waffen, sondern konnte gemäß seiner mit drei goldenen Sternen aufgewerteten Nahkampfmedaille einen Gegner mit bloßen Händen töten.

»Wenn Sie mir bitten folgen würden«, sagte der Mann, der aussah, als hätte er in seinem ganzen Leben kein einziges Mal gelacht. Er betätigte mit einem kleinen Schlüssel die Außensteuerung des Aufzugs. Augenblicke später glitt die Gittertür auf. Der Soldat machte eine einladende Geste und Lennart betrat den Käfig. Der Soldat folgte ihm und drückte den obersten Knopf. Das Gitter fiel ratternd ins Schloss. Mit einem Ruck setzte sich der Aufzug in Bewegung.

Lennart versuchte nicht nach unten zu schauen, sondern

richtete seinen Blick starr nach vorne. Der Uniformierte stand in Rührt-euch-Stellung mit leicht gespreizten Beinen neben der Tür und beachtete Lennart nicht weiter. Erst als sie den vierzigsten Stock erreichten und die Gittertür wieder aufglitt, erwachte er zum Leben. Er trat aus dem Fahrstuhl heraus, aktivierte mit dem Schlüssel erneut die Steuerung und forderte Lennart mit einer Geste auf, den Lift zu verlassen.

Im Gegensatz zu der einschüchternden Marmorhalle herrschte im obersten Stock, wo der Minister und seine Staatssekretäre ihre Büros hatten, eine warme Atmosphäre. Die holzvertäfelten Wände, an denen die Porträts wichtiger Persönlichkeiten der morländischen Geschichte hingen, schimmerten im Schein etlicher Gaslampen in einem rötlichen Braun. Teure, filigran gearbeitete Anrichten mit reichen Blumengestecken wechselten mit Sitzgruppen ab, die aussahen, als hätte man sie noch nie benutzt. Lennart trat aus dem Fahrstuhl. Seine Schuhe versanken im Flor eines dicht gewebten roten Teppichs, und für einen Moment hatte er das unwirkliche Gefühl, einige Zoll über dem Boden zu schweben. Der Soldat machte eine Geste, ihm zu folgen.

Keiner der Beamten, die geschäftig mit Mappen unter den Armen herumliefen, beachtete den Besucher, als Lennart dem Mann in Uniform durch das Labyrinth der Korridore folgte. Die Türen der meisten Büros standen auf, sodass das Klappern von Typenmaschinen zu hören war. Sie bogen gerade um die Ecke, als ihnen eine Gruppe von Männern entgegenkam. Lennart wusste erst nicht, um wen es sich dabei handelte, doch als sein Begleiter jäh strammstand und zackig salutierte, erkannte er zumindest drei von ihnen: Staatssekretär Magnusson, Innenminister Norwin – und Präsident Leon Begarell.

Lennart kannte das Staatsoberhaupt Morlands nur von Ambrotypien und da hatte er imposant und würdevoll ausgesehen. In Wirklichkeit war der Mann jedoch relativ klein und unscheinbar. Der Anzug, den er trug, saß schlecht, die Ärmel waren zu lang. Der Kopf war kahl, nur sein Kinn zierte ein grauer, säuberlich getrimmter Bart.

»Chefinspektor Lennart!«, rief Anders Magnusson leutselig. »Wie schön, dass Sie kommen konnten!«

Bevor Lennart aus seiner Erstarrung erwacht war, kam Begarell mit ausgestreckter Hand auf ihn zu. »Sie sind also die neue Geheimwaffe der Abteilung für Kapitalverbrechen! Magnusson hat wahre Wunderdinge von Ihnen berichtet!«

Lennart wusste erst nicht, was er mit der dargebotenen Hand anfangen sollte, bis er sie schließlich ergriff. Er war überrascht, wie groß sie war; sie fühlte sich hart und schwielig wie die eines Schwerarbeiters an.

»Guten Tag, Herr Präsident«, sagte er mit einem nervösen Zittern in der Stimme. Normalerweise ließ sich Lennart nicht so leicht von anderen Menschen beeindrucken, aber wann stand man dem Präsidenten von Morland schon einmal leibhaftig gegenüber?

»Sind Sie im Fall des Serienmörders schon weitergekommen?«, fragte Begarell.

Lennart schaute Hilfe suchend zu Magnusson, der ihm aufmunternd zunickte.

»Wir haben eine erste Spur«, sagte er bedacht.

»Wirklich?«, fragte Begarell begeistert. »Haben Sie vielleicht einen Moment Zeit? Dann können Sie mir alles berichten.«

Wieder schaute Lennart zu Magnusson, der ihm jetzt verschwörerisch zuzwinkerte. »Kramfors, schauen Sie doch bitte mal, ob das Kaminzimmer frei ist«, sagte der Staatssekretär. Der Soldat salutierte, machte auf dem Absatz kehrt und marschierte davon.

»Wie haben Sie sich denn in der neuen Abteilung eingelebt?«, wandte sich Magnusson jetzt Lennart zu. »Ich weiß, dass dieser Elverum ein harter Hund ist, und ich möchte wetten, dass er es Ihnen nicht leicht macht.«

»Wir sind zwar noch immer keine Freunde, aber wir kommen gut miteinander aus«, sagte Lennart vorsichtig, der sich fragte, worauf dieses Gespräch hinauslaufen würde. »Die Rivalität behindert die Ermittlung jedenfalls nicht.«

Magnusson gab ihm einen anerkennenden Klaps auf die Schulter. »Sehr gut. Genauso habe ich mir das gedacht. Ich glaube, außer Ihnen hätte das niemand zustande gebracht.«

Der Soldat meldete, dass das Kaminzimmer frei sei.

»Sie sind der Hausherr«, sagte der Präsident und ließ Norwin mit einer einladenden Geste den Vortritt.

Das Kaminzimmer war ein gemütlicher, kostbar eingerichteter Raum. Um einen niedrigen Tisch standen große lederbezogene Sessel und ein Sofa, auf dem vier Männer vom Kaliber Magnussons bequem Platz fanden. Begarell ließ sich mit behaglichem Seufzen in einen der Fauteuils fallen und schlug die Beine übereinander. Erstaunt nahm Lennart zur Kenntnis, dass die Schuhe, die er trug, abgewetzt waren, eine der Sohlen hatte sogar ein Loch.

Lennart setzte sich neben Magnusson auf das Sofa, während Norwin sich in einem zweiten Sessel niederließ. Nur der vierte Mann, ein Glatzkopf mit randloser Brille, der sich nicht vorgestellt hatte, nahm etwas abseits auf einem Stuhl Platz, sodass er in Lennarts Rücken saß.

Ein Diener erschien und servierte geräuschlos Tee, um dann ebenso diskret wieder zu verschwinden. Als die Tür geschlossen wurde, trat eine Stille ein, die Lennart als unangenehm empfand. Er fühlte sich wie ein ungebetener Gast. Vorsichtig trocknete er seine schweißnassen Hände an der Hose ab und drehte sich nervös um. Der Glatzkopf schien ihn mit seinen Blicken zu durchbohren.

»Habe ich Sie einander schon vorgestellt?«, fragte der Staatssekretär, dem offenbar Lennarts Unruhe aufgefallen war. »Das ist Hendrik Swann, Leiter der Inneren Sicherheit. Machen Sie sich keine Gedanken, in seiner Gegenwart fühle ich mich auch immer, als hätte ich etwas ausgefressen.«

Swann lächelte und nickte Lennart zu, sagte aber kein Wort. Seine eisblauen Augen waren kalt wie Glasmurmeln.

»Also«, begann Innenminister Norwin. »Was ist der Stand der Dinge?«

Lennart räusperte sich. »Wir können mittlerweile von vier Toten ausgehen, denen der Kopf fehlt, beziehungsweise bis zu Unkenntlichkeit zerstört ist. Die letzte Leiche haben wir in einem Wehr bei Tyndall aus dem Wasser gezogen. Die Verwesung ist aber so weit fortgeschritten, dass eine Identifikation unmöglich ist.«

»Die Frau in der Schrottpresse?«, fragte Begarell.

»Ebenfalls Fehlanzeige. Bevor sie sich umbrachte, hat sie

sämtliche Spuren beseitigt, die einen Rückschluss auf ihre Person erlauben könnten. Selbst die Etiketten in ihrer Kleidung hat sie zuvor entfernt. Das sind die schlechten Nachrichten.«

»Es gibt auch gute?«, fragte Magnusson überrascht.

Lennart rutschte auf seinem Platz hin und her. Er spürte, dass dieser Swann ihn beobachtete, fixierte, ihn mit seinen eisfarbenen Augen durchleuchtete.

»Meine Vermutung ist, dass es sich nicht um die Tat eines Serienmörders handelt, sondern um eine Reihe von Selbstmorden. Die Frau in der Schrottpresse ist die jüngste Leiche. Ich glaube, dass sie den anderen bei ihren Selbstmorden behilflich war und dafür gesorgt hat, dass eine Identifikation der Leichen unmöglich wird.«

»Sie gehen also davon aus, dass die Opfer sich kannten?«, fragte Magnusson und zog interessiert die Augenbrauen hoch.

Lennart nickte. »Die erste Leiche haben wir mit den Vermisstenanzeigen der letzten Jahre abgeglichen und sind dabei auf Karel Tsiolkovski gestoßen, der in Schieringsholm mit einer Helen Sigrunsdottir zusammenlebte und dort in einer Druckerei beim Arsenalplatz arbeitete.«

»Waren die beiden verheiratet?«, fragte Norwin.

»Ja, obwohl wir annehmen müssen, dass er unter falschem Namen lebte.«

»Gibt es ein Bild von diesem … Tsiolkovski?«

Lennart schüttelte bedauernd den Kopf. »Allenfalls eine Schriftprobe. Wir werden morgen einen Polizeizeichner zu der Frau schicken, aber ich habe wenig Hoffnung. Wenn er alle Hinweise auf seine Existenz verwischt hat, werden wir nicht mehr als das Bild eines Dutzendgesichtes in den Händen halten.«

»Was ist mit der Druckerei?«

»Die ist schon seit beinahe zwei Jahren geschlossen. Wir versuchen gerade, den ehemaligen Besitzer ausfindig zu machen.« Lennart zuckte ein wenig hilflos mit den Schultern. »Aber das dauert seine Zeit. Das Rohrpostsystem ist unzuverlässig und die städtischen Beamten sind nicht die schnellsten. Wir werden uns wahrscheinlich selber durch die Archive der Handelskammer wühlen müssen.«

»Also haben wir letzten Endes nichts in der Hand«, sagte der Präsident.

»Was ist mit der Presse? Haben Sie die im Griff?«, fragte nun Norwin.

Lennart stieg das Blut ins Gesicht, als er an seinen ersten verpfuschten Einsatz dachte. »Seit dem Anschlag stehen wir nicht mehr im Mittelpunkt des Interesses.«

»Arbeiten Sie mit ihr zusammen«, schlug Norwin vor. »Füttern Sie sie mit allem, was Sie haben. Man glaubt gar nicht, was alles aus einem Busch herausgekrochen kommt, wenn man ihn mit einem großen Knüppel bearbeitet.«

»Aber ich habe gedacht, Sie wollten, dass wir diskret ermitteln, damit in der Bevölkerung keine Unruhe entsteht?«, entgegnete Lennart.

»Nun, Sie sagen doch selbst, dass es sich bei den Fällen um Selbstmorde handelt«, sagte Präsident Begarell.

»Ja, aber es ist bislang nur eine Theorie«, gab Lennart zu bedenken.

»Doch eine sehr plausible, wie mir scheint. Was meinen Sie, Minister?« Begarell drehte sich zu Norwin um.

»Absolut, Herr Präsident.«

»Ich muss auch sagen, lieber Chefinspektor, Sie leisten hervorragende Arbeit«, sagte Magnusson gut gelaunt. »Wissen Sie was? Nehmen Sie sich heute frei. Unternehmen Sie etwas mit Ihrer Familie!«

Begarell stand auf und mit ihm die anderen Männer in seiner Begleitung. »Ich bedanke mich bei Ihnen. Und ich kann mich meinem Staatssekretär nur anschließen. Wir sind froh, Sie in unseren Reihen zu wissen.«

Lennart lächelte ein wenig verhalten.

»Kramfors wird Sie nach unten begleiten«, sagte Magnusson. Ohne dass es Lennart bemerkt hatte, stand der Soldat auf einmal neben ihm und fasste ihn sanft, aber bestimmt am Arm, als wollte er ihn abführen, ohne Aufmerksamkeit zu erregen. Lennart folgte ihm.

Auf der Fahrt hinunter in die Eingangshalle war Lennart wie betäubt. Erst als ihn Kramfors am Haupteingang ohne ein Wort des Abschieds in die reale Welt entließ und Lennart die Stufen hinabstieg, glaubte er, aus einem bizarren Traum zu erwachen. Was zum Teufel war da gerade vorgefallen? Er hatte die wichtigsten Männer des Staates getroffen, ihnen in einigen dürren Sätzen vom Stand der Ermittlungen berichtet und man hatte ihm anerkennend auf die Schulter geklopft. Das war es. Mehr war nicht geschehen. Keine weiteren Fragen wurden gestellt, keine Vorwürfe erhoben angesichts des kläglichen Untersuchungsergebnisses, man hatte nur heitere Gelassenheit demonstriert.

Ein schaler Geschmack machte sich in seinem Mund breit. Lennart war nun klar, dass man ihn benutzte. Hatte er vorher noch Zweifel gehabt, so waren sie durch diese Unterredung ausgeräumt worden. Doch was war seine Rolle? War er ein Bauernopfer, das man im Bedarfsfall der Presse zum Fraß vorwerfen würde? Oder hatte man andere Pläne mit ihm, von denen er noch nichts ahnte?

Lennart stieg in den Bus, der ihn nach Hause bringen würde. Magnusson hatte vorgeschlagen, dass er den Rest des Tages freinehmen sollte, und warum zum Teufel, so dachte Lennart, sollte er es nicht tun? Mit den Kindern spielen, für Silvetta da sein und nicht an die Arbeit denken; alleine die Vorstellung spülte eine Woge glückseliger Vorfreude in ihm hoch. Vielleicht konnten sie ja auch gemeinsam etwas unternehmen.

Als er sah, wie ein junger Bursche ein Plakat an einen Bauzaun klebte, setzte er sich auf. Es zeigte ein buntes Zelt, auf den Hinterläufen marschierende Schweine, eine Seiltänzerin und einen Magier, der aus seinem Zylinder ein weißes Kaninchen zauberte.

Das war es! Er würde sie alle in den Zirkus einladen, damit sie gemeinsam einige schöne Stunden verbrachten. Das war genau das, was er jetzt brauchte.

***

York riss das braune Kuvert mit zitternden Händen auf und schüttete den Inhalt auf sein Bett. Auf den ersten Blick sah er zwei Dinge: ein amtliches Dokument und einen Zettel mit

Zahlen und Buchstaben. Er schaute noch einmal in den Umschlag und öffnete ihn so weit, dass er ihn fast zerriss. Da war sonst nichts. Eigentlich hatte er gehofft, eine persönliche Nachricht seines Vaters zu finden. Enttäuscht wandte er sich den Papieren zu. Die Zahlen sagten ihm nichts, deswegen legte er diesen Zettel erst einmal beiseite. Dafür war das andere Dokument umso schockierender.

Es war eine Adoptionsurkunde. York musste sie zweimal lesen und auch dann weigerte er sich, ihren Inhalt zu akzeptieren, der in wenigen dürren Worten erklärte, dass Erik Urban nicht sein Vater war.

York ließ das Blatt sinken. Seine Gedanken rasten so schnell im Kreis, dass ihm schwindelig wurde. Er stand auf und seine tauben Finger ließen das doppelt gefaltete Blatt zu Boden fallen. Er öffnete den Mund, um etwas zu sagen, aber es war niemand da, der ihm zuhörte. Mit einem Mal war ihm alles fremd. Dieses Zimmer, dieses Haus. Dieses gottverdammte Leben! Ein Lachen kratzte in seiner Kehle und wollte heraus, doch er unterdrückte den Reflex, weil er wusste, dass er gleichzeitig in Tränen ausbrechen würde.

Er ging in die Knie und hob die Urkunde wieder auf. Sie trug den Briefkopf des Familienministeriums. Der Beamte hatte das vorgefertigte Formular mit einer Typenmaschine ausgefüllt. Das k hing ein wenig nach unten, während der Buchstabe o nur ein dicker Punkt war.

Sein richtiger Name war York Tereschkov, seine Mutter hieß Svetlana Tereschkova und war siebzehn Jahre alt gewesen, als er in Morvangar das Licht der Welt erblickt hatte. Der Vater war unbekannt, zumindest hatte man seinen Namen nicht an der dafür vorgesehenen Stelle vermerkt. Erik Urban hatte York am Tag seiner Geburt adoptiert. Mehr stand dort nicht. Es gab auch keine Ambrotype seiner Mutter, einzig die Adresse war unter ihren Namen getippt worden.

York drehte das Blatt um. Die Rückseite war leer. Er blinzelte irritiert. Das war alles? Mehr gab diese Urkunde nicht her? Nur den Namen und die Adresse der Mutter? York lachte bitter, als er sich das Wörtchen »nur« denken hörte. Diese nüchterne, amtlich bestätigte Information reichte aus, um sein Leben endgültig aus der Bahn zu werfen.

Warum hatte sein Vater – *der Richter*, verbesserte er sich – gewollt, dass er die Information im Falle seines Todes erhielt? Damit York sich auf die Suche nach seiner Mutter machte, um so ein neues Zuhause zu finden? Sicher nicht! Wenn diese Frau in der Lage gewesen wäre, ihr Kind aufzuziehen, hätte sie es bestimmt nicht hergegeben.

Morvangar, Mellbygrund 4. Da hatte sie zumindest vor fünfzehn Jahren gelebt. York fragte sich, wie die Frau ausgesehen haben mochte. Sah sie ihm ähnlich oder hatte er mehr von seinem unbekannten Vater, der sich offenbar aus dem Staub gemacht hatte? Wie wäre sein Leben verlaufen, wenn er nicht in diesem palastartigen Gefängnis aufgewachsen wäre? York musste zugeben, dass dies eine ziemlich hypothetische Frage war, die er vor allen Dingen deswegen nicht beantworten konnte, weil er das Leben da draußen gar nicht kannte. Gott, er wusste ja noch nicht einmal, was für ein Mensch seine Mutter war und welche Beweggründe sie gehabt hatte, ihn schon am Tag seiner Geburt wegzugeben. Und auch die Stadt, in der sie lebte und in der er geboren war, kannte er nicht. Sein heutiger Ausflug zum Bahnhof war die weiteste Reise gewesen, die er jemals unternommen hatte.

Der Sprung, schoss es ihm wieder durch den Kopf! Er hatte sich diesen abrupten Ortswechsel nicht eingebildet! Aber er war unkontrolliert gewesen und York wusste nicht, wie er einen weiteren Sprung bewusst ausführen konnte.

Nun, er konnte es probieren. Morvangar, Mellbygrund 4. Er schloss die Augen, hielt die Luft an und versuchte sich den Ort vorzustellen. Als er einen roten Kopf bekam und ihm schwindelig wurde, atmete er aus. Vorsichtig öffnete er ein Auge.

Er war noch immer in seinem Zimmer.

Verdammt, wieso hatte das nicht geklappt? Ein neuer Versuch. York spreizte die Beine ein wenig, um einen sicheren Stand zu haben, schloss die Augen und stellte sich die Schließfächer des Bahnhofs vor. Dann atmete er ein, und noch als er Luft holte, spürte er, dass er sein Zimmer verlassen hatte. Die Luft war anders. Es roch nach Kohle und Teer, die Luft war erfüllt von Geräuschen, die nur eine große Menschenmenge erzeugen konnte. Neben ihm kreischte jemand.

York riss die Augen auf. Das Kreischen nahm kein Ende. Verwirrt schaute er sich um, als er ein kleines Mädchen sah, das direkt neben ihm stand und schrie, als hätte es ein Gespenst gesehen.

»Scht!«, machte York und hob beschwichtigend die Hände. Er schaute sich hektisch um. Außer dem Kind schien sonst niemand seine etwas überraschende Ankunft im Bahnhof bemerkt zu haben. Das Mädchen schrie weiter.

»Maaaaami!« Offensichtlich konnte es nicht nur diesen schrillen, enervierenden Quietschlaut von sich geben, sondern war auch in der Lage zu sprechen.

York ging in die Knie und streckte die Hand aus. »Es ist gut«, flüsterte er. »Keiner tut dir was!«

Doch die Kleine schien ihm nicht zu glauben. Böse funkelte sie ihn an und für einen kurzen Augenblick sah er ein gemeines Blitzen in ihren Augen. Dann schrie sie wieder, noch lauter und durchdringender als zuvor.

»Was ist denn, Marie?«, hörte er eine gereizte weibliche Stimme von der anderen Seite der Schließfächer. »Kann man dich denn nicht mal für eine Minute alleine lassen?«

Das Kind kreischte weiter. Es war nur eine Frage der Zeit, bis außer der Mutter noch andere Leute auf das Mädchen reagierten.

York schloss die Augen, stellte sich sein Zimmer vor und holte tief Luft. Augenblicklich trat Stille ein.

Er war wieder zu Hause! Die Aufregung ließ sein Herz schneller schlagen! Das war einfach gewesen! Aber wieso hatte das nicht mit Morvangar geklappt? York versuchte es erneut, aber nichts geschah.

Ein dritter Versuch. York stellte sich die kleine Bäckerei vor, in der er auf seinem Weg zum Bahnhof einen Tee getrunken hatte. Er schloss die Augen. Augenblicklich umfing ihn Straßenlärm. Zwei Männer schrien auf, als er direkt vor ihnen auftauchte. Eine Frau stolperte vor Schreck und fiel hin. York war so verwirrt, dass er ihr auf die Beine helfen wollte, anstatt klugerweise so schnell wie möglich das Weite zu suchen.

Nun hatten sich auch die beiden Männer von ihrem Schreck erholt. Sie packten York, zerrten ihn zurück und warfen ihn zu Boden. York spürte, wie er sich die Knie auf den rauen Gehwegplatten aufschürfte.

»Wo kommst du her?«, fuhr ihn einer der beiden an, ein schnauzbärtiger Kerl mit pomadigem Haar. Er stank aus dem Mund, als hätte er sich schon länger nicht die Zähne geputzt.

»Ich hab mich hier angestellt, wie jeder andere auch.«

»Das ist gelogen«, rief die Frau, die sich nun wenig damenhaft auf die Beine kämpfte, wobei das ausladende Gestell ihres Reifrocks sie behinderte. »Du bist wie ein Springteufel aus dem Nichts aufgetaucht!«

Einige der Umstehenden, die nichts von alledem bemerkt hatten, lachten. Sie schienen wohl zu glauben, dass die Frau mit dem etwas derangierten Haar zu tief ins Glas geschaut hatte.

York versuchte aufzustehen, aber einer der Männer drückte ihm das Knie ins Kreuz, sodass ihm das Atmen schwerfiel. »Verdammt, gehen Sie runter von mir«, keuchte er. »Ich bekomme keine Luft mehr!«

»Erst, wenn du uns erzählst, wo du herkommst«, knurrte ihn der Mann an.

»Lassen Sie den Jungen in Ruhe!«, rief eine andere Frau. »Sehen Sie nicht, dass Sie ihm wehtun?« Sie trat vor und zerrte am Arm des Mannes, der sie daraufhin unwirsch fortstieß. Aber das hätte er nicht tun sollen. Die Stimmung kippte, zumal jetzt immer mehr Leute auf die Szene aufmerksam wurden, die nicht Zeuge von Yorks plötzlichem

Erscheinen waren. Ihm kam jetzt zugute, dass er die teure Kleidung eines Jungen der Oberklasse trug, während der Schnauzbart wie das besonders schäbige Exemplar eines Fabrikarbeiters aussah.

Ein in feines Tuch gekleideter Mann trat vor und stieß dem Mann seinen Stock in die Seite. »Ich schlage vor, Sie erheben sich und lassen den Jungen seiner Wege ziehen«, sagte er mit näselnder Arroganz.

»Zieh Leine, du Vogelscheuche«, grunzte der Schnauzbart und griff nach Yorks Arm, um den Jungen hochzureißen. Der Mann im Anzug drehte den Stock um und ließ den silbernen Knauf elegant auf den halb kahlen Schädel des Mannes niedersausen. Der Schnauzbart stieß daraufhin einen überraschten Schrei aus. Der Schlag war nicht heftig ausgeführt worden, dennoch schien er sehr schmerzhaft gewesen zu sein, denn er sprang jetzt mit wutverzerrtem Gesicht sein Gegenüber an, wobei er mit seiner schmutzigen Pranke die Stelle über dem rechten Ohr massierte, an der er getroffen worden war. Bevor er einen sicheren Stand gefunden hatte, sauste der Stock ein zweites Mal nieder, diesmal genau auf die Glatze.

»Ich möchte Sie doch bitten, den Anstand zu wahren und sich bei dem Burschen zu entschuldigen, den Sie auf so rüpelhafte Weise zu Boden geworfen haben.«

Doch das tat der ungehobelte Klotz natürlich nicht, sondern holte mit seiner Faust zu einem Schlag aus, der seinen Gegner vermutlich zu Boden geschickt hätte, wenn dieser nicht mit einer leichtfüßigen Bewegung zur Seite gegangen wäre. York starrte auf die beiden Kontrahenten, zwischen denen jetzt ein Kampf entbrannte, ein Kampf zwischen ungebremster Kraft und emotionsloser Technik, roher Gewalt und blasierter Eleganz, rasender Wut und kalkulierter Beherrschung. Es war ein bizarrer Tanz, den die beiden aufführten und den York gerne weiterverfolgt hätte. Aber jetzt, wo die Blicke aller Umstehenden auf dieses ungleiche Paar gerichtet waren, konnte er sich unbemerkt davonschleichen. Als er um die nächste Ecke gebogen war, rannte er und im Laufen stellte er sich sein Zimmer vor. Er blinzelte …

Und stürzte ungebremst in seinen Kleiderschrank. Es gab ein hölzernes Krachen. Die Tür wurde eingedrückt, sodass die Seitenteile keinen Halt mehr fanden und auf York fielen, der inmitten eines Kleiderbergs lag. Keuchend holte er Luft. Er wollte sich gerade aufrappeln, als ohne zu klopfen die Tür aufgerissen wurde.

»Ist alles in Ordnung mit dir?«, fragte der hereinstürmende Egmont.

»Ich habe versucht, etwas von dem Schrank herunterzuholen«, sagte York. »Dabei ist er wohl zusammengebrochen.«

Egmont zögerte einen Moment, als überprüfte er in Gedanken die Möglichkeit einer anderen Ursache, schloss dann aber stumm und mit einem misstrauischen Blick die Tür. York hörte, wie Egmonts Schritte sich entfernten.

Erleichtert ließ er sich auf sein Bett fallen und begann zu glucksen. Dieses Glucksen verwandelte sich in ein Kichern und dann in ein lautes, triumphierendes Lachen. Hastig schlug er die Hand vor den Mund, aber da hatte es bereits ein Eigenleben entwickelt.

Er konnte, angetrieben von seinem Willen und geleitet von der Vorstellungskraft seiner Erinnerung, beinahe augenblicklich an jeden Ort springen, vorausgesetzt, er hatte ihn schon einmal besucht! Wie er das genau machte und welche Gesetzmäßigkeit hinter dieser Fähigkeit steckte, wusste York nicht. Es war wie ein Reflex, den er bewusst herbeiführen konnte. York fühlte sich wie betrunken vor Euphorie. Die Gesetze der Physik schienen nicht mehr für ihn zu gelten. Gleichzeitig mischte sich in dieses Hochgefühl auch eine Spur Angst, denn er ahnte, dass dieser Trick, den er nun immer besser beherrschte, auch sehr gefährlich sein konnte. Aber diese Bedenken schob er beiseite. Diesmal stellte er sich den kleinen Raum im Gärtnerhaus vor, von dem aus er hinaus auf die Straße gelangt war. Er schloss die Augen und roch augenblicklich die abgestandene Luft, die nach Schimmel, alter Blumenerde und feuchtem Holz schmeckte.

Ein ungekanntes Allmachtsgefühl überflutete ihn. Triumphierend ballte er die Faust. Jetzt schloss er die Augen, um das Bild der Bibliothek heraufzubeschwören. Im letzten Moment bremste er sich jedoch. Wenn sich dieser Verräter Egmont ausgerechnet jetzt dort aufhielt, hätte York wahrscheinlich Schwierigkeiten, ihm sein plötzliches Erscheinen zu erklären. Also entschied er sich anders und sprang wieder zurück in sein Zimmer.

Auf dem Bett lagen noch immer die Urkunde und der Zettel. Ein plötzliches Schuldgefühl überkam York, als er die Blätter sah. Sie waren leicht zerknickt, das Stück Papier mit den Zahlen sogar an zwei Stellen eingerissen. Immerhin hatte der Richter alles getan, damit sein Adoptivsohn diese

Dokumente erhielt, und nun ging York so achtlos mit ihnen um. Er faltete alles sorgfältig zusammen und überlegte, wo er die Sachen verstecken sollte. Er konnte sein Zimmer zwar abschließen, doch eine verriegelte Tür, die sonst immer offen stand, würde nur den Argwohn des Privatsekretärs wecken. Außerdem war Egmont ohnehin im Besitz eines Zweitschlüssels. Also, wo versteckte man am besten einen Baum? Natürlich im Wald. York besaß nicht sehr viele Unterlagen, doch hatten die Unterrichtshefte genau dasselbe Format wie die Adoptionsurkunde. Er strich den Bogen wieder glatt und legte ihn so in seine Hausaufgabenkladde, dass man ihn nur fand, wenn man gezielt danach suchte. Den Zettel mit den Zahlen steckte er in seine Hosentasche. Das war seine nächste Aufgabe: Er musste herausfinden, was die Nummern bedeuteten.

Doch bevor er in die Bibliothek ging, stattete er der Küche einen Besuch ab. Wahrscheinlich würden die Recherchen länger dauern, da war es ratsam, sich ein paar belegte Brote zu besorgen. Sowieso schien es, dass diese Sprünge seinen Stoffwechsel beschleunigten. Jedenfalls verspürte er einen nagenden Hunger.

Das Personal war nicht mehr da, als er die Küche betrat. Ein Blick auf die Uhr sagte York, dass die Köchin schon seit zwei Stunden Feierabend hatte. Er stieg hinab in den kühlen Keller, um sich eine Wurst, etwas Käse, zwei Äpfel und eine Flasche eingekochten Holundersaft zu holen, den er lieber mochte als das muffig schmeckende Wasser, das aus den Wasserhähnen lief. York schnitt vier dicke Scheiben Schwarzbrot ab und trug alles einen Stock höher.

Zwei der vier Zahlen auf dem Zettel ergaben auf den ersten Blick keinen Sinn. Sie waren achtstellig, wobei ihnen jeweils ein N und ein O vorangestellt waren. Die beiden anderen hingegen waren leichter zu identifizieren. 1 C 24 und 13 F 11 waren Registraturnummern. Die Bibliothek des Richters war so umfangreich, dass er die Bücher systematisch geordnet hatte. Die erste Zahl gab das Regal an, der Buchstabe das Brett und die zweite Zahl das jeweilige Werk.

Es stellte sich heraus, das 1 C 24 ein Buch war, das sich mit morländischen Mythen und Legenden beschäftige, verfasst von einem gewissen J. Campbell. York zog es heraus und betrachtete es von allen Seiten. Es war in rotes Leder eingebunden, hatte einen Goldschnitt und sah auch sonst sehr wertvoll aus, obwohl es schon recht abgegriffen war. Er setzte sich in einen der Sessel und schlug das Buch auf.

Jahrelang hatte York isoliert in diesem Haus gelebt. Einzig Herrn Diffrings Unterricht war es zu verdanken gewesen, dass er dennoch wenigstens ein vages Bild von der Welt jenseits der Mauern hatte. Von der Legende, die hier erzählt wurde, hatte er noch nie etwas gehört.

Sie handelte vom Ursprung Morlands. Wie in allen Geschichten war es ein Kampf zwischen Gut und Böse, den Rittern des Lichts gegen die Mächte der Finsternis gewesen, die nicht von dieser Welt waren. Das Böse bemächtigte sich normaler Männer und Frauen, indem es sie verwandelte, ihnen unterschiedlichste magische Gaben schenkte und sie so nahezu unbesiegbar machte. Man nannte diese Menschen Eskatay. Alles, was York über die Eskatay und ihre Gaben las, klang nach Boshaftigkeit und nach Wahnsinn. Tatsächlich hatte die Macht den Geist der Eskatay vernebelt. Sie fühlten sich den normalen Menschen überlegen und zettelten einen Krieg an, der Jahrzehnte dauerte und den am Ende keiner der Eskatay überlebte. Es musste ein entsetzliches Schlachten gewesen sein, denn als die Waffen endlich schwiegen, suchte die Welt ein Jahrhunderte wärender Winter heim, an dessen Ende nur zwei Menschen übrig geblieben waren: ein Mann und eine Frau. Ihnen hatte die Mythologie die Namen Askas und Emblar gegeben, wobei Campbell bemerkte, dass diese altsprachlichen Namen so viel wie Esche und Ulme bedeuteten, zwei Hölzern, mit denen man in manchen Gegenden noch heute ein Feuer durch Reibung entfachte.

Die Legenden sprachen auch davon, dass die Eskatay unterschiedliche Fähigkeiten beherrschten. Manche manipulierten Materie, andere waren hervorragende Heiler. Dann gab es Eskatay, die alleine durch die Kraft der Gedanken normalen Menschen ihren Willen aufzwingen konnten, während andere Dinge schweben ließen oder in Sekunden beliebige Entfernungen überwanden. Nicht alle waren gleichmäßig stark, und keiner von ihnen beherrschte alle Formen der Magie, sondern immer nur Teilaspekte. Warum das so war, erklärte Campbell nicht.

Nachdem York die zwanzigseitige Einleitung gelesen hatte, widmete er sich den Geschichten in diesem Buch. Die magisch Begabten tauchten in diesen Erzählungen als Verkörperung des Bösen auf. Sie waren kinderfressende Monster, die nur aus Spaß und einem unkontrollierbaren Allmachtsgefühl heraus den Rest der Menschheit verfolgten, um ihn erst zu versklaven und dann zu vernichten.

Beklommen stellte York das Buch wieder an seinen Platz. In Sekunden beliebige Entfernungen überwinden … War er also ein Eskatay?

Kälte stieg in ihm auf. Wenn diese Geschichten wahr waren und wenn er tatsächlich selber ein Eskatay war, dann war er verflucht. Seine magischen Kräfte würden ihn geradewegs in die Hölle führen. Aber York fühlte sich nicht so. Er hatte kein Interesse daran, seine Gabe gegen andere einzusetzen. Verdammt noch mal, er musste ja erst selber herausfinden, woher sie kamen, wie sie funktionierten und was sie für Folgen hatten.

Ein heißes Triumphgefühl durchströmte ihn. Alles war möglich. Die ganze Welt stand ihm offen, vorausgesetzt natürlich, er hatte die Orte, an die er sprang, vorher besucht.

York hielt inne. Was hatte der Richter über ihn gewusst? War er sich bewusst gewesen, dass er sich einen Jungen ins Haus holte, den eines Tages nichts aufhalten konnte, vorausgesetzt natürlich, er wäre weit in der Welt herumgekommen? Hatte sein Adoptivvater ihn deswegen all die Jahre wie einen Gefangenen behandelt? Vielleicht war es Urban ja gar nicht darum gegangen, seinen Sohn zu schützen, sondern die Welt vor einem Ungeheuer zu bewahren?

So naheliegend der Gedanke auch war, York verwarf ihn sogleich wieder. Wenn der Richter tatsächlich wusste, dass sein Adoptivsohn ein Eskatay war, dann hätte er York nach der Geburt einfach töten können. Es sei denn, er hatte aus einer perversen Neugier heraus ein Interesse daran gehabt, York als lebendes Studienobjekt unter kontrollierten Bedingungen großzuziehen. Nun, wie brennend diese Frage auch sein mochte, York konnte sie dem alten Mann nicht mehr stellen.

Nach 13 F 11 musste er nicht lange suchen. Es war der Atlas, groß und schwer wie zehn normale Bücher, den Herr Diffring oft in seinem Unterricht verwendet hatte. York musste auf eine kleine Leiter klettern, um das Monstrum aus dem Regal zu ziehen. Er trug es mit beiden Händen zu dem niedrigen Tisch und blätterte es auf der Suche nach Lesezeichen oder eingelegten Notizen durch, obwohl er wusste, dass da nichts war.

York legte den Zettel mit den Zahlen auf den Tisch und strich ihn mit der Faust glatt.

N 68172074, O 35534748 las er, wobei nicht klar zu erkennen war, ob vor der zweiten Zahl eine Null stand oder der Buchstabe O. Als York auf den Atlas starrte, runzelte er die Stirn, dann musste er lachen. Der Richter hatte versucht, ihm etwas mitzuteilen. Er wollte es nicht verstecken. Die Zahlen waren Koordinaten, man musste nur Punkte an die richtige Stelle setzen.

N 68.17.20.74 und O 35.53.47.48, das sah schon viel vertrauter aus. Aber als York die entsprechende Seite des Atlas aufschlug, stutzte er. Wenn es sich tatsächlich um eine Breiten- und Längengradangabe handelte, dann kreuzten sich die Koordinaten mitten im Nichts der Subpolarzone. Morvangar lag gut sechshundert Meilen südlich. Das war die einzige größere Stadt in der Nähe, obwohl: So richtig groß war sie auch nicht. Den kleinen roten Punkt interpretierte die Legende als Siebentausend-Seelengemeinde, die im Sommer vermutlich um das Dreifache anwuchs und immerhin eine eigene Verwaltung hatte. Die Stadt war an das morländische Schienennetz angeschlossen, das von dort aus weiter nach Norden führte, bis die Gleise knapp tausend Meilen weiter in einem kleinen Bergarbeiterkaff namens Horvik endeten. Von diesem Nest aus waren es dreihundert Meilen zum Gipfel des namenlosen Berges, den der Richter markiert hatte. York blinzelte und beugte sich nach vorne. Irgendetwas stand da, ganz klein und krakelig mit der Hand hingekritzelt. Man nahm es nur wahr, wenn man wusste, wo man hinschauen musste. York stand auf und holte aus der Schublade einer kleinen Kommode, in der der Richter immer seine Zigarren aufbewahrt hatte, eine Lupe. Der tröstliche, allzu bekannte Geruch frischer Rauchwaren war noch nicht ganz verflogen. Egmont hatte dieses Fach nicht wieder aufgefüllt. Warum auch. Bereits vor dem gewaltsamen Ableben des Richters hatte er gewusst, dass das nicht nötig sein würde. York schloss die Augen und sog den Duft ein. Es sind Gerüche, die die Erinnerungen heraufbeschwören und am Leben erhalten, dachte er.

York nahm die Lupe und schob die Lade wieder zu, vielleicht sogar eine Spur heftiger, als er beabsichtigt hatte. Er wollte nicht wieder in Tränen ausbrechen. Der Richter war tot, und die Adoptionsurkunde bewies, dass er nie eine Familie gehabt hatte.

York holte tief Luft und setzte sich wieder auf das Sofa. Er musste sich auf die Dinge konzentrieren, auf die sein Adoptivvater ihn hinweisen wollte. Er wischte das Vergrößerungsglas an seiner Hose ab und untersuchte die Karte. Richtig. Da stand etwas und es war eindeutig mit der Hand geschrieben.

Es dauerte eine Weile, bis er mit der Lupe den richtigen Abstand zu der Seite gefunden hatte, dann konnte er entziffern, was dort stand. Es waren nur ein Wort und daneben eine Zahl, doch eine unbestimmte Ahnung sagte ihm, dass in den Bergen südlich von Horvik etwas verborgen war. Ein Geheimnis, das mit seiner Herkunft zu tun hatte und den lakonischen Namen »Station 11« trug.

***

»Wir dürfen auf keinen Fall hier in Norgeby auftreten. Wir müssen von hier verschwinden«, sagte Hakon nun vielleicht schon zum vierten Mal beschwörend. »Dieser Swann ist gefährlich.«

»Wie kommst du darauf?«, fragte Nadja spitz und schnitt dabei eine Gurke in dünne Scheiben. »Hast du ihm etwa in den Kopf geschaut?«

»Eben nicht!«, beschwor sie Hakon. »Er hat gemerkt, was ich vorhatte! Und es ist ihm gelungen, mich aus seinen Gedanken auszusperren.«

»Moment, Moment.« Boleslav stellte seine Bierflasche wieder hin, massierte die Schläfen und kniff die Augen zusammen. »Noch einmal ganz von vorne: Du willst behaupten, dass die Sache, die in Vilgrund passiert ist, kein Taschenspielertrick war, sondern tatsächlich echte und wahrhaftige Magie?«

»Wenn ich es euch sage!«

»Und dass uns der Beamte die Genehmigung bewilligte, obwohl er vorher etwas ganz anderes gesagt hat, war auch auf deine *Fähigkeiten* zurückzuführen?«, fragte Boleslav, wobei er das Wort Fähigkeiten mit einer seltsam affektierten Geste unterstrich.

»Ja, verdammt noch mal!«

»Hakon, das ist kein Grund zum Fluchen!«, tadelte ihn seine Mutter.

»Und dieser Polizist, dieser Swann oder wie er hieß, dem ist es ganz einfach gelungen, deine Gedanken abzublocken?«, fragte sein Vater erneut. Hakon sah den Unglauben in seinen Augen.

»Wenn wir in Norgeby auftreten, wird dieser Swann wiederkommen. Und er wird etwas mitbringen!«

»Und was?«, fragte Nadja.

»Ich weiß es nicht. Und ich will auch nicht wissen, was es ist. Er nannte es nur *eine Lieferung.*«

»Na, dann soll er diese Lieferung halt zustellen, für wen immer sie auch bestimmt sein mag.« Hakon wollte etwas entgegnen, doch sein Vater hob die Hand und stand auf. »Hör zu: Die Plakate hängen, die Handzettel sind verteilt. Die Vorstellung fällt nicht aus, nur weil du auf einmal glaubst, Stimmen zu hören. Hast du mich verstanden? Da draußen ist ein Zelt, das noch aufgebaut werden muss! Ich schlage vor, dass du dich gleich nach dem Abendessen an die Arbeit machst und den anderen hilfst, das bringt dich auf andere Gedanken.«

Hakon warf hilflos die Arme in die Luft. »Nadja, bitte! Du glaubst mir doch!«

»Hör zu«, sagte sein Vater. »Wenn es wirklich stimmt, was du da sagst, dann hätte es ohnehin wenig Sinn, die Sachen zu packen und von hier zu verschwinden. Wir sind ein Zirkus. Wir fahren mit Wagen übers Land, die von Pferden gezogen werden und so langsam sind, dass man neben ihnen herlaufen kann. Das wäre eine ziemlich sinnlose Flucht, findest du nicht auch? Es sei denn, wir ließen alles zurück. Das Zelt, die Wagen, die Pferde, unsere Existenz. Alles, wofür ich mir mein ganzes Leben lang den Rücken buckelig geschuftet habe. Ist es das, was du vorschlägst?«

Hakon schwieg, wandte aber auch den Blick nicht ab. Und das verunsicherte seinen Vater nun doch.

»Du bist verrückt«, sagte Boleslav.

»Bin ich nicht«, sagte Hakon ruhig.

»Dann beweis mir, dass du Gedanken lesen kannst. Schau in meinen Kopf! Dann werde ich dir glauben.« Einen Moment starrte er Hakon abwartend an, dann zuckte er mit den Schultern und widmete sich wieder seinem Abendessen. Mit Messer und Gabel zersäbelte er sein Brot.

Eine Welle von Wut überkam Hakon und er ließ es geschehen. »Du hast Spielschulden bei Hesekiel, über fünfhundert Kronen.«

Boleslav schien mitten in der Bewegung einzufrieren.

»Um dennoch weiterspielen zu können, beklaust du Mama!«, fuhr Hakon erbarmungslos fort. Er schaute seine Mutter an. »Du glaubst, niemand weiß etwas von deinem Versteck, aber die doppelte Schublade deines Frisierschrankes ist für Papa schon lange kein Geheimnis mehr.« Dann wandte er sich an Nadja. »Du hast vom Zirkus die Schnauze voll. Bevor du dir die Lungenentzündung eingefangen hast, warst du kurz davor, uns zu verlassen. Du hast nur das Wichtigste in deinem kleinen Rucksack verstaut.« Hakon stand auf und riss die Matratze ihrer Koje hoch. »Reicht das?«, rief er, als er auf das Bündel zeigte, das noch immer unter dem Lattenrost lag. »Wollt ihr noch mehr Beweise? Glaubt mir, ich habe erst an der Oberfläche gekratzt.« Mit Bestürzung bemerkte Hakon, wie gemein und verletzend seine Stimme klang.

Alle schienen wie gelähmt, Hakon keuchte schwer. Boleslav sackte in sich zusammen und sah auf einmal wie ein gebrochener Mann aus, der es nie wieder wagen würde, seiner Frau in die Augen zu schauen.

»Bitte zwingt mich nicht dazu weiterzugraben«, fuhr Hakon fort. »Ich will eure Geheimnisse gar nicht wissen. Sie interessieren mich nicht. Sie gehen mich nichts an. Und sie zerreißen mir das Herz. Aber ihr müsst mir glauben, dieser Swann ist gefährlich. Wenn er heute Abend kommt und nach der Vorstellung seine Lieferung zustellt, dann wird das der Anfang vom Ende sein.«

Noch immer sagte sein Vater nichts. Es war seine Mutter, die das Schweigen brach. »Du bist ein Eskatay«, sagte sie mit rauer Stimme. Sie versuchte, ihre zitternden Hände in den Taschen ihres Kleides zu verstecken.

»Was zum Teufel ist ein Eskatay?«, fragte Hakon aufgebracht. Er witterte hinter dem Satz ein Ablenkungsmanöver, das seine Wut ins Leere laufen lassen sollte.

»Du hast magische Fähigkeiten«, sagte sie scheinbar ruhig, doch ihre Stimme bebte.

»Was soll das jetzt wieder heißen?«, fragte Hakon verwirrt, aber dann erstarrte er. Ohne dass seine Mutter ein weiteres

Wort sagen musste, verstand er, was es bedeutete. Und es offenbarte sich ihm noch etwas anderes.

»Nein«, flüsterte er. »Das ist nicht wahr!«

Vera Tarkovskaya wurde blass. »Doch. Das ist es.«

»Was ist wahr?«, fragte Nadja, die die nervösen Blicke ihrer Eltern bemerkte. »Verdammt, diese Familie und ihre ewigen Heimlichtuereien hängen mir dermaßen zum Hals heraus! Sagt mir endlich, was hier los ist!«

»Ganz einfach«, sagte Hakon aufgebracht. »Du bist nicht meine Schwester.«

Nadja ruckte hoch, als hätte sie etwas gebissen. »Was soll das heißen? Dass meine Eltern nicht meine Eltern sind?«

»Nein«, antwortete Hakon. »Dass sie nicht *meine* Eltern sind.«

Ihr Besteck fiel klappernd auf den Teller.

»Hakon hat Recht«, sagte Vera leise. »Er ist nicht unser Sohn.« Boleslav wischte sich den Mund ab und warf die Serviette wütend auf den Tisch. Aufgebracht schob er den Teller von sich fort und wandte sich ab. Er wagte es offenbar nicht, Hakon in die Augen zu sehen.

»Wer sind dann meine Eltern?«

»Wer dein Vater ist, wissen wir nicht«, sagte Boleslav nach einer Weile. »Deine Mutter, ihr Name war Irina Koroljowa, hatte ein Engagement bei uns.«

»Als was?«, wollte Nadja wissen.

Hakon lächelte müde. »Kannst du dir das nicht denken?«

»Sie führte Zaubertricks auf?«, riet Nadja.

Boleslav nickte. »Ziemlich gute sogar. Ihr Hauptakt war das verschwundene Schwein. Bis heute weiß ich nicht, wie es ihr gelang, dieses Vieh von der Bühne zu zaubern. Aber mittlerweile habe ich eine Ahnung.«

»Sie war auch ein Eskatay?«, fragte Hakon, obwohl er die Antwort schon wusste. Boleslav nickte wieder.

»Wie sah sie aus? Wo kam sie her?« Die Fragen sprudelten jetzt aus ihm heraus. »Gibt es noch mehr Koroljows?«

»Lies meine Gedanken«, sagte Vera leise. »Wenn du wissen willst, wie sie aussah, werden dir Worte alleine nicht weiterhelfen.«

Hakon schaute ihr in die Augen und nach einigen Augenblicken begann er zu lächeln.

»Oh bitte, lasst mich nicht dumm sterben«, sagte Nadja. Sie war jetzt ganz zappelig.

»Sie war schön«, sagte Hakon. Seine Stimme klang so, als ob sich sein Geist an einem anderen Ort befand, und wahrscheinlich traf das den Nagel so ziemlich genau auf den Kopf. »Sie hatte große hellgrüne Augen und ihr Haar war lang und blond. Sie trug es immer zu einem dicken Zopf geflochten. Meine Mutter war nicht sonderlich groß, eher klein und zart.«

»Aber sie war stark«, sagte Boleslav. »Obwohl sie nicht so aussah, packte sie an wie jeder andere.«

»Sie war jung. Sehr jung, vielleicht achtzehn oder neunzehn Jahre alt. Ihr wahres Alter hat sie uns nie verraten«, sagte Vera. »Und ich glaube, dass Irina Koroljowa nicht ihr richtiger Name war.«

Hakon lächelte verträumt, als Veras Erinnerungen an Irina Koroljowa nun auch seine Erinnerungen wurden. Er glaubte, sie sogar riechen und spüren zu können. Diese Erfahrung war so überwältigend, dass er sich zusammenreißen musste, um nicht in Tränen auszubrechen.

»Aber wo kam sie her?«, wollte Nadja nun wissen. Ihr ging die Geschichte zu Herzen, das spürte Hakon, ohne dass er dafür ihre Gedanken lesen musste.

»Sie kam aus Morvangar«, sagte Boleslav. »Da haben wir sie zumindest aufgegabelt, obwohl ich mir sicher bin, dass sie dort nicht geboren wurde. Irina war damals vollkommen erschöpft und ausgehungert, als wäre sie auf einer langen Reise gewesen. Sie war so, wie soll ich sagen, zerbrechlich?« Er verzog nachdenklich das Gesicht. »Nein, das trifft es nicht richtig. Sie hatte etwas …«

»Sie hatte etwas von einem Engel«, vollendete Hakon.

»Ja, von einem Engel, der aber aus dem Paradies vertrieben worden war und nun unter uns Sterblichen sein Heil suchte. Uns hatte Irina erzählt, sie wollte nach Süden zum Ladinischen Meer, weil sie die langen kalten und dunklen Winter Morvangars nicht mehr ertrug.«

Nein, es war keine Reise, dachte Hakon, als er das Bild dieses verfrorenen, halb verhungerten Mädchens vor Augen hatte, so erschöpft und hungrig, dass es kaum noch richtig stehen konnte. Seine Mutter war auf der Flucht gewesen.

»Nun, sie fragte, ob wir sie nicht ein Stück mitnehmen könnten. Zu diesem Zeitpunkt wussten wir noch nicht, dass sie schwanger war. Wir waren … Nein, *ich* war zunächst überhaupt nicht davon begeistert, eine Ausreißerin mitzunehmen. Eure Mutter aber hatte schon immer ein weiches Herz gehabt, also war Irina von diesem Tag an Teil unserer kleinen Familie.«

»Und es war eine weise Entscheidung, mein Lieber«, sagte Vera und tätschelte den Arm ihres Mannes.

»Ja, das war es in der Tat«, sagte er fast schon ein wenig wehmütig.

»Ihr hattet seine Mutter nur unter der Bedingung mitgenommen, dass sie auch arbeitet«, stellte Nadja trocken fest.

»Etwas anderes konnten wir uns auch gar nicht leisten«, sagte Boleslav und machte sich noch eine Flasche Bier auf. Er schien froh, dass er diese Geschichte endlich loswerden konnte. Er trank einen Schluck und seufzte tief.

»Nach einer Woche lud sie euch dann zu einer Privatvorstellung ein«, sagte Hakon. »Irgendwie hatte sie heimlich an einer eigenen Nummer gearbeitet.«

»Damals ließ sie aber noch nicht ein ganzes Schwein verschwinden«, sagte Boleslav. »Sie hatte mitten in der Manege einen kleinen Klapptisch aufgebaut, auf dem ein Tier saß.«

»Eine Katze?«, sagte Hakon, der das Bild klar und deutlich vor Augen hatte.

»Richtig. Da waren also dieser Tisch und diese Katze und Irina, aber sonst nichts. So *wie* sie den Trick vorführte, war er nicht spektakulär. Was sie tat, war dann allerdings …«

»… atemberaubend«, vollendete Vera den Satz.

»Ja, atemberaubend«, sagte Boleslav nachdenklich, als versuchte er immer noch zu verstehen, was Hakons Mutter an diesem Tag mit der Katze angestellt hatte. Er nippte an seinem Bier und lachte kopfschüttelnd.

»Und was war so atemberaubend?«, fragte Nadja ungeduldig. Sie fühlte sich ausgeschlossen, das spürte Hakon. Ihr gefiel es nicht, dass ihre Eltern und Hakon Erinnerungen hatten, an denen die nicht teilhaben konnte. Er ergriff ihre Hand und drückte sie.

»Sie hat ein Tuch über die Katze geworfen. Es sank nieder, und die Katze war verschwunden.«

»Und? Zauberte sie sie wieder zurück?«

Hakon nickte. »Oh ja. Sie lüpfte das Tuch einfach wieder. Da saß das Tier wieder und leckte seine Pfoten, als sei überhaupt nichts geschehen.« Er musste lachen. »Irgendwie hatte meine Mutter kein Gefühl, wie sie diesen Trick präsentieren musste, um ihr Publikum zu fesseln. Dabei war er geradezu umwerfend gut.«

»Aber sie lernte schnell«, gab Boleslav zu. »Mittlerweile glaube ich, dass es kein Trick war, sondern echte Magie. Irina Koroljowa hatte die Gabe, und sie verbarg sie vor uns.«

»Kein Wunder, denn sie wollte nicht als Eskatay erkannt werden«, sagte Hakon.

»Dabei sah sie wirklich nicht wie die Inkarnation des Bösen aus. Wer vermutet denn auch schon, dass an diesen alten Legenden etwas dran sein könnte«, sagte Boleslav.

»Ja«, sagte Hakon leise. »Wer vermutet das schon.« Er holte tief Luft und es klang wie ein Seufzen.

»Wie lange blieb sie bei euch?«, fragte Nadja.

»Bis zu Hakons Geburt«, sagte Vera. »Dann verschwand sie und ließ dich zurück.« Die Empörung darüber war ihr noch immer anzuhören. »Sie hat nichts zurückgelassen, was einen Hinweis darauf gäbe, was ihr Ziel war. Keinen Brief, keine Nachricht an ihren Sohn, dem sie gerade erst das Leben geschenkt hatte. Sie hat sich wie ein Dieb in der Nacht einfach davongestohlen.«

»Vermutlich hatte sie ihre Gründe«, sagte Hakon, der selbst überrascht war, diese Worte von sich zu hören. »Immerhin musste sie davon ausgehen, dass sie ihre Begabung an mich weitervererbt hat. Wenn sie auf der Flucht war, hatte sie nach einem Versteck gesucht, wo sie mich zur Welt bringen konnte, um dann alleine weiterzuziehen.«

Boleslav schnaubte verächtlich. »Nein, tut mir leid, dafür habe ich kein Verständnis. Deine Mutter hatte eine Verantwortung, und sie hat sich ihr nicht gestellt.«

Hakon schwieg. Vielleicht irrte sich sein Vater. Vielleicht hatte Irina Koroljowa verantwortlicher gehandelt, als sie alle ahnen konnten.

***

Hagen Lennart hatte die Hände hinter dem Kopf verschränkt und blinzelte hinauf in den blauen Himmel, von dem eine Sommersonne schien, die den Hügel, auf dem sie lagen, in ein weiches Licht tauchte. Die Knie seiner Hose hatten Grasflecken, die obersten Knöpfe seines Hemdes waren geöffnet und die Ärmel nach oben gekrempelt. Maura und Melina, seine Kinder, seine Herzenszwillinge, sein Daseinszweck, spielten ausgelassen Fangen und quietschten immer wieder laut auf, wenn die eine die andere am Saum ihres Kleides erwischt hatte. Hummeln taumelten summend durch die Luft. Einige Vögel saßen in den Bäumen und schimpften, als wären sie mit diesem perfekten Tag ganz und gar nicht einverstanden. Silvetta lag neben ihm, den Kopf auf die Hand gestützt. Sie schaute ihn verliebt an, wie sie es seit Jahren nicht getan hatte, und Lennart fielen auf Anhieb ein Dutzend Dinge ein, die er in diesem Moment am liebsten mit ihr angestellt hätte.

Er seufzte, drehte sich zu ihr um und spielte mit ihrem roten Haar, wickelte es um seinen Finger und zog sie zu sich hinab, um ihr einen langen Kuss zu geben. Ihre Lippen waren nur einen Atemzug voneinander entfernt, als er das überwältigende Gefühl eines Déjà-vus verspürte. Er erwartete, dass jetzt in diesem Augenblick eine Klingel schrillen müsste, aber bis auf das Zwitschern der Vögel und das ausgelassene Kreischen der Kinder blieb es still.

»Ist alles in Ordnung?«, fragte Silvetta und lächelte noch immer honigsüß. »Du siehst aus, als hättest du Angst, von einer Sekunde auf die andere aus dem Paradies vertrieben zu werden.«

»Oh Gott«, sagte Lennart und lachte. »Hat mein Gesicht solch einen schuldbewussten Ausdruck?«

»Nicht schuldbewusst, nur erschrocken. Was ist heute Morgen geschehen?«, fragte sie.

Normalerweise erzählte er Silvetta nie von seiner Arbeit. Meist machte er das im Dienst Erlebte mit sich selber aus. Lennart war zwar weit davon entfernt, mit seiner Familie in einer perfekten Welt zu leben, doch er fand, dass weder seine Frau und schon gar nicht die Kinder mit dem Schmutz in Berührung kommen sollten, den er jeden Tag sah. Aber seit dem Besuch des Staatssekretärs hatten sich die Dinge geändert.

»Ich weiß nicht, wie ich es erklären soll«, sagte er vorsichtig. »Ich habe das Gefühl, dass man mich benutzt.«

»Ist es dieser Magnusson?«, fragte Silvetta sofort.

Lennart nickte und setzte sich auf. »Man hat mich auf diese kopflosen Leichen angesetzt, die in der letzten Zeit gefunden worden sind. Das Ministerium kommt nicht weiter und ich befürchte, dass man mich nur befördert hat, um im passenden Moment einen Sündenbock präsentieren zu können. Zurzeit interessiert sich die Presse mehr für den Bombenanschlag in der Fastingsallee, deswegen stehen wir nicht mehr in der Schusslinie. Aber das wird sich spätestens dann ändern, wenn der nächste Tote gefunden wird.«

»Dann bitte um Versetzung«, sagte Silvetta, die einen Apfel geschält hatte und nun ihrem Mann eine Hälfte reichte.

»Das geht nicht«, sagte er und biss hinein.

»Warum?«, fragte sie unschuldig.

»Magnusson ist nicht irgendwer. Ihm untersteht die Innere Sicherheit.«

»Oh«, machte Silvetta nur.

»Genau: oh.« Lennart biss in seinen Apfel. »Wenn du so willst, hat mich der Kerl für seinen Geheimdienst rekrutiert, und den verlässt man erst, wenn man entweder in Pension geht oder in Erfüllung seiner Pflicht stirbt. Einen dritten Weg gibt es nicht.« Er schaute hinüber zu seinen beiden Töchtern, die nun ganz in Gedanken versunken auf der Wiese saßen und aus Gänseblümchen Kränze flochten. Der Wind spielte mit ihrem zerzausten Haar, während die Sonne das Weiß der Kleider zum Leuchten brachte.

»Sie werden so schnell groß«, sagte Silvetta. »Es kommt mir vor, als seien sie erst gestern auf die Welt gekommen.«

Lennart lächelte. »Ich hatte mir immer einen Jungen gewünscht, und als mir der Arzt dann mitteilte, dass ich stolzer Vater zweier Mädchen sei, musste ich mich erst mal setzen. Meine Güte, was war das für ein Schock gewesen.«

»Von dem du dich hoffentlich erholt hast!«, sagte Silvetta mit gespielter Empörung.

»Natürlich. Die beiden sind das Beste, was mir passieren konnte. Die Mädchen und du, ihr seid mein ganzes Glück.« Er spürte, wie er bei diesen Worten rot wurde, und er wollte zur Seite schauen, aber seine Frau hielt ihn fest, um ihm für dieses Geständnis einen langen Kuss zu geben.

»In der letzten Zeit sind zwischen uns einige Dinge nicht so gewesen, wie sie hätten sein sollen«, sagte sie.

»Nein, das waren sie in der Tat nicht«, gab Lennart zu. »Aber das wird sich ändern.«

Silvetta hob die Augenbrauen.

»Wirklich. Das verspreche ich dir«, sagte Lennart. »Ich lasse mich nicht von Magnusson auffressen.« Er hob die Hand zum Schwur und machte ein feierliches Gesicht.

Silvetta schaute ihn ernst an. »Gut«, sagte sie schließlich. »Ich will dir glauben. Aber du hast mich und die Kinder schon so oft enttäuscht. Wenn sich das nicht ändert …«

»… wirst du mich verlassen«, vollendete Lennart den Satz. Er hatte wieder das seltsame Gefühl, die Situation schon einmal erlebt zu haben. »Ich werde euch nicht enttäuschen.« Er holte aus der Westentasche seine Uhr und ließ den Deckel aufschnappen. Eine glockenhelle Melodie erklang, die augenblicklich erstarb, als er den Verschluss wieder zudrückte. »Und jetzt sollten wir die Sachen zusammenpacken, wenn wir noch rechtzeitig in den Zirkus wollen.«

Obwohl es gegen die Vorschriften war, den Dienstwagen für private Fahrten zu nutzen, hatte sich Lennart dazu entschlossen, sich am heutigen Tag über diese Regel hinwegzusetzen. Die Kinder waren ganz aufgeregt, als sie auf die Rückbank des Wagens krabbelten. Sie hatten ihren Vater immer wieder angebettelt, einmal mitfahren zu dürfen, aber Lennart war immer dagegen gewesen. Ein Automobil war kein Spielzeug, zumindest nicht für jemanden wie ihn, und wenn ihn seine Kollegen gesehen hätten, wie er als Chauffeur seine Prinzessinnen durch die Gegend kutschierte, hätte es einen Heidenärger gegeben. Das war ihm nun egal, denn er hatte das Gefühl, dass ihm weit schlimmere Probleme blühten.

Es hatte für die Vorstellung am späten Nachmittag keinen Vorverkauf gegeben, deswegen waren sie etwas früher losgefahren, um auch ganz sicher noch Karten zu bekommen. Die Fahrt nach Norgeby dauerte gerade einmal eine halbe Stunde. Lennart parkte den Wagen neben dem Spritzenhaus, wo bereits eine Reihe anderer Automobile und Kutschen standen. Einige junge Burschen verdienten sich ein paar Kronen und kümmerten sich um die ausgespannten Pferde.

Der Platz, auf dem das große, rot-weiß gestreifte Zelt stand, war mit Fahnen geschmückt. Irgendwo schmetterte ein Orchestrion einen schmissigen Marsch. Es roch nach gebrannten Mandeln, Zuckerwatte und Grillwürstchen. Die bunt bemalten Wagen, in denen die Artisten lebten, hatten alle schon bessere Zeiten gesehen, aber Maura und Melina nahmen das gar nicht wahr. Sie wollten sich unbedingt in den Trubel stürzen. Lennart gab jedem der Mädchen einige Münzen, dann öffnete er ihnen die Tür. Wie junge Hunde, die man endlich von der Leine ließ, rannten sie übermütig davon. Lennart wollte ihnen noch hinterherrufen, dass sie sich nicht zu weit entfernen sollten, aber dann fiel ihm ein, dass die beiden schon acht Jahre alt waren und sich nicht mehr so leicht verliefen – schon gar nicht in so einem Nest wie Norgeby.

»Das war eine hervorragende Idee von dir hierherzufahren«, sagte Silvetta und hakte sich bei ihrem Mann unter. »Ich weiß gar nicht mehr, wann ich das letzte Mal einen Zirkus besucht habe.« Sie sog die Luft ein. »Aber es riecht immer noch wie früher. Manche Dinge ändern sich wohl nie. Wie sieht es aus? Willst du mich nicht auf eine Erdbeermilch einladen?«

»Du machst keine halben Sachen, nicht wahr?«, sagte Lennart gut gelaunt.

Silvetta lächelte nur selbstzufrieden.

Es war an diesem späten Nachmittag so warm, dass man ohne Jacke draußen sitzen konnte. Es würde noch anderthalb Stunden dauern, bis die Vorstellung begann, und so gaben sich die Familien der Jahrmarktstimmung hin. Ein dunkelhaariges Mädchen, drahtig und durchtrainiert, tanzte auf einem niedrig hängenden Seil, um eine Kostprobe der Kunststücke zu geben, die es später in der großen Manege zeigen würde.

Ein dicker Mann mit pomadig glänzendem Haar, der so etwas wie einen rot geringelten Badeanzug trug und einen gewaltigen Schnauzer hatte, präsentierte sich als stärkster Mann der Welt, indem er kurze Eisenrohre verbog und fingerdicke Ketten sprengte. Lennart lächelte und fragte sich, wie man heutzutage jemanden mit solch einer billigen Nummer hinter dem Ofen hervorlocken konnte. Als er die vor Freude schreienden Kinder sah, darunter auch seine Töchter, wusste er die Antwort. In diesem Alter konnte man sich noch über die kleinen Dinge freuen. Wenn er sie betrachtete, wusste er wieder, wie er sich selbst als Kind gefühlt und worüber *er* sich gefreut hatte. Eigentlich waren es dieselben Dinge gewesen. Es beruhigte Lennart, dass sich zumindest in dieser Hinsicht die Welt nicht verändert hatte. Und doch war etwas anders geworden: Es gab keine Sicherheit mehr. Plötzlich beschlich Lennart ein Gefühl der Beklommenheit.

»Ach was«, versuchte er die düsteren Gedanken zu vertreiben.

»Was sagst du?«, fragte Silvetta.

Lennart schreckte aus seinen Gedanken auf. »Ich habe gerade gedacht, dass wir Glück haben.« Er legte seinen Arm um ihre Schulter und drückte ihr einen Kuss auf die Stirn. »Wo sind die Kinder?«

»Hinten bei den Wagen, wo der Tanzbär ist«, sagte Silvetta.

»Dann besorge ich schon mal die Karten. Die Vorstellung beginnt in einer Stunde und es wäre schade, wenn wir sie verpassen würden, weil sie ausverkauft ist.«

***

Je näher der späte Nachmittag heranrückte, desto nervöser wurde Hakon. Dabei war es ein perfekter Tag: Die Sonne schien von einem makellosen Himmel, es war warm und schon um die Mittagszeit war die Mehrzahl der Karten verkauft worden. Bis zur Vorstellung würde auch noch der Rest über den Tresen des kleinen Kassenhäuschens gegangen sein. Damit war der Zirkus fürs Erste gerettet. Selbst der Ortsvorsteher, der dem Ganzen ziemlich skeptisch gegenübergestanden hatte, sonnte sich nun im Glanz des anstehenden Ereignisses. Natürlich war keine Rede mehr von der gefälschten Bewilligung. Entweder hatte der Beamte des Meldeamtes den Schwindel nicht bemerkt oder aber Stokkebys Drohung, die Unterlagen überprüfen zu lassen, war eine Finte gewesen.

Vielleicht gab es aber auch noch eine dritte Möglichkeit, und die ließ Hakon frösteln. Dieser Swann hatte den Eindruck erweckt, machtvoller als ein normaler Polizist zu sein. Immerhin gehörte er zum Geheimdienst, der nach dem Bombenanschlag in Lorick nach den Drahtziehern des Attentates suchte. Und er verfügte ebenfalls über eine magische Gabe.

Den ganzen Tag hatte Hakon Ausschau nach dem Glatzkopf gehalten, ihn aber nirgendwo gesehen, was ihn jedoch keineswegs beruhigte. Hatte der Kerl nicht gesagt, er würde nach der Vorstellung kommen? Hakon spürte, dass dieser Mann gefährlich war und sie auf der Hut sein mussten.

Hakons Eltern waren mit anderen Dingen beschäftigt. Sie konnten sich nicht vorstellen, dass von dem Agenten eine Gefahr für sie ausging, schließlich hatten sie sich nichts zuschulden kommen lassen. Na ja, die Pässe waren abgelaufen, aber das war ein Problem, das man mit einem Stempel einfach aus der Welt schaffen konnte. Dennoch wurde Hakon das Gefühl nicht los, dass der Tag, der so leicht und sommerlich daherkam, in einer Katastrophe enden würde.

Schon am frühen Vormittag hatte er zusammen mit den anderen den Zirkusvorplatz zu einem kleinen Vergnügungspark umgebaut, der vor allen Dingen die Kinder ansprechen sollte. Es gab einen kleinen Streichelzoo mit Beutelziegen, Hängebauchschweinen und Zwerglamas, die alle zu Hesekiels Bestand gehörten und manchmal auch in der Manege ihre Kunststücke zum Besten gaben. Rosie und Marguerite bedienten den Zuckerstand, während Nadja und ihre Eltern kleine Kunststücke vorführten. Früher hatten sie Hakon immer in ein Hasenkostüm gesteckt, was für ihn eine entsetzliche Tortur war, denn man konnte das Fell nicht waschen. Sobald man in diesem Ding schwitzte, und das geschah augenblicklich, dünstete der Pelz einen solch widerlichen Gestank aus, dass Hakon mehr als einmal beinahe in Ohnmacht gefallen wäre. Schließlich hatte sich das Problem für ihn auf natürliche Weise erledigt, denn irgendwann war er aus dem Kostüm herausgewachsen. Als Nadja an der Reihe war, das muffige Ding zu tragen, hatte sie es einfach verbrannt. Das hatte ihr zwar einen Heidenärger eingebracht, ihr aber Hakons entwürdigendes Schicksal erspart. Hakon hatte seine Schwester immer für ihren Mut und ihre Kompromisslosigkeit bewundert.

Hakon schlenderte von einem Stand zum anderen, sammelte achtlos hingeworfenen Müll auf und beobachtete die Leute. Er wollte wissen, ob Swann nicht schon einen seiner Agenten hierhergeschickt hatte, um die Lage zu peilen.

Mittlerweile fiel es Hakon leicht, in den Gedanken anderer

Menschen zu lesen. Er brauchte dazu kein emotional aufwühlendes Ereignis mehr. Tatsächlich musste er sogar manchmal das unablässige Gewisper ausblenden, das ohne bewusstes Zutun wie das stetige Tröpfeln eines Wasserhahns in seinen Verstand sickerte.

Den ganzen Tag hatte sich Hakon überlegt, welchen Trick er heute aufführen würde. Fest stand nur, dass es etwas harmlos Aussehendes sein musste. Etwas, was zumindest auf den ersten Blick nicht so viel Aufsehen erregte wie jene unfreiwillige telepathische Nummer in Vilgrund, die dazu geführt hatte, dass man sie aus der Stadt gejagt hatte.

Hakon hatte einige kleinere Zauberstücke in petto, die er schon lange nicht mehr aufgeführt hatte, da sie seiner Meinung nach zu durchschaubar waren. Aber für heute mochten sie genau das Richtige sein. Hesekiels Vermutung war richtig gewesen. Die Mehrzahl der Besucher waren Kinder, die wahrscheinlich zum ersten Mal einen Zirkus von innen sahen.

Als sein Vater unter Applaus die letzte präparierte Eisenstange verbogen hatte, wischte er sich mit einem Handtuch den Schweiß von der Stirn und ging zu Hakon hinüber. »Wir sollten uns langsam auf die Vorstellung vorbereiten.«

»Wie spät ist es?«, fragte Hakon.

Boleslav zog seine Taschenuhr hervor. »Kurz vor vier.«

Hakon runzelte die Stirn.

Sein Vater lächelte aufmunternd. »Du machst dir immer noch Sorgen wegen diesem Swann, nicht wahr? Also, ich habe ihn bis jetzt noch nicht gesehen.«

»Er wird kommen, glaube es mir.«

Boleslav zuckte mit den Schultern. »Dann wird es so sein. Wir können nicht vor ihm davonlaufen. Weißt du schon, was du heute aufführen willst?«

Hakon blies die Backen auf, gab aber ansonsten keine Antwort.

»Darf ich dir einen Rat geben?«

Hakon blickte auf.

»Versteh mich nicht falsch«, druckste sein Vater herum. »Aber vielleicht solltest du dir ein oder zwei neue Nummern erarbeiten. Ich habe den Eindruck, dass du auf der Stelle trittst, und seit der Sache in Vilgrund ...«

»Ich weiß, was du meinst«, schnitt ihm Hakon scharf das Wort ab. Erschrocken über die Heftigkeit seiner Worte fuhr er sanfter fort. »Ich glaube auch, dass es eine gute Idee wäre.«

Boleslav blinzelte verstört, brummelte etwas und zog dann ab.

Mit einem Stöhnen lehnte sich Hakon an einen Zeltmast und schaute hinauf zum Himmel, als könnte ihm irgendetwas dort oben Beistand leisten. Doch da war nichts, was ihm die erschreckende Erkenntnis leichter machte, dass Boleslav Tarkovski Angst vor ihm hatte. Am liebsten wäre er dem Mann, den er sein ganzes Leben lang nur als liebevollen Vater erlebt hatte, hinterhergelaufen, um ihn in die Arme zu nehmen und zu sagen, dass sich nichts zwischen ihnen ändern würde. Aber Hakon machte sich nichts vor. Alles hatte sich geändert. Seine Fähigkeit, anderer Leute Gedanken lesen und sie manipulieren zu können, machte ihn zu einem Außenseiter. Zu einem Monster. Zu einem Eskatay.

Aber vielleicht hatte sein Vater ja Recht und Hakon trat wirklich auf der Stelle. Und mit einem Mal wusste er, welche Nummer er heute Abend präsentieren würde. So schnell er konnte, eilte er zum Wohnwagen und zog sich um.

***

Hagen Lennart war froh, die Karten für die Vorstellung so früh besorgt zu haben, denn so hatten sie noch vier Plätze in der ersten Reihe direkt am Rand der Manege ergattern können. Die beiden Mädchen saßen zwischen ihm und Silvetta, hibbelten nervös auf ihren Sitzen herum und aßen ununterbrochen gebrannte Mandeln.

Der runde Zuschauerraum war in vier Segmente unterteilt, die aus jeweils zwölf nach hinten hin aufsteigenden Bankreihen bestanden. Lennart saß mit seiner Familie genau gegenüber dem Manegeneingang, der von zwei Zirkusdienern in Galauniform flankiert wurde, die lange Trompeten in den Händen hielten. Lennart warf einen Blick über die Schulter. Kein einziger Platz war mehr frei, die Vorstellung war ausverkauft. Er konnte Kinder hören, die draußen weinend bettelten, doch noch hereingelassen zu werden.

Der Zugang wurde verschlossen und die Zirkusdiener bliesen eine Fanfare, woraufhin der Direktor, gekleidet in eine Fantasieuniform, mit weit ausgebreiteten Armen die Manege betrat. Beifall brandete auf. Während die Erwachsenen freundlich klatschten, trampelten die Kinder mit den Füßen und pfiffen auf den Fingern. Auch Maura und Melina waren völlig aus dem Häuschen.

»Herzlich willkommen im Zirkus Tarkovski«, rief der Direktor und zwirbelte seinen mächtigen Schnurrbart. Die Menge johlte, woraufhin er sich elegant verneigte. Immer wieder machte er eine Geste, als würde er diesen Beifall gar nicht verdienen, dann aber hob er die Hand und bat um Ruhe.

»Meine sehr verehrten Damen und Herren, liebe Kinder! Wir freuen uns, heute in Norgeby zu Gast sein zu dürfen.«

Wieder Beifall, wieder Gejohle. Der Direktor schien den Tumult sichtlich zu genießen.

»Auf Sie warten heute Attraktionen der besonderen Art. Ich will nicht zu viel verraten, sondern möchte gleich mit der ersten Darbietung beginnen. Begrüßen Sie mit mir Rosie und Marguerite, unsere siamesischen Zwillinge! Applaus, meine Damen und Herren!«

Lennart hatte die Mädchen vor dem Zelt schon gesehen und sich gefragt, ob die beiden echte siamesische Zwillinge waren. Da hatte er aber noch nicht ihren Unterleib gesehen. Tatsächlich waren die Schwestern nicht nur an den Hüften zusammengewachsen, sondern benutzten auch dasselbe Paar Beine. Seine Kinder rissen die Augen auf und tuschelten kichernd miteinander. Auch seine Frau machte ein entgeistertes Gesicht.

Lennart starrte wieder in die Manege, wo die beiden Mädchen zur Musik einer dünn besetzten Kapelle eine gewagte Jonglage mit sich drehenden Tellern aufführten. Wie machten sie das nur? Kontrollierte jeweils eine Schwester ein Bein? Wenn das so war, wie kam es, dass sie nicht hinfielen? Lennart versuchte sich vorzustellen, wie es wäre, mit einem Bruder verwachsen zu sein. Es musste die Hölle sein. Er wäre selbst bei den unangenehmsten Verrichtungen des Alltags nie allein! Und was geschah mit dem einen Zwilling, wenn der andere starb? Bedeutete das zwangsläufig auch das Todesurteil für den zweiten?

Fasziniert verfolgte Lennart die Darbietung der beiden Mädchen. Rosie und Marguerite hatten vier Arme, und damit die beiden inneren Extremitäten sie nicht behinderten, hatten sie sie sich gegenseitig um die Schultern gelegt. Mit den beiden anderen Armen vollführten sie perfekt aufeinander abgestimmte Bewegungen, die so vollständig synchron waren, als ob sie tatsächlich nur von einem einzigen Hirn gesteuert würden.

Lennart machte es sich auf seiner Bank bequem und stopfte sich genüsslich eine Handvoll Mandeln in den Mund. Das hier war genau die Abwechslung, die er gebraucht hatte.

***

Hakon linste nervös durch den Vorhang in die Manege. Rosie und Marguerite lieferten eine hervorragende Darbietung ab. Niemand konnte sich daran erinnern, wann die Vorstellung das letzte Mal ausverkauft gewesen war. Hesekiel ließ sich von der Begeisterung so weit davontragen, dass er unentwegt von einem Dutzend weiterer Aufführungen faselte, die natürlich auch alle bis auf den letzten Platz besetzt sein würden. Hakon hingegen konnte die allgemeine Begeisterung nicht teilen. Seine Gedanken kreisten um Swann.

Hesekiel war mit seiner Nummer als Nächster an der Reihe. Er hatte seinen sechs Schweinen rosa Tutus verpasst und gab sich als gestrenger Ballettlehrer, dem die Schüler gehörig auf der Nase herumtanzten. Es war immer Hakons Lieblingsnummer gewesen, weil sie einen ganz besonderen, hintergründigen Humor hatte und man die Tiere bereits nach kürzester Zeit wie menschliche Wesen betrachtete, die sich mit allen Tricks und Raffinessen gegen ein diktatorisches Regime wehrten. Doch heute konnte er im Gegensatz zu den Kindern im Zuschauerraum nicht über die anarchischen Kunststückchen lachen.

Immer wieder wanderte sein Blick über die Zuschauerränge. Hakon hatte sogar seine Ohren aufgestellt und lauschte. So nannte er es inzwischen, wenn er versuchte, die Gedanken anderer zu lesen. Er wusste nicht, ob die Entfernung zu weit oder seine Gabe zu schwach war, jedenfalls fing er nur Bruchstücke auf, die kein sinnvolles Ganzes ergaben.

Als Hesekiel unter stürmischem Beifall seine Nummer beendet hatte, war Nadja an der Reihe. Sie hatte sich von ihrer Lungenentzündung mittlerweile ganz erholt, obwohl noch nicht einmal eine Woche vergangen war. Hakon musste an Dr. Mersbeck und sein Medikament denken und fragte sich, was es mit diesem Mann auf sich hatte, der ihnen in Vilgrund geholfen hatte.

Seine Schwester würde an diesem Nachmittag das volle Programm absolvieren. Den Requisiten nach zu urteilen, erwartete das Publikum einiges.

Zuerst spazierte Nadja mit der Balancierstange von einem zum anderen Ende des Seils, als wärmte sie sich erst einmal auf. Ihre Bewegungen waren geschmeidig, geradezu fließend. Als sie die gegenüberliegende Seite erreicht hatte, ließ sie sich von ihrem Vater ein Paar Stelzen reichen, die sie sich an die Beine band. Mit diesen etwas ungewöhnlichen Gehwerkzeugen begab sie sich auf den Rückweg. Vorsichtig setzte sie einen Fuß vor den anderen. Da war keine Unsicherheit, kein Zögern in ihrer Bewegung. Sie wusste, was sie tat, und dieses Wissen ging über den rein mechanischen Vorgang hinaus. Nadja hatte den Seiltanz, und bei ihr sah es wirklich wie ein Tanz aus, perfektioniert und verinnerlicht. Das Publikum spürte das und honorierte diese Kunst – denn um nichts anderes handelte es sich – mit Ausrufen tiefster Bewunderung.

Nadja steigerte den Grad der Schwierigkeit noch, als sie einen Tisch aufbaute, ihn deckte und sich dann auf einen Stuhl setzte, um etwas zu öffnen, was für ihre Zuschauer wie eine Flasche Wein aussah – alles mit verbundenen Augen. Natürlich trank Nadja keinen Wein, sondern Traubensaft, aber die Binde, das wusste Hakon, war absolut blickdicht.

Das Publikum raste. Nadja hängte die Balancierstange in ihre Halterung, kletterte die Strickleiter hinab und verneigte sich artig wie eine Prinzessin mit einem Knicks, wobei sie eine Blume aufsammelte, die ihr jemand zugeworfen hatte. Hakon gab einen lautlosen Pfiff von sich. Das war gut. Nein, brillant! Mit dieser Nummer war seine Schwester eindeutig der Publikumsliebling. Es würde schwierig sein, dies noch zu überbieten. Nadja gab ihm einen Kuss auf die Wange, als sie an ihm vorüberging.

»Viel Glück«, sagte sie und gab ihm die Blume.

»Ja, danke«, sagte er. »Kann ich brauchen.« Er klemmte sich den Klapptisch, das Tischtuch und die Porzellankatze unter den Arm. Dann betrat er die Manege.

***

»Unglaublich«, sagte Silvetta, als Nadja hinter dem Vorhang verschwunden war. »So etwas habe ich noch nie gesehen.«

»Dann warten wir einmal ab, was der nächste Künstler zu bieten hat«, sagte Lennart. Er amüsierte sich königlich. Nicht eine Minute hatte er bis jetzt an seine Arbeit denken müssen, und das war gut so. Er beugte sich nach vorne, damit er seine Töchter besser sehen konnte, doch die aßen noch immer geistesabwesend ihre gebrannten Mandeln.

Nun betrat ein etwa fünfzehnjähriger blond gelockter Junge in einem schwarzen Anzug die Manege. Er machte eine tiefe Verbeugung und stellte sich als Hakon vor. Lennart fragte sich, ob das wohl ein Künstlername war, doch dafür klang er eigentlich nicht schillernd genug.

Hakon führte einige kleine Tricks auf, bei denen er Eier, Münzen und Spielkarten verschwinden ließ, um dann Blumensträuße und bunte Seidentücher hervorzuzaubern. Es war nett, aber nicht sonderlich spektakulär. Das Publikum klatschte artig, aber Lennart spürte, wie die Spannung, die sich während der vorangegangenen Nummern aufgebaut hatte, abflaute.

»Meine sehr verehrten Damen und Herren, für die nächste Nummer benötige ich ein wenig Hilfe von Ihnen. Wäre jemand aus dem Publikum bereit, mir zu assistieren?« Der junge Zauberkünstler schaute in die Runde der Zuschauer, aber keiner meldete sich.

»Keine Angst, nichts wird Ihnen zustoßen.«

Noch immer keine Meldung.

»Nun gut, wenn Sie so schüchtern sind, werde ich selber jemanden auswählen müssen.« Hakon legte eine Hand vor die Augen, während er den Finger ausstreckte und sich im Kreis drehte. Als er stehen blieb, zeigte er auf Lennart.

»Ah, wie ich sehe, habe ich nun doch einen Freiwilligen. Applaus, meine Damen und Herren.«

Beifall schwoll an und Lennart wäre am liebsten im Erdboden versunken. Hakon trat auf ihn zu und machte eine aufmunternde Geste. Lennart suchte Silvettas Blick, doch die lachte nur. Resigniert und mit hängenden Schultern stand er auf und kletterte über den Manegenrand. Die Holzspäne waren weich und gaben federnd nach.

»Mein Herr, darf ich Sie kurz dem Publikum vorstellen?«, sagte Hakon.

»Mein Name ist Hagen Lennart.«

»Herr Lennart! Und Sie sind was von Beruf?«

»Polizist«, war die gemurmelte Antwort. Oh Gott, der Tag war bisher so gut verlaufen.

»Entschuldigung, ich habe Sie nicht richtig verstanden. Sie müssen lauter reden.«

»Ich bin Polizist!«

Lennart spürte, wie der Junge kurz zusammenzuckte, sich aber sofort wieder gefangen hatte.

»Polizist? Na, dann dürften Sie ziemlich schnell erraten, wie mein Trick funktioniert.«

Lennart räusperte sich. »Vielleicht.«

Hakon baute den Klapptisch auf und stellte ihn hin. »Können Sie dem Publikum beschreiben, was Sie hier sehen?«

»Nun, ich sehe einen kleinen Tisch«, antwortete Lennart hilflos.

»Sieht er aus, als sei er irgendwie präpariert?«

Lennart schüttelte den Kopf.

»Tasten Sie ihn ab!«

Er ließ die Hand über die Platte streichen. »Da ist nichts.«

»Und darunter?«

Lennart seufzte und bückte sich. Aus den Augenwinkeln sah er, wie seine Familie krampfhaft versuchte nicht lauthals loszulachen. Irgendwie wurde er das Gefühl nicht los, dass er sich gerade zum kompletten Idioten machte. »Da ist auch nichts«, sagte er.

Hakon drückte ihm etwas in die Hand, was wie eine geschmacklose Vase aussah. Es war eine weiße Porzellankatze. Er fragte sich, wo der Junge dieses Monstrum aufgetrieben hatte.

»Was soll ich damit?«, fragte Lennart zögernd.

»Klopfen Sie das Ding ab, schütteln Sie es! Können Sie etwas Ungewöhnliches entdecken?«

Lennart war das Ganze unfassbar peinlich, doch was blieb ihm anderes übrig, als mitzuspielen? »Nein, es ist eine ganz normale Porzellankatze«, sagte er.

»Stellen Sie sie auf den Tisch.«

Lennart tat es und wollte einen Schritt zurücktreten, aber Hakon hielt ihn am Arm fest. »Warten Sie bitte, ich brauche Sie noch.«

Lennart holte tief Luft und zwang sich zu einem Lächeln. Silvetta und die Kinder saßen feixend auf ihren Plätzen und auch der Rest des Publikums schien sich prächtig über seine Unbeholfenheit zu amüsieren. Hakon drückte ihm eine Tischdecke in die Hand.

»Falten Sie sie auseinander und präsentieren Sie dem Publikum beide Seiten.«

Lennart schüttelte das bunte Stück Tuch auf und drehte es hin und her. »Und jetzt?«, fragte er.

»Kennen Sie vielleicht einen Zauberspruch?«

Lennart schnaubte. »Tut mir leid, aber auf dem Gebiet kenne ich mich gar nicht aus. Ich könnte dir deine Rechte vorlesen.«

Hakon lachte. »Wenn der Trick in die Hose geht, können Sie mich gerne verhaften«, sagte er so leise, dass ihn nur der Polizist hören konnte, dann laut für alle: »Wie wäre es mit Mutus, Matus, Mutatus?«

Lennart zuckte mit den Schultern.

Hakon trat einen Schritt zurück. »Mein Assistent wird jetzt die Decke über den Tisch breiten, und wenn er das tut, wird er was sagen?«

Lennart rollte peinlich berührt mit den Augen. »Mutus Matus Mutatus?«

»Richtig«, sagte der Junge und strahlte.

Lennart kratzte seinen letzten Rest Würde zusammen, räusperte sich und sagte dann laut und übertrieben weihevoll: »Mutus, Matus, Mutatus.« Dann ließ er das Tuch niedersinken.

Die Decke legte sich glatt auf den Tisch. Lennart riss die

Augen auf, das Gelächter im Publikum erstarb. Er zog die Tischdecke weg. Die Katze war verschwunden.

»Das haben Sie sehr gut gemacht. An Ihnen ist ein Eskatay verloren gegangen«, sagte Hakon und lächelte süffisant. Lennart schüttelte die Decke aus.

»Sie können auch gerne unter den Tisch schauen«, forderte ihn Hakon auf, aber das tat Lennart nicht.

»Ich werde Ihnen jetzt einen Trick verraten. Dinge verschwinden zu lassen ist ein Kinderspiel. In der Regel ist der Tisch mit einem Spiegel präpariert, sodass man das geheime Fach nicht sehen kann, in dem dann das Kaninchen oder was auch immer versteckt wird.« Hakon packte den Tisch bei einem seiner Beine und drehte ihn mit einem Ruck um. »Wie Sie sehen, sehen Sie nichts: kein doppelter Boden, kein Spiegel.« Er stellte den Tisch wieder hin. »Ich denke, jetzt ist es an der Zeit, die Katze wieder zurückzuholen, finden Sie nicht auch? Breiten Sie das Tuch wieder auf dem Tisch aus.«

Lennart tat es und trat mit verschränkten Armen zurück. Alles sah ganz normal aus.

»Wir sind noch nicht fertig«, sagte Hakon. »Greifen Sie das Tuch in der Mitte und heben Sie es hoch.«

»*Was* soll ich tun?«, fragte Lennart verwirrt.

»Nehmen Sie zwei Finger und heben Sie die Decke hoch, als würden Sie den Deckel von einer Servierplatte heben. Aber langsam!«

Lennart trat vor und hielt die Decke an der Stelle fest, an der sich Falten vom Zusammenlegen aufbauschten. Dann zog er sie vorsichtig hoch.

An der Stelle, an der zuvor eine Porzellankatze gestanden

hatte, saß nun ein lebendiger weißer Kater und leckte sich in aller Ruhe die Pfoten. Ein überraschter Aufschrei ging durch das Publikum. Hakon nahm das Tier auf den Arm und verneigte sich artig.

Lennart war vollkommen perplex. So etwas hatte er noch nicht gesehen. Es war schon schwierig genug, diese Porzellankatze verschwinden zu lassen, aber wie hatte der Junge sie gegen ein lebendiges Gegenstück eintauschen können? Er wollte diesem Hakon zu seinem gelungenen Trick gratulieren, als er dessen entsetzten Gesichtsausdruck sah. Er nahm Panik in seinen Augen war.

Lennart folgte dem Blick des Jungen. Und sah Swann, der inmitten des tosenden Beifalls das Zelt betrat und in seinem schwarzen Ledermantel wie die Karikatur eines Höllenengels aussah. Unter dem Arm trug er eine hölzerne Kiste, die Lennart an einen Humidor erinnerte.

»Es ist keine Zigarrenkiste«, wisperte Hakon.

Lennart wirbelte herum. »Was?«, fragte er verwirrt, weil er glaubte, sich verhört zu haben.

»Swann raucht nicht.« Hakons Blick war noch immer starr auf den Mann gerichtet. »Das sollten Sie wissen. Sie kennen ihn doch. Oder täusche ich mich?«

»Was zum Teufel …«

Hakon erwachte aus seiner Erstarrung. »Schnell. Bringen Sie ihre Familie von hier fort.«

Lennart zögerte einen Moment, dann lief er zu seinem Platz zurück. »Packt eure Sachen zusammen. Wir gehen nach Hause.«

»Aber die Vorstellung ist noch nicht zu Ende«, protestierte

Silvetta. Maura und Melina schauten ihren Vater an, als sei er der größte Spielverderber der Erde, sagten aber nichts. Ihre Mienen verschlossen sich. Er kannte diesen Gesichtsausdruck. In den Tagen, als er sein Büro dem heimischen Familienleben vorgezogen hatte, hatten sie ihn immer mit diesem abweisenden Blick bedacht. Doch er hatte jetzt keine Zeit, um den Kindern sein Verhalten zu erklären.

»Kannst du mir sagen, was los ist?«, fragte ihn seine Frau wütend, als er sie ziemlich grob vor sich herschob.

»Später. Wenn wir zu Hause sind.« Lennart war noch immer verwirrt. Es schien, als hätte dieser Hakon geradewegs in seinen Kopf geschaut.

Lennart steuerte mit seiner Familie einen Nebenausgang an. Er hatte den Vorhang gerade beiseitegeschlagen, als sich ihm ein Mann im schwarzen Anzug in den Weg stellte.

»Lassen Sie uns durch«, fauchte Lennart ihn an.

»Es tut mir leid, aber niemand darf das Zelt verlassen«, war die kühle Antwort.

»Ich bin Chefinspektor Lennart!« Er hielt dem Agenten den aufgeklappten Dienstausweis entgegen, doch der schien den Mann nicht im Geringsten zu interessieren. »Verdammt, ich bin Polizist, und wenn Sie nicht die Dienstaufsicht am Hals haben möchten, sehen Sie zu, dass Sie beiseitetreten!«

»Ah, wie ich sehe, haben Sie den Rat des Staatssekretärs befolgt und sich einen schönen Tag gemacht.« Swann stand plötzlich neben ihm. Er trug noch immer die polierte Holzkiste unter dem Arm.

»Was geschieht hier?«, fragte Lennart, mühsam um seine Beherrschung ringend.

»Personenkontrolle. Wir suchen noch immer die Drahtzieher des Bombenanschlags.«

»In einem Zirkus?«

»Sie wissen doch, wie fahrendes Volk ist. Es glaubt, nach eigenen Regeln leben zu können.« Swann nickte dem Agenten zu, der sich daraufhin zurückzog.

Lennart sah, dass neben dem Spritzenhaus einige dunkelblau angestrichene Gefangenentransporter warteten.

»Das ist eine größere Aktion, nicht wahr?«

Swann schwieg, aber sein kaltes Lächeln verriet alles.

»Warum hat man mir heute Morgen nicht gesagt, dass eine Großrazzia geplant war?«

»Weil es Sie nichts anging.«

»Wir arbeiten beide für das Innenministerium!«, fuhr ihn Lennart an.

»Aber nicht für dieselbe Abteilung.«

»Dann werde ich mit Magnusson reden.«

»Bitte, tun Sie das. Aber wundern Sie sich nicht, wenn er Ihnen nichts anderes sagt. Er hat diese Aktion im Einvernehmen mit Minister Norwin angeordnet.«

Lennart kniff die Lippen zusammen und ohne ein weiteres Wort zu verlieren, ging er mit seiner Familie zum Auto.

»Wer war das?«, fragte Silvetta, als die Kinder eingestiegen waren.

»Sein Name ist Swann. Er ist Chef der Inneren Sicherheit.«

»Der Chef der Inneren Sicherheit? Wenn er so wichtig ist, was sucht er dann hier draußen in Norgeby?«, fragte Silvetta erstaunt.

»Ich weiß es nicht«, murmelte Lennart. Er hatte sich auf die geöffnete Tür gestützt und sah, wie jetzt alle Besucher in Reih und Glied antreten mussten. Jemand hatte den Tisch aus der Manege geholt, um wie bei einer Grenzkontrolle alle Ausweise zu überprüfen. Es waren nicht wenige Männer und Frauen, die offensichtlich Swanns Anforderungen nicht standhielten und daraufhin zu einem der Gefangenentransporter abgeführt wurden. Es war herzzerreißend. Der Tag hatte so heiter begonnen und nun wurden ohne Begründung Familien auseinandergerissen.

»Komm«, sagte Silvetta leise. »Lass uns fahren.«

Lennart zögerte einen Moment, dann stieg er ein.

***

»Du bist erstaunlich«, sagte Swann und musterte Hakon aufmerksam. »Ich habe noch nie einen Menschen mit einer solch starken Begabung gesehen. Vor zwei Tagen hast du krampfhaft versucht, meine Gedanken zu lesen, und jetzt bist du so stark, dass du sogar mich aussperrst. Respekt. Du scheinst den Aufstieg überraschend gut vertragen zu haben. Warum hat man mich nicht informiert, dass du ins Kollektiv aufgenommen wurdest?«

Hakon, der keine Ahnung hatte, worüber Swann sprach, zuckte nur die Achseln. Er musste all seine Kraft mobilisieren, um die Blockade aufrechtzuerhalten.

»Dennoch solltest du mich reinlassen, sonst könnte ich auf die Idee kommen, dass du etwas zu verbergen hast.«

»Es ist eine gute Übung für mich, meine Fähigkeiten zu

verbessern.« Hakon unterdrückte nur mit Mühe ein Keuchen. Er versuchte die Kopfschmerzen zu ignorieren, die nun so heftig waren, dass er fast nicht mehr klar denken konnte. Dieser Swann versuchte mit aller Macht in seinen Verstand zu dringen und sah noch nicht mal so aus, als würde er sich sonderlich dabei anstrengen. »Wo ist die Lieferung?«

Swann reichte ihm die Kiste. Hakon öffnete sie nicht, obwohl ihn seine Neugier fast umbrachte. Sie war erstaunlich leicht.

»Wie hast du das mit der Katze gemacht? War es nur ein billiger Taschenspielertrick oder steckte mehr dahinter?«, fragte Swann lauernd.

»Es war ein Trick, nicht mehr«, sagte Hakon leichthin.

»Kannst du ihn mir irgendwann einmal zeigen, diesen Trick?«

Hakon zuckte mit den Schultern. »Ich kümmere mich jetzt erst einmal um die Lieferung.«

Swann lächelte. »Sicher. Wir haben Zeit.«

Ohne sich seine Nervosität anmerken zu lassen, ging Hakon davon. Draußen hatten die Agenten mittlerweile alle Besucher zusammengetrieben. Manche durften gehen, andere wiederum wurden abgeführt und in einen der bereitstehenden Gefangenentransporter gesperrt. Hakon versuchte die Agenten anzuzapfen, um herauszufinden, was hier geschah. Offensichtlich führte man Razzien wie diese zeitgleich im ganzen Land durch, weil man Hinweise auf einen weiteren Anschlag erhalten hatte. Diesmal war das Ziel eine Brücke über die Midnar gewesen, östlich von Tyndall. Einem Hafenarbeiter waren einige verdächtige Gestalten aufgefallen, die sich nachts an den Pfeilern zu schaffen gemacht hatten. Tatsächlich fand man eine Reihe von Bohrlöchern, die alle so gesetzt worden waren, dass die Brücke bei einer koordinierten Zündung der Sprengladungen in sich zusammenbrechen würde und dabei nicht nur Fußgänger und Automobile in die Tiefe riss, sondern auch die Einfahrt in den Hafen versperrte. Natürlich vermutete man, dass die Armee der Morgenröte sich hinter der Planung dieses Anschlags verbarg. Keiner fragte sich jedoch, warum die Untergrundkämpfer ausgerechnet an einem Tag wie diesem mit ihren Familien einen Zirkus in Norgeby besuchen sollten. Nun, zumindest keiner der Agenten, die die Kontrollen durchführten.

Es war erstaunlich zu sehen, wie diese Typen gestrickt waren und in ihrem Inneren tickten. Jeder von ihnen schien über einen scharfen Verstand zu verfügen, aber es fühlte sich an, als wären bestimmte Teile des Gehirns einfach abgeschaltet worden. Bei keinem spürte Hakon so etwas wie Mitgefühl oder gar eine ausgeprägte Persönlichkeit, die in der Lage war, selbstständig Schlüsse aus den Informationen zu ziehen, die sie von Swann und einem anderen Kerl namens Magnusson erhielten. Es waren Männer, die sich nach einer harten militärischen Ausbildung für den Geheimdienst gemeldet hatten. Die meisten von ihnen waren Überzeugungstäter, die Begarell bedingungslos folgten, weil er für eine anständige Ausbildung ihrer Kinder sorgte und sich auch sonst um die Familien kümmerte.

Die Szene war albtraumhaft. Kinder wurden von ihren Eltern getrennt, die scheinbar grundlos abgeführt wurden.

Viele weinten verzweifelt. Hakon versuchte die Schreie auszublenden und versteckte sich hinter dem Wagen seiner Eltern. Die Kiste. Er musste endlich wissen, welches Geheimnis sie barg. Mit zitternden Händen klappte er den kleinen Riegel hoch und öffnete sie.

Das Ding sah auf den ersten Blick wie eine Blume aus. Es hatte einen Stiel, paarweise angeordnete grüne Blätter und eine schwarzviolette Blüte. Hakon hatte so etwas noch nie gesehen.

Aber diese Blume war keine Pflanze. Sie sah eher wie ein besonders filigran gearbeitetes Schmuckstück aus. Hauchdünne metallisch glänzende Fäden waren umeinandergeschlungen. Hakon musste zweimal hinschauen, erst dann sah er es: Die Fäden bewegten sich in einem trägen Rhythmus, als würde dieses Etwas atmen oder ein schlagendes Herz haben. Jedenfalls wirkte es auf eine beängstigende Art und Weise lebendig. Hakon untersuchte die Blüte genauer, und erst jetzt bemerkte er, dass es zwischen ihr und dem, was wie ein Stiel aussah, keine feste Verbindung gab. Er nahm das Ding aus dem Kasten, um es genauer zu untersuchen.

Kaum hatte er sie berührt, als sich die Blüte zu ihm umdrehte und langsam ihre dunkelvioletten Blätter spreizte. Myriaden leuchtender Punkte glühten in ihrem Inneren auf und das Pulsieren verstärkte sich. Dann schlossen sich die Blütenblätter plötzlich wieder.

»Erstaunlich«, hörte er auf einmal eine Stimme hinter sich. Hakon wirbelte herum. An den Wagen gelehnt stand Swann und klatschte leise Applaus. »Erstaunlich in doppelter Hinsicht.«

Hakon schaute sich hektisch um, aber es gab keinen Fluchtweg. Er saß in der Falle. »Wovon sprechen Sie?«, fragte er. Sein Mund war trocken wie eine Wüste.

»Nun, ganz offensichtlich wurdest du nicht von einer Blüte infiziert, du hast sie eben das erste Mal in deinem Leben gesehen«, sagte Swann lächelnd.

Hakon durchzuckte ein Gedanke. »Sie sind ein Eskatay!«

»Ja.«

»Genau wie ich.«

Swann schaute Hakon verdutzt an, dann lachte er laut. Nicht gehässig, sondern eher wie ein Mensch, der gerade Zeuge einer Offenbarung geworden ist.

»Nein«, sagte Swann schließlich und seine Augen funkelten eigentümlich. »Nein, du bist kein Eskatay. Dass du keine Verbindung zum Kollektiv hast, war verdächtig genug. Was du eben mit der Blume gemacht hast – ich habe noch nie erlebt, dass jemand sie dazu gebracht hat, sich zu schließen. Du bist ein *Gist*! Du wirst mich begleiten müssen.«

Hakon wurde kalt. Es war nicht so sehr dieser unbekannte Name, der ihm Angst machte. *Gist.* Swann hatte das G weich ausgesprochen wie in ›Dschunke‹. Was auch immer es bedeutete, etwas anderes ließ Panik in Hakon aufsteigen. »Was ist mit meiner Familie?«

»Wir werden sie wie alle anderen Mitglieder des Zirkus Tarkovski mitnehmen müssen. Du weißt doch, sie haben keine gültigen Papiere. Aber ich verspreche dir: Wenn du mit uns kooperierst, wird ihnen nichts geschehen.«

Hakon musste noch nicht einmal Swanns Gedanken lesen, um die Gewissheit zu haben, dass der Kerl ihn anlog. Er brauchte einen Plan, und zwar schnell, doch es war schwierig, sich eine Strategie einfallen zu lassen, wenn man mit ungeheurem Kraftaufwand versuchte, eine mentale Barriere aufrechtzuerhalten. Swann versuchte noch immer mit aller Macht in Hakons Kopf zu gelangen.

Er musste sich auf seine Intuition verlassen. Ohne Vorwarnung ließ sich Hakon fallen. Die Kiste an die Brust gedrückt rollte er unter dem Wagen hindurch, um auf der anderen Seite auf die Füße zu springen. Dann rannte er los.

Der Schmerz in seinem Kopf wurde jetzt zu einem bohrenden Stechen. Swann versuchte Hakon auf seine Weise aufzuhalten, doch Hakon war stärker. Er rannte, als sei der Teufel hinter ihm her, und in gewisser Weise stimmte das ja auch. Der Hügel, der Norgeby überragte und auf dessen anderer Seite Drachaker lag, war steil. Hakon spürte, wie seine Beine schwer wurden. Die Luft brannte bei jedem Atemzug in seiner Lunge. Er hatte noch nicht einmal die Hälfte geschafft, als ihm die Beine weggerissen wurden und er der Länge nach auf die Kiste stürzte, die er noch immer umklammert hielt. Der Schmerz war unglaublich. Hakon schrie laut auf. Eine Hand packte ihn und drehte ihn um. Es war Swann. Sein Grinsen war alles andere als freundlich.

»Wie hast du die beiden Katzen vertauscht?«, fragte er.

***

Irgendetwas stimmte nicht. Tess hatte sich jetzt mehr als vierundzwanzig Stunden in der alten Fabrik versteckt und Henriksson war noch nicht zurückgekehrt, obwohl er um die

Mittagszeit wieder bei ihr sein wollte, um Vorräte und frische Kleidung zu bringen. Jetzt war es später Nachmittag und die Dinge begannen sich zu verändern.

Zuerst hatte sie die Sirenen gehört. Schichtende und Schichtbeginn wurden durch einen einminütigen Dauerton angekündigt. Jeder kannte ihn. Er war so etwas wie das Metronom der Stadt, das jeden Tag der Woche in drei gleichmäßige Teile unterteilte.

Die Sirene, die Tess jetzt hörte, war anders. Es war ein auf- und abschwellender Ton, der eine ganze Weile ohne Unterbrechung heulte, um dann langsam zu ersterben. Zunächst änderte sich nichts. Dann fiel ihr auf, dass es still wurde. So still, dass selbst das Rauschen der Stadt verstummte und sie durch die weiß gestrichenen Fensterscheiben der Fabrikationshalle das Schuhu der Tauben hören konnte, ganz so als befände sie sich im Stadtpark und nicht inmitten einer naturfeindlichen Industriebrache.

Tess hielt es nicht mehr aus. Obwohl sie Henriksson versprochen hatte, sich nicht von der Stelle zu rühren, kletterte sie die Treppe hinaus aufs Dach. Oben angekommen riss sie die Tür auf. Grelles Sonnenlicht ließ sie für einen Moment geblendet die Augen schließen, dann hatte sie sich an die Helligkeit gewöhnt. Sie beschattete mit der Hand ihr Gesicht und ließ den Wind durch ihr Haar wehen. Tess atmete tief die Luft ein, die noch immer diesen für Lorick typischen Geruch nach Kohle und Teer hatte. Aber im Gegensatz zu den anderen Tagen war die gelb-graue Glocke verschwunden, unter der die Stadt versank und aus der nur die Hochhäuser des Regierungsviertels wie Berge aus einem Nebelsee herausragten. Die Luft war so klar, dass Tess im Norden eine Bergkette erkannte, die vielleicht fünfzig, vielleicht sogar sechzig oder siebzig Meilen entfernt war. Obwohl der Frühling schon zu Ende ging und eine sommerliche Hitze auf Lorick lastete, waren die Gipfel noch immer schneebedeckt. Tess hatte im Unterricht gelernt, dass der südliche Teil Morlands aus einer riesigen fruchtbaren Tiefebene bestand, die im Norden durch die Vaftruden, einem gewaltigen Granitgebirge, von der Subpolarregion getrennt wurde. Aber mit eigenen Augen hatte sie die Berge noch nie gesehen.

Es war ein herrlicher Anblick. Sie stellte sich vor, wie sie alleine eine Klamm durchwanderte und auf einen der Berge stieg, nur um das Gefühl der Freiheit und der Einsamkeit zu genießen. Sie hatte noch nie einen Wald gerochen oder kaltes Quellwasser über ihre Arme fließen lassen. Tess kannte nur den trostlosen Hof des Kommunalen Waisenhauses Nr. 9, in den sich ganz selten mal ein Vogel verirrte. Im Winter hatte sie manchmal am frühen Abend zwei oder drei Sterne flackern gesehen. Wie viele würde sie in den Bergen zählen können, wo die Luft klar und sauber war?

Plötzlich hörte sie das dumpfe Zischen einer Dampfmaschine. Tess lief zum Dachrand und schaute vorsichtig hinunter.

Es war ein ziemlich alter Lastwagen, über dessen Ladefläche sich eine Plane spannte. Die Beifahrertür wurde geöffnet und ein Mann kletterte heraus, den Tess noch nie gesehen hatte. Er entriegelte das Vorhängeschloss, mit dem eine Garage gesichert war, und zog das Tor auf. Ächzend und schnaufend fuhr der Lastwagen hinein. Dann erstarb der Motor.

Türen klappten und dann sah Tess Henriksson in Begleitung einer Frau aussteigen. Das Tor wurde wieder geschlossen und die drei gingen zur Fabrikationshalle. Tess eilte zurück zu ihrem Versteck.

Sie hatte gerade auf einem Stuhl Platz genommen und eine möglichst unbeteiligte Miene aufgesetzt, als Henriksson mit seinen Begleitern die Halle betrat.

»Hallo, Tess«, sagte Henriksson. »Warum bist du nicht in deinem Versteck geblieben, wie ich es dir gesagt habe?«

»Bin ich doch«, sagte sie und klang dabei ein wenig beleidigt, als hätte man sie zu Unrecht zurechtgewiesen.

»Ich habe gesehen, wie du dich oben auf dem Dach herumgetrieben hast.«

Tess stotterte etwas, schwieg dann aber. Wie hatte er das bemerken können?

»Wir liefern uns seit Jahren ein Katz-und-Maus-Spiel mit der Polizei«, sagte Henriksson, als könne er ihre Gedanken lesen. »Glaub mir, das schult das Auge.« Er warf ihr eine Tasche zu. »Sachen zum Wechseln und etwas zu essen.«

Tess, die plötzlich sehr hungrig war, wickelte ein belegtes Brot aus und biss herzhaft hinein. »Wer sind die?«, fragte sie und nickte in die Richtung von Henrikssons Begleitern.

»*Die* sind Solrun Arsælsdottir und …«

»… Paul Eliasson«, sagte Tess und winkte zaghaft zum Gruß. »Tut mir leid wegen Ihres blauen Auges.«

Eliasson verzog das Gesicht zu einem schmerzlichen Lächeln. »Wenn ich gewusst hätte, dass du so kräftig bist, hätte ich mich vorgesehen.«

Solrun hatte die Arme verschränkt und schaute Tess an,

als wüsste sie nicht, was sie von dem Mädchen halten sollte. »Du siehst ziemlich schmächtig aus«, sagte sie schließlich.

»Nicht wahr?«, sagte Tess und biss erneut von ihrem Brot ab.

»Ich weiß nicht, ob wir sie wirklich mitnehmen sollen«, sagte Solrun schließlich. »Sie wird uns nur aufhalten.«

Tess hielt mit dem Kauen inne. »Mitnehmen? Wohin?«

Niemand antwortete und zu seinen Begleitern gewandt sagte Henriksson »Nora hat sie mir geschickt.« Anscheinend reichte das als Erklärung, denn keiner brachte mehr einen Einwand vor.

»Was ist geschehen?«, fragte Tess. »Warum haben die Sirenen geheult?«

»In Morland ist der Ausnahmezustand erklärt worden«, sagte Henriksson. »Begarell hat die Verfassung außer Kraft gesetzt und macht nun Jagd auf uns.«

»Mittlerweile ist ihm jedes Mittel recht, um eine dritte Amtszeit durchzusetzen«, sagte Eliasson. »Jedenfalls müssen wir untertauchen. Wenn uns der Geheimdienst findet, werden wir ohne Prozess an die Wand gestellt.« Zu Solrun gewandt sagte er: »Wenn wir Tess jetzt rausschmeißen, ist unser wichtigster Unterschlupf beim Teufel. Und du weißt, wir haben nicht sehr viele Verstecke.«

»Wenn ihr entscheidet, dass ich gehen soll, dann werde ich das tun, ohne euch an die Polizei zu verraten«, sagte Tess. »Ich bin keine Verräterin.«

Solrun hob die Hände. »Bitte. Wie ihr meint. Sagt nachher nur nicht, ich hätte euch nicht gewarnt.« Sie hob den Rucksack auf, den sie mitgebracht hatte, und verließ die Halle.

»Du darfst ihr nicht böse sein«, sagte Henriksson, als die Tür mit einem lauten Geräusch zugefallen war. »Aber wir haben alle gerade unsere Familien verlassen und wissen nicht, ob wir sie jemals wiedersehen werden.«

»Was ist mit den anderen Mitgliedern der Armee?«, fragte Tess. »Sind sie auch in den Untergrund gegangen?«

»Welche anderen Mitglieder?«, fragte Eliasson. »Wir sind zu dritt, aber ich glaube, Morten hat bestimmt noch eine Beitrittserklärung für dich. Dann wären wir zu viert.«

»Er macht nur einen Witz«, sagte Henriksson, als er Tess' bestürztes Gesicht sah. »Die Armee der Morgenröte ist in Zellen organisiert, die keinen direkten Kontakt untereinander haben. Jeder weiß nur so viel, wie er wissen muss, so können wir uns nicht, ohne es zu wollen, gegenseitig verraten.«

»Aber wie tauscht ihr untereinander Nachrichten aus, wenn ihr nur im Verborgenen arbeitet?«, fragte Tess.

Eliasson schaute über seine Brille hinweg Henriksson grinsend an.

Der nickte und zwinkerte Tess zu. »Nun, zum Beispiel einfach in Briefen. Jede Zelle hatte ein eigenes Postfach angemietet, das einmal alle zwei Tage geleert wird. Das klappte, solange es noch ein Briefgeheimnis gab.«

»Unsere Post wurde auch schon früher überwacht, aber jetzt steht uns dieser Weg überhaupt nicht mehr zur Verfügung«, sagte Eliasson.

»Die zweite Möglichkeit: Dir sind doch bestimmt auch schon die vielen Plakate aufgefallen, die an jedem Bauzaun kleben. Diese Plakate stecken voller Informationen, wenn man weiß, wie sie zu lesen sind. Wir haben sie selbst gedruckt und dann über Nacht alle Wände mit ihnen zugekleistert«, sagte Henriksson.

»Das wurde uns aber irgendwann zu teuer«, fuhr Eliasson fort. »Also haben wir uns etwas anderes einfallen lassen. Zeitungsannoncen kosten nur einen Bruchteil, haben aber in etwa dieselbe Reichweite wie diese Plakate. Zudem sind sie vollkommen anonym. Das Risiko, entdeckt zu werden, ist gleich null.«

Er und Henriksson tauschten vielsagende Blicke aus. »Wir haben nur ein Problem«, sagte Eliasson dann vorsichtig. »Wir müssen die Nachrichten verschlüsseln, sonst würde uns die Polizei sofort auf die Spur kommen.«

»Solrun, Paul und ich werden steckbrieflich gesucht. Jeder kennt unsere Gesichter. Wir werden den Code nicht an die anderen Zellen übermitteln können. Das muss jemand tun, der nicht polizeilich registriert ist.«

Tess runzelte die Stirn. »Und da dachten Sie an mich?«

»Eigentlich ist es eine leichte Aufgabe. Und sie ist ungefährlich.«

»Eigentlich«, ergänzte Eliasson.

»Ja. Wenn man sich an alle Vorsichtsmaßnahmen hält.« Henriksson lächelte ein wenig unsicher. »Wie sieht es aus? Können wir auf dich zählen?«

Tess dachte nicht lange nach. Henriksson hatte sie nach dem Anschlag versteckt und sich um sie gekümmert. Immerhin hätte er sie auch einfach auf der Straße liegen lassen können. Nun war es an der Zeit, dass sie sich revanchierte. Sie streckte die Hand aus.

»Ab heute hat die Armee der Morgenröte ein neues Mitglied. Wo ist das Beitrittsformular?«

***

Die ganze Fahrt über saßen die Zwillinge vollkommen verstört im Fond des Wagens und klammerten sich aneinander. Obwohl sie erst acht Jahre alt waren, schienen sie zu verstehen, dass soeben etwas Schreckliches geschehen war. Etwas, was die vermeintliche Allmacht ihrer Eltern überstieg. Silvetta versuchte sie zu beruhigen, doch auch ihr war die Angst anzumerken. Denn die Razzia im Zirkus war nur die Spitze des Eisbergs.

Ganz Morland befand sich im Ausnahmezustand. An jeder Straßenecke standen bewaffnete Soldaten und kontrollierten die Bevölkerung. Große Kreuzungen waren mit Straßensperren blockiert, die jedes Automobil überprüften. Insgesamt vier Mal musste sich Lennart ausweisen. Einmal musste er sogar Norwins Vollmacht präsentieren, bevor er weiterfahren durfte.

Überall hingen Plakate, auf denen die grob gerasterten Ambrotypien verschiedener Männer und Frauen abgebildet waren, die im Verdacht standen, Mitglieder der Armee der Morgenröte zu sein. Das öffentliche Leben war so gut wie erstorben. Kaum ein Zivilist war zu sehen, nur Männer in Uniformen patrouillierten paarweise die Straßen auf und ab. Vor wichtigen Gebäuden standen mit Sandsäcken gesicherte Wachhäuschen. Lennart hat eine ungefähre Ahnung, welche logistischen Schwierigkeiten eine Aktion wie diese bereitete.

Dies hier war von langer Hand geplant worden. Der Anschlag auf die Brücke konnte somit nur der Auslöser, aber niemals der Grund für diesen Ausnahmezustand sein, der Lennart fatal an einen Staatsstreich erinnerte.

»Ich werde euch zu Hause absetzen und dann weiterfahren«, sagte er, als sie in ihre Straße einbogen. Auch hier war es dasselbe: Kein Mensch war zu sehen. Er hielt an und drehte sich zu den Kindern um.

»Ihr hört auf eure Mutter«, sagte er. »Bis ich wieder zurück bin, werdet ihr keinen Schritt vor die Tür machen, habt ihr mich verstanden?« Die beiden Mädchen nickten.

»Wirst du wiederkommen, Papa?«, fragte Melina.

Lennart strich ihr eine Haarsträhne aus dem bleichen Gesicht. »Natürlich. Ihr braucht keine Angst haben. Es ist alles in Ordnung. Tut mir leid, dass ich euch den Spaß verdorben habe.«

»Ist doch nicht deine Schuld«, sagte Maura.

Lennart musste lächeln. Maura war schon immer die Vernünftigere von beiden gewesen.

»Willst du noch einmal ins Büro?«, fragte Silvetta.

»Von wollen kann nicht die Rede sein«, sagte Lennart. »Mach niemandem auf, hörst du? Verhaltet euch so leise wie möglich. Vermutlich wird dieser Swann uns einen Besuch abstatten wollen. Dem will ich zuvorkommen.«

Silvetta gab ihm einen Kuss. »Pass auf dich auf«, flüsterte sie und stieg dann mit den Kindern aus. Lennart winkte noch einmal, dann wendete er den Wagen und fuhr zum Ministerium.

Waren die anderen öffentlichen Gebäude schon schwer bewacht, so glich das gesamte Regierungsviertel einem riesigen Hochsicherheitstrakt. Lennart passierte drei Kontrollpunkte, bevor er das Automobil vor dem Gebäude parken konnte, in dem sich das Dezernat für Kapitalverbrechen befand. Als er die Eingangshalle betrat, bemerkte er sofort, dass der Pförtner, der sonst hinter einer Glasscheibe saß, durch einen Soldaten ersetzt worden war, der glatt als Kramfors' Zwillingsbruder durchgehen konnte. Den Abzeichen nach zu urteilen, hatte er in derselben Eliteeinheit gedient. Die Wache prüfte Lennarts Dienstausweis eingehend, dann gab sie die Marke mit einem Nicken zurück.

Lennart eilte die Treppen hinauf zu seinem Büro. Elverum stand auf dem Flur und unterhielt sich mit Holmqvist, als er seinen Vorgesetzten bemerkte. Bevor Lennart etwas sagen konnte, zerrte ihn Elverum in sein Zimmer.

»Was zum Teufel geht hier vor?«, fragte Lennart.

»Heute Nachmittag hat Begarell unter Berufung auf eine außerordentliche Bedrohung eine Notstandsverordnung erlassen.«

»Welche außerordentliche Bedrohung?«, rief Lennart aufgebracht.

»Nun, irgendwie hat ihm die Armee der Morgenröte mit ihren beiden Anschlägen eine Steilvorlage dafür geliefert. Der Geheimdienst behauptet, es gäbe zwingende Hinweise auf einen Staatsstreich.«

»Wie bitte? Ein Staatsstreich?« Lennart lachte bitter.

»Die Beweise, die Swann vorgelegt hatte, waren wohl so überzeugend, dass die Vertreter des Parlaments dieser Notstandsverordnung dann doch mit knapper Mehrheit zugestimmt haben.«

»Wie lange sollen diese Verordnungen gültig sein?«

»Erst einmal ein Jahr. Lesen Sie selbst.« Elverum reichte Lennart zwei Blätter. Lennart schob seinen Stuhl ins Licht und begann die Verordnungen zu studieren:

Art. 1. Gesetze können außer in dem in der Verfassung vorgesehenen Verfahren auch durch die Regierung beschlossen werden.

Art. 2. Die von der Regierung beschlossenen Gesetze können von der Verfassung abweichen, so weit sie nicht die Einrichtung des Parlamentes und des Provinzrates als solche zum Gegenstand haben. Die Rechte des Präsidenten bleiben unberührt.

Art. 3. Die von der Regierung beschlossenen Gesetze werden vom Präsidenten ausgefertigt und im Gesetzblatt verkündet. Sie treten, so weit sie nichts anderes bestimmen, mit dem auf die Verkündung folgenden Tage in Kraft.

Art. 4. Verträge Morlands mit fremden Staaten, die sich auf Gegenstände der Gesetzgebung beziehen, bedürfen nicht der Zustimmung der an der Gesetzgebung beteiligten Körperschaften. Die Regierung erlässt die zur Durchführung dieser Verträge erforderlichen Vorschriften.

Art. 5. Dieses Gesetz tritt mit dem Tage seiner Verkündung in Kraft. Es tritt ein Jahr nach der Verkündigung außer Kraft. Ferner tritt es außer Kraft, wenn die gegenwärtige Regierung durch eine andere abgelöst wird.

Lennart ließ die Blätter sinken und starrte zum Fenster hinaus. Auf den ersten Blick schienen diese in dürrer Juristensprache verfassten Artikel ganz harmlos zu sein, doch wenn man die Verordnungen bis in ihre letzte Konsequenz zu Ende dachte, erkannte man den Abgrund, vor dem Morland mit dem heutigen Tag stand. Von nun an konnte nicht nur das Parlament Gesetze verabschieden, sondern auch die Regierung. Und das ohne jede Kontrolle von außen.

»Ein schöner Schlamassel, nicht wahr?«, sagte Elverum bitter.

Lennart schnaubte und fuhr sich mit der Hand durch die Haare. »Welche Grundrechte sind bis jetzt außer Kraft gesetzt worden?«

»Alle«, sagte Elverum. »Es gibt kein Briefgeheimnis mehr, die Presse wird zensiert und die Versammlungsfreiheit ist wie die Unverletzlichkeit der Wohnung abgeschafft worden. Mir als Polizisten soll das nur recht sein. Dadurch wird mir die Arbeit immens erleichtert, aber als ganz normaler Bürger, der gerne seine Meinung äußert, muss ich sagen, dass mir kotzelend zumute ist.«

»Vom Geheimdienst werden schon die ersten Verhaftungen vorgenommen«, sagte Lennart.

Elverum verzog angewidert das Gesicht. »Ja, das ist ganz nach Swanns Geschmack.«

»Nur eine Sache wundert mich dabei. Wieso macht er sich als Chef der Inneren Sicherheit selbst die Finger schmutzig? Ich habe heute mit meiner Familie einen Zirkus in Norgeby besucht, als die Verordnungen in Kraft traten. Swann persönlich hat den Einsatz geleitet.«

Elverum runzelte die Stirn. »Das ist in der Tat seltsam.«

»Und es wird noch seltsamer. Da war ein Junge, der gerade

in der Manege einen Trick vorführte, als Swann plötzlich im Eingang stand. Er hatte etwas unter dem Arm, was wie ein Humidor aussah.«

»Was ist das denn?«

»Ein Aufbewahrungskasten für Zigarren. Doch der Junge wies mich darauf hin, dass in der Kiste ganz bestimmt keine Zigarren waren.«

»Und?«, fragte Elverum.

»Na, ich hatte gar nicht zu ihm gesprochen!«, entfuhr es Lennart. »Und er sagte noch etwas: *Swann raucht nicht. Das sollten Sie wissen. Sie kennen ihn doch. Oder täusche ich mich?*«

»Moment, Moment.« Elverum hob die Hand, als ginge ihm das alles zu schnell. »Wollen Sie etwa damit sagen, der Bursche konnte Ihre Gedanken lesen?«

»Ich weiß es auch nicht«, sagte Lennart ärgerlich. »Jedenfalls war die ganze Situation auf eine ganz bestimmte Art … wie soll ich sagen … *irreal.* Warum verhaftet Swann willkürlich Männer und Frauen?«

Elverum lachte trocken. »Warum leckt sich ein Hund zwischen den Beinen? Weil er es kann.«

»Das ergibt doch alles keinen Sinn. Gut, wenn er die Zirkusleute mitnimmt, weil sie keine gültigen Papiere haben, kann ich das noch verstehen. Aber die anderen waren ganz normale Männer und Frauen, die mit ihrer Familie einen schönen Tag im Zirkus verbringen wollten. Keiner von ihnen war ein Terrorist, verdammt noch mal!«

Elverum hob hilflos die Arme. »Ich kann diesem Kerl nicht in den Kopf schauen und sagen, warum er so tickt, wie er tickt. Im Moment ist mir das auch ziemlich egal. Wir werden in den nächsten Tagen noch genügend andere Probleme haben.«

»Und welche sollten das sein?«

»Man wird uns fragen, wie wir es mit der neuen Ordnung halten. Und ganz ehrlich? Ich weiß noch nicht, welche Antwort ich dann geben werde. Aber sie wird vielleicht anders aussehen, als es manche denken.«

***

Hakon hatte zunächst damit gerechnet, zusammen mit den anderen Gefangenen in eines der Fuhrwerke verfrachtet zu werden, doch stattdessen nahm ihn Swann in seinem eigenen Wagen mit. Die dunklen Vorhänge waren von innen zugezogen, sodass Hakon nicht sehen konnte, was draußen geschah.

Er hatte versucht, in all dem Gewimmel seine Eltern zu finden, doch sie waren zusammen mit Nadja die Ersten gewesen, die man abgeführt hatte. Zunächst hatte sich Hakon gefragt, warum man ihn von seiner Familie getrennt hatte, war dann aber von selbst auf die Antwort gekommen, als er versucht hatte, die Gedanken des Fahrers zu lesen, der durch eine Milchglasscheibe von seinen Fahrgästen getrennt war. Es gelang Hakon nämlich nicht. An Swanns Grinsen erkannte er, warum er kein Glück hatte. Wie es schien, konnte der Mann nicht nur seinen eigenen Geist abschirmen, sondern auch den anderer Menschen, die sich in direkter Nähe zu ihm befanden. Hakon begriff nun auch, warum die Köpfe der Polizisten, die den Einsatz im Zirkus durchgeführt hatten, so seltsam leer gewesen waren; irgendwie musste sie Swann manipuliert haben.

Hakon rutschte weiter in seine Ecke, um so einen möglichst großen Abstand zwischen sich und Swann zu schaffen. Natürlich wollte er fragen, wohin die Reise ging, doch wusste er, dass er keine Antwort darauf erhalten würde, also schwieg er und wartete ab.

Die Fahrt dauerte nach Hakons Schätzung etwa eine Stunde, dann hielt der Wagen.

»Wir sind da«, sagte Swann.

Hakon fingerte an der Innenseite der Tür herum, konnte aber den Griff nicht finden. Er wollte schon fragen, wie er aus diesem Automobil aussteigen sollte, als der Verschlag so rüde aufgerissen wurde, dass Hakon beinahe herausgekippt wäre. Swann grinste daraufhin noch mehr.

Sie befanden sich im Inneren einer quadratisch angelegten, burgähnlichen Festung, deren zinnenbewehrte Mauern vier Wachtürme miteinander verbanden, auf denen schwer bewaffnete Soldaten paarweise Wache schoben. In der Mitte befand sich ein ebenso quadratisches Gebäude, zehn Stockwerke hoch, die graue, abweisende Fassade nur durchbrochen durch ein schweres Tor und unzählige kleine vergitterte Fenster. Obwohl Hakon noch nie hier gewesen war, wusste er, dass er im Gefängnis von Lorick war.

Swann packte ihn beim Arm und schob ihn vor sich her, als könnte sein Gefangener jeden Moment ausbrechen. Als sie das Hauptgebäude erreichten, öffnete sich im großen Tor eine kleinere Tür. Niemand war zu sehen, nichts zu hören.

Fast schien es, als sei dieses Gefängnis einzig für Hakon gebaut worden. Und obwohl es eigentlich nicht viel zu sehen gab, versuchte er sich jede noch so kleine Einzelheit zu merken, denn er würde die Erinnerung an sie vielleicht noch brauchen. Die Tür zum Hauptgebäude des Gefängnisses öffnete sich, dann hörte Hakon, wie sich Schritte schnell entfernten. Es war gespenstisch. Wenn es Gefangene gab, dann verhielten sie sich besorgniserregend still.

»Sie haben Angst, dass ich die Gedanken der Wärter lese, nicht wahr?«, sagte Hakon. »Dass ich vielleicht auf diese Weise einen Fluchtweg finde. Deswegen laufen sie alle davon, verstecken sich vor einem fünfzehnjährigen Jungen. Sagen Sie, wie groß ist *Ihre* Angst vor mir?« Hakon war selber überrascht, sich so reden zu hören, doch die Wut hatte jede Angst ausgelöscht. Auch wenn er Swanns Gedanken nicht lesen konnte, so ahnte Hakon, dass ihm nichts geschehen würde. Der Geheimdienst wollte wissen, wie es in ihm aussah. Wie er funktionierte. Wie hatte Swann ihn genannt? Einen Gist, genau. Und was immer das war, er hatte dieses Wort mit einer gewissen neidvollen Hochachtung ausgesprochen.

»Du überschätzt deine Fähigkeiten, Junge.« Swann gab Hakon einen Stoß und zeigte auf eine Treppe, die hinab ins Untergeschoss führte, wo nur einige Gaslampen ein schummeriges Licht verbreiteten.

»Tu ich das? Ich verrate Ihnen etwas: Ich habe meine magische Gabe erst vor einer Woche entdeckt. Es war mehr ein Unfall gewesen, müssen Sie wissen. Ich wusste nichts von Magie, von *echter* Magie«, korrigierte er sich. »Doch plötzlich war sie da. Erst seit ein paar Tagen beherrsche ich sie einigermaßen, und nun bin ich schon in der Lage, Sie auszusperren, obwohl Sie bereits seit der Vorstellung im Zirkus wie ein Hund an meiner Tür kratzen.«

»Wie hast du die Katze ausgetauscht?«, fragte Swann wütend.

»Das muss Sie in den Wahnsinn treiben, nicht wahr? Alle anderen Menschen sind wie ein offenes Buch für Sie, nur in mir können Sie nicht lesen. Ein Fünfzehnjähriger, ein Nichts, ein Niemand zeigt Ihnen Ihre Grenzen auf.«

Swann gab ihm einen weiteren Stoß, der Hakon beinahe die Treppe hinabstürzen ließ. Als sie unten angekommen waren, sah Hakon zwölf Zellen, sechs links, sechs rechts. Nummer 6 war für ihn. Hakon trat ein. Es war ein finsteres Loch, möbliert mit einer nackten Holzpritsche, die wohl das Bett sein sollte. Für die Erledigung der Notdurft hatte man einen zerbeulten Blecheimer in die Ecke gestellt. Die einzige Lichtquelle war ein schmaler Schacht, der hinaus in den Hof zu führen schien. Swann zog aus seiner Tasche einen Schlüssel und schloss ab. Dann entfernten sich seine Schritte.

Hakon blieb stehen und lauschte. In der Ferne wurden Türen zugeschlagen, Schreie waren zu hören, die sich aber in der Weitläufigkeit des kalten Gebäudes verloren. Noch nie in seinem Leben hatte sich Hakon so einsam gefühlt. Seine Gedanken waren bei seinen Eltern und bei Nadja. Sie vermisste er am meisten. Aber Hakon würde nicht lange in dieser Zelle bleiben. Er würde sie bald wiedersehen.

Er holte die Blume, die ihm Nadja nach ihrer Vorstellung gegeben hatte, aus seiner Hosentasche und legte sie sorgsam auf die Pritsche. Dann schüttelte er die Decke auf. Swann hatte wissen wollen, wie Hakon die Katzen vertauscht hatte. Nun, vielleicht würde ihm eine leicht veränderte Neuauflage des Tricks auf die Sprünge helfen.

»Mutus, Matus, Mutatus«, sagte Hakon feierlich und breitete die Decke aus. Dann zog er sie wieder weg. Statt der Blume lag nun auf der Pritsche etwas anderes, etwas Metallenes.

Es war der Zellenschlüssel, der sich noch vor einer Sekunde in Swanns Hosentasche befunden hatte.

***

Lennart wusste, dass Elverum ihn für einen Narren hielt, wenn auch einen mit lauteren Absichten. Jedenfalls hatte er den Chefinspektor für verrückt erklärt, als dieser die Absicht äußerte, er wolle herausfinden, was mit den Männern und Frauen geschehen war, die man heute so zahlreich verhaftet hatte. Lennart wusste, dass es ein Spiel mit dem Feuer war. Im Gegensatz zu Elverum war er angreifbar. Er hatte eine Familie, und wenn nun wirklich der Geheimdienst das Sagen im Land hatte, dann waren Silvetta und die Kinder in Gefahr. Aber waren sie das nicht auch, wenn er sich anpasste? Wenn es etwas gab, was er aus der Zeit gelernt hatte, als Morstal das Land regierte, dann war es das: Jedes repressive System wurde irgendwann so paranoid, dass es alles und jeden verdächtigte, bespitzelte und ins Gefängnis warf. Viele, die sich gegen das System gestellt hatten, waren tödlichen Unfällen zum Opfer gefallen oder auf Nimmerwiedersehen verschwunden. Anfragen bei der Polizei verliefen im Sande, weil es eine Order von oben gegeben hatte. Lennart wusste das. Er war damals schon Polizist gewesen. Und wer zu hartnäckig nachbohrte, der landete irgendwann selbst auf der Liste der zu entsorgenden Querulanten. Lennart hatte gehofft, nie wieder solche Zeiten der Angst erleben zu müssen. Und er wollte nicht, dass seine Kinder so aufwuchsen.

Die Harpyie an der Rezeption des Innenministeriums meldete Lennart erst bei Magnusson an, als sie die Vollmacht gelesen hatte, die der Minister unterschrieben hatte. Erstaunlicherweise hatte auch Kramfors noch immer Dienst. Jedenfalls war Lennart schon fast geneigt, dem Elitesoldaten zum Gruß die Hand zu geben, als er den Chefinspektor hinauf in das Stockwerk begleitete, in dem Magnusson sein Büro hatte.

Es war erstaunlich ruhig in dem Gebäude. Kein Zeitungsmensch war zu sehen. Natürlich. Immerhin hatte man ja die Pressefreiheit außer Kraft gesetzt. Und die anderen Beamten waren vermutlich unterwegs und taten, was getan werden musste, um ein halbwegs demokratisches System in eine Diktatur zu verwandeln. Lennart fühlte sich zum Kotzen.

Kramfors klopfte an die Tür des Staatssekretärs, und ohne eine Antwort abzuwarten, öffnete er dem Chefinspektor die Tür. Magnusson blickte von seiner Arbeit auf und setzte die Brille ab, als er Lennarts gewahr wurde. Der Staatssekretär sah müde aus, aber er lächelte.

»Mein lieber Lennart, kommen Sie herein. Ich habe Sie schon früher erwartet. Nehmen Sie Platz.«

»Danke. Ich ziehe es vor, stehen zu bleiben.«

Magnusson seufzte. »Sie sind aufgebracht wegen des Ausnahmezustandes, nicht wahr? Und dass wir Sie nicht eingeweiht haben. Das kann ich verstehen. Aber wir hatten leider keine andere Wahl. Je weniger von dieser Aktion wussten, desto größer war ihr voraussichtlicher Erfolg.«

»Von welchem Erfolg reden Sie?« Lennart konnte sich nur mühsam beherrschen. »Sie glauben doch nicht im Ernst, dass solch eine kleine Splittergruppe wie die Armee der Morgenröte für beide Anschläge verantwortlich war?«

»Natürlich war sie das nicht«, sagte Magnusson. »Die Armee der Morgenröte ist genauso wenig schuld an dem Bombenanschlag wie Sie oder Ihre Frau.«

Lennart verschlug es die Sprache. Er hatte mit allen möglichen Ausflüchten und Appellen an patriotische Gefühle gerechnet, aber nicht mit diesem Eingeständnis. »Und die Brücke in Tyndall?«, stotterte er.

»Geht auf unsere Rechnung. Wir brauchten einen guten Grund, um heute den Notstand ausrufen zu können.«

»Aber wenn es keine Bedrohung gibt …«

»Oh, die gibt es«, sagte Magnusson. »Und sie ist beängstigender, als Sie es sich vorstellen können. Aber bevor ich weitererzähle, muss ich Sie bitten, Platz zu nehmen.«

Lennart nickte benommen und setzte sich in einen der Sessel.

»Einen Branntwein? Ich weiß, Sie sind im Dienst, aber glauben Sie mir, wenn Sie gehört haben, was ich Ihnen zu sagen habe, werden Sie ihn brauchen.« Er stellte den gut gefüllten Schwenker vor ihm auf den Tisch. »Sind Sie mit den morländischen Legenden vertraut?«, fragte Magnusson.

»Zumindest mit denen, die mir meine Mutter zum Einschlafen vorgelesen hat.«

»Nun, was würden Sie davon halten, wenn ich Ihnen sagte, dass eine dieser Legenden keine Legende ist.«

»Dann würde ich Sie, mit Verlaub, für verrückt halten.«

»Die Eskatay sind zurückgekehrt.«

Lennart hob die Augenbrauen. »Woher wollen Sie das wissen?«

»Weil wir einen verhaftet haben. Er sitzt im Sicherheitsblock des Staatsgefängnisses ein. Es ist ein Junge von fünfzehn Jahren. Sie kennen ihn übrigens. Sein Name ist Hakon.«

Jetzt griff Lennart doch nach dem Branntwein. Er spürte, wie seine Hände zitterten. »Das war der Junge, der im Zirkus die Katzen ausgetauscht hat.«

»Ob dieser Trick zu seiner Begabung gehört oder nicht, haben wir noch nicht herausgefunden. Wir wissen, dass sein eigentliches Talent die Telepathie ist. Er kann Gedanken lesen.«

Lennart hatte einen kleinen Schluck der alkoholischen Flüssigkeit genommen und musste jetzt husten, als der Branntwein in den falschen Schlund gelangte. »Was sagen Sie da?«, krächzte er.

»Ah, ich vermute, Sie haben Bekanntschaft mit seiner Gabe gemacht.«

Lennart nickte. »Wie sind Sie auf den Jungen gekommen?«

»Das ist eine lange Geschichte. Wir haben in der Nähe von Vilgrund eine Forschungsstation. Einer unserer Wissenschaftler ist gerufen worden, weil Nadja Tarkovski, die Tochter des Zirkusbesitzers, eine schwere Lungenentzündung hatte. Dr. Mersbeck hat sie daraufhin mit einem Mittel behandelt, das – nun, sagen wir einmal – noch nicht die Zulassung erhalten hat. Das Medikament war jedenfalls ein voller Erfolg und Dr. Mersbeck bekam eine Freikarte für die Abendvorstellung.«

»Wie großzügig«, sagte Lennart ironisch.

»Wir sind froh, dass er dort hingegangen ist, sonst hätten wir nichts von Hakon Tarkovsksis verborgenem Talent erfahren. Er führte während der Vorstellung ein telepathisches Kunststück vor, das die Dorfbewohner leider sehr gegen die Zirkusleute aufbrachte. Nachdem der Zirkus aus Vilgrund verjagt worden war, haben wir seine Spur verloren. Bis wir sie wieder in Lorick aufnahmen. Hakon hat einen Beamten des Meldeamtes dazu gebracht, eine Aufführungsgenehmigung blanko zu unterschreiben. Wir mussten schnell handeln, als wir erfuhren, dass der Zirkus in Norgeby auftritt.«

»Aber wieso der Ausnahmezustand und die Verhaftungswelle?«

»Wir vermuten, dass Hakon nicht der einzige Eskatay ist. Und wir haben in etwa eine Vorstellung vom Profil eines magisch begabten Menschen. Wir müssen sie fangen, bevor sie Schaden anrichten können. Der letzte Krieg zwischen Menschen und Eskatay hat dazu geführt, dass beinahe alles Leben auf unserem Planeten ausgelöscht wurde.«

Lennart nahm noch einen Schluck von dem Branntwein. Langsam wurde ihm von innen heraus warm. »Was ist mit Hakons Eltern, den Tarkovskis? Sie sind mit Sicherheit vollkommen harmlos.«

»Vielleicht.«

»Ich bin mir sicher, der Junge könnte es beweisen.«

»Vielleicht. Und vielleicht weiß er auch, ob es noch andere wie ihn gibt. Aber wir kommen nicht an ihn heran. Wir können uns nicht vor seinen Manipulationen schützen. Er ist gefährlich.«

»Sie meinen, ich hätte mehr Glück, weil er mich kennt?«

»Vielleicht.« Magnusson lehnte sich zurück und presste die Lippen aufeinander. »Verstehen Sie das Problem?«, sagte er jetzt vorsichtig. »Alleine aus Überlebensgründen müssten wir ihn töten. Solange er existiert, haben wir gegen den Jungen und seinesgleichen keine Chance. Es wird in einer Katastrophe enden. Denn, wissen Sie, jeder Eskatay ist anders. Der eine kann Gedanken lesen, der andere fliegen. Der nächste kann alleine durch die Kraft seines Willens Materie verändern, wer weiß? Der Fantasie sind keine Grenzen gesetzt.«

»Aber entschuldigen Sie, wenn ich eines nicht verstehe«, sagte Lennart. »Wenn der Junge meine Gedanken lesen kann, dann wird er auch von diesem Gespräch erfahren.«

»Das soll er sogar. Dann wird er erfahren, dass er die Wahl hat. Entweder er kooperiert …«

»Oder?«

»Wir werden ihn töten.«

»Werden Sie das nicht ohnehin tun?«

Magnusson schüttelte langsam den Kopf. »Sie fragen zu viel. Nun gut. Ja, wir werden ihn ohnehin töten. Aber dafür lassen wir seine Familie am Leben.«

Noch am selben Tag fuhr Lennart zur Mühle. So nannten alle das Staatsgefängnis, denn wer hier einmal eingeliefert wurde, dessen kriminelle Persönlichkeit wurde in kürzester Zeit gebrochen und zermalmt. Hier ging es nicht darum, Verbrecher zu nützlichen Mitgliedern der menschlichen Gesellschaft umzuerziehen. Dies war ein Wartezimmer des Todes. Hier waren die Lebenslänglichen untergebracht, hauptsächlich mehrfache Mörder und Hochverräter. Wenn ein Insasse jemals die Mühle verließ, dann mit den Füßen voran in einer schmucklosen Holzkiste. Lennart hatte dieses Gebäude nur ein einziges Mal von innen gesehen, als er an einem Fall arbeitete und einen Zeugen befragen musste, der bereits verurteilt war.

Die Unterredung war nicht erfolgreich gewesen. Der Häftling, Kassenwart eines Boxvereins, war nicht sonderlich kooperativ. Warum hätte er auch reden sollen? Man erhielt ohnehin keine Vergünstigungen, und wer einmal als Ratte abgestempelt war, der durfte sicher sein, dass seine Lebenserwartung sich durch diesen Verrat drastisch verkürzt hatte. Wenn Hakon hier festgehalten wurde, dann war das kein gutes Zeichen. Entweder war das System so hart geworden, dass es noch nicht einmal vor äußerster Gewalt gegen Kinder zurückschreckte, oder aber der Junge war wirklich so gefährlich, wie Magnusson behauptete.

Lennart hatte seinen Besuch per Rohrpost angekündigt. Dennoch musste er sich erst einer gründlichen und entwürdigenden Leibesvisitation unterziehen, bevor ihn der Direktor persönlich zum Hauptgebäude führte.

»Sie müssen die Vorsichtsmaßnahmen entschuldigen, aber

Sie glauben nicht, was so alles ins Gefängnis geschmuggelt wird.«

»Ich bin Polizist. Eigentlich stehe ich auf Ihrer Seite.«

Der Direktor, ein erstaunlich normal wirkender Mann in seinen späten Vierzigern, verzog den Mundwinkel zu einem schiefen Grinsen.

»Auch wenn dies das Staatsgefängnis ist, heißt es nicht, dass manche der Häftlinge keine Macht haben. Hier sitzen nicht nur normale Kriminelle, sondern auch die eine oder andere Größe des organisierten Verbrechens. Stellen Sie sich vor, Sie wären ein kleiner Inspektor mit einem ebenso kleinen Einkommen. Stellen Sie sich weiterhin vor, dass jemand Sie darum bittet, eine Waffe hineinzuschmuggeln und Ihnen dafür einen Betrag von 25 000 Kronen bietet: Was würden Sie tun?«

»Keine Waffe ist 25 000 Kronen wert«, sagte Lennart.

»Hier schon. Wissen Sie, wir haben es schon lange aufgegeben, die Strukturen aufzubrechen, die sich hier über die Jahre etabliert haben. Wer draußen eine große Nummer war, ist es hier auch, vorausgesetzt, er hat das nötige Geld. Es ist ein System, das sich selbst organisiert, und seitdem wir das akzeptiert haben, fahren wir ganz gut damit. Es gibt keine Revolten mehr und die Kriminalität hält sich in Grenzen. Was wollen wir also mehr? Nur was dieser Hakon Tarkovski hier soll, ist mir ein Rätsel. Er ist noch ein halbes Kind. Am liebsten würde ich ihn sofort freilassen. Dies ist kein Ort für ihn.«

»Das wird sich herausstellen«, sagte Lennart und folgte dem Direktor über den kahlen Hof.

Als sie im Eingangsbereich den Posten des Oberaufsehers passiert hatten, führte der Direktor seinen Besuch zu einem Treppenabgang. In Lennart zog sich alles zusammen, als er in den nur spärlich beleuchteten Keller schaute.

»Das ist unser Hochsicherheitstrakt. Unsere Gefangenen sind in Gefährdungskategorien eingeteilt. Die Kategorien A1 bis A4 nehmen ganz normal am Gefängnisalltag teil. Die Kategorie A5 wandert da hinunter. Zu ihr gehören Serienmörder und Psychopathen, aber die mussten gestern ihre Zellen räumen, um Platz für eine neue Kategorie zu schaffen. Hakon Tarkovski ist unser erster A6-Häftling. Wissen Sie, was A6 bedeutet, Chefinspektor? Komplette Isolation. Vierundzwanzig Stunden. Kein Kind ist so gefährlich, als dass es lebendig begraben werden muss!«

»Welche Nummer hat seine Zelle?«, fragte Lennart.

»Die Nummer 6.«

Lennart wartete nicht auf den Direktor und steuerte direkt die Tür an.

»Halt, warten Sie! Das ist gegen das Sicherheitsprotokoll. Außerdem benötigen Sie den Schlüssel.«

»Warum?«, fragte Lennart und riss die schwere Tür auf. »Die Zelle ist leer.«

***

Am späten Nachmittag hörte York, wie mehrere Automobile vorfuhren und in der Einfahrt parkten. York sprang von seinem Bett auf, schob die Vorhänge beiseite und spähte vorsichtig hinaus. Egmont war die Treppe hinabgeeilt und begrüßte nun auf seine kriecherische Art einige Männer, die aus den schwarz lackierten Karossen ausstiegen. York erkannte nur den Innenminister, die anderen waren ihm fremd. Ohne groß auf Formalitäten zu achten, führte Egmont den Besuch ins Haus.

York eilte zu seiner Tür, schlich sich hinaus und lugte zwischen den Geländerstäben der Treppe hinunter in die Eingangshalle. Unter ihm konnte er die beflissene Stimme des Privatsekretärs hören. »Nehmen Sie doch bitte schon einmal in der Bibliothek Platz. Ich sage inzwischen in der Küche Bescheid, damit der kleine Imbiss serviert werden kann, den ich habe vorbereiten lassen. Ich glaube, wir haben einen Grund zum Feiern, nicht wahr?«

Einen Grund zum Feiern? Weil es Norwin gelungen war, den Richter aus dem Weg zu räumen? Aber warum trafen sich dann alle hier und nicht im Ministerium? Zu gerne hätte er die Unterhaltung belauscht, vielleicht würde er dann mehr über die Umstände der Verschwörung erfahren, der Erik Urban zum Opfer gefallen war, doch er konnte ja schlecht an die Tür klopfen und fragen, ob er sich nicht zu der illustren Runde gesellen durfte. Andererseits war er noch immer der Hausherr, nicht wahr? York lachte bitter. Nein, das war er nicht. Aber dennoch gab es eine andere Methode, wie er diesem Stelldichein beiwohnen konnte, ohne dass es jemand bemerkte. Er schloss die Augen, dann dachte er an das Morländische Staatsrecht, Band IV mit Kommentaren von Lew Horvitz und die Kammer, die sich hinter dem Regal befand. Schlagartig änderte sich der Geruch um ihn herum. York musste unwillkürlich grinsen.

Egmont schob einen kleinen Rollwagen in die Bibliothek, auf dem sich ein Tablett mit aufwändig dekorierten Kanapee befand. »Bitte entschuldigen Sie, wenn ich Sie heute selbst bediene, aber ich habe das Personal bereits nach Hause geschickt. Ich denke, das ist in Ihrem Sinn.«

»Was ist mit dem Jungen?«, fragte Norwin.

»Der ist in seinem Zimmer und tut, was immer ein Junge in seinem Alter tut.« »Ein Glas ladinischen Schaumwein?«, fragte Egmont und entkorkte eine Flasche.

»Danke, für mich nicht«, sagte ein älterer, kräftig gebauter Mann und hob abwehrend die Hand. »Wenn ich jetzt Alkohol trinke, kann ich mich gleich ins Bett legen.«

»Stellen Sie sich nicht so an, Magnusson«, sagte Norwin ungehalten und reichte dem Mann ein bis zum Rand gefülltes Glas. »Egmont hat Recht. Wir haben tatsächlich einen Grund zum Feiern.«

Der Mann namens Magnusson seufzte schicksalsergeben und nahm das Glas entgegen.

»General Nerta?«

»Natürlich«, entgegnete dieser. York erkannte ihn jetzt. Ohne Uniform sah der Verteidigungsminister gar nicht so militärisch aus.

»Dann werde ich mich wohl anschließen müssen, nicht wahr?«, sagte der Mann, der neben Norwin saß und sogar noch dünner als der Innenminister war.

»Professor Strashok.« Egmont reichte auch ihm ein Glas. »Betrachten Sie es einfach als einen Selbstversuch. Wer weiß, vielleicht finden Sie ja Gefallen daran.«

»Vergessen Sie es, Egmont«, sagte Magnusson. »Wenn es

etwas gibt, was unser Forschungsminister nicht kennt, dann sind es die schönen Dinge des Lebens.«

Strashok verzog säuerlich das Gesicht, seine Haltung wurde noch steifer. »Glauben Sie mir, auch ich bin zu kultiviertem Genuss in der Lage.«

»Meine Herrschaften«, sagte Norwin und stand auf. »Auf den Erfolg der Operation Eskaton.«

Nun erhoben sich auch die anderen und ließen die Gläser klirren. Während Strashok an seinem nur nippte, leerte Magnusson den Schaumwein in einem Zug.

»Ein feiner Tropfen«, bemerkte er anerkennend.

»Er stammt aus Urbans Weinkeller«, sagte Egmont und schenkte dem Staatssekretär noch einmal ein.

»Ah, Urban«, sagte Magnusson nachdenklich. »Ich werde die geselligen Abende mit ihm vermissen. Er war stets ein großzügiger Gastgeber. Nun ja, dafür wird er übermorgen ein Staatsbegräbnis Erster Klasse erhalten. Wie trägt es der Junge?«

»Was interessiert Sie denn dieser York?«, fragte der Innenminister.

Magnusson trank noch einen Schluck. »Nun ja, er ist ja schon eine tragische Gestalt. Erst verliert er den Vater, dann sein Leben.«

»Wir haben nicht vor, ihn zu töten«, sagte Norwin.

»Aber Sie nehmen es billigend in Kauf.«

Norwin wollte etwas darauf erwidern, aber General Nerta schnitt ihm das Wort ab. »Wir zäumen das Pferd vom falschen Ende auf. Über die Zukunft des Jungen können wir uns später unterhalten.«

York spürte, wie das Blut aus seinem Kopf wich und in seine Beine sackte. Was hatten sie mit ihm vor?

»Also, was ist der Stand der Dinge?«

»Es ist uns noch nicht gelungen, alle Schlüsselpositionen mit unseren Männern zu besetzen. Die Revolution steckt fest.«

»Bitte! Nennen Sie es nicht Revolution«, sagte der General. »Das klingt so unorganisiert und pöbelhaft.«

»Aber es ist eine Revolution«, sagte Norwin und lächelte. »Zwar eine von oben nach unten, aber das ändert nichts daran, dass wir gerade dabei sind, die bestehenden Verhältnisse radikal zu verändern.«

»Zu verbessern«, korrigierte ihn der General.

»Gut. Zu verbessern«, lenkte Norwin ein und nahm sich ein Kaviarschnittchen.

»Wie viele sind bereits aufgestiegen?«, fragte Egmont.

»Mit uns eingerechnet?«, fragte Strashok. »Zwölf.«

»Das ist nicht viel«, sagte Magnusson sarkastisch. »So weit waren wir auch schon vor einem Vierteljahr.«

»Wir haben immer noch mit zwei Problemen zu kämpfen. Erstens: Die Blumen lassen sich nicht so ohne Weiteres züchten.«

»Dann sollten Sie sie vielleicht häufiger gießen«, gluckste Magnusson.

Strashok wollte etwas sagen, aber der General kam ihm zuvor. »Einwürfe dieser Art sind nicht sonderlich hilfreich.«

»Danke«, sagte Strashok.

»Das zweite Problem ist die niedrige Überlebensrate der Infizierten, nicht wahr?«, fragte Norwin.

»Ja.«

»Wie hoch liegt sie?«, wollte Egmont wissen.

»Immer noch bei fünfzig Prozent bei gleichzeitiger Sterilität«, sagte Strashok und nippte erneut an seinem Glas. Es war noch immer das erste. Magnusson verzog das Gesicht.

»Erinnern sie mich nicht dran«, sagte er grimmig. »Wir können alles: Uns zu einem Kollektiv zusammenschließen, den Menschen in die Köpfe schauen und Materie manipulieren, aber wir sind nicht in der Lage, Kinder in die Welt zu setzen. Nun, vielleicht hilft uns ja der Gist, den wir schnappen konnten.«

Strashok, der erneut an seinem Glas nippen wollte, hielt inne. Auch General Nerta legte sein Häppchen wieder zurück auf das Tablett.

»Wir haben einen Gist?«, fragte er überrascht. »Seit wann wissen wir von ihm?«

»Oh, schon länger. Mersbeck ist ihm in Vilgrund über den Weg gelaufen.«

Egmont schaute fragend in die Runde. »Wer ist Mersbeck?«

»Der Leiter der Station 9«, antwortete Magnusson ungeduldig. »Sie sollten ab und zu mal die Dossiers lesen.«

Egmonts Gesicht lief rot an, aber er schwieg.

»Welche Fähigkeiten hat dieser Gist?«, fragte Nerta.

»Offenbar multiple. Er wird stärker.«

»Und differenziert sich aus«, sagte Strashok.

»Ist das gut?«, fragte Norwin vorsichtig.

»Prinzipiell erst einmal ja«, antwortete Strashok. »Je ausgeprägter die Begabungen dieses Gist sind, desto mehr können wir auch von ihm lernen. Ich glaube, mit ihm haben wir den Schlüssel zur Lösung all unserer Probleme in der Hand.«

»Wer ist es?«, fragte Egmont.

»Ein Junge namens Hakon Tarkovski«, sagte Magnusson. »Swann hat ihn in Norgeby aufgegriffen und in die Mühle gebracht.«

»Swann«, sagte Nerta verächtlich. »Wieso muss ich immer an einen Hai denken, wenn ich ihn sehe?«

»Tun Sie das wirklich?«, fragte Magnusson. »Dann weiß er ja, was Sie von ihm halten.«

»Professor, wäre das nicht eine lohnenswerte Aufgabe für Sie? Ein Gerät zu entwickeln, das Swanns Gabe neutralisiert?«

Doch Strashok ging nicht auf die Frage ein. »Was ist mit dem Gist?«

Ja, dachte York. Was war mit dem Gist? Sein Herz klopfte heftig. Er spürte, dass sein Schicksal eng mit dem dieses Hakon Tarkovski verbunden war.

»Hakon Tarkovski ist der Sohn einer Irina Koroljowa. Den Namen brauchen Sie sich nicht zu merken. Er ist mit Sicherheit falsch. Irina Koroljowa ist in der Nähe von Morvangar zum Zirkus Tarkovski gestoßen, um dort ihr Kind zur Welt zu bringen.«

»In der Nähe von Morvangar?«, sagte Strashok. »Das ist interessant.«

York kam wieder die Karte in den Sinn. In der Nähe der Bahnlinie von Morvangar nach Horvik lag die Station 11. Was sich dort nahe dem Polarkreis verbarg, wusste er noch immer nicht, aber es musste etwas mit einer Blume zu tun haben. Einer Blume, die den Richter getötet hatte.

»Als sie Hakon zur Welt brachte, ist sie verschwunden, ohne eine Spur zu hinterlassen«, sagte Magnusson.

»Na, wenigstens haben wir endlich den Beweis dafür, dass es die Gist gibt«, sagte Norwin.

»Und dass sie sich fortpflanzen«, ergänzte Strashok, als wäre dies von einer besonderen Wichtigkeit. »Werden Sie mir den Jungen übergeben?«

»Nein«, sagte Magnusson.

Strashok setzte sich mit einem Ruck auf. »Warum nicht?«

»Nun, weil ich glaube, dass der Bursche uns den Weg zu den anderen Gist zeigen kann.«

»Sie haben uns noch immer nicht gesagt, welche Gabe dieser Hakon hat«, sagte Nerta.

»Er hat dasselbe Schlüsseltalent wie Swann. Hakon Tarkovski kann Gedanken lesen. Und er kann Menschen manipulieren«, sagte Magnusson.

»Mit Verlaub, das können Sie auch«, sagte Norwin, aber er lachte nicht dabei. Was wie ein Witz klang, schien der Innenminister ernst zu meinen.

»Danke für dieses Kompliment«, sagte Magnusson und verneigte sich leicht in die Richtung seines Vorgesetzten. »Aber meine Künste werden von denen eines Hakon Tarkovski weit in den Schatten gestellt. Wissen Sie, ich muss meinen nicht unerheblichen Charme spielen lassen, um etwas zu erreichen. Dabei vermische ich meistens eine kleine Wahrheit mit einer großen Lüge. So erringe ich das Vertrauen meines Gegenübers.«

»Danke für die Aufklärung«, sagte Nerta trocken. »Das nächste Mal, wenn Sie mich um einen Gefallen bitten, weiß ich Bescheid.«

Magnusson legte freundlich eine Hand auf den Arm des Generals. »Sie wissen doch, dass wir keine Geheimnisse voreinander haben. Wir sind alle Teil eines großen Kollektivs.«

»Aber nur, wenn wir einen guten Tag haben«, sagte Egmont fröhlich. Sein Grinsen erstarb, als er sah, dass niemand mit ihm lachte. Nur Magnusson sprang dem Privatsekretär bei.

»Das stimmt allerdings. Das Kollektiv verursacht Kopfschmerzen, nicht wahr? Deswegen nutzen wir diese Fähigkeit so gut wie kaum. Ich denke, wir sollten sie trainieren, alleine schon um Swann zu kontrollieren.«

»Der Gist«, sagte Norwin, um wieder auf das alte Thema zurückzukommen.

»Richtig. Also, wir wissen nicht, wie viele Gist es noch gibt. Auch wenn sie magische Fähigkeiten haben, sind sie nicht Teil des Kollektivs. Deswegen können wir sie auch nicht auf diesem Weg aufspüren.«

»Das ist uns allen schon bekannt«, sagte Nerta ungeduldig.

»Nein, das ist es nicht«, sagte Strashok. »Bis jetzt hatten wir es noch nie mit einem Gist zu tun. Wir alle haben gedacht, dass sie den Krieg nicht überlebt hatten. Deswegen konnten wir diese Hypothese nicht überprüfen.«

»Nun, wie dem auch sei, ich habe heute Chefinspektor Hagen Lennart zu Hakon ins Staatsgefängnis geschickt, um dem Jungen ein Angebot zu unterbreiten.«

»Ein Angebot, das er vermutlich nicht ausschlagen kann«,

ergänzte Norwin und schenkte sich noch etwas von dem Schaumwein ein.

York spürte, wie es in seinem linken Unterschenkel zog. Er wusste nicht, wie lange er schon in diesem Versteck ausharrte, aber es fühlte sich an, als hätte er Stunden in dem engen Kabuff zugebracht. Vorsichtig versuchte er, sein Gewicht auf das andere Bein zu verlagern, und stieß unwillkürlich einen leisen Schrei aus, als sich ein stechender Schmerz in die Wade bohrte. York hatte noch nicht einmal Zeit, in Panik zu geraten, als plötzlich vor ihm die Bücherwand eingerissen wurde und er aus seinem Versteck herausschwebte.

York konnte nicht erkennen, wer ihn durch die Luft gleiten ließ. Keiner machte eine Handbewegung oder hatte seine Körperhaltung verändert. Aber alle starrten ihn an.

»Der junge York Urban«, sagte Magnusson und lächelte väterlich. »Schön, dich zu sehen.«

»Was hast du mitbekommen?«, herrschte Egmont ihn an und sah dabei aus, als wollte er ihm den Hals umdrehen.

»Seien Sie doch nicht naiv, Egmont!«, polterte Magnusson. »Ich denke, er hat alles gehört. Nicht wahr, mein junger Freund?«

York nickte. Noch immer schwebte er mehrere Zentimeter über dem Boden.

»Was sollen wir jetzt mit dir machen? Ich denke, du weißt, dass wir dich so nicht gehen lassen können«, sagte Magnusson mit sanfter Stimme.

York schwieg. Er hatte noch einen Trumpf im Ärmel, von dem die anderen nichts wussten.

»Wir sollten ihn töten.«

»Egmont, Sie sind so entsetzlich banal. Nein, hier ist Kreativität gefragt.« Magnusson kratzte sich am Kinn. »Haben Sie noch eine Blume, Strashok?«

»Ja, im Automobil.«

Norwin warf Egmont einen Blick zu.

»Ich hole sie«, sagte der Privatsekretär und eilte davon.

»Warum haben Sie meinen Vater getötet?«, fragte York keuchend. Er zappelte verzweifelt mit den Beinen, um irgendwo einen Halt zu finden, aber die Mühe war vergeblich. Er schwebte weiter in der Luft.

»Ist das so schwer zu erraten?«, fragte Norwin und zog belustigt die Augenbrauen hoch. Er schien das Ganze zu genießen. »Er wusste zu viel. Wir hatten nur die eine Wahl: Entweder Urban stieg auf ins Kollektiv oder er musste sterben. Nun, die Umstände haben uns diese Entscheidung abgenommen.«

»Nun wollen Sie mich auch in dieses Kollektiv aufnehmen?«, stellte York sarkastisch fest. »Und dabei auch meinen Tod in Kauf nehmen?«

»Du würdest so viel dabei gewinnen«, mischte sich nun General Nerta ein.

»Oder alles verlieren«, entgegnete York, der noch immer versuchte, sich aus der unsichtbaren Umklammerung zu befreien, die ihn in der Luft hielt.

Die Tür wurde aufgerissen und Egmont trat ein, unter dem Arm eine kleine, dunkel lackierte Holzkiste, die er jetzt auf den Tisch stellte. »Bitte schön«, sagte er ein wenig außer Atem und schaute mit einem kindlichen Lächeln in die Runde.

Magnusson stand auf und schob den Privatsekretär beiseite. »Es wird nicht wehtun«, sagte er. »Zumindest nicht sehr. Aber das Gefühl, das du danach haben wirst, wird dich für alles entschädigen.«

Er nickte Strashok zu und York fiel nach unten. Im letzten Moment konnte er sich an der Sofalehne festhalten, sonst wäre er umgefallen.

»Wir können das auf zwei Arten machen. Du wehrst dich nicht und alles ist schnell vorüber. Oder du machst es uns allen schwer.«

York lächelte böse. »Sie glauben gar nicht, wie schwer ich es Ihnen machen werde.« Er schloss die Augen und stellte sich sein Zimmer vor. Es gab einen leichten Ruck, dann hatte er die Bibliothek verlassen.

York musste sich beeilen. Minister Norwin und seine Spießgesellen würden nicht allzu lange brauchen, um sich von diesem Schreck zu erholen. Dann würden sie ihn suchen und wahrscheinlich hier oben als Erstes nachschauen. Er holte die Adoptionsurkunde sowie den Zettel mit den Koordinaten aus ihrem Versteck und wollte sie gerade in seine Hosentasche steckten, als er eine Stimme hinter sich hörte.

»Du bist ein Gist!«

York wirbelte herum und sah Egmont bei der Tür stehen, nur dass diese verschlossen war. Der ehemalige Privatsekretär seines Vaters lächelte bösartig.

»Glaubst du, du wärest der Einzige, der teleportieren kann?«, höhnte er und trat näher an York heran. »Ich kann sehen, was du tust. Du kannst dich nicht vor mir verstecken.«

York schloss die Augen und stellte sich den Bahnhof vor. Noch während er sprang, spürte er, dass Egmont keine leere Drohung von sich gegeben hatte.

***

Die Aufgabe, die Tess zu bewältigen hatte, schien in der Tat nicht gefährlich zu sein. Sie musste mit einem Fahrrad, das ihr Henriksson gegeben hatte, in die Stadt radeln und dort im Morländischen Abonnentenblatt eine Anzeige aufgeben. Der Wortlaut war so gewöhnlich wie unverfänglich. »Liederkranz Schieringsholm sucht noch eine tragende Altstimme. Proben jeweils dienstags und donnerstags in der Gaststätte *Zum fassbeinigen Rappen.*«

Tess musste sich beeilen, denn die Anzeigenannahme schloss um sechs. Ihr blieb also noch eine halbe Stunde, um mit dem Fahrrad von Tyndall zum Arsenalplatz zu fahren, wo sich die Redaktion der Zeitung befand. Henriksson hatte ihr eingebläut, die Polizeiposten, die an den wichtigsten Kreuzungen Stellung bezogen hatten, nur dann zu umfahren, wenn es gar nicht anders ging. Sie sollte sich so unauffällig wie möglich aufführen und gar nicht erst versuchen die Beamten zu belügen. Tess sah in Jungenkleidung eher aus wie zwölf, daher war es unwahrscheinlich, dass jemand ihren Ausweis verlangen würde.

Tatsächlich wurde sie von den Polizisten einfach durchgewunken, nur einem musste sie erklären, was sie vorhatte. Sie zeigte ihm den Zettel mit dem Anzeigentext und betonte, dass die Annahme in einer Viertelstunde schließen würde.

Fünf Minuten vor sechs erreichte Tess den Arsenalplatz. Sie lehnte das Fahrrad gegen die Hauswand und hastete die Treppe hinauf. Die Anzeigenannahme befand sich direkt auf der rechten Seite.

Der Raum war relativ groß und ganz seines repräsentativen Zweckes gemäß eingerichtet. An den Wänden hingen gerahmte Titelseiten, die historische Ereignisse dokumentierten: den ersten Flug eines Luftschiffes, die Einweihung des Morstal-Konzerngebäudes und die Wahl Leo Begarells zum Präsidenten. Doch es waren nicht die Zeitungsseiten, die Tess' Aufmerksamkeit fesselten. Neben der Tür hing ein anderes, viel beunruhigenderes Plakat. Es trug die Überschrift «Gesucht wegen Hochverrats« und zeigte zwölf grob gerasterte Ambrotypien. Die Ergreifung der Gesuchten war dem Innenministerium 100 000 Kronen wert, und zwar für jeden einzelnen. Vier der Gesichter kannte Tess. Es waren Morten Henriksson, Paul Eliasson, Solrun Arsælsdottir und eine alte Dame namens Nora Blavatsky. Selbst die blinde Frau aus dem Trödelladen war zur Fahndung ausgeschrieben worden!

»Was kann ich für dich tun?«, fragte jemand.

Tess drehte sich um. Erst jetzt bemerkte sie, dass sie bis auf die Dame hinter dem Schalter alleine in dem Raum war.

»Ich hätte eine Anzeige aufzugeben«, sagte Tess. Sie faltete den zerknitterten Zettel auf und schob ihn zusammen mit einem Geldschein über den Tresen. Die Frau setzte sich umständlich eine randlose Brille auf und zählte leise murmelnd mit den Fingern die Wörter ab.

»Wann soll die Anzeige gedruckt werden?«

Tess zuckte mit den Schultern. »So früh wie möglich.«

»Also in der morgigen Ausgabe. Und wie oft?«

»Ich denke, einmal reicht.«

Die Frau sah nun Tess über die Brille hinweg an. »So. Denkst du also.«

Tess nickte. Sie spürte, wie sich ihr unter dem Blick der Frau die Nackenhaare aufstellten.

»Ich an deiner Stelle würde sie mindestens zwei Mal schalten. Altstimmen sind schwer zu finden, und du möchtest doch, dass möglichst viele diese Anzeige lesen, oder?«

Tess schluckte und trat nervös von einem Fuß auf den anderen. Sie kam sich auf einmal durchschaut vor.

Die Frau blickte Tess noch immer scharf an und schnalzte dann missbilligend mit der Zunge. Dann füllte sie einen kleinen Zettel aus, versah ihn mit einem Stempel und gab ihn Tess zurück.

»Was ist das?«, fragte sie.

»Na, die Quittung. Ich denke, dein Vater braucht einen Beleg.«

»Aber …«

»Bürschchen, du bekommst kein Wechselgeld. Du hast passend bezahlt. Und jetzt troll dich, ich will Feierabend machen.«

Die Frau stellte ein Geschlossen-Schild auf und begann, die Tageseinnahmen durchzugehen.

»Auf Wiedersehen«, murmelte Tess.

Die Frau hob unwirsch die Hand, weil sie sich vermutlich nicht verzählen wollte, und murmelte weiter vor sich hin. Tess steckte die Quittung ein und ging.

Eine weit entfernte Uhr schlug sechs, als sich Tess auf ihr Fahrrad setzte und sich auf den Weg zurück nach Tyndall machte. Hatte die Frau etwa gewusst, was die Anzeige bezwecken sollte? War sie womöglich selbst ein Mitglied der Armee der Morgenröte? Auf einmal hatte Tess das Gefühl, sich zwischen den Fronten eines unaufhaltsam heraufziehenden Krieges zu befinden.

Die Menschen, die noch auf den Straßen zu sehen waren, beeilten sich, so schnell wie möglich nach Hause zu kommen. Keiner flanierte durch die Straßen, niemand nahm sich Zeit, die Schaufensterauslagen zu betrachten. Die Cafés waren geschlossen, die Automobile waren verschwunden und Busse fuhren nur noch nach einem Sonderfahrplan. Selbst der Park, in dem sie vor nicht allzu langer Zeit neidvoll die Mütter mit ihren Kindern beobachtet hatte, war nun wie ausgestorben. Das einst so lebendige Lorick war in einer Angststarre gefangen. Tess trat heftiger in die Pedale.

Kaum hatte sie den Bahnhof passiert, ließ sie das Rad ausrollen. In einer schmalen Seitengasse nahm sie zwei Gestalten wahr, einen schmal gewachsenen Mann im langen Gehrock und einen dunkelhaarigen Jungen, der etwa in ihrem Alter war. Im ersten Moment sah es so aus, als tanzten sie einen bizarren Tanz, dann aber erkannte sie, dass die beiden miteinander kämpften – und es sah nicht gut für den Jungen aus. Der Mann hatte seine Hände um den Hals des Burschen gelegt und drückte mit aller Macht zu.

Tess ließ das Fahrrad zu Boden fallen. »He!«, schrie sie und lief in die Gasse. Sie war nur noch wenige Schritte von den beiden Kontrahenten entfernt, als der Mann aufschaute, die Augen schloss – und zusammen mit dem Jungen verschwand.

Tess wirbelte herum. Das war unmöglich! Kein Mensch konnte sich einfach in Luft auflösen. Da! Dort hinten bei den Mülltonnen waren sie wieder. Kaum hatte sich Tess in Bewegung gesetzt, waren sie auch schon wieder fort, nur um sich an einer anderen Stelle wieder zu materialisieren. Der Junge wehrte sich verzweifelt, aber es konnte keinen Zweifel daran geben, dass er in diesem ungleichen Kampf unterliegen würde. Wieder ein Sprung, diesmal auf das Dach des angrenzenden Hauses, aber auch dort blieben sie nur für wenige Sekunden. Doch im nächsten Augenblick erschienen die beiden direkt vor Tess. Sie streckte die Hand aus, packte den Mann beim Kragen und riss ihn fort. Der Junge ging röchelnd und hustend zu Boden. Der Mann, der aus der Nähe einem Habicht auf eine geradezu lächerliche Weise ähnlich sah, flog in hohem Bogen durch die Luft, schlug hart auf die Erde auf und rutschte über das Kopfsteinpflaster.

»Verdammt«, fluchte Tess, als sie sah, was sie angerichtet hatte. Aber ihre Sorge, den Kerl womöglich ernsthaft verletzt zu haben, war unbegründet. Anstatt benommen liegen zu bleiben, sprang er wie an einer Schnur gezogen hoch und rannte auf Tess zu – nur um im Laufen zu verschwinden.

»Vorsicht«, krächzte der Junge hinter ihr, aber es war zu spät. Der Mann erschien hinter Tess und stürzte sich auf sie. Dann machte es Klick. Mit einem Mal war die Welt wie in Aspik eingelegt. Alle bis auf ihre eigenen Bewegungen waren langsam und zäh, auch die des Habichtmannes, dem sie jetzt tänzerisch mit einem Schritt zur Seite auswich. Der Mann schwamm träge an ihr vorüber. Sie packte seinen Arm und zog so heftig, dass sie ihren Gegner quer über die Straße katapultierte, wo er gegen eine Brandmauer prallte und ohnmächtig liegen blieb. Dann machte es erneut Klick und alles war wieder normal. Oder was man normal nannte.

Der Junge hatte sich auf die Beine gekämpft und nun die Hand seiner Retterin ergriffen. Dann änderte sich die Umgebung, einmal, zweimal, dreimal und schließlich so oft, dass Tess schwindelig wurde. Als sie sich schließlich bei einem Stellwerk in der Nähe des Bahnhofs zum letzten Mal materialisierten, sackte sie auf die Knie und übergab sich geräuschvoll.

»Wer bist du?«, keuchte sie und wischte sich mit einer zitternden Hand den Mund ab. »Etwa ein Eskatay?«

»Ein Eskatay? Nein. Mein Name ist York«, sagte der Junge und half ihr hoch. »Entschuldige, ich wollte nicht, dass dir schlecht wird, aber ich versuche diesen verdammten Egmont schon die ganze Zeit zu entwischen.« Er schaute sich um, dann lächelte er sie an. »Sieht so aus, als wäre mir das dank deiner Hilfe auch gelungen.«

»Wer ist Egmont?«, fragte Tess, die in ihrem Zustand nur häppchenweise verabreichte Informationen verdauen konnte. Ihr wurde wieder schlecht.

Yorks Gesicht verfinsterte sich. »Der Privatsekretär meines Vaters, Erik Urban.«

Tess musste schon wieder würgen. »Kenne ich nicht. Weder den einen noch den anderen.«

»Mein Vater war der obersten Richter dieses Landes.«

»Tut mir leid, aber ich habe bis vor Kurzem mein Leben in

totaler Isolation verbracht. Mein Name ist übrigens Tess. Und: Ja, ich bin *kein* Junge«, fügte sie hinzu, als sie Yorks fragenden Blick bemerkte.

»Durftest du das Haus auch nicht verlassen?«, fragte York überrascht.

Tess lächelte müde. »Ich bin in einem kommunalen Waisenhaus aufgewachsen. Da setzt man nur selten einen Fuß vor die Tür.«

»Du hast keine Eltern?« Yorks Verblüffung steigerte sich noch mehr.

»Jeder hat Eltern. Aber wenn du fragst, ob meine noch leben, kann ich dir nur sagen, dass ich es nicht weiß. Ich habe sie nie kennengelernt.«

»Ich kenne meine auch nicht«, sagte York leise.

»Was?«, sagte Tess. »Aber du hast doch gerade gesagt …«

»Ich bin direkt nach meiner Geburt adoptiert worden.« Er schwieg einen Moment, dann sagte er: »Du bist auch ein Gist?«

Tess zögerte, dann nickte sie. Obwohl sie dieses Wort noch nie gehört hatte, ahnte sie instinktiv, dass es mit ihr zu tun hatte, dass es eine Antwort auf all ihre Fragen war. Trotz der Anspannung konnte sie die Erleichterung im Gesicht des Jungen erkennen. Und auch ihr ging es ähnlich. Es gab noch jemanden wie sie. Tess war nicht mehr allein. Sie versuchte sich wieder gerade hinzustellen und drückte den Rücken durch. Zwei Gleise weiter fuhr ein Zug an ihnen vorbei. »Du wirst mir alles darüber erzählen, doch jetzt müssen wir von hier verschwinden.«

»Dann nimm meine Hand«, sagte York.

»Nein, nein, nein! Kommt überhaupt nicht infrage. Mir ist schon schlecht.«

»Ich verspreche dir, dass ich vorsichtig springen werde«, sagte York. »Wir kommen ohnehin nicht weit. Ich kann nur die Orte besuchen, an denen ich schon einmal war. Und das sind nicht viele.«

»Weißt du schon, wo du dich verstecken kannst? Ich meine, hast du irgendeinen Unterschlupf?«

»Ich habe noch nicht einmal Freunde«, sagte er. »Das macht die ganze Sache etwas komplizierter.«

»Dann hat dich heute der Blitz des Glücks doppelt getroffen. Wir müssen nach Tyndall, aber vorher würde ich gerne mein Fahrrad holen. Ist das in Ordnung?«

Er nickte. »Egmont sollte fort sein.« York ergriff ihren Arm. »Mach besser die Augen zu, dann wird dir vielleicht nicht schlecht.«

***

Der Direktor holte eine Trillerpfeife aus seiner Jackentasche und pfiff laut auf ihr. Kurz darauf jaulte eine Sirene auf, deren Heulen so durchdringend war, dass Lennart dachte, so müsse der Weltuntergang klingen, wenn er dereinst anbräche.

»Wenn Sie mich bitte entschuldigen würden«, schrie der Direktor. Selbst im Sicherheitstrakt war der Alarm so laut, dass man sein eigenes Wort nicht mehr verstand. Lennart machte eine Geste, die Verständnis ausdrücken sollte, und sein Begleiter eilte davon. Lennart musste lachen, als ihm das

Absurde dieser Situation bewusst wurde. Einem Jungen von fünfzehn Jahren gelang es, ohne Hilfsmittel innerhalb kürzester Zeit aus einem der am besten bewachten Gefängnisse zu entkommen. Hakon Tarkovski hatte offenbar eine sehr mächtige Gabe. Aber hatte Magnusson Lennart nicht gewarnt?

Magnusson ist ein Lügner.

Lennart zuckte zusammen, als sich diese Worte in seinem Verstand manifestierten.

Ich bin kein Eskatay, ich bin ein Gist.

Lennarts Rücken versteifte sich, als hätte jemand mit den Fingernägeln über eine Schiefertafel gekratzt.

»Hakon Tarkovski?«, fragte er.

Ja.

»Wo bist du?«

Hier.

»Dann zeig dich!«

Eine Gestalt trat aus dem Schatten. Es war tatsächlich der Junge aus dem Zirkus und er befand sich in einem bedauernswerten Zustand. Das Kostüm, das er bei der Vorstellung getragen hatte und nun vor Schutz starrte, war an einigen Stellen zerrissen. Hakon selbst war in einem erbärmlichen Zustand. Tränenspuren zeichneten sich in seinem staubigen Gesicht ab.

Lennart hätte ihm am liebsten die Hand auf die Schulter gelegt, ihn vielleicht sogar in den Arm genommen, so leid tat er ihm. Aber er zögerte. Wie hatte Magnusson Hakon genannt?

»Manipulativ«, kam die Antwort.

»Das im Zirkus, das war kein Trick gewesen, nicht wahr? Du kannst tatsächlich Gedanken lesen.«

Hakon nickte.

»Und meine Erinnerungen sind wie ein offenes Buch für dich?«, fragte Lennart vorsichtig.

»Ja. Alle. Die guten wie die weniger guten.«

Lennart zuckte zusammen. Er fühlte sich plötzlich nackt und ausgeliefert.

Der Junge lächelte schwach. »Das muss Ihnen nicht peinlich sein. Sie kennen meine Geheimnisse noch nicht, aber das lässt sich ändern. Geben Sie mir Ihre Hand.«

»Was hast du vor?«, fragte Lennart misstrauisch.

»Es ist wichtig, dass Sie mir vertrauen. Deswegen sollen Sie alles über mich erfahren. Und hören Sie auf, ständig darüber nachzudenken, was dieser Magnusson gesagt hat. Wenn Sie wissen, wer ich bin, werden Sie den Staatssekretär anders einschätzen.«

Langsam streckte Lennart seine Hand aus. Hakon ergriff sie und drückte zu, so fest er konnte.

Lennart wurde in einen tiefen, eiskalten See geworfen und zog scharf die Luft ein. Sämtliche Erinnerungen an ein fremdes Leben stürzten ungefiltert auf ihn ein. Hakon behielt nichts für sich, weder die größten Niederlagen noch die triumphalsten Siege. Keine Peinlichkeit und keine noch so intimsten Geheimnisse wurden ausgespart. Vor ihm stand ein Mensch, von dem er in diesem Augenblick mehr wusste als von seiner Frau oder seinen Kindern.

Lennart schnappte nach Luft, als Hakon ihn losließ. Er starrte den Jungen entsetzt an. »Oh mein Gott«, flüsterte er.

Ihm war so schwindelig, dass er sich an die Wand lehnen musste. »Und du weißt genauso viel über mich?«

»Ja«, sagte Hakon. »Aber es war nicht meine Absicht. Im Zirkus … ich konnte es nicht kontrollieren. Normalerweise versuche ich nicht, jedem in den Kopf zu schauen. Aber Swann war da, und da habe ich die Kontrolle verloren. Und auch jetzt bin ich nicht sicher, das Richtige getan zu haben. Aber ich bin einfach …«

»… verzweifelt, ich weiß. An deiner Stelle hätte ich genauso gehandelt.«

»Wenn Swann Sie findet, wird er Ihren Verstand wie ein Uhrwerk auseinandernehmen, nur um herauszufinden, wie Sie ticken. Und dann wird er auf meine Erinnerungen stoßen, die jetzt auch die Ihren sind. Für mich ist das nicht weiter tragisch. Ich weiß nichts, was diesem Kerl auch nur im Entferntesten weiterhelfen wird. Aber Sie, Sie sind jetzt in ein Geheimnis eingeweiht, das man schon seit sehr langer Zeit zu schützen versucht. Er wird Sie und Ihre Familie in diese Kiste schauen lassen. Und dann wird nichts mehr wie vorher sein.«

Lennarts Gedanken fuhren Karussell. Er wusste, dass er nicht die Kraft des Jungen hatte, um sich vor einem Angriff Swanns zu schützen. Es gab nur eine Möglichkeit, diesem Schicksal zu entgehen.

»Ja. Wir müssen fliehen. Noch in dieser Nacht«, sagte Hakon.

»Dann sollten wir gehen.«

»Danke«, sagte Hakon, als er wieder für Lennarts Augen und die aller anderen Menschen, die sich in seiner Nähe befanden, zu einem Schatten wurde. *Danke, dass Sie mir zugehört haben.*

»Hatte ich eine andere Wahl?«

Nein, die hatten Sie nicht. Aber solange ich bei Ihnen bin, wird Ihnen und Ihrer Familie nichts zustoßen. Das verspreche ich Ihnen.

Im Gefängnishof war der Teufel los. Alles, was eine blaue Uniform trug und eine Waffe in den Händen halten konnte, war auf den Beinen, um das Gelände zu sichern.

Keiner der Männer vermochte den Jungen zu sehen, der dicht neben Lennart ging. Auch Lennart wusste nur wegen der Präsenz in seinem Kopf, dass er nicht allein war.

»Herr Direktor?«, rief er dem Mann zu, der noch immer damit beschäftigt war, die recht kopflose Suche nach dem Flüchtling zu organisieren.

»Chefinspektor Lennart!« Der Direktor wischte sich eine widerspenstige Strähne aus der Stirn, die aber sofort wieder zurückrutschte. »Es tut mir wirklich leid, aber so etwas habe ich noch nie erlebt. Bitte, seien Sie versichert, dass die Sicherheitsmaßnahmen in diesem Staatsgefängnis rigoroser sind, als es die Erlasse vorschreiben.«

Lennart hüstelte und zwang sich, nicht hinter sich zu schauen. Da brach der Mann zusammen.

»Bitte«, wisperte er. »Sagen Sie nicht im Ministerium Bescheid! Lassen Sie mich erst den Bericht schreiben, ja?«

Lennart schwieg. Die Situation war zu peinlich, als dass er irgendetwas dazu sagen konnte. Schließlich nickte er.

»Danke! Ich danke Ihnen wirklich!«

Es fehlte nicht viel und der Direktor hätte Lennart die Hand geküsst.

»Würden Sie dann bitte das Tor für mich öffnen, damit ich hinausfahren kann?«, bat Lennart. Er hoffte, dass es angesichts all der Verwirrung niemandem auffiel, dass er erst die hintere rechte Tür öffnete und dann wieder schloss, bevor er sich hinter das Steuer setzte. Doch der Direktor nickte nur geistesabwesend und gab der Wache im Torhaus ein Zeichen. Lennart gab Gas und brauste davon. Im Rückspiegel konnte er noch sehen, wie ihm der Direktor nachwinkte, als verabschiedete er lieben Besuch.

»Das war einfach«, sagte Lennart und bog auf die Straße nach Schieringsholm ein.

»Sehr einfach«, entgegnete Hakon, der nun auf der Rückbank saß. »Wenn es stimmt, dass es vor mehreren Tausend Jahren einen Krieg zwischen den Eskatay und den Menschen gab, dann möchte ich mir nicht vorstellen, mit welchen Mitteln er ausgetragen wurde.«

»Die magisch Begabten hatten den anderen Menschen gegenüber einen großen Vorteil«, warf Lennart ein.

»Ja, äußerlich waren sie einander gleich. Das macht den Kampf immer schwer, wenn man nicht weiß, wie der Feind aussieht und wo er steht.«

»Trotzdem wäre es interessant zu wissen, wie sich Gist und Eskatay voneinander unterscheiden. Abgesehen von ihrem Ursprung.«

»Ich bin nicht Teil dieses sogenannten Kollektivs. Gist können Kinder bekommen und ihre Gabe weitervererben. Und ich glaube, dass meine Kräfte viel größer sind als die der

Eskatay.« Hakon lachte. »Sie haben Angst davor und ich kann das sehr gut verstehen. Für mich ist es der Beginn einer langen Reise, von der ich nicht weiß, wo sie endet.«

»Du klingst nicht wie ein Fünfzehnjähriger«, sagte Lennart erstaunt.

»Ich bin auch keine fünfzehn mehr«, entgegnete Hakon. »Ich habe jetzt Ihre Erfahrungen. Und die sind für mich ein großer Schatz, auch wenn Sie es nicht glauben.«

»Und ich hatte fast schon vergessen, wie man sich in deinem Alter fühlt«, sagte Lennart und lächelte.

»Vielleicht wird das eines Tages unsere Rettung sein«, sagte Hakon ernst. »Der Austausch. Ein gegenseitiges Geben und Nehmen. Ich glaube, mit dem heutigen Tag ist die Welt, wie wir sie kennen, untergegangen. Was uns am Ende erwartet, ist entweder der endgültige Untergang der Menschheit oder der Beginn eines neuen Zeitalters.«

***

York hatte sich bei Tess hinten auf den Gepäckträger des Fahrrades gesetzt und so waren sie nach Osten aus der Stadt gefahren, bis sie das Industrierevier Tyndalls erreichten, wo sich am Ufer der Midnar die alte Weberei befand. Tess fuhr das Fahrrad in den Schuppen, in dem sich auch der Lastwagen befand, und schloss das Tor, als sie plötzlich ein Klicken hörte.

»Wer ist der Kerl?«, sagte Solrun und hielt York eine großkalibrige Waffe an den Kopf.

York wirkte ein wenig nervös, aber nicht so nervös, wie er

eigentlich sein sollte. Und das machte offenbar wiederum die Frau nervös. Sie leckte sich die Lippen und stellte sich noch ein wenig breitbeiniger hin. »Ich rede mit dir!«

»Ich habe ihn unterwegs aufgesammelt«, sagte Tess. »Er ist wie wir auf der Flucht.« Sie stellte sich jetzt so neben Solrun, dass sie einschreiten konnte, wenn die Frau eine Dummheit beging.

»Entschuldigung. Vielleicht sollte ich mich vorstellen. Mein Name ist York Urban.«

Jetzt blinzelte Solrun nervös. »Urban? Hast du etwas mit diesem Richter zu tun?«

»Ja. Er ist … er war mein Vater.«

»Und vor wem warst du auf der Flucht?«

»Vor den Männern, die ihn umgebracht haben.«

Jetzt wurde Solrun sichtlich unsicher. Sie ließ die Waffe ein wenig sinken und zielte nicht mehr auf Yorks Gesicht. »Erik Urban ist an einem Herzversagen gestorben.«

»Das ist er nicht. Ich war dabei«, sagte York mit fester Stimme.

Tess schob sich ein Stück zwischen York und Solrun. »Deswegen müssen wir sofort mit Henriksson sprechen. Das, was wir zu berichten haben, dürfte ihn brennend interessieren.«

»Ach, und mich etwa nicht?«

»Doch«, sagte Tess, als sie ihren Fehler bemerkte.

»Und was habt ihr zu berichten?«

Tess wollte darauf antworten, aber York kam ihr zuvor. »Die Eskatay sind wieder zurück.« Dann sprang er so, dass er nicht mehr in der Schusslinie stand und Solrun mit einer raschen Bewegung die Pistole aus der Hand reißen konnte.

»Und du bist einer von ihnen«, hauchte sie. Mit einer geübten Bewegung holte sie zum Schlag aus, aber York hatte einfach die Seite gewechselt.

»Bin ich nicht«, sagte er und drückte ihr den Griff der Pistole in die Hand. »Denn wenn ich es wäre, wären Sie jetzt tot und wüssten noch nicht einmal, was Sie ins Jenseits befördert hat.« Dann folgte er Tess in die Fabrikhalle. Solrun steckte sich fluchend die Waffe in den Gürtel, um sich ihnen anzuschließen.

»Was wissen Sie über die Eskatay?«, fragte Tess, als sie sich vor Henriksson stellte, der mit Eliasson an einem Tisch saß und nun überrascht aufblickte.

»Hallo, Tess. Auftrag erfüllt? Wie ich sehe, hast du Besuch mitgebracht. Willst du uns nicht miteinander bekannt machen?«, sagte Henriksson ruhig.

»Das ist der Sohn von Richter Urban«, sagte Solrun.

»Was wissen Sie über die Eskatay?«, wiederholte Tess.

»Du bist eine von ihnen«, sagte Eliasson.

»Das ist sie nicht«, entgegnete Henriksson zögernd. »Sie ist ein Gist.«

Tess fuhr herum. Henriksson hatte es gewusst? Nora musste es ihm verraten haben.

»Was soll das denn sein? Davon habe ich noch nie etwas gehört«, unterbrach Eliasson ihre Gedanken.

»Ein Gist ist ein Mensch, der mit einer magischen Begabung geboren wird. Eskatay sind anders. Sie werden durch eine Blume infiziert und werden Teil eines magischen Kollektivs. Oder sie sterben«, ergänzte York. »Wie mein Vater.«

Henriksson und Eliasson warfen sich einen Blick zu, den

Tess nicht genau interpretieren konnte. Sie starrte wieder Henriksson an.

»Noch einmal: Was ist ein Eskatay genau? Und wieso wussten Sie, dass es jemanden wie mich gibt?«

»Durch Nora«, antwortete Henriksson. »Und was die Eskatay angeht …«

»Wir haben die Befürchtung, dass Leo Begarell ein Eskatay ist«, fiel ihm Solrun ins Wort. »Der Verdacht besteht schon seit seiner ersten Präsidentenwahl.«

»Leo Begarell hat sich einen neuen Lebenslauf gebastelt«, sagte Eliasson. »Seine offizielle Biografie ist eine Fälschung. Es hat lange gedauert, um das herauszufinden. Begarell war sehr gründlich. Und je mächtiger er wurde, desto wirksamer waren seine Möglichkeiten, sich eine neue Lebensgeschichte zu erfinden.«

»Wie auch immer, seinen richtigen Namen kennen wir nicht. Er ist nicht verheiratet, hat keine Kinder. Seine Schulabschlüsse scheinen echt zu sein, aber es kann sich kaum einer seiner Kameraden an ihn erinnern.«

»Warum haben Sie das alles recherchiert?«, fragte Tess.

»Weil sie nach einer Schwachstelle gesucht haben, nicht wahr?«, sagte nun York. »Ich habe meinen Vater oft genug belauscht, um ein wenig vom politischen Geschäft zu verstehen.«

Henriksson seufzte. »Als Gewerkschaft waren wir nicht sonderlich erfolgreich. Begarell hat nach dem Prinzip ›teile und herrsche‹ gehandelt. Den Arbeitern ging es gut. Es gab gesetzliche Mindestlöhne und einen großzügigen Urlaubsanspruch. Er hat sogar eine Sozialversicherung eingeführt!

Die ärztliche Versorgung ist umsonst, wer mit siebzig in Rente geht, bekommt die Hälfte seines Lohnes weitergezahlt und entrichtet keine Steuern mehr. Mit dieser Reform hat er seine erste Regierungszeit überstanden. Dann brach das System zusammen.«

»Warum?«, fragte Tess.

Es war wiederum York, der antwortete. »Der Staat war pleite.«

Henriksson nickte. »Morland hat wie der Rest der Welt ein massives Rohstoffproblem. Irgendwann hat Begarell seine Rechnungen nicht mehr begleichen können.«

»Aber ich verstehe nicht: Was hat das jetzt mit Ihrer Gewerkschaft zu tun?«, fragte York.

»Fast ein Viertel der Bevölkerung Morlands war zu dieser Zeit arbeitslos und hatte keine Möglichkeit mehr, in Lohn und Brot zu kommen. Gewerkschaften kümmern sich nicht nur um Menschen, die Arbeit haben, sondern auch um die, die Arbeit suchen. Wir haben aus der Morstal-Ära gelernt. Begarell nicht. So selig seine Gaben auch waren, allen war klar, dass man sie nur dann finanzieren konnte, wenn jeder Arbeit hatte. Bei der ersten Krise brach das ganze Kartenhaus zusammen. Bis heute haben wir uns nicht davon erholt. Begarell muss sein Amt niederlegen, daran kann es keinen Zweifel geben. Aber freiwillig wird er den Sessel nicht räumen.«

»Also haben Sie versucht, mit schmutzigen Tricks zu arbeiten«, sagte York.

»Schmutzig würde ich sie nicht nennen«, wandte Eliasson ein.

»Doch«, sagte Henriksson. »Das waren sie. Wir waren kurz davor, Begarells Müll zu durchwühlen, um etwas Belastendes zu finden. Aber dann geschah etwas Seltsames. Etwas, was uns alle davon überzeugt hat, dass hinter Begarells Präsidentschaft etwas ganz anderes steckte. Es war kurz nach seiner ersten Ernennung, da hatte es in der Residenz des Präsidenten eine Feier gegeben. Alle waren da: Politiker, Künstler, Wirtschaftskapitäne. Und die Vertreter von Morstal natürlich, die seine Kandidatur unterstützt hatten. Es ist an diesem Tag zu einem heftigen Streit zwischen Begarell und Johan Weiksell, dem Vorstand von Morstal, gekommen.«

»Woher wissen Sie das?«, fragte Tess.

»Weil ich in dieser Zeit im Hause Begarell als Dienstbote gearbeitet habe«, sagte Eliasson. »Ich war dabei, als es geschah. Also nicht direkt, aber die Tür stand einen Spalt auf. Die Auseinandersetzung war fürchterlich. Begarell fluchte wie ein Müllkutscher, es war unglaublich. Ich fragte mich, woher dieser Mann dieses Vokabular hat. Weiksell hingegen schwieg und trank genüsslich seinen Branntwein. Wahrscheinlich dachte er, was schert es die Eiche, wenn sich die Sau an ihr kratzt. Plötzlich wurde Begarell ganz ruhig und freundlich, wie ein Sturm, der sich ausgetobt hatte. Er entschuldigte sich sogar bei Weiksell und bot ihm eine Zigarre an. Das dachte ich zumindest, als er eine Holzkiste öffnete.«

»Aber es waren keine Zigarren drin, nicht wahr?«, fragte York.

»Nein, und ich habe auch nicht gesehen, was es war. Jedenfalls kippte Weiksell vornüber und war tot. Die Ärzte stellten später einen Herzinfarkt fest.«

»Aber das macht Begarell noch nicht zu einem magisch begabten Menschen«, sagte Tess.

»Ihr wisst, dass Begarell gerade bei den Armen geradezu wie ein Heiliger verehrt wird«, meldete sich nun Eliasson zu Wort.

Tess zuckte mit den Schultern. »Weil er so viel für sie getan hat, nehme ich an.«

»Nein, das ist es nicht allein. Es heißt, er sei ein Heiler«, sagte Eliasson. »Es kursieren seltsame Geschichten darüber. Zwei Wochen nach dem Ableben Weiksells hielt sich Begarell auf seinem Landsitz in der Nähe von Fyros auf, um sich auf die erste Sitzungswoche des Parlaments vorzubereiten. Erst kurz zuvor hatte er das Reiten für sich entdeckt und erkundete die Wälder der Umgebung. Als er zurückkehrte, kam es zu einem folgenschweren Unfall. Ein kleines Mädchen, die Tochter der Köchin, spielte draußen mit ihrem Hund, der plötzlich außer Rand und Band geriet, als er das Pferd sah. Das Reittier ging durch und trampelte das Kind nieder.« Eliasson versuchte zu lächeln. »Es war ein schrecklicher Anblick. Ein Bein war so gebrochen, dass der Knochen hervorschaute, und der Kopf ...« Eliasson schluckte. »Der Kopf hatte eine große, eine *sehr* große Wunde.« Er räusperte sich und nahm einen Schluck Tee aus der Tasse, die vor ihm stand. »Begarell sah das Unglück und lief zu dem Mädchen. Wir alle dachten, es sei tot, doch es atmete noch. Aber das machte keinen Unterschied, nicht für uns, denn wir dachten, das Kind würde ohnehin sterben. Als Begarell seinen Atemzug spürte, sagte er nur: Alles wird gut. Ich werde diese Worte nie vergessen. Alles wird gut. Als würde die kleine Anna schlafen und man müsse sie nur wecken. Dann legte er ihr die Hand auf. Zwei Dinge geschahen dann gleichzeitig. Das Pferd wieherte, wurde unruhig und ging zu Boden. Doch das Mädchen …« Eliasson lachte. »Das Mädchen holte tief Luft, schlug die Augen auf und lächelte uns alle an, als hätte es gerade den schönsten Traum seines Lebens gehabt. Und es war völlig unversehrt, seine Wunden waren geheilt. Das Pferd war übrigens tot, was in all der Freude und dem Durcheinander zunächst niemandem auffiel. Als der erschrockene Stallbursche Begarell darauf aufmerksam machte, zeigte der Präsident eine erstaunliche Reaktion. Er sagte nur, die Waagschale des Lebens sei unerbittlich. Sie gleiche alles aus. Da hatte ich zum ersten Mal die Ahnung, dass er ein Eskatay ist.«

»Weil er das Kind geheilt hat?«, fragte Tess.

Eliasson schüttelte den Kopf. »Es geht dabei vielmehr um das Wie. Jemand, oder in diesem Fall *etwas*, musste einen Preis für die Rettung zahlen.«

»Das Pferd«, sagte York.

»Begarell kann kein Leben schenken, so gerne er das möchte. Er kann heilen, und das auch nur, wenn er die Gewichte in der Waagschale austauscht.«

»Aber ist er nun ein Gist oder ein Eskatay?«, fragte Tess.

»Wir glauben, dass er ein Eskatay ist«, sagte Henriksson.

»Nun, wie auch immer: Wir wissen, was es bedeutet, wenn die Eskatay versuchen, die Herrschaft an sich zu reißen«, sagte Henriksson. »Man muss nicht die alten Geschichten kennen, um zu wissen, was auf dem Spiel steht.«

»Tess und ich sind nicht die einzigen Gist«, sagte York bedrückt. »Da gibt es noch einen anderen Jungen, Hakon

Tarkovski. Er wird im Staatsgefängnis festgehalten, wo man ihn genauer untersuchen will.«

»Dann sind wir alle in großer Gefahr«, sagte Eliasson. »Wir müssen fort von hier. Am besten noch heute.«

»Dann wären wir auf der Flucht«, sagte Solrun.

»Sind wir das nicht ohnehin?«, brummte Eliasson.

»Ich laufe nicht gerne davon.«

»Vielleicht müssen wir das gar nicht«, sagte York und holte aus der Hosentasche den Zettel mit den Zahlen. »Bevor mein Vater starb, hat er dafür gesorgt, dass ich das hier bekomme.«

»Darf ich mal sehen?«, sagte Henriksson.

»Natürlich.« York reichte ihm das Papier.

»Das sind geografische Koordinaten. Sie markieren einen Ort ziemlich hoch im Norden«, sagte Eliasson, nachdem er einen kurzen Blick darauf geworfen hatte.

»Was befindet sich dort?«, fragte Solrun.

»Etwas, was mein Vater ›Station 11‹ nannte. Sie befindet sich zweihundert Meilen südöstlich von Horvik, einer kleinen Bergarbeiterstadt in der Polarregion«, sagte York. »Sie muss für Begarell und seine Leute ziemlich wichtig sein. Wenn wir herausfinden wollen, was die Eskatay vorhaben, müssen wir dorthin.«

Henriksson, Eliasson und Solrun schwiegen nachdenklich.

»Ich glaube, dass York Recht hat«, sagte Tess. »Wir dürfen nicht dasitzen und abwarten, bis etwas geschieht. Wir müssen handeln und versuchen, den Eskatay immer um einen Schritt voraus zu sein.«

Eliasson schien noch immer nicht überzeugt zu sein, nickte aber. »Also gut. Alles ist besser, als hier herumzusitzen.«

»Dann heize ich den Wagen vor«, sagte Solrun. »Zum Glück habe ich noch nicht ausgepackt.«

»Wir werden mit dem Automobil nicht weit kommen«, sagte York. »In den Bergen gibt es keine Straßen, die wir benutzen könnten. Aber nicht weit von Station 11 führt eine Bahntrasse nach Norden.«

»Was ist dann unser erstes Ziel?«, fragte Tess.

»Morvangar«, sagte York. »Das ist auch die Stadt, in der ich geboren wurde und in der meine Mutter gelebt hat.«

***

»Silvetta? Silvetta, wach auf«, flüsterte Lennart und rüttelte seine Frau sanft an der Schulter. Mit einem Schlag war sie hellwach.

»Was ist los?«, fragte sie. »Bist du im Ministerium gewesen?«

»Ja, und im Staatsgefängnis. Die Dinge sind schlimmer, als wir befürchtet haben. Viel schlimmer.«

Silvetta setzte sich auf und zog sich eine dünne Strickjacke über. »Was ist geschehen?«

»Wir befinden uns am Vorabend eines Krieges«, flüsterte Lennart.

»Oh mein Gott, wird Morland angegriffen?«

»Nein, die Grenzen sind unverletzt. Der Feind sitzt im Inneren und hat die Schalthebel der Macht besetzt. Der Ausnahmezustand war erst der Anfang. Wir müssen weg.«

»Wann?«, fragte sie erschrocken.

»Jetzt. Auf der Stelle«, sagte Hakon.

Silvetta erschrak, als der Junge ins Licht der Petroleumlampe trat, die Lennart in der Hand hielt.

»Wer ist das?«, fragte sie, dann erkannte sie ihn. »Du bist der Junge aus dem Zirkus! Warum ist er hier, Lennart? Warum hast du ihn zu uns nach Hause gebracht?«

»Scht«, machte Lennart. »Beruhige dich.«

»Ich will mich nicht beruhigen! Du weckst mich mitten in der Nacht und erzählst von einem Krieg, der bald losbrechen wird«, rief sie völlig außer sich vor Erregung. »Ich will das nicht hören! Du hättest niemals das Angebot von diesem Magnusson annehmen sollen.«

»Das hätte nichts geändert.«

»Ich will von den Dingen, die du siehst, nichts wissen. Das ist nicht meine Welt!«

»Doch, das ist sie immer schon gewesen«, widersprach Lennart. »Nur weil du die Augen vor ihr verschließt, heißt es nicht, dass sie nicht existiert. Irgendwann werden sie auch an deine Tür klopfen und dich abholen, dich und die Kinder. Wenn das geschieht, möchte ich, dass ihr nicht mehr hier seid. Wir sind nicht mehr sicher.«

»Nein.« Sie schüttelte den Kopf. »Nein, nein, nein! Ich will einfach nur ein ganz normales Familienleben führen, ist das denn zu viel verlangt?«

»Silvetta, wir können nicht die ganze Nacht darüber diskutieren, wie die Welt sein könnte, wenn alle unser Wünsche in Erfüllung gingen. Wir müssen die Kinder wecken und von hier verschwinden.«

Silvetta schüttelte jetzt energischer den Kopf. »Ich will das nicht, hörst du?«

Lennart drehte sich zu Hakon um. »Zeig ihr, was du mir gezeigt hast.«

»Ich weiß nicht, ob das eine gute Idee wäre«, sagte Hakon unbehaglich.

»Mich hast du auch überzeugen können.«

»Ja, aber Sie sind anders. Ihre Frau könnte daran zerbrechen.«

»Silvetta! Bitte, du musst …«

»Ich komme nicht mit«, sagte sie störrisch und wischte sich mit einem zusammengeknüllten Taschentuch, das sie aus der Tasche ihrer Bettjacke gezogen hatte, die Tränen aus den Augen. »Und die Kinder bleiben auch hier.«

Lennart holte tief Luft. »Hakon, bitte.«

»Wirklich, ich weiß nicht, ob wir das tun sollten.«

»Tu es!«

Hakon streckte seine Hand aus, aber Silvetta wich ängstlich zurück. »Geh weg«, sagte sie. »Fass mich nicht an.«

Hakon wandte sich verzweifelt zu Lennart um. »Es ist sinnlos! Sie tun Ihrer Frau damit keinen Gefallen.«

Lennart war jetzt wütend. Er packte seine Frau und hielt sie fest. Sie begann zu schreien.

»Schnell, bevor die Kinder wach werden.«

Hakon ergriff Silvettas Arm und schloss die Augen. Hagen Lennarts Frau zappelte energisch und gab einen schrecklichen, gurgelnden Laut von sich. Dann wurde sie still. Ihre Augen waren in eine imaginäre Ferne gerichtet. Vorsichtig ließ Lennart sie los.

»Silvetta?«

»Ja?«, sagte sie träge, ohne ihren Mann anzuschauen.

»Silvetta, ist alles in Ordnung?«

»Ja.«

»Verstehst du jetzt, was ich meine?«

»Ja.« Ihr Blick verlor sich noch immer in der Dunkelheit des Schlafzimmers.

Hakon sah sie bestürzt an. »Was haben wir getan? Sie steht unter einem Schock.«

»Silvetta, du musst die Kinder wecken und unsere Sachen packen«, sagte Lennart und berührte sie sacht an der Schulter.

Ihre Augen bewegten sich und suchten den Kontakt mit Hakons Augen. Er konnte denn Schrecken und die Angst in ihnen erkennen und schaute betroffen zur Seite.

»Hast du mich gehört?«, sagte Lennart ungeduldig.

Jetzt schaute sie ihren Mann an und ihr Gesicht verwandelte sich in eine starre Maske.

»Ich werde mich um alles kümmern«, sagte sie und schlug die Decke beiseite. Als sie aufstand, knickten ihre Beine ein, doch Lennart fing sie auf. Mit einer brüsken Bewegung stieß sie ihn weg.

»Fass mich nicht an«, zischte sie.

Lennart rückte überrascht von ihr ab. Sie warf Hakon einen finsteren Blick zu, dann wankte sie aus dem Schlafzimmer.

»Wundern Sie sich nicht, dass sie so feindselig reagiert«, sagte er. »Sie weiß jetzt alles über Sie. Und ich bin mir sicher, dass sie das nicht wollte.«

Lennart wurde weiß. »Aber warum?«, fragte er, nur um sich im selben Moment die Antwort selbst zu geben. »Oh Gott. Sie hat es von dir erfahren!«

Hakon zuckte mit den Schultern. »Ich habe Sie gewarnt.«

Lennart setzte sich auf die Bettkante. Es gab einiges in seinem Leben, was Silvetta niemals erfahren sollte, weil er wusste, dass es ihre Ehe zerstören würde.

»Nein, es hilft nichts, wenn Sie jetzt mit ihr reden«, sagte Hakon, der Lennarts Gedanken gelesen hatte.

»Es gibt nichts zu sagen. Nichts, wovon sie nicht ohnehin schon wüsste«, vollendete Lennart den Satz. Jede Lüge war hinfällig, weil sie sich in dem Moment, in dem er sie aussprach, als solche entlarvte. Er stand auf. »Ich werde die Kinder wecken.«

Dass Silvetta den Ernst der Lage erfasste, erkannte Lennart daran, dass sie entgegen ihrer sonstigen Gewohnheit wirklich nur das Notwendigste in zwei Taschen packte. Maura und Melina brauchten lange, bis sie, herausgerissen aus den Träumen des nächtlichen Tiefschlafs, in der Realität angekommen waren. Obwohl es nicht kalt war, froren sie vor Müdigkeit. Lennart wickelte sie in Decken und trug sie hinunter zum Wagen, wo sie von ihrer Mutter auf die Rückbank gesetzt wurden. Nachdem das Gepäck verstaut worden war, holte Lennart aus dem Keller so viele Säcke mit Holzpellets, wie in den Wagen hineinpassten. Bis nach Morvangar würden sie es in jedem Fall schaffen. Er setzte sich hinter das Steuer.

»Ich will wieder ins Bett, Papa«, jammerte Maura. »Ich bin müde.«

»Du kannst während der Fahrt schlafen«, sagte er und schaute auf die kleine Uhr, die den Gasdruck anzeigte. Sie würden noch einen Moment warten müssen, bis sie losfahren konnten.

»Ich kann im Automobil nicht schlafen«, maulte Melina.

»Ich auch nicht«, fiel Maura ein. »Wer ist der fremde Junge, der neben dir sitzt?«

Hakon drehte sich um. »Ihr müsstet mich eigentlich kennen.«

Die Zwillinge bekamen große Augen. »Du bist der Zauberer aus dem Zirkus!«

»Kannst du uns einen Trick zeigen? Bitte!«, sagte Maura.

Hakon schaute sie lächelnd an. »Sag mal, was hast du denn hinter dem Ohr. Hast du dich etwa nicht gewaschen?«

»Natürlich habe ich mich gewaschen«, protestierte Maura, tastete aber sicherheitshalber noch einmal den Kopf ab.

»Da ist aber was.« Hakon berührte ihr Ohr und hatte auf einmal eine Münze in der Hand. Maura machte große Augen.

»Uiii!«, rief sie. »Darf ich die behalten?«

»Natürlich.«

»Ich hab mich auch nicht gewaschen!«, krähte auf einmal Melina.

»Stimmt. Da steckt etwas in deiner Nase.« Eine weitere Münze fiel in seine Hand. »Sie gehört dir.«

»Wo fahren wir eigentlich hin?«, fragte Maura.

»Nach Morvangar. Das ist eine Stadt im Norden«, sagte ihr Vater.

»Und was tun wir da?«

»Wir suchen Hakons Mutter«, sagte Silvetta.

»Wirklich? Hat sie dich alleine gelassen?«

»Na ja, nicht direkt alleine gelassen …«, stotterte Hakon.

»Maura, das ist eine ungehörige Frage.«

»Nein. Ist schon in Ordnung.«

»Ist der Weg nach Morvangar gefährlich?«, fragte Melina.

Lennart wollte darauf antworten, aber seine Frau war schneller. »Ja, mein Liebes. Der Weg ist gefährlich. Es wäre aber noch gefährlicher, wenn wir hierblieben.«

»Warum?«, fragte ihre Tochter.

»Weil wir kein Zuhause mehr haben.«

»Ehrlich? Aber das Haus steht doch noch!«

»Ich habe keine Angst«, sagte Maura und verschränkte trotzig die Arme. »Wir haben einen Jungen bei uns, der zaubern kann. Was soll uns da schon passieren?«

Die Gasanzeige war im grünen Bereich. Lennart legte den Gang ein, und ohne sich noch einmal umzusehen, fuhr er los.

Die Kontrollpunkte waren auch in der Nacht besetzt, aber die passierten sie dank Hakons Fähigkeiten ohne Probleme. Lorick war um diese Zeit eine Geisterstadt. Nur die Hochöfen im Osten überzogen den nächtlichen Himmel mit einem rötlichen Schimmer.

Maura und Melina waren wieder eingeschlafen und auch Hakon versuchte ein Nickerchen zu machen. Silvetta sprach kein einziges Wort. Lennart hatte auch keine Lust, jetzt mit ihr eine Diskussion über sein Leben und die Fehler, die er begangen hatte, zu führen. Insgeheim bewunderte er Hakon.

Er wusste, wie schwer es ihm fiel, in der Gegenwart anderer Menschen nicht seine Ohren zu spitzen. Am Anfang war es ganz spannend gewesen, in fremden Erinnerungen zu stöbern, aber er hatte früh lernen müssen, dass nicht alle Erfahrungen positiv waren. Andere Menschen, Menschen wie Swann, hätten diese Gabe skrupellos zum eigenen Vorteil genutzt. Hakon hingegen wollte einfach nur ein normales Leben führen. Und er machte sich heftige Vorwürfe, dass er seine Zieheltern nicht hatte retten können. Ständig musste er an sie und an seine Schuld denken, die ihn von innen heraus auffraß. Doch auch diese Qual ließ er sich nicht anmerken, weil er der Überzeugung war, dass sie niemanden etwas anging.

Das Denken dieses Jungen war nicht mehr das eines Fünfzehnjährigen. Da sich ihm so viele Leben mitgeteilt hatten, setzte sich sein Geist aus einer Vielzahl von Erfahrungen zusammen, wie sie ein Mensch mit einer normalen Lebensspanne niemals haben konnte.

Kurz vor Sonnenaufgang ließen sie die Stadtgrenze hinter sich und Lennart musste zum ersten Mal anhalten, um den Vergaser neu zu befüllen. Mittlerweile schlief auch Silvetta, weshalb er sich entschloss, einfach weiterzufahren.

Den zweiten Stopp legte er ein, als sie die ersten Ausläufer der Vaftruden erreichten. Zunächst war die Landschaft sanft hügelig, sodass der Wagen keine Probleme hatte, die Steigungen zu bewältigen. Doch je näher sie dem gewaltigen, schneebedeckten Massiv kamen, desto mehr hatte der Coswig zu kämpfen. Lennart fragte sich, wie es werden würde, wenn sie sich eine der Passstraßen hinaufquälen mussten.

Gegen acht Uhr erreichten sie eine Gaststätte. Lennart bog von der staubigen Landstraße ab und parkte den Wagen. Der Motor erstarb. Vogelgezwitscher erfüllte die Luft, die nach Wald und Blumen roch. Eine Ahnung von Sommer lag in der Luft. Der Tag würde heiß werden.

Maura und Melina schlugen als Erste die Augen auf. Sie streckten sich gähnend und schauten sich um, geblendet von der tief stehenden Morgensonne.

»Wo sind wir, Papa?«, fragte Maura.

»In der Nähe von Jochfäll, kurz vor den Vaftruden.«

Melina war jetzt hellwach. »Die Vaftruden? Wo?« Sie schaute sich hektisch um.

»Hinter dir, bist du blind?«, sagte Maura, und hopste aufgeregt auf dem Rücksitz auf und ab.

»Oh Mann«, flüsterte Melina. »Sind die hoch!«

Lennart lächelte. »Der höchste Gipfel, das ist der Silfhöppigen, ragt gut 14 000 Fuß in die Höhe. Der Schnee auf seinem Gipfel schmilzt nie.«

»Was? Da oben ist immer Winter?«, fragte Maura.

»Können wir da einmal hoch?«, bettelte Melina. »Bitte, Papa.«

Jetzt wurde auch Silvetta wach. Sie rieb sich die Augen, streckte sich und lächelte ihre Kinder an.

»Guten Morgen«, sagte sie und strich den beiden über die Wange. Lennarts Herz setzte für einen Moment aus. Er war erleichtert, dass sie wieder lächeln konnte.

Er ging hinüber zur Herberge und drückte die Klinke hinunter. Die Tür war verriegelt. Lennart suchte nach einer Klingel und als er sie nicht fand, klopfte er an das Fenster.

Es dauerte einige Minuten, bis er Schritte hörte. Eine Frau, bekleidet mit einer Schürze und die Haare unter einem Tuch zu einem Zopf gebändigt, öffnete ihm.

»Guten Morgen«, sagte sie mit einem fragenden Ausdruck auf dem Gesicht.

»Guten Morgen«, erwiderte Lennart den Gruß. »Ich wollte fragen, ob Sie schon geöffnet haben. Meine Familie und ich sind die ganze Nacht durchgefahren und würden gerne etwas frühstücken.«

Hinter dem Haus muhte eine Kuh. Die Frau, die neben der Gastwirtschaft wohl auch noch einen kleinen Hof betrieb, schaute zum Automobil.

»Ja«, sagte sie. »Kommen Sie nur herein. Sie werden sich aber einen Moment gedulden müssen.«

»Das ist kein Problem.« Er winkte die anderen zu sich herüber.

Mit einem interessierten Blick auf Hakon, Silvetta und die Mädchen fragte die Frau: »Was möchten Sie trinken?«

»Tee und Milch wären hervorragend.«

»Gut. Zu Essen gibt es frisches Brot, Butter, Honig, Schinken und selbst gemachte Marmelade.«

Die Frau wischte sich die Hände an der Schürze ab und ging wieder ins Haus. »Dann nehmen Sie schon einmal Platz. Ich bin gleich bei Ihnen.«

Maura und Melina suchten sich eine Eckbank aus. Silvetta setzte sich zu ihnen, während Lennart und Hakon auf den Stühlen Platz nahmen.

Die Gaststätte bestand aus einer großen Schankstube, die so sauber schien, als könne man vom Boden essen. Die

Wände waren holzvertäfelt und unter der Decke hingen die Geweihe erlegter Tiere. Durch die geöffneten Fenster wehte eine sanfte Brise, sodass sich die rot karierten Vorhänge leicht bewegten.

Es war die perfekte Illusion eines Familienurlaubs, nur dass Hakon sichtlich fremd auf einem Stuhl saß und Silvetta Lennart noch immer keines Blickes würdigte. Nur die beiden Mädchen hatten den Spaß ihres Lebens und rutschten aufgeregt auf ihren Plätzen herum.

Eine Viertelstunde später erschien die Gastwirtin. Sie hatte sich ein sauberes Kleid angezogen und balancierte auf einem riesigen Tablett eine Kanne Tee, einen Krug Milch sowie den Rest des Frühstücks.

»Guten Appetit«, sagte sie, als der Tisch gedeckt war. »Wenn Sie noch etwas brauchen, rufen Sie einfach.« Sie wandte sich zum Gehen.

»Eine Frage hätte ich tatsächlich. Wissen Sie, wo ich hier in der Nähe eine Straßenkarte kaufen kann?«

Die Frau schaute ihn an, als hätte er Erdbeeren im Winter bestellt. »Eine Karte? Kaufen? Hier?« Sie schüttelte den Kopf. »Hier gibt es kein Geschäft, das so etwas führt. Da müssten Sie schon nach Lorick fahren.«

Lennart schüttelte den Kopf. »Da kommen wir gerade erst her. Und wir müssen in die andere Richtung.«

»So, so, aus Lorick kommen Sie. Und sie möchten die Vaftruden überqueren? Mit Ihrem komischen Vehikel?«

»Das ist kein komisches Vehikel«, sagte Maura hochnäsig. »Das ist ein Automobil.«

»So?«, sagte die Frau und konnte ein Schmunzeln nur

schwer unterdrücken. »Ich weiß aber nicht, ob euer Automobil es die Passstraße hinaufschafft.«

»Bestimmt«, meldete sich nun Melina zu Wort. »Wir haben nämlich einen …« Sie hielt inne und Maura flüsterte ihr etwas ins Ohr. »Wir haben nämlich einen Kotzweg, jawohl.«

Maura gluckste und hielt sich die Hand vor den Mund, damit sie nicht laut losprusten musste. Melina trat ihr unter dem Tisch gegen das Bein. »Blöde Kuh.«

»Es gibt drei Pässe über die Vaftruden, und nur einer ist so breit, dass Ihr Automobil dort durchkommt«, sagte die Gastwirtin. »Ganz ehrlich? Ich an Ihrer Stelle würde Ihren …«

»Coswig«, sagte Silvetta und sah Maura streng an.

»Ihren Coswig irgendwo stehen lassen und mit dem Zug fahren. Wo wollen Sie denn hin?«

»Nach Morvangar.«

»Nach Morvangar? Du liebes Lieschen. Das schaffen Sie niemals. Ganz im Ernst, fahren Sie ein Stück zurück, bis Sie zu einer Kreuzung gelangen. Von da aus sind es nur noch zwanzig Meilen nach Tallwick. Dort gibt es einen Bahnhof.«

Lennart schaute Hakon an, der ihm zunickte. »Ich glaube, das ist eine gute Idee.« *Vor allen Dingen, weil wir mit Ihrem »Kotzweg« auffallen wie ein bunter Hund.*

»Gut. Wie lange dauert die Reise mit dem Zug?«

»Nach Morvangar? Knapp anderthalb Tage.«

»Könnten wir uns bei Ihnen mit Proviant eindecken?«, fragte Hakon.

»Das wollte ich gerade sagen: Im Zug werden Sie nichts zu essen bekommen. Nur an den Bahnhöfen, an denen Sie halten, gibt es einige Imbisse. Aber die sind teuer. Bei mir fahren Sie da besser.«

»Dann hätten wir gerne Proviant für drei Tage.«

Die Frau lächelte. »Wird gemacht.«

Nach dem Frühstück machten sie sich auf den Weg nach Tallwick. Maura und Melina waren allerbester Laune. Den Schock der Nacht hatten sie überwunden. Was zählte, war der unverhofft schulfreie Tag, der sogar noch mit einem Ausflug garniert wurde.

Silvetta sprach noch immer kein Wort mit Lennart.

Es fällt Ihrer Frau noch immer schwer, sich in der für sie neuen Welt zurechtzufinden. Ihr Standpunkt hat sich so drastisch verschoben, dass sie nicht weiß, wohin sie sich wenden soll. Sie kommen dafür nicht infrage. Von Ihnen fühlt sie sich verraten. Lassen Sie Ihr Zeit. Drängen Sie sie nicht, dann wird sie zu Ihnen zurückkommen.

Lennart runzelte die Stirn. Es war schon ungewöhnlich, die Stimme eines fünfzehnjährigen Jungen in seinem Kopf zu hören. Dass dieser Junge aber wie ein lebenserfahrener Mann sprach, machte ihn ganz konfus.

Mich auch, das können Sie mir glauben. Manchmal frage ich mich, wo der alte Hakon aufhört und die anderen Menschen in mir anfangen. Deswegen weiß ich nur zu genau, wie sich Ihre Frau fühlt. Sie ist nicht mehr sie selbst, und das kann man getrost wörtlich nehmen.

Nach einer Stunde hatten sie Tallwick erreicht. Lennart brauchte ein wenig Zeit, bis er einen Platz fand, an dem er den »Kotzweg« abstellen konnte. Sie luden das Gepäck aus, verstauten die verbliebenen Holzpellets im Kofferraum und schlossen den Wagen ab.

»Und jetzt?«, fragte Lennart.

»Vielleicht sollten Sie ihn verkaufen«, schlug Hakon vor. »Wir werden ihn die nächste Zeit nicht brauchen.« Lennart überlegte. Der Wagen war auf das Innenministerium zugelassen, das würde die Sache nicht einfach machen. Der Ort war relativ groß, sonst hätte man ihm nicht solch einen Bahnhof gebaut. Auch hier pusteten einige Fabriken ihren Rauch in die Luft. Und wo es Fabriken gab, gab es Geld, das ausgegeben werden wollte.

»Wartet einen Moment auf mich, ich bin gleich wieder da!«, sagte Lennart und eilte davon.

»Wo will er hin?«, fragte Silvetta.

»Er sucht ein Adressbuch«, sagte Hakon und lächelte. Dass sie nach ihrem Mann fragte, war ein gutes Zeichen. Vielleicht gab es ja doch noch Hoffnung.

»Wir haben Glück«, rief Lennart, als er nach fünf Minuten zurückkehrte. »Hier im Ort gibt es zwei Gebrauchtwagenhändler, bei denen ich mein Glück versuchen werde. Ihr geht schon mal zum Bahnhof, ich treffe euch dann dort.«

»Soll ich mitkommen?«, fragte Hakon.

»Nein, mir ist es lieber, wenn du bei meiner Familie bleibst.«

»Genau«, rief Melina. »Dann kannst du uns nämlich noch ein paar Zaubertricks zeigen.« Sie ergriff seine rechte Hand, was Maura als Aufforderung verstand, die linke zu nehmen. Silvetta kümmerte sich um die Koffer.

Tallwicks Bahnhofsgebäude war erstaunlich groß, obwohl

es nur zwei Gleise gab, eines für jede Fahrtrichtung. Die meisten der Fahrgäste, die sich auf den Bahnsteigen drängten, wollten nach Süden. Nur wenige waren in den Norden unterwegs.

Silvetta hatte den Mädchen einige Kronen gegeben, damit sie sich an einem der zahlreichen Stände etwas Süßes kaufen konnten. Sie schaute ihnen nach und widmete sich dann der blauen Tafel, auf der die Abfahrtszeiten der Züge aufgelistet waren. Als Hakon sich neben sie stellte, atmete sie aus und ließ die Schultern hängen.

»Ich lese Ihre Gedanken nicht«, beeilte er sich zu sagen. »Und ich weiß, dass ich Ihnen unheimlich bin, weil mein Leben so ganz anderes als das Ihre ist.«

Silvetta drehte sich um und starrte ihn nur an. In ihrem Blick lagen Enttäuschung, Angst, Ratlosigkeit und Wut.

»Noch vor vierundzwanzig Stunden war ich eine ganz normale Frau mit ganz normalen Kindern und einem ganz normalen Mann. Mein Leben war nicht sonderlich spannend, manchmal sogar eine Enttäuschung und immer ein Kampf. Aber ich liebte es, weil ich es nicht anders kannte. Dann kommst du, ein fünfzehnjähriger Junge mit der Seele eines alten Mannes. Und alles verändert sich. Schau mich an: Für meine Kinder versuche ich immer noch die Mutter zu sein, die sie kennen, aber das fällt mir verdammt schwer. Ich bin nicht mehr ich. Ich bin du, bin Lennart, ich habe Menschen sterben sehen, ich …« Sie machte eine hilflose Geste. »Mein Leben ist nicht mehr mein Leben!«

»Ich könnte sagen, dass sich das geben wird, aber das wäre eine Lüge«, sagte Hakon. »Als ich meine Gabe zum ersten

Mal einsetzte, ging es mir genauso. Ich hatte das Gefühl, mich zu verlieren. Ich hatte Angst. Es war, als betrachtete ich das Leben gleichzeitig aus mehreren Perspektiven, und ich wusste nicht mehr, welche die Hakon Tarkovskis war. Es hat lange gedauert, bis ich sie wiederfand.«

»Es ist obszön«, sagte Silvetta. »Die Gedanken anderer Menschen zu lesen ist ein größeres Verbrechen, als in deren Wohnung einzubrechen und ihre Sachen zu durchwühlen.«

Hakon sah sie traurig an. »Deswegen habe ich immer meine Gedanken, mein Leben zum Tausch angeboten. Ich nehme etwas, ich gebe etwas. Ich finde das nur fair.«

Sie funkelte ihn wütend an. »Fair? An dieser ganzen Sache ist nichts fair! Darf ich dir einen Rat geben? Bevor du mit den Gedanken anderer Menschen herumspielst, solltest du deine Fähigkeiten trainieren. Du musst nicht alles wissen. Und, um Gottes willen, du musst nicht alles geben! Diese fremden Erinnerungen bringen mich um, Hakon! Ich würde alles geben, wenn du sie wieder wegnehmen könntest.« Silvetta hatte auf einmal Tränen in den Augen. »Ich will mein altes Leben wiederhaben! Lennart hat dies alles besser als ich ertragen! Weil er ohnehin ein sehr düsteres Bild dieser Welt hat. Er hat als Polizist so viel gesehen und so viel erlebt, es wundert einen, dass er bei all dem ein Mensch geblieben ist. Aber ich zerbreche daran.«

»Es tut mir leid«, sagte Hakon leise.

Doch Silvetta wandte sich wortlos ab und ließ ihn mit seinem schlechten Gewissen allein.

Eine Stunde später erschien Lennart einigermaßen gut gelaunt und setzte sich zu Silvetta, die zusammen mit Hakon und den Kindern eine Bank im Schatten des Bahnsteigdaches in Beschlag genommen hatte.

»Ich habe den Wagen losschlagen können«, sagte er. »Zwar nicht für den Preis, den ich erhofft habe, aber es hat sich dennoch gelohnt.«

»Gut«, sagte Silvetta. Es war das erste Wort, das sie seit der vergangenen Nacht zu ihm gesprochen hatte. Lennart lächelte und ergriff ihre Hand. Sie zog sie nicht fort.

»Ich habe die Zugkarten bereits gekauft. Lasst uns um der Kinder willen so tun, als machten wir einen Ausflug, ja? Wir werden lange unterwegs sein, anderthalb Tage. Die werden anstrengend genug sein«

»Und was können wir am Ende dieser Reise in Morvangar erwarten?«

»Antworten«, sagte Hagen Lennart zuversichtlich. »Ich hoffe, wir finden Antworten.« Er schaute zu Hakon, doch der konnte seine Begeisterung nicht teilen. Sie waren immer noch auf der Flucht, auch wenn Lennart es wie eine Urlaubsreise aussehen lassen wollte. Ein Unbehagen erfasste Hakon wie eine frostige Brise. Für einen kurzen Moment nahmen die Ereignisse, die in der Zukunft lagen, eine beängstigende Form an. Er ahnte, nein er *spürte*, dass nicht alle diese Flucht überleben würden.

***

Wenn es jemanden gab, der sich in Lorick auskannte, dann war es einer wie Henriksson, der hier geboren und aufgewachsen war und all die Jahre mit dem Vehikel, in dem sie saßen, Gemüse ausgefahren hatte. Obwohl jede Straßenkreuzung kontrolliert wurde, fand er über Umwege einen Schleichweg aus der Stadt heraus. Tess und York saßen auf der Ladefläche, eingezwängt zwischen Briketts und Wasserkanistern.

Der Lastwagen, den sie fuhren, war das altersschwache Modell eines Cyclons, der seinem Namen überhaupt keine Ehre machte. Alle dreißig Kilometer mussten sie anhalten und Kohlen nachlegen, damit die Dampfmaschine genug Druck hatte. Der Wagen fuhr ohnehin nicht sonderlich schnell. Er war gebaut worden, um schwere Güter zu transportieren, und nicht, um Rennen zu gewinnen. Als sie schließlich Drachaker erreichten, parkte Henriksson den Laster neben dem kleinen Bahnhof.

»Endstation«, rief er und stieg aus. »Weiter werden wir mit dem Ding nicht fahren.« Er öffnete ein Ventil und der Dampf entwich mit einem lauten Zischen. Einen kurzen Moment hielt sich die Wolke in der kühlen Morgenluft, dann löste sie sich auf.

Tess schlug die Plane beiseite, mit der sie sich vor der nächtlichen Kälte zu schützen versucht hatte. York sprang mit einem Satz von der Ladefläche und vertrat sich die Beine. Ein Vogel erhob sich zwitschernd in den Himmel und flog heftig mit den Flügeln schlagend davon. Der Sonnenaufgang ließ die Berge im Norden erglühen. In einer Stunde würde es taghell sein.

Der Bahnhof lag verlassen im morgendlichen Dunst. Zwei Schienenstränge zogen sich parallel zu einer staubigen Landstraße in gerader Linie über eine hügelige Wiesenlandschaft.

Wenn man Richtung Süden ging, würde man in zwei oder drei Meilen nach Norgeby gelangen. Im Norden gab es nichts, außer den hohen Gipfeln der Vaftruden. Und je weiter man nach Osten ging, desto flacher und eintöniger würde die Landschaft werden.

Solrun lud zusammen mit York und Tess das Gepäck vom Laster, während Henriksson den Fahrplan studierte. Er zog eine Uhr aus seiner Westentasche. »Der nächste Zug Richtung Norden geht in einer halben Stunde.« Ein Blick auf die Öffnungszeiten des Kassenhäuschens sagte ihm, dass sie die Karten im Zug lösen mussten. Henriksson setzte sich zu Eliasson auf eine Bank, streckte die Beine aus und gähnte.

Tess stellte die Rucksäcke ab und drückte den Rücken durch. Sie liebte diese frühe Morgenstunde, die so ruhig und friedlich war, und musste an ihren ersten Morgen in Freiheit denken, den sie am Ufer der Midnar verbracht hatte, mit einer Flasche Milch und einem ofenwarmen Brot als Frühstück.

Solrun hatte ihr einen Rucksack gegeben, den Tess mit allem gefüllt hatte, von dem sie glaubte, es auf dieser Reise gebrauchen zu können. Neben einem zweiten Paar Hosen waren das ein Ersatzhemd und Unterwäsche zum Wechseln. Sie hatte auch ein Stück Seife bekommen, das nach Veilchen duftete. Tess hatte sich vorgenommen, bei nächster Gelegenheit nicht nur sich, sondern auch die neuen Kleider gründlich zu waschen. Doch im Moment suchte sie nichts zum Anziehen, sie hatte Hunger. Jeder von ihnen hatte zwei Äpfel, ein Stück Brot und etwas Käse mitbekommen, Tess und York sogar noch mehr als die Erwachsenen.

Tess setzte sich neben York auf die Bahnsteigkante und bot ihm einen ihrer Äpfel an. Er dankte ihr lächelnd und biss nachdenklich hinein.

Solrun stand etwas abseits, die Hände in den Jackentaschen vergraben, und kickte einen kleinen Stein auf die Gleise.

»Sie ist ein seltsamer Vogel«, sagte York. »Ich werde aus ihr nicht schlau.«

»Ich denke, man wird so, wenn man sich sein ganzes Leben lang vor der Polizei verstecken musste«, sagte Tess mit vollem Mund. »Außerdem ist sie verliebt.«

York hielt mit dem Kauen inne. »In wen? Henriksson?«

Tess nickte. »Sieh sie dir an. Immer wieder schaut sie zu ihm hinüber. Die harte Nummer ist nur eine Masche von ihr. Eigentlich ist sie zu ängstlich, um es ihm zu sagen. Und das, obwohl sie ihr Leben für seins geben würde.«

»Hast du jetzt eine neue Gabe entwickelt?«, fragte York überrascht.

Tess lachte. »Nein. Du musst einfach nur genau hinschauen.«

York drehte den Kopf zur Seite und beobachtete Solrun aus den Augenwinkeln. Er wusste, wenn sie ihn dabei bemerkte, gab es Ärger. »Ich frage mich, welches Talent dieser Hakon hat«, murmelte er.

»*Ich* frage mich, ob es außer ihm noch mehr Menschen wie uns gibt«, entgegnete Tess.

York warf das Kernhaus über die Schienen hinweg in einen Busch. »Natürlich. Unsere Eltern.«

Tess stutzte. »Richtig«, sagte sie. »Darüber habe ich noch

gar nicht nachgedacht. Aber warum sind wir nicht bei ihnen aufgewachsen? Warum haben sie uns weggegeben?«

»Vielleicht war die Gefahr zu groß. Immerhin gelten magisch Begabte als das Böse schlechthin. Und es muss sie über Jahrtausende gegeben haben, vorausgesetzt natürlich, die Legenden stimmen.«

»Du meinst, sie haben eine Art Geheimbund gebildet?«, fragte Tess aufgeregt.

»Ich glaube, die Armee der Morgenröte hat das Prinzip unabhängig handelnder Zellen nicht erfunden«, gab York zu bedenken. »Wenn es die magisch Begabten gegeben hat, dann haben Sie auch bestimmt miteinander in Verbindung gestanden. Wie Sie das gemacht haben, weiß ich nicht. Vielleicht hat es ja Boten mit einem besonderen Talent gegeben. Telepathen wie dieser Swann zum Beispiel. Ich kann mir vorstellen, dass es Schlüsselbegabungen wie die seine oder die von Präsident Begarell gibt. Das sind dann Talente, von denen alle profitieren.«

Tess kam Nora in den Sinn. Konnte es sein, dass die blinde alte Frau genau diese Aufgabe erfüllte? »Ich frage mich nur, wieso wir alle unterschiedliche Fähigkeiten haben.«

»Darüber habe ich mir auch schon Gedanken gemacht. Ich glaube, wir haben uns unsere Gabe in gewisser Weise ausgesucht. Schau mich an, ich wurde zeit meines Lebens eingesperrt. Ich wollte immer raus, das Leben und vor allen Dingen andere Menschen kennenlernen. Also konnte ich irgendwann springen, ohne große Anstrengungen relativ weite Entfernungen überwinden.«

Tess runzelte nachdenklich die Stirn. »Mir ist es anders

ergangen. Bei uns im Waisenhaus zählte man etwas, wenn man stark war und sich durchsetzen konnte.«

York machte eine Geste, als erklärte das alles. »Ich könnte schwören, dass dieser Hakon etwas kann, was ihn in seinem Zirkus zu einem einzigartigen Menschen macht.«

»Vielleicht kann er ja richtig zaubern«, schlug Tess vor.

»Ja, vielleicht«, sagte York und kratzte nachdenklich mit einem Stöckchen im Sand. »Glaubst du auch, dass wir eine Gefahr für die Menschheit sind?«

Tess holte tief Luft und blinzelte in die tief stehende Morgensonne. »Die Frage habe ich mir auch schon gestellt. Ich denke schon, ja. Für uns gelten keine Gesetze. Nimm einmal dein Talent. Du könntest jede Bank ausrauben, ohne dass jemand auf die Idee käme, dich zu verdächtigen.«

»Vorausgesetzt natürlich, niemand wüsste von meiner Gabe.«

»Und wenn? Man müsste dir die Tat erst einmal nachweisen.« Sie schaute York an. »Du wärst auch der perfekte Mörder. Niemand wäre vor dir in Sicherheit.«

»Auf der anderen Seite würde man mich wahrscheinlich jedes nicht aufgeklärten Verbrechens beschuldigen. Was mich mehr beunruhigt, sind die Veränderungen, die mit unseren magischen Veranlagungen zu tun haben.« Er rutschte näher zu Tess, als sie ihn fragend anschaute. »Geht es dir nicht so? Wir sind im Besitz von Fähigkeiten, die uns von den normalen Menschen unterscheiden. Wir haben Macht! Wir sind bis zu einem gewissen Grad unangreifbar! Manchmal verspüre ich ein echtes Gefühl der Erhabenheit!«

»York!«, sagte Tess entgeistert.

»Versteh mich bitte nicht falsch! Es käme mir nie in den Sinn, meine Macht zu missbrauchen. Aber ich bin erst seit einigen Tagen in der Lage, alleine durch die Kraft meiner Gedanken von einem Ort zum anderen zu springen, und schon kann ich mir kaum noch vorstellen, über diese Gabe nicht mehr zu verfügen. Geht es dir nicht genauso?«

Tess nickte nachdenklich. »Ja, das stimmt. Ich frage mich, wie es gewesen sein muss, als die Ersten von uns aufgetaucht sind. Es ist noch nicht allzu lange her, dass ich mich selbst für einen normalen Menschen gehalten habe. Die Vorstellung, dass es magisch begabte Übermenschen gibt, hätte ich alles andere als beruhigend empfunden.«

»Du glaubst, dieser Krieg vor Abertausenden von Jahren hat aus Angst stattgefunden?«

»Sagen wir einmal so: Ich glaube nicht, dass er beabsichtigt war«, sagte Tess. »Irgendwann sind diese Blumen aufgetaucht und die ersten Menschen haben sich infiziert. Die eine Hälfte stirbt an diesen Sporen, die andere Hälfte ist dem Rest der Menschheit plötzlich in allen Dingen überlegen. Wie geht man jetzt mit diesen magischen Menschen um? Das Vernünftigste wäre, ihr Talent zu nutzen, um es in den Dienst der Gemeinschaft zu stellen.«

»Vorausgesetzt, die Eskatay wären dazu bereit gewesen«, sagte York. »Das Talent an sich ist ja weder gut noch böse, sondern nur der Mensch, der es besitzt. Ich kann mir vorstellen, dass es einige gegeben hat, die so denken wie du. Doch für viele Eskatay war es bestimmt auch eine Möglichkeit, sich aus der Gesellschaft zu verabschieden. Sie haben sehr schnell bemerkt, dass es keine Gesetze mehr für sie gab.«

Tess runzelte die Stirn. »Ich denke, dass dies der zweite Schritt war. Man passte die Gesetze an und schnitt sie auf die neue Situation zu.«

York nickte eifrig. »Was sich natürlich einige der Begabten nicht gefallen ließen. Das Misstrauen wuchs und verwandelte sich in Angst. Irgendwann war die vermeintliche Bedrohung so groß, dass man Jagd auf die Eskatay machte, um sie zu vernichten.«

»Und unterschätzte dabei die Kraft, die man damit herausforderte«, sponn Tess den Gedanken weiter. »Ich frage mich, in was für einer Welt dieser Krieg stattgefunden haben musste. Wie mächtig waren die Waffen, dass ihr Einsatz beinahe jedes Leben auslöschte?«

»Sehr mächtig«, vermutete York. »Ich frage mich, ob die nicht magischen Menschen auf ihre Art in jener Zeit nicht auch eine Form von Magie beherrschten.«

»Wie meinst du das?«, fragte Tess.

»Wenn sie nicht im Besitz einer mächtigen Waffe gewesen wären, wäre es ihnen wohl kaum gelungen, die magisch begabten Menschen zu vernichten. Ich kann mich an eine Unterrichtsstunde erinnern, in der mein Lehrer etwas von einer Delatour-Kraft erzählte, die eine besondere Form der Energie ist. Noch vor einhundert Jahren wäre uns diese Kraft wie reine Zauberei vorgekommen. Aber nur, weil wir ihre Funktionsweise nicht verstanden hätten. Alles hat irgendeine logische Erklärung.«

»Und du glaubst, dass unsere Fähigkeiten sich auch irgendwann einmal wissenschaftlich erklären lassen?«, fragte Tess.

»Dessen bin ich mir ganz sicher. Für alles gibt es einen Grund.«

»Nur dass wir in diesem Fall weder die Ursache noch die Wirkung verstehen«, ergänzte Tess.

»Genau«, antwortete York. »Aber vielleicht ist es ja ein Phänomen, das sich eines Tages selbst erklärt. Vielleicht wird eines Tages ein Mensch durch den Einfluss der Blume so verwandelt, dass er ihre Wirkungsweise entschlüsseln kann.«

»Du meinst, er wäre dann auch in der Lage, die Gefahren der Infektion so weit zu senken, dass niemand mehr durch die Blume sterben müsste?«

»Wäre das nicht fantastisch?« Yorks Augen leuchteten. »Überlege dir einmal, welche Möglichkeiten uns auf einmal zur Verfügung stünden. Alles wäre möglich und nur der Himmel die Grenze.«

»Und was würdest du mit den Menschen machen, die einfach so weiterleben wollen, klein und schwach, wie sie nun einmal sind?«

York schaute sie skeptisch an. »Die würde ich allesamt auf eine einsame Insel verfrachten, wo sie ihr unbedeutendes Leben weiterführen dürften, damit wir Übermenschen uns entfalten können.«

»Ist das dein Ernst?«, fragte Tess erschrocken. »Das würdest du tatsächlich tun?«

York grinste. »Quatsch, natürlich nicht. Abgesehen davon, wer würde diese Möglichkeiten ernsthaft ausschlagen, wenn sie sich ihm böten?«

Er reckte den Kopf und schaute die Gleise hinunter. In der Ferne bewegte sich eine Rauchfahne langsam auf sie zu. York stand auf und klopfte sich den Hosenboden ab. Erst jetzt bemerkte er, dass auch andere Fahrgäste auf dem Bahnsteig warteten.

»Ich glaube, da hinten kommt unser Zug.«

Kurz darauf fuhr eine schwere Lokomotive in den Bahnhof ein. Bremsen kreischten so schrill auf, dass sich Tess die Ohren zuhalten musste. Als der Zug schließlich zum Stehen kam, klang es, als ob einem Feuer speienden Drachen die Luft ausginge. Dampf erfüllte den Bahnsteig. Die Türen gingen auf und vereinzelte Fahrgäste stiegen aus.

»Die Wagen der dritten Klasse befinden sich hinten«, sagte Henriksson und schulterte seinen Rucksack.

Tess, die noch nie mit einem Zug gefahren war, war neugierig, was es bedeutete, dritter, zweiter oder gar erster Klasse zu fahren. Es wurde ihr klar, als sie die harten Holzbänke sah.

»Wir haben Glück, dass wir schon hier zugestiegen sind«, sagte Henriksson, als er ihr half, den Rucksack auf das Ablagebrett zu wuchten. »Sonst hätten wir keinen Platz mehr gefunden. So können wir wenigstens beisammensitzen.«

Tess und York rutschten zum Fenster durch. Eliasson wollte Solrun den Platz gegenüber Henriksson anbieten, doch sie schüttelte nur den Kopf und setzte sich auf die andere Seite des Ganges. Tess sah York vielsagend an, woraufhin er den Kopf abwandte, damit man sein Grinsen nicht sah. Ein Pfiff ertönte, Türen klappten zu. Dann setzte sich der Zug schnaufend in Bewegung – nur um im nächsten Moment mit einem heftigen Ruck abzubremsen.

Henrikssons Blick wurde starr. Mit einem Satz war er auf

den Beinen und schob das Fenster nach unten. Solrun war sofort bei ihm. York konnte sehen, wie neben dem Laster, den sie bei dem Bahnhofsgebäude abgestellt hatten, nun ein zweiter Wagen stand. Es war ein neues Modell, schwarz lackiert und mit Gasgenerator unter dem Kühler. Von den Männern, die ihn gefahren hatten, fehlte jede Spur. Der Pfiff ertönte ein zweites Mal und der Zug fuhr erneut an. Diesmal bremste er nicht. York hatte mit einem Mal ein höchst ungutes Gefühl.

»Ich glaube, sie sind uns auf der Spur«, sagte Henriksson und schloss das Fenster wieder. »Hast du den Coswig erkennen können?«

York zuckte mit den Schultern. »Es könnte ein Wagen des Ministeriums sein, aber ich bin mir nicht sicher.«

»Du hast doch selbst gesagt, dass die Regierung von den Eskatay unterwandert ist«, warf Solrun ein.

»Ja, das stimmt«, erwiderte York. »Aber ich glaube kaum, dass man jetzt Minister und Staatssekretäre mit Polizeiaufgaben betraut.«

»Also sollen wir sitzen und abwarten oder wie verstehe ich das?«

»Ja, genau das tun wir.«

Solrun schaute Henriksson an, der aber nur nickte. Mürrisch setzte sie sich wieder auf ihren Platz und behielt die Tür im Auge, die zu den anderen Waggons führte.

Niemand kam. Nicht nach fünf Minuten und auch nicht nach einer halben Stunde. Langsam entspannten sich alle wieder. Eliasson gönnte sich sogar ein kleines Nickerchen. Tess entdeckte auf einer der vorderen Bänke eine Zeitung vom heutigen Tag, die jemand liegen gelassen hatte. Es war das Morländische Abonnentenblatt. Nur zum Spaß blätterte sie die Seiten mit den Kleinanzeigen auf.

»Liederkranz Schieringsholm sucht noch eine tragende Altstimme. Proben jeweils dienstags und donnerstags in der Gaststätte *Zum fassbeinigen Rappen*«, las sie vor. »Sie haben die Anzeige abgedruckt.«

Doch niemand reagierte. Selbst York war nun eingeschlafen. Sie blätterte noch ein wenig in der Zeitung herum. Die Titelseite wurde von einem Artikel über den vereitelten Anschlag auf die Brücke von Tyndall beherrscht. Auf Seite zwei war noch immer der Bombenanschlag in der Fastingsallee das beherrschende Thema. Mittlerweile hatte man sich in die Annahme verstiegen, dass der Besitzer des Gemüseladens, Morten Henriksson, nicht nur versucht habe, ein politisches Zeichen zu setzen, sondern auch gleichzeitig einen Versicherungsbetrug geplant habe, um so seine marode finanzielle Situation zu verbessern. Na was denn nun?, dachte Tess. Entweder ein politischer Anschlag oder ein Versicherungsbetrug! Aber wer wäre schon so blöd, so etwas zu glauben? Tess hatte im Waisenhaus nie viel Zeitung gelesen, einmal aus Mangel an Gelegenheit, zum anderen weil die Blätter, die die Wärter mitbrachten, in der Mann-beißt-Hund-Klasse spielten. Das Morländische Abonnentenblatt gehörte eindeutig dazu, denn auf Seite drei trampelte man eine besonders gruselige Geschichte über enthauptete Leichen breit. Erst auf Seite vier erfuhr man, was wirklich wichtig war. Dann kam auch schon der Lokalteil, gefolgt von den Anzeigen. Seufzend legte sie die Zeitung beiseite und schaute gelangweilt aus dem Fenster, an dem die Landschaft wie ein Strom nicht greifbarer Bilder vorbeifloss.

»Ich geh mir mal die Beine vertreten«, sagte sie und sprang auf.

Henriksson schlug die Augen auf und setzte sich aufrecht hin. »Gut. Bleib aber nicht zu lange.«

Als Tess von der dritten Klasse, die mit Holzbänken ausgestattet war, in die zweite kam, sah sie sich neugierig um. Hier waren die Sitze gepolstert und hatten Lederbezüge, auch wenn sie schon ein wenig abgewetzt waren. Die Leute, die hier saßen, waren besser gekleidet und reisten im Gegensatz zu den Bauern und Arbeitern der dritten Klasse nur mit leichtem Gepäck.

In der ersten Klasse, die nur aus zwei Waggons bestand, gab es geschlossene Abteile mit jeweils vier Sitzen. Im Gegensatz zu den beiden anderen Klassen wurden hier die Fahrgäste am Platz bedient. Es waren ausschließlich Männer, die hier saßen, die meisten lasen Zeitung. Zwei von ihnen erregten Tess' besondere Aufmerksamkeit. Sie saßen zu zweit in einem Abteil einander gegenüber und sprachen kein Wort, obwohl sie sich offensichtlich kannten. Der eine war dünn wie ein verhungerter Kranich und hielt eine hölzerne Kiste auf dem Schoß; er hatte einen Hut tief ins Gesicht gezogen, sodass Tess sein Gesicht nicht sehen konnte. Der andere war feist und hatte etwas Gemeines an sich, was durch die Glatze und die randlose Brille noch unterstrichen wurde.

»Nächster Halt Tallwick«, rief der Schaffner, der jetzt durch jeden Waggon lief. Er war jetzt erst einmal damit beschäftigt, die Passagiere auf die Einfahrt in den nächsten Bahnhof hinzuweisen, also blieb Tess im Gang der ersten Klasse stehen und sah aus dem Fenster.

Mittlerweile musste es gegen Mittag sein. Auf dem Bahnsteig drängten die Leute in die Züge und verteilten sich auf die einzelnen Waggons. Die meisten waren ärmlich gekleidet. Ein Pfiff ertönte und die Türen wurden zugeschlagen. Langsam setzte sich der Zug in Bewegung.

Tess linste vorsichtig in das Abteil mit den zwei seltsamen Männern, die immer noch kein Wort gewechselt hatten. Sie wirkten, als könnten sie sich auf den Tod nicht ausstehen, dennoch schien es eine unsichtbare Verbindung zwischen den beiden zu geben.

»He, du!«

Tess zuckte zusammen.

»Junge, dürfte ich bitte deinen Fahrschein sehen?«, knurrte der Schaffner.

»Ähm«, machte Tess und lächelte nervös. »Den haben meine Eltern.« Sie waren vor Antritt der Reise übereingekommen, sich als Familie auszugeben, das würde weniger Verdacht wecken.

»Und wo sind deine Eltern?«

»Im letzten Waggon«, sagte sie kleinlaut.

»Also in der dritten Klasse«, schnaubte der Mann, als hätte er nur auf die Bestätigung seines Verdachts gewartet. Er machte mit dem Zeigefinger eine Geste, die sie dazu aufforderte, ihm zu folgen.

Natürlich war dieses kleine Schauspiel nicht ohne Publikum über die Bühne gegangen. Der Mann mit der Glatze musterte sie aufmerksam durch die gläserne Abteiltür. Plötzlich durchzuckte Tess ein jäher, bohrender Kopfschmerz. Stöhnend sackte sie zusammen, woraufhin sich der Schaffner entnervt zu ihr umdrehte. Als er aber sah, dass sie sich tatsächlich nicht wohl fühlte, griff er ihr unter den Arm und richtete sie wieder auf.

»Alles in Ordnung mit dir?«, fragte er, plötzlich besorgt.

Sie nickte benommen und ergriff seinen Arm, den er ihr als Stütze angeboten hatte. Ihr Blick fiel erneut auf den Glatzkopf. Sein Blick hatte auf einmal einen euphorischen Glanz, so als wäre er aufs Erfreulichste überrascht worden.

Tess taumelte weiter und stieß in einem Wagen der zweite Klasse mit einem Jungen zusammen, der mit seiner Familie in Tallwick eingestiegen war. Die Zwillingsmädchen schienen den Spaß ihres Lebens zu haben. Tess, die erneut ein unerträglicher Kopfschmerz durchfuhr, entschuldigte sich bei dem Jungen und wollte weitergehen, als etwas Seltsames geschahen.

»Swann ist hier«, sagte der Junge und sie hörte die Panik in seiner Stimme. Sie wusste nicht, was er da redete, aber ihre Schmerzen waren auf einmal wie weggeblasen. Dann fasste er sie an.

Die Wucht der Eindrücke war überwältigend. Sie hatte das Gefühl, als presste man innerhalb von Sekunden die Erinnerung an mehrere Leben in ihren Kopf.

»Du bist Hakon Tarkovski!«, flüsterte sie und verstand auf einmal alles.

»Schnell, schafft die Kinder nach hinten in den letzten Waggon«, rief Hakon Lennart zu. »Tess und ich werden versuchen, Swann und diesen Egmont aufzuhalten!«

Jetzt begannen die Fahrgäste sich nach ihnen umzudrehen. Manche empörten sich darüber, was der Auflauf solle. Und auch der Schaffner zerrte jetzt an Tess' Arm, doch die bewegte sich keinen Zoll von der Stelle.

Silvetta sprang auf, packte die beiden Mädchen bei den Händen und zog sie, ohne lange zu fragen, nach hinten.

Egmont und Swann erschienen auf einmal wie aus dem Nichts vor ihnen. Einige der Fahrgäste schrien auf und wollten nun ebenfalls den Waggon verlassen.

»Bleibt bei mir«, rief Hakon. »Egal, was geschieht, wir dürfen uns nicht trennen.«

»Mein werter Chefinspektor«, sagte Swann mit einem wölfischen Grinsen. »Sie fragen sich ja gar nicht, warum ich hier bin? Hat Sie Hakon etwa in sein kleines Geheimnis eingeweiht?«

»Versuchen Sie es doch selbst herauszufinden«, sagte Lennart herausfordernd. Er zog seine Dienstwaffe aus dem Gürtelholster und legte sie auf Swann an. Dann wandte er sich an Egmont. »Geben Sie mir die Kiste! Sofort!«

Hakon sah, wie einer der Fahrgäste die Hand an die Notbremse legte. »Nein!«, schrie er. Er konnte den Mann nicht manipulieren, ohne Egmont loszulassen. »Tun Sie das nicht!«

Aber es war zu spät, die Angst des Mannes war stärker. Plötzlich ertönte ein schrilles Kreischen und allen wurde der Boden unter den Füßen weggezogen. Lennart sah aus den Augenwinkeln, wie Egmont verschwand. Hakon hatte sich den Kopf an einem der Sitze gestoßen und lag nun benommen am Boden. Der geistige Schutzschild, den er über Lennart und Tess gespannt hatte, war zusammengebrochen.

Lennart versuchte, die Waffe erneut auf Swann zu richten, doch auf einmal schien seine Hand einen eigenen Willen zu haben, denn nun richtete Lennart die Pistole gegen sich selbst. Entsetzt starrte er in den Lauf. Swann lachte nur. Lennart wandte alle Kraft auf, um wieder auf Swann zu zielen, vergebens. Sein Zeigefinger krümmte sich langsam. Er wollte gerade abdrücken, als ihn Tess ansprang und umriss. Der Schuss ging los und die Kugel bohrte sich in die hölzerne Vertäfelung der Decke. Die Pistole schlitterte unter die Sitze.

Nun gab es kein Halten mehr. Panik brach aus. Jeder versuchte, so schnell wie möglich aus dem Zug zu drängen, der nun inmitten eines Tales zum Stehen kam.

»Tess, kümmere dich um Egmont!«, rief Hakon, der nun wieder bei Bewusstsein war. »Du musst die Kinder beschützen. Der Kerl ist imstande und bringt sie um!«

»Ich komme mit!«, rief Lennart.

»Nein, ich …« Hakon verstummte.

Die Passagiere, die nicht schnell genug den Zug verlassen konnten, blieben stehen und drehten sich langsam um. Ihr Blick war leer, aber der Auftrag, den sie von Swann erhalten hatten, war eindeutig. Einige wachten auf, als sie nah genug an Hakon herangekommen waren, aber die meisten konnte er nicht neutralisieren. Swann war einfach zu stark.

Lennart überlegte, kurz nach der Waffe zu suchen, entschied sich dann aber offensichtlich, den Chef der Geheimpolizei direkt anzugreifen.

»Was tun Sie da?«, schrie Hakon. »Bleiben Sie hier!«

Aber es war zu spät. Swann war bereits in Lennarts Kopf. Und er befahl ihm, Hakon zu töten.

Egmont sprang nun wie ein wild gewordener Springteufel durch den Zug. Es fiel Tess schwer, ihm auf den Fersen zu bleiben. So etwas hatte sie noch nie gesehen. Es sah aus, als zuckte er zu schnell durch die Luft, weil man wichtige Teile aus seinem Bewegungsmuster herausgeschnitten hatte. Dieser Kerl überwand ohne Anstrengung Raum *und* Zeit!

»York Urban«, schrie er und glich dabei mehr denn je einer verrückten Krähe. »Komm zu mir!«

»Einen Teufel werde ich tun!«, rief York.

Schwer keuchend blieb Egmont am Eingang des Waggons stehen. York baute sich am anderen Ende des Ganges auf. Solrun, Henriksson und Eliasson hatten sich schützend vor die Mädchen und Silvetta Lennart gestellt.

»Komm mit mir nach Hause«, sagte Egmont, dessen Stimme sich jetzt so weit beruhigt hatte, dass sie wenigstens einigermaßen menschlich klang.

»Ich habe kein Zuhause mehr! Sie haben es mir genommen, genau wie Sie mir meinen Vater genommen haben.«

»Deinen Vater? Weißt du es denn nicht? Hat er es dir nicht gesagt? Er war gar nicht dein Vater, er …«

»Er war mein Vater und wird es immer bleiben! Und wissen Sie warum? Im Gegensatz zu Ihresgleichen war er ein Mensch und kein Monstrum!«

»Monstrum? Wir zwei sind uns so ähnlich, dass es mir nicht schwerfiel, deiner Spur zu folgen, obwohl mir deine kleine Freundin ganz schön übel mitgespielt hat.« Er zog ein Messer aus der Innentasche seiner Jacke. »Du hast die Wahl. Entweder du kommst freiwillig mit oder ich werde einen deiner Freunde töten.«

York sah, wie sich Tess von hinten an Egmont heranschlich. Bevor sie ihn greifen konnte, schrie er: »Fass ihn nicht an! Sobald du ihn berührst, springt er mit dir zurück!«

Egmont verschwendete keinen Blick an Tess. Er wusste, dass er die Situation kontrollierte. »Meine letzte Warnung.«

York machte einen Schritt nach vorne, um Egmont den Weg abzuschneiden, doch der Mann war schon weg. York wirbelte herum und konnte noch einen schwarzen Schemen erkennen.

Solrun schaute an sich hinab. Auf ihrem Hemd breitete sich ein roter Fleck aus, als saugte ein Bogen Löschpapier rote Tinte auf. Sie wollte etwas sagen, brachte aber außer einem gurgelnden Geräusch keinen Ton heraus. Dann brach sie einfach zusammen. York stieß einen lauten Schrei aus.

»Komm mit und ich verspreche dir, den anderen wird nichts geschehen.« Egmont drehte sich zu Tess um, die sich wieder näher an Yorks Widersacher herangewagt hatte. »Ich würde mich aber auch mit der Kleinen zufriedengeben.«

»York, bitte! Er wird sie alle umbringen!« Sie machte einen Schritt nach vorne und streckte eine Hand aus, doch York war schneller. Er umarmte Egmont und sprang mit ihm aufs Dach, aber der Mann wehrte sich. Nicht körperlich, dazu war er gar nicht in der Lage, jedoch sprang er mit York nach Lorick in das Haus des Richters, wo sie sich in der Küche materialisierten. York zwang ihn zurück in den Zug, wobei er Swann umrempelte, der daraufhin die Kontrolle über die Menschen verlor, die Hakon angriffen. Swann war so verwirrt, dass er für einen kurzen Moment die Deckung fallen ließ. Hakon umfasste Swanns Kopf mit beiden Händen und versuchte, so viele Erinnerungen wie möglich aufzusaugen. Swann schrie auf und stieß den Jungen von sich weg. Er hob das lange Messer auf, das Egmont bei seiner unsanften Landung verloren hatte, und wollte es gerade in Hakons Bauch versenken, als ein Schuss aufpeitschte.

Swann wurde nach hinten geschleudert, stand aber sofort wieder auf den Beinen.

Lennart drückte ein zweites und drittes Mal ab. Wie eine Marionette, an deren Fäden zu heftig gerissen wurde, tanzte Swann durch den Waggon, stolperte über eine Bank und blieb dann liegen, die Augen starr zur Decke gerichtet.

Alle blieben wie angewurzelt stehen, selbst die Menschen, die Swann kurz zuvor auf Hakon gehetzt hatte. Egmont war der Erste, der sich wieder fasste. Er bückte sich nach dem Messer und löste sich einfach auf.

»Wo ist er hin?«, fragte Lennart, der schnell wieder zu sich gekommen war.

»In den hinteren Waggon, wo Ihre Familie ist«, rief York. »Halten Sie sich an mir fest.« Lennart spürte, wie sein Körper ruckte, dann hatte sich die Umgebung verändert.

Es dauerte ein wenig, bis sich die Benommenheit legte, aber dann erfasste er die erschreckende Situation. Egmont hatte die weinenden Zwillinge gepackt und bedrohte sie mit dem Messer. Als sie ihren Vater sahen, wollten sie zu ihm laufen, doch Egmont verstärkte den Griff. Tess, Henriksson und Eliasson standen abseits. Hakon hatte einen Ausdruck im Gesicht, der Lennart Angst machte. Der Junge schien zu allem entschlossen zu sein.

»Wenn du versuchst, mich zu manipulieren«, zischte Egmont Hakon an, »werden die Kinder sterben!«

Lennart hob beschwichtigend die Hände und gab Hakon mit einem Blick zu verstehen, dass er seine Gabe nicht einsetzen sollte. Hakons Blick sprang von Egmont zu Lennart und wieder zurück. Dann entspannte er sich.

»Sehr klug von dir«, sagte Egmont. »Los, Junge!« Er meinte Tess. »Du kommst zu mir. Aber langsam! Sonst könnte es geschehen, dass ich aus purer Nervosität die Kinder verletze!«

Tess machte einen Schritt nach vorne.

»Nein!«, schrie Hakon. »Wenn du das tust, sind wir alle verloren!« Sie blieb erschrocken stehen.

Egmonts Augen flackerten. Er leckte sich nervös die Lippen und verstärkte noch einmal den Griff. Die Hand, die das Messer hielt, zitterte.

»Papa!«, schrie Melina verzweifelt. »Hilf uns.«

»Ich bin bei euch«, sagte Lennart so ruhig wie möglich. »Euch wird nichts geschehen.« Plötzlich fiel Lennart auf, dass etwas nicht stimmte. Jemand fehlte. »Wo ist meine Frau? Wo ist Silvetta?« Er schaute sich ängstlich um.

Egmont lachte, und es klang wie das Meckern einer Ziege. »Ich habe versucht, eine Verbündete zu finden, aber leider hat sie mir einen Strich durch die Rechnung gemacht.«

»Wo ist sie?«, schrie Lennart ihn an. Die Mädchen wimmerten nun vor Angst. »Was hast du mit ihr gemacht?«

Egmont nickte in Richtung der ersten Sitzreihe. Lennart stürzte nach vorne und sah den leblosen Körper seiner Frau auf dem Boden liegen. Er musste ihr nicht in die gebrochenen Augen schauen, um zu erkennen, dass sie tot war. Neben ihr lag die geöffnete Kiste. Ein Gebilde, das wie eine Blume aussah, lag darin.

»Fassen Sie sie nicht an«, rief Henriksson, aber es war schon zu spät. Lennart hob sie hoch und betrachtete sie verstört.

»Haben Sie keine Angst«, sagte Egmont. Kalter Schweiß glänzte auf seiner Stirn. »York wird Ihnen versichern, dass sie im Moment vollkommen ungefährlich ist. Jetzt klappen Sie schön brav die Kiste wieder zu und geben sie mir!«

Lennart richtete sich wieder auf. Er war wie betäubt. Jedes Gefühl in ihm war erstorben. Die Blume fiel aus seiner geöffneten Hand auf den Boden und er trat sie wie eine Zigarre aus. Die metallischen Fäden knirschten leise. Lennart hob den Schuh an, um sein Werk der Zerstörung zu betrachten, aber sofort organisierten sich die Fäden zu einer neuen Blüte.

»Sie lässt sich nicht so leicht vernichten, glauben Sie mir«, sagte Egmont. »Nichts auf dieser Welt kann ihr etwas anhaben, rohe Gewalt schon gar nicht.«

Etwas zerbrach in Lennart und plötzlich war die Welt in ein blutrotes Licht getaucht. Er sah seine weinenden, verzweifelten Kinder, die flehentlich ihre Arme nach ihm ausstreckten, und das verrückte Grinsen des Mannes, der sie bedrohte. Dann sprang er, bereit, dem Mann wie einem wilden Tier die Kehle durchzubeißen.

Irgendjemand versuchte ihn aufzuhalten. Lennart nahm aus den Augenwinkeln wahr, dass es Hakon sein musste, aber sicher war er sich dessen nicht. Egmont riss erschrocken die Augen auf, wobei er das Messer fallen ließ. York ruckte nach vorne und fing es noch in der Luft auf, um es gegen den Angreifer zu wenden. Lennarts Hände waren bereit, sich um Egmonts Hals zu legen – aber auf einmal war er nicht mehr da. Und mit ihm waren die Zwillinge verschwunden. Das Schreien verstummte wie abgeschnitten. Der Platz, an dem sie gestanden hatten, war leer. Lennart stolperte und prallte hart gegen die hölzerne Wand. Sofort war er wieder auf den Beinen.

»Wo sind sie?«, schrie er verzweifelt. »Was hat er mit meinen Mädchen gemacht?« Er packte Hakon an den Schultern und schüttelte ihn. »Sag es mir! Wohin hat er meine Kinder entführt?«

»Er ist mit ihnen zurück nach Lorick gesprungen«, sagte Hakon hilflos.

»Warum hast du ihn nicht aufgehalten?«, schrie Lennart ihn an. Niemand gab ihm eine Antwort. Henriksson hatte sich über Solrun gebeugt und schloss ihr behutsam die Augen. Eliasson saß auf der Holzbank. Er hatte die Hände vors Gesicht geschlagen.

Lennart ließ Hakon los. »Was ist eure gottverdammte Gabe wert, wenn ihr es noch nicht einmal schafft, ein Menschenleben zu retten?«

»Wir durften ihn nicht anfassen, weil er sonst seine Mission erfüllt hätte! Swann hatte die Aufgabe, uns zu finden, und Egmont sollte uns zur Station 11 bringen.«

»Aber warum?«, fragte Tess.

»Deswegen«, sagte Hakon. Er bückte sich und legte die Blume in die Kiste, die er wieder sorgfältig verschloss. »Der

Preis, den die Eskatay für die Erlangung ihrer magischen Gabe bezahlen müssen, ist sehr hoch. Über die Hälfte verliert bei der Infektion mit den Sporen dieser Blume ihr Leben. Wir sind anders. Wir benötigen diese Blume nicht. Unser Talent wird vererbt. Begarell will herausfinden, warum das so ist.«

»Woher weißt du das?«, fragte Henriksson.

»Bevor Swann starb, konnte ich für einen kurzen Moment seine Gedanken lesen. Begarell möchte nachträglich den Krieg gewinnen, den die Eskatay vor vielen Tausend Jahren verloren haben. Sein Ziel ist es, alle Menschen zu infizieren und in ein Kollektiv zu überführen, das er kontrolliert und dem niemand entkommen kann.«

»Wie viele von diesen Eskatay gibt es?«, wollte Henriksson wissen. Sein Gesicht war unnatürlich blass. Solruns Tod schien ihn mehr zu erschüttern, als er zugeben mochte.

»Im Moment nur zwölf, und die sitzen alle in der Regierung. Aber es ist nur eine Frage der Zeit, bis ihre Zahl steigt. Glücklicherweise lassen sich diese Blumen nicht wie Rosen züchten. Sie vermehren sich nur sehr schwer, aber ein Mann namens Strashok arbeitet mit Nachdruck an der Lösung dieses Problems.« Hakon hockte sich neben Lennart, der über seine Frau gebeugt war und nun stumm weinte. »Es tut mir leid. Wenn ich gewusst hätte, in welcher Gefahr wir alle schweben, hätte ich Sie und Ihre Familie niemals mit hineingezogen.«

»Du hast versprochen, dass uns nichts geschieht, solange du bei uns bist!«, flüsterte Lennart tonlos.

Hakon schwieg betroffen.

York schaute aus dem Fenster. Draußen vor dem Zug hatten sich die Passagiere neben dem Bahndamm versammelt und diskutierten aufgeregt miteinander. Keiner von ihnen schien den Mut zu haben, zurück in die Waggons zu steigen. »Was sollen wir jetzt tun?«, fragte er. »Die Polizei wird in Kürze hier sein und einige unangenehme Fragen stellen.«

»Die ich nicht beantworten möchte«, sagte Henriksson. »Eliasson und ich werden steckbrieflich gesucht. Wahrscheinlich werden sie die Morde an Swann, Solrun und Lennarts Frau auch uns in die Schuhe schieben wollen. Wir sollten an unserem ursprünglichen Plan festhalten und uns weiter nach Morvangar durchschlagen, um dort den Widerstand zu organisieren.«

»Ich werde nach Lorick zurückgehen«, sagte Lennart.

»Das ist Irrsinn!«, entfuhr es Eliasson. »Wenn es einen Ort gibt, an dem wir alle nicht mehr sicher sind, dann ist es die Hauptstadt.«

»Ich lasse meine Kinder nicht im Stich«, sagte Lennart mit Nachdruck.

»Vorausgesetzt, sie leben noch«, erwiderte Eliasson leise.

Lennart sprang auf und packte den Mann bei den Aufschlägen seines Revers. »Halten Sie einfach den Mund! Meine Kinder leben! Glauben Sie mir, ich setze alles daran, sie wieder zurückzuholen.«

Eliasson wollte etwas sagen, aber Tess ging dazwischen. »Und ich werde ihnen dabei helfen.«

»Auf solch eine Gelegenheit wartet Begarell doch nur«, sagte Hakon. »Du gehst unter keinen Umständen!«

»Das bestimmst du nicht«, sagte Tess wütend. »Dieser

Mann hat unseretwegen seine ganze Familie verloren. Wenn jemand diese Entscheidung trifft, dann er.«

Sie schaute Lennart fragend an, und nach einem kurzen Zögern nickte er.

»Gut«, sagte Tess. »Damit ist das wohl geklärt.«

In der Ferne hörten sie eine Sirene näher kommen. »Jemand hat die Polizei gerufen«, stellte Eliasson trocken fest.

»Dann sollten wir so schnell wie möglich verschwinden«, sagte Henriksson. »Wenn ihr wieder zurück in Lorick seid, müsst ihr Nora finden. Sie wird weitere Hilfe für euch organisieren. Viel Glück!« Er reichte Tess die Hand.

»Ich bin immer noch der Meinung, dass das Wahnsinn ist, aber ich glaube, mit Swanns Tod haben wir einen wichtigen Vorteil errungen«, sagte York. »Wir bleiben in Kontakt.«

»Wie soll das denn gehen? Soll ich euch etwa regelmäßig eine Karte schreiben?«, fragte Tess.

York grinste. »So was in der Art. Egmont ist nicht der Einzige, der weite Entfernungen innerhalb kürzester Zeit zurücklegen kann. Wenn wir uns nicht direkt treffen, dann werden wir diese Nora als toten Briefkasten benutzen, über den wir Nachrichten austauschen können. Henriksson wird mir sagen, wo ich sie finden kann.« Er umarmte Tess und gab ihr einen Kuss auf die Wange, woraufhin sie tatsächlich errötete.

»Viel Glück«, sagte Hakon. Er wollte Lennart die Hand geben, doch der wich vor ihm zurück. Das Heulen der Sirene wurde jetzt lauter.

»Kommt jetzt«, drängte Henriksson, der die hintere Waggontür aufgerissen hatte.

So schnell sie konnten, liefen sie die steile Böschung hinauf, bis die Bäume so dicht wuchsen, dass man die Gruppe nicht mehr sehen konnte. Ein letzter Handschlag, dann trennten sie sich.

Hakon wusste nicht, ob sie sich je wiedersehen würden. Nichts war mehr sicher. Die Welt, wie sie sie kannten, existierte nicht mehr.

Der Krieg hatte begonnen.

Peter Schwindt, geboren 1964 in Bonn,
war einige Jahre als Zeitschriftenredakteur und
Spieleentwickler in der Computerbranche tätig,
bis er selbst mit dem Schreiben anfing.
Nach einigen sehr erfolgreichen und ausgezeichneten
Drehbuchprojekten für das Kinderprogramm des ZDF
kam er glücklicherweise auf die Idee,
auch Romane für Kinder und Jugendliche zu schreiben.
Peter Schwindt ist Autor des erfolgreichen
Mehrteilers *Gwydion*, der den Untergang Camelots
und König Artus' Tafelrunde erzählt.